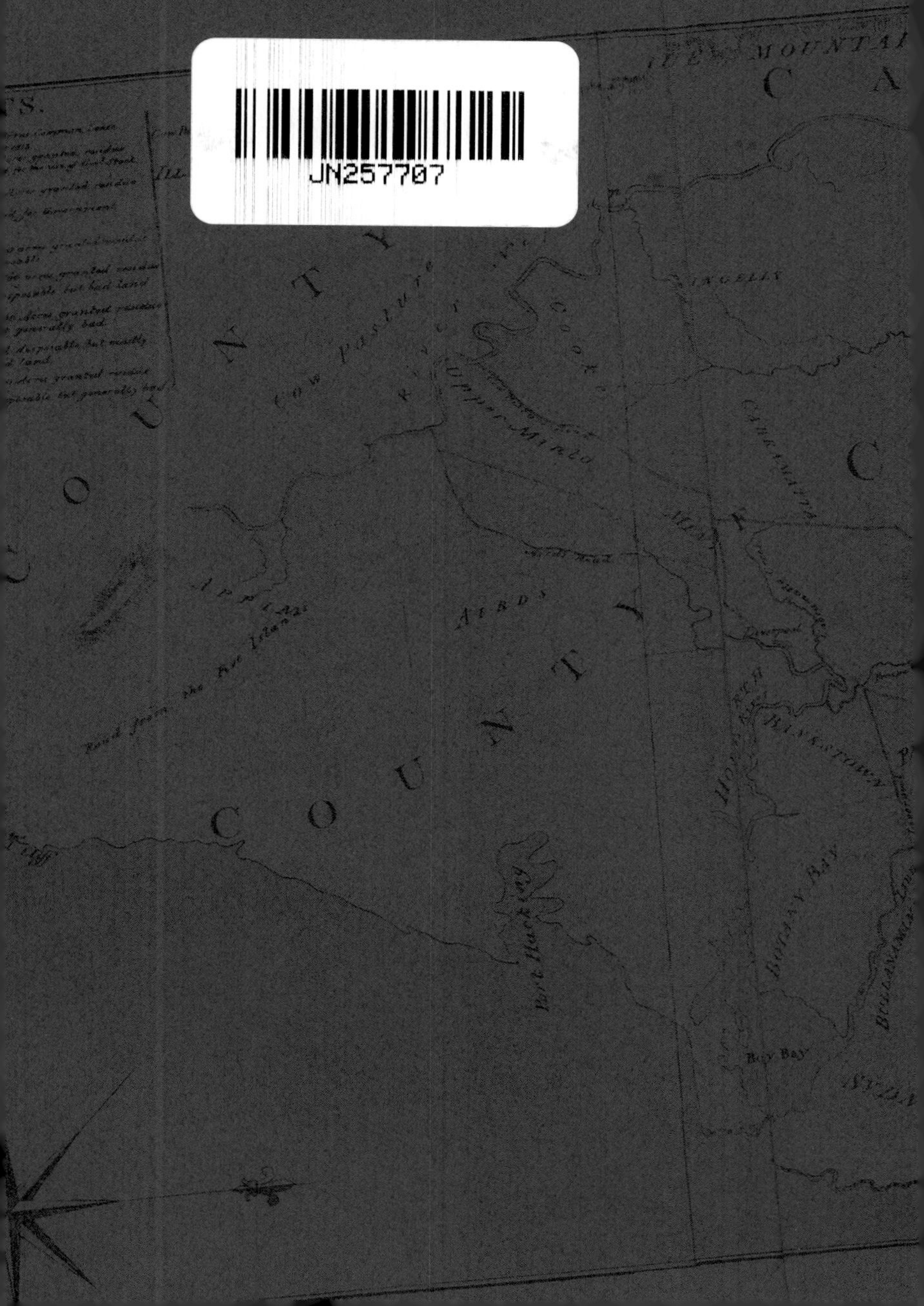
COUNTY
COUNTY
COW PASTURE
Upper Minto
APPIN
AIRDS
Road from the Five Islands
CABRAMATTA
BANKSTOWN
BOTANY BAY
Port Hacking
Botany Bay

# 闇の河

THE SECRET RIVER

オーストラリア現代文学傑作選

現代企画室

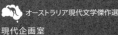

Australian Government | 豪日交流基金 Australia-Japan FOUNDATION

Masterpieces of Contemporary Australian Literature project is supported by the Commonwealth through the Australia-Japan Foundation of the Department of Foreign Affairs and Trade.

本書の出版にあたっては、豪日交流基金を通じて、
オーストラリア政府外務貿易省の助成を得ています。

# 闇の河　目次

オーストラリアの先住民の人々に捧げる——
その過去、現在、そして未来に

# 遭遇

アレクサンダー号は囚人を積み荷に、一年近くも荒波を越えてきた。ようやくたどり着いたのは、地の果てだった。西暦一八〇六年、ウィリアム・ソーンヒルは、終身の刑で国王認可の流刑植民地であるニューサウスウェールズへ送り込まれ、その地で最初の夜を迎えていた。小屋の扉に錠はなかった。そもそもこの小屋には、扉だとか壁だとか呼べるようなものがなかった。棒切れと泥で作った外枠に樹皮の幕が垂らしてあるだけだった。むろん、錠や扉や壁が必要なはずはなかった。ここは、一万マイルの海に隔てられた監獄だったからだ。

ソーンヒルの妻は夫に背を向けて安らかに眠っていた。夫婦は手を握りあったままだった。子ども二人も丸めた身を寄せあって眠っている。そのうち一人はまだ赤ん坊だった。ソーンヒルだけが、この異境の暗闇で、どうしても目を閉じることができないでいた。小屋の戸口から巨大で湿った夜が、その息吹とともに流れ込んでくるのが感じられた。カチカチ、ギーギーと何かがきしむ音、得体の知れないカサカサという音、そして、その向こうから、何マイルにもわたって広がる森の呻き声が聞こえてきた。

ソーンヒルは起きて小屋の外へ出てみた。声を張り上げる監視の姿はなかった。そこには、息づく夜があるだけだった。空気が動き、濃厚で湿った匂いがした。木々が高くそびえて見下ろしている。かすかな風が木の葉を震わせたがすぐに止み、目の前に残されたのは、広漠とした森の広がりだけだった。

彼は、巨大で静かな生き物の脇腹についたノミになったかのように感じた。

丘のふもとの居留地は、暗闇に覆われて見えなかった。犬が力なく吠えてすぐに鳴き止んだ。アレクサンダー号が停泊している入り江からは、落ち着きなく海床をうごめき、岸辺へ向けてうねり上がってくる潮の勢いが伝わってくる。

頭上の空には細い月が昇り、星々がこぼれた米のように無造作にちらばっていた。テムズ河で彼を導き、友としてきた北極星もなければ、長年親しんだ大熊座もなく、見たこともない星々が冷淡な煌めきを放っているだけだった。

ハンモックは、アレクサンダー号の長旅で、ソーンヒルが唯一主張できた自分の場所だった。彼は横になって、船腹に打ち寄せる波の音を聞いたり、女たちの船室から漏れる物音に混じって聞こえる妻や子どもらの声に耳を澄ました。そしてテムズ河の湾曲部をひとつひとつ思い浮かべては、心を慰めたものだった。犬島《アイル・オブ・ドッグズ》、深く渦巻くロザーハイズの淵、河がランベスの湾曲にさしかかる時に、突如あらわれる空の歪み。それらすべては、息をするのと同じくらい自然なものだった。隣のハンモックではダニエル・エリソンが、夢のなかでも誰かと争っているのか唸り声を上げ、壁を隔てた向こう側の女たちが静まりかえっても、ソーンヒルはあの河の蛇行をめぐる自分の姿を心に思い描き続けた。

今、深々とため息をもらす異境に立ち、足元から忍び寄る冷気を感じながら、彼は人生が終わったことを知った。特別にあつらえられた縄に首をかけられ、ぶらさげられたほうがまだましだっただろう。ここは帰還の許されない死を意味する場所だった。爪に刺さった棘のような鋭い喪失の痛みを感じた。

なじみのない星々の下で生涯を終え、冷たい土へと朽ちてゆくのだ。

ソーンヒルはこの三十年泣いたことがなかった。いつも空腹だった幼少時代に、泣いても腹は満たされぬことを早々と悟っていたのだ。しかし、今、喉からは嗚咽がこみ上げ、絶望の涙が頬を濡らした。死にも勝る不幸があるのを彼はこれまでの人生から学びとっていたが、ここニューサウスウェールズにいるということは、そのひとつに違いなかった。

突然、何か黒いものが目の前で動いた。彼は最初、それをあふれ出る自分の涙だと思った。しばらくして、その動きは、あたりの暗闇と同じくらい黒い人間であることがわかった。男の皮膚は光を吸い込み、現実世界のものとは思えなかった。男の目は深く頭蓋に落ちくぼんでいて外からは見えず、その部分が空洞になっているようだった。顔は岩のようで口は大きく、鼻が際立ち頬はへこんでいた。驚くというよりは、まるで夢でも見ているように、ソーンヒルはその男の胸に刻まれた傷跡を見た。男の皮膚には、盛り上がり曲がりくねった鮮やかな線が、生き物のように息づいていた。

男がソーンヒルのほうへ近寄ってくると、乾いた星の光でその肩が照らし出された。衣類を何ひとつ身に着けていない男の体は、まるで裸身を身にまとっているかのように見えた。握りこぶしから真っ直ぐに伸びる槍は、男の体の一部のようであり、腕の延長のようであった。

ソーンヒルは、服を着ているにもかかわらず、肌が蛆虫のようにむき出しになった気がした。槍は長く鋭い。なんとか縄に吊るされて死ぬことを逃れられたというのに、結局はこんな最期なのか。槍でひと突きされて、この冷たい星空の下で血を撒き散らすことになろうとは！　すぐ後ろの木の皮一枚隔てた向こうには、肉の柔らかい塊が転がっている。彼の妻と子どもたちだ。

妻と子どものことを考えた途端、怒り、あの昔なじみの友人のような感情がソーンヒルの勇気を奮い起こした。

「この野郎。あっちへ行け」彼は叫んだ。「さっさと失せろ！」

囚人として鞭に怯え、縮こまって萎え切っていた自我が、再び全身を満たしていった。彼の声は荒々しく、力がみなぎっていた。怒りが熱狂の塊のようになって、彼のなかを駆けめぐった。

彼は脅しを込めて一歩前に出た。槍の先に鋭い石の破片がいくつかついているのが見えた。あの槍は、針みたいにすっきりと人を貫いてはくれないだろう。刺されれば肉を引き裂き、抜けばさらに肉を引き裂くだろう。そう考えると怒りは煽られた。「失せやがれ！」

ソーンヒルは、素手を男に向けて振り上げていた。黒い男の口が動き、そこから何か音がこぼれた。男が声を出しながら槍を意味ありげに動かすと、槍は暗闇に見え隠れした。二人は今にも触れあいそうなほど接近して立っていた。

男は何かをまくし立て、それは突如、言葉としてソーンヒルの耳に飛び込んできた。

「失せろ」男はそう叫んでいたのだ。

「失せろ！」ソーンヒルそっくりの言い方だった。

それは、あたかも犬が英語で吠えたかのように狂気じみて聞こえた。

「失せろ、失せろ！」すぐ目の前に、男の太い眉の下で光を湛えている目や、怒ったように一文字に結ばれた口が見えた。言葉は干上がって出てこなかったが、ソーンヒルは一歩も退かなかった。

言ってみれば、彼は一度は死んだ身だった。もう一度、死ぬだけの話なのだ。すべてを奪われ、今あるのは、裸足で踏みつけている見知らぬ土地の土くれだけだった。しかし、たとえすべてを失ったとしても、そのすぐ後ろの小屋で無防備に眠っている家族が彼には残されていた。その家族を裸の黒い男に引き渡すようなことだけはあってはならなかった。

沈黙する二人の間を、風が木の葉を震わせて吹き抜けた。妻と子どもたちが眠っているほうをちらりと見やり、もう一度男のほうに視線を戻すと、その男はもういなかった。目の前の暗闇からは、かすかな音がし、何かが動く気配がしたが、それは森の木の葉のそよめきに過ぎなかった。もしかすると槍を持った黒い男が百人、いや千人は潜んでいるかもしれない。それどころか、この大陸は、槍を手に持って、口をあの恐ろしげな一文字にしている人間だらけなのかもしれなかった。

ソーンヒルはすばやく小屋へ入ったが、戸口でつまづいてしまい、壁の漆喰の土がぼろぼろとこぼれ落ちた。こんな小屋が何の安全をも保障してくれるものではないとわかっていても、とにかく樹皮の垂れ幕を下ろした。家族の傍らの土の上に身体をのばして、無理やりじっと横たわっていた。あのおぞましい槍が自分の肉を貫く、ぞくっとするような瞬間が脳裏に浮かび、その衝撃を想像しながら首や腹に手を当てると、筋肉はひどく硬直していた。

# 第一章　ロンドン

一八世紀末、ウィリアム・ソーンヒルが幼少期を過ごしたのは、肘を動かせば、壁やテーブル、兄弟姉妹たちにぶつかる窮屈な部屋だった。ガラスの欠けた窓から光がかろうじて差し込み、煙る暖炉の煤で壁は黒ずんでいた。

ソーンヒル一家が住んでいた、河にほど近い狭い路地は、建物が乱雑にひしめきあっていて、よく晴れた日でも薄暗かった。どちらを見わたしても、煉瓦の壁と煙突、丸石が敷かれた道と、木目に漆喰が残っている朽ちた材木しか目に入らなかった。畳みかけるように立ち並ぶ背の低い傾いた長屋は、土埃のなかからむっくりと生えてきたようだった。長屋に続いて、なめし工房、屠殺場、にかわ工場、麦芽製造所が連なり、通りには毒気を帯びた空気が淀んでいた。

皮なめし工房の先には、不毛な土地にカブやテンサイがかろうじて育っていたが、生垣や柵で囲われたその畑の裏手は、作物など植えられない沼地で、イグサやアシが淀んで鈍く光る水面に茂っていた。

ソーンヒル家の者は、犬に追い立てられるか、百姓に石を投げつけられる危険を冒して、時折、カブを盗んだ。長兄のマティなどは、石が命中して額に傷ができたこともあったが、そんな時、カブのうまさも半減したものだった。

このあたりでもっとも高い建物は尖塔だった。細く婉曲した街の、どの通りからもこの尖塔は見え、低い沼地からでさえ見ることができた。道が曲がりくねっているせいで、尖塔のひとつが突然隠れてしまうことはあっても、ほかの尖塔が煙突の後ろから見下ろしている恰好だった。

その尖塔の下は教会堂だった。記憶の限りでは、ウィリアム・ソーンヒルの人生は、河べりにたたずむ風格ある神の家、クライスト教会で始まった。その建物は彼を泣かせてしまうほど威圧的だった。門柱には、唸り声が聞こえてきそうな石の獅子がいて、母親がそれを見せてやるためにウィリアムを持ち上げると、彼は怯えて泣いた。前庭には目もくらむような芝生の空間が広がり、その広大さに飲み込まれるのではないかと思った。低木の生垣のはるか向こうの入り口には巨大な階段があり、その階段を上る人間は小さな虫けらのように見えた。彼はめまいを覚え、放心し、うろたえて体が火照るのを感じた。

教会のなかの円筒形の天井と照明は、これまで見たこともないような代物だった。ターナー通りからやって来た少年は、神が有するこの広大な空間に怯えた。教会内部の前方上には手の込んだ彫刻が施されており、内陣仕切りや長椅子も配され、座席に座っている人々の頭上には、立派な聖歌隊席がそびえている。この空間に身を置くと、少年は自分の存在が際限なく膨張してゆくように感じた。巨大な窓から降り注ぐ光は、無慈悲で影ひとつ残さず、そこにあるすべてのものは、冷気のなかに取り残されていた。臀部が擦り切れた半ズボンを履いた少年は、この灰色の石造りの教会で、何の慈愛をも感じとることはできなかった。

すべてがよそよそしく感じられるこの場所で少年が知りえたのは、神が自分には無縁のものだということだった。

彼がウィリアム・ソーンヒルという自分の名前を知った時から、世界はすでにたくさんのウィリアム・ソーンヒルであふれかえっているように思われた。まずは、生後一週間で亡くなり、死後も亡霊のようにつきまとう、兄ウィリアム・ソーンヒル。彼の死から一年と半年後の一七七七年に生まれた男の子は、同じ名で呼ばれることになった。最初のウィリアム・ソーンヒルは、すでに地中の小さな亡骸《なきがら》であり、自分こそは血の通った温かい肉体であるにもかかわらず、兄のウィリアムは今なお実在しているかのようで、彼は自分を影のように感じていた。

河向こうのレイバー・イン・ヴェイン・コートには、遠縁の親戚が住んでいたが、そこにもウィリアム・ソーンヒルはたくさんいた。黒い衣服から縮んで皺くちゃの頭を覗かせて、うとうとしているソーンヒル爺さん。そして、その息子で、黒いひげを蓄えたウィリアム二世。聖《セント》メアリー・モーンソーには、機会さえあれば新入りのウィリアム・ソーンヒルをつねってやろうとする十二歳の少年ウィリアム・ソーンヒルがいた。

海軍大佐のマシュー叔父さんの妻が男の子を出産したが、その子もウィリアム・ソーンヒルだった。叔父夫妻が赤ん坊と一緒にやって来て、その名前を告げた時、みな笑みを浮かべてウィリアムを一斉に見やったので、彼も必死に微笑み返そうとした。しかし一番上の姉のメアリーは、ウィリアムの表情が曇るのを見逃さなかった。あとで彼女はウィリアムの腕を叩いて言った。「お前と同姓同名の人間は、この世に星の数ほどいるのよ、ウィリアム・ソーンヒル」怒りが彼のなかに湧き上がった。彼は姉をぶち返しながら叫んだ。「ウィリアム・ソーンヒルで世界は埋め尽くされるのさ」利口なメアリーは、もうそれ以上反撃を加えようとはしなかった。

彼のもう一人の姉のリジーは、敷布のへり縫いの針仕事をするには幼すぎたが、弟を抱っこして面倒を見ることはできる年齢だった。この六歳の姉が、ぬかるみにはまらぬように抱っこしてくれた時、彼は帽子の下のごわごわして扱いづらい髪から漂う彼女の匂いを、母親以上に母親らしいものとして感じた。

彼はいつも空腹だった。それは、逃れられない人生の現実だった。空腹は絶え間ない苦痛を与え続けた。口のなかには何の味覚もなく、十分に食べることができないことへの怒りがこみ上げた。食べ物にありつける時は、手で掴めるだけ掴んで必死で口のなかに詰め込んだ。下の兄ジェームズが食べようとして口元まで運んだパンを隙あらば奪いとり、自分の喉に押し込むこともあった。一旦呑み込んでしまえば、誰も取り戻せはしない。しかし、目を動物のように小さく鋭く光らせたマティも、同じようにウィリアムの手からパンをちぎり取った。

そしていつも寒かった。寒さはあまりにも切実で、温もりが恋しくて仕方がなかった。冬、足は凍えて石のようになった。夜、ウィリアムとその家族が、かびた藁の上に体を横たえると、ぼろ服の上からノミやトコジラミがたっぷりと血を吸った。彼らは体をひっかきながら、寒さに震えて眠るのだった。彼は一度ならずトコジラミを食べたこともあった。

下の子どもたちには、二人に一枚しか毛布はなかった。お互いの悪臭が気になったが、体を寄せあって眠るのは何よりも暖かかった。ジェームズは二歳ほど年上だったので、いつも多めに毛布を奪いとってしまうのだが、ウィリアムは年下ながらずる賢かったので、ジェームズがいびきをかきはじめるのを待って、毛布を自分のほうに引っ張った。

「お前はいつも腹をすかせていたよ」ウィリアムが自分の赤ん坊のころのことを聞くと、母親は咳にむせびながらそう言った。咳だけが、母親に残された唯一の体力であるかのようだった。「お前は本当に食い意地がはった子だったよ」母親にそう言われると、ウィリアムは恥ずかしそうに退散するのだったが、そんな時も腹の音は鳴り止まず、嫌悪感も露わな母親の声に、彼はなんとなく寂しさを覚えた。

リジーの反応は母のものとは少し違っていた。「お前はいつも腹をすかせていたわね。よくお聞き。誰のおかげでここまで大きくなったと思ってるんだい」

リジーの声色は決して責めるふうではなく、彼の成長を喜んでいるようであったし、「やせの大食いって呼ばれてたくせに」と言うその顔は笑っていた。リジーは赤ん坊への甘いちょっかいに長け、長く抱っこする体力もある、ありがたい姉だった。けれども、ウィリアムがまだ三歳にもならないうちに、母親は腹が大きくなって気難しくなってゆき、次の赤ん坊が生まれると、リジーが腹のあたりに抱え歩きながらあやす赤ん坊に末っ子の座は奪われた。ウィリアムは、死んだウィリアム・ソーンヒルに悩まされ、今度はこの新しい弟のジョンに悩まされることになった。彼は、絶えず前と後ろに挟まれて押しつぶされそうに感じていた。

彼の下がジョンで、彼の上はリジーとジェームズ、一番上の兄はマティ。メアリーがこの兄弟姉妹の一番の年長だったが、彼女はいつも誰かを怒鳴りつけていて、おっかない存在だった。メアリーは母親と窓辺に詰めあって座り、埋葬用の白布を縫う仕事をしていた。それから、ロバートがいた。彼はウィリアムより年上だったが、年下のようでもあった。かわいそうなロバート。彼は五歳の時にかかった高熱で危うく命を落とすところだったが、なんとか一命は取り留め、知能と聴覚に障害を負った。「お前なんか死んだほうがよかったんだよ」と母親がロバートに向かって言うのを聞いた時、ウィリアムは背筋が凍りつく思いがした。ロバートは優しい子どもだったし、誰かに物をもらった時にその顔が輝くのを見れば、彼が死んでしまえばよいなどと願うことは到底できなかった。

父は紡績工場、麦芽製造所、製皮所での仕事を転々としたが、どれも長くは続かなかった。父の頬には赤い斑点があり、痩せこけていて、まるで怒っているかのように見えた。寝ぼけたようによろよろと歩く足どりは、いつも疲れて見えた。話したり笑ったりすると、その言葉も歓喜の声も、長く湿りけを帯びた激しい咳にかき消されてしまった。「酒屋の主人」、ジョンの洗礼の時、父は自分のことをそんなふうに呼んだが、酒屋と言っても、それほど立派なものではなく、チュバート氏の製皮所で働く陰気な男たち二人ばかりが、二間しかないソーンヒル家のひと部屋に集まって、木製の薄汚れた大ジョッキからエールを飲み、母の手製の生地ばかり厚くて中身が貧弱なパイを食べるだけだった。皮をなめすタンニンの溶液が凍てつく冬がやって来ると、来客は途絶えた。部屋は寒々として、床板からは浸み込んだエールの匂いが漂い、暖炉には冷えた灰が残されているだけになった。

ソーンヒル家は貧困のどん底にあった。五歳になったウィリアムは、父親と一緒にモロッコ革をなめすための犬の糞を集めに通りへと出た。父は袋を抱えて、ウィリアムも棒切れと袋を抱えていた。父親が前を歩き、息子よりは遥かに高い背丈で犬の糞の黒い渦巻を見つけ出した。もし見つからなければ、河の褐色の水で腹を満たすほかはない。見つかれば、息を止めて、棒切れで糞を袋に収めるのはウィリアムの仕事だった。最悪なのは、広い隙間のあるタイヤーズゲートの敷石に犬が糞をしている場合だった。咳をしながら突っ立っている父が、その在りかを指させば、ウィリアムは棒切れを使って糞を抉りとらなければならず、棒が無理ならば、手の指の爪を使わなければならなかった。

モロッコ革の製皮所では、袋いっぱいに集めた犬の糞は九ペンスに変えることができた。ウィリアムはその糞が何のために使われるのか一度も聞いたことはなかった。ただ、サザークの敷石から糞を採り続けるくらいなら、死んだほうがましだと思うばかりだった。もちろん、空腹の苦痛は、糞の悪臭よりも耐え難いものであるという事実を別にすればの話だった。

母はパンを買うために、糞の悪臭よりは匂わないやり方を選んだ。ある日、ウィリアム、リジー、ジェームズは、荷車の後ろから母を見ていた。引き締まった表情で、人目につかないようにこっそりと歩く母は、あまりにもあからさまで、逆に人目を引いた。頭を上げて、母さん。ウィリアムは叫びたい気持ちだった。笑って！

子どもたちは母が本を並べた架台に近寄っていくのを見ていた。本屋の店主は店の奥にいて、外の様子が見えているのかどうかはよくわからなかった。母は文字などまったく読めないくせに、本に触れたりページをめくったり、ぐずぐずしていたので、誰が見ても怪しかった。ウィリアムは道の向こう側まで走っていって、自分がさっさと本を盗んでしまいたい衝動に駆られた。ようやく一冊、前掛けのひだに滑り込ませるのにも、母は本に目を落としたまま両手を使ったので、腕に抱えていた赤ん坊を危うく落っことしそうになった。なんともぎこちない手つきだった。

突然、店員が母の横に立ち、「ちょっと、あんた、その本、返しなさいよ」と大声で言った。「何だって？本なんて持っちゃいないよ」甲高い声で母が言い返すのが聞こえた。けれども、エプロンのひだのなかの本をぎゅっと掴む彼女の姿を見れば、それは嘘だとすぐにわかった。痩せた嫌な感じの年寄りの女店員は、母の腕をぐいっと引っ張った。母はよろけてひざまづき、本と赤ん坊は敷石の上に転がり落ちた。赤ん坊は火が点いたように泣きだした。

店員はすかさず本に手を伸ばした。前屈みになったその後頭部に、母は膝で一撃を加えた。店員は相当年寄りだったが、すぐに立ち上がって、母の肩を本で殴った。バシッ、バッシッ、という音が通りに響きわたった。店員は母にしがみついて「泥棒！　この泥棒めが！」と叫び続けている。母は立ち上がり、赤ん坊を脇に抱えると、架台の足を蹴飛ばし、本を爪で掴んで地面に落とした。

これを合図に、荷車の後ろに隠れていた子どもたちは、地面に散らばった本に群がり掴みとった。ウィリアムは店員の足元の本を拾って両方の手に握りしめ、後退りした。店員がその本に気を取られている隙に、母も走り去ったので、店員はどちらを捕まえたものかと右往左往している。通りの大きな商店から紳士が二人飛び出してきて、店員に加勢しようとしたが、ソーンヒル家の者たちは、路地を走るネズミのように逃げていった。

こうして、彼らは一冊ずつ本を手に入れた。ウィリアムの本は、赤の皮表紙に金の文字が刻まれたもので、一番高価なものだった。ライルの店なら、何も尋ねられずに一シリングにはなる代物だった。

ウィリアムは喧嘩早い少年に成長した。十歳になるころには、ほかの少年たちから、彼にはかかわらないほうが賢明だと思われるようになっていた。怒ることで体が温まり、心も満たされる気がした。怒りはまるで、友のようでさえあった。

もちろん、彼にも仲間はいた。通りや波止場を一緒にぶらついたり、ボロー市場で魚屋の売り台から貝を掠めたり、ふざけて紳士たちが投げたペニー硬貨を拾うのに、干潮になるのを待って一緒に泥のなかをまさぐった。

兄のジェームズは排水管をゴキブリよりすばやく登れるほどすばしっこく、お人よしのロブはいつもニコニコしていた。痩せっぽちのウィリアム・ウォーナーは、ハーフペニー通りの子どもたちのなかでは、一番ちびだった。ダン・オールドフィールドの父親は、渡し船に乗っていた時、ほろ酔い加減だった船頭が、干潮にもかかわらずロンドン橋を潜り抜けようとして溺死した。ダンはフライパン横丁の行商人から、焼き栗を盗むのがうまいことで知られていた。彼はポケットから熱々の焼き栗を取り出し、ほかの悪がきたちにも分け与えてやるのだった。凍えるような寒い朝、ダンの提案で、彼とウィリアムは自分たちの素足に小便をしたこともあった。たとえ束の間でも、寒さをしのげる歓びは何にも代え難かった。それから、アッシュ・コートの鎖骨がいた。彼は顔の半分に赤いあざがあった。鎖骨はリジーが好きだった。「リジーの肌って、修道女の肌のようだね」とうっとりするように彼は言った。おそらく、その時の彼は、青黒い自分の肌が恥ずかしくて、髪の先まで赤くなるような思いだったに違いない。

ウィリアムとその仲間たちは隙があれば盗みを働いた。うるさい司祭ならば、それは罪以外の何でもないと金切り声をあげるだろうが、腹を満たすことができるならば、盗みは罪ではなかった。

ある日、ロブは、ブーツの片方だけを手にして、ダーティー通りのすぐそばにある彼らの小さなアジトにやって来た。とある靴屋の店先にぶらさげられていたものを拝借してきたのだ。もう片方も頂戴しようとしたが、鏡越しに見ていた靴職人に見つかって、追いかけられた挙句、捕まってしまった。幸いその職人はかなりの老いぼれだったので、なんとか逃げおおせたのだとロブは言った。ウィリアムはブーツを持ち上げて尋ねた。「ブーツ片方だけなんて、使い道はあるのかい?」ロブは顔に皺を寄せて、しばらく考え込んでいたが、その唇が勢いよく開いたかと思うと、唾を飛ばしながら叫んだ。「片足の人に売ればいいんだ。少なくとも十シリングで売れるはずだ」もう金を手にしたかのように、満足げな顔だった。

リジーがジョン、続いてルークの母親代わりとなったころ、スワン通りに住むリジーの友だちのサルがウィリアムの姉となった。サルは両親のひと粒種だった。彼女は丸々とした健康な赤ん坊だったが、彼女が生まれてからは、母の子宮は呪われてしまったかのように、授かった赤ん坊はすぐに病気になり死んでしまった。

サルの家はソーンヒルの家より暮らし向きは良かった。ミドルトン氏は船頭で、その父親も、またその父親も、代々船頭をしていた。ミドルトン家は、知らない人はいないほど昔から、ボローにある同じ通りに住んでいた。二階建ての細長い家には、冬は石炭の火が燃え、窓ガラスがきちんとはめられていて、食器棚にはいつもパンがあった。

それでも、亡くなった子どもたちのちっちゃな魂に憑りつかれた悲しい家には違いがなかった。期待をかけた息子が病気にかかり次々と死んでゆくのを見ながら、ミドルトン氏はだんだん気難しくなり、寡黙になっていった。商売が彼の唯一の慰めだった。毎朝一番乗りで船着き場へ出かけ、一日中船を漕ぎ、日が沈むまで家には戻らなかった。自分の内に棲みつく死んだ息子たちをひたすら見つめるかのようにひと言も話さなかった。

サルの両親はたった一人の宝物のような子どもに愛情を注いだ。母親は向きあうように娘を抱きかかえ、手を頬に添えて「お人形さん」とか「かわいこちゃん」と呼びかけた。家計の許す限り、サルは望む贅沢品を与えられ甘やかされた。蜜柑、菓子パン、柔らかい白パン、誕生日には蜘蛛の巣の糸のようにきめの細かい毛織りの青いショールが与えられた。サルの両親の溺愛ぶりは、ウィリアムの両親の子どもたちへの態度とは正反対で、誕生日など祝ってもらったことがないウィリアムには、奇異にすら感じられた。

そんなふうに愛されて、サルは花開いていった。決して美しいとは言えないまでも、彼女の笑顔はまわりを明るくした。彼女の人生の唯一の影といえば、墓場で眠る兄弟姉妹たちの存在だった。生きることを許されなかった兄弟姉妹たちは、本来なら彼らも享受してしかるべき愛をサルが独占してしまっているのだと、彼女を責めたて困惑させた。その影の存在が、彼女を優しい人へと育んだ。ウィリアムにはそんなサルが新鮮に映ったものだった。鶏の首が落とされるのを見るのも耐えられず、通りで馬が鞭打たれているのも我慢ならない人間に、彼はこれまで出会ったことがなかった。ある日彼女は、小さな犬を鞭打つ男に走り寄り、「やめて！　やめて！」と金切り声をあげた。その男は肩をすくめてサルを相手にしなかったが、もしウィリアムが彼女の手を掴んで、男と怯える犬から離れた路地まで引っ張っていかなければ、男は彼女に鞭を向けたかもしれなかった。サルはウィリアムの胸に顔をうずめて、怒りにむせび泣いた。

スワン通り三十一番地のこの家に憧れるのは当然だった。通りの名前からして優美だった。ウィリアムは、こんな家庭の子どもであるのはどんな感じなのだろうと想像してみることがあった。それは、したたるうまい肉汁に浸した厚切りのパンにありつけるだけではなく、自分の居場所を持つということに思われた。スワン通りとその家の部屋は、サルの存在の一部になっているのに対して、自分には居場所だと感じられる場所などないことに彼は気づかされたものだった。

ウィリアムが兄弟姉妹の存在に憑りつかれていたとしたら、サルはその不在に憑りつかれていた。そんな二人には、お互いの存在が慰めとなっていた。彼らはみすぼらしい悪臭を放つ通りを逃れ、カブ畑やキャベツ畑を横切り、一年中水を湛える水路を飛び越え、自分たちのものだと思っているロザーハイズの荒れ地の一角へ向かった。その藪に囲まれたちょっとした場所に、二人は風よけになる小屋をこしらえた。大きくて青ざめた空と茶色の水たまりが広がり、水鳥の鳴き声が聞こえるその場所は、ターナー通りとはまったく違っていて、ウィリアムは、自分が違う人間になったように感じた。彼はその場所が好きだった。その場所がもつ寂寞感や清涼な風の感触が好きだった。家もなければ路地もなく、人目もなかった。時折ジプシーが通ることはあったが、すぐに自分たちだけの場所になった。

雨が降りはじめ、優しく、静かに、絶え間なく降り続く時、ウィリアムとサルは、袋を雨除けにして、雨が降り注ぐ灰色の河にさざ波が起こるのを見つめていた。彼らはお互いを見やることはなく、並んでじっと雨を見つめた。雨は、二人が共に過ごす時間を中断せずにすむ理由を与えてくれた。そして、吐く白い息が混じりあうのを見つめながら、くさびで留められたように傍らに座り続ける理由をも与えてくれるのだった。

彼女の顔にはずっと見つめていたいと思わせる何かがあった。何か目立った特徴があるというわけではなかったが、多分、彼女の唇がそう思わせるに違いなかった。サルの上唇はとてもふくよかで、大抵の人がそうであるように、口の角に向けて次第に薄くなっていなかった。それが今にも微笑みそうな、話しだしそうな、そんな情熱的な印象を与えていた。話したいことを思いついたような目つきで、彼女が自分のほうを向き一緒に笑いあう、そんな瞬間を待ちながら、ウィリアムはその唇を見ているのが大好きだった。

サルといると、闘士でいる必要も、自分を守る必要もなかった。ただ少年らしく、唾をどれくらい遠くまで飛ばせるかやって見せるような、たわいもない遊びに興じることができた。二人は、光る唾が宙を飛んで草に落ちてゆくのを見た。サルの番になると、ウィリアムは、彼女が口をすぼめて唾を集め、吐き出すのを見つめた。サルはウィリアムほど遠くに飛ばせなかったが、この楽しい瞬間が続くように、彼はわざと彼女が勝ったかのように思わせた。

ウィリアムは、サルが自分のことをウィルと呼ぶのが好きだった。彼の名前は手垢にまみれるほど多くの人に使い古されていたが、ウィルは彼だけのものだった。

夜、ジェームズに背中を蹴られながら、父と母が咳をしているのを、自分の傍らでロブがいびきをかくのを、ネズミが朽ちた藁ぶきの屋根を走りぬけるのを聞きながら、足に鳥肌が立つのを、水っぽい粥しか食べられず腹がゴロゴロと鳴るのを感じながら、ソーンヒルはサルを想った。彼女の茶色の瞳とその瞳が自分を見つめる瞬間を想像した。彼女のことを考えていると、体のなかから温かくなるように感じた。

ウィリアムが十三歳になった年、母は病の床に臥し、クライスト教会の門柱の獅子たちに憑りつかれていた。母はその獅子をなでるために、柵をよじ登った子どものころの記憶を何度も何度も追体験していた。父親に無理やり柵から引きずり降ろされ、耳のまわりを平手打ちされた痛みが、彼女の体に繰り返しよみがえっているようだった。「もうちょっとで手が届きそうだったのに」死んだように青ざめた唇に微笑みを浮かべ、記憶をたどりながら母は言った。「もうすぐそこなのに。ああ。引きずり降ろされちまう」母は、紙のような皮膚に血管が浮き出て痩せ細った腕を、汚い漆喰の壁に向けて伸ばし、節くれだった手を広げた。その顔はかつて少女だったころの甘美な憧れに輝いた。

母はその後間もなく亡くなった。牧師を呼んで葬儀をするような金はなく、母は共同墓地に葬られた。その翌日、せめてもの弔いとして、ウィリアムは泥の塊を布きれに包み、外套の下に忍ばせてクライスト教会へ向かった。獅子たちは、彼の母親が微笑みかけ、近づこうとしたころと同じように、腹を空かせた表情でたたずんでいた。泥を外套のなかから取り出して、彼は近くの獅子に投げつけた。分厚い黒い塊が獅子の気取った鼻の真ん中にピシャリと音を立てて命中した。「そのにやにや笑いをやめろ」と心のなかで獅子に毒づいた。家までの長い道のりをたどりながら、獅子に泥を投げつけた瞬間を思い出しては、溜飲が下がる思いだった。いくら雨が降り注いでも、獅子の鼻孔の泥が流れ落ちる気配はなく、それを見るたびに気味がよかった。


母を追うように父も亡くなった。咳がバーモンジーのじめじめした共同墓地の墓穴へと父を追い立てていったのだ。こうして、ソーンヒル家は家長を失った。長兄のマティは、オスプレイという船の乗組員になって、もう四年ほど家に戻ってはいなかった。リオデジャネイロにいるという便りがあったが、その一年後、マティが乗った船はギニア沿岸で難破した。マティは、ニューファンドランド島に向かうサラマンドラ号でイギリスへ戻ろうとした。しかし、その後二年間、兄からは何の便りもなかった。

ジェームズは、十四歳の時、河を越えて対岸に渡ったまま戻ってこなかった。彼が開いた窓から銀の蝋燭をもって逃げるのを見たとか、煙突から忍び入って紳士が眠っている隙に腕時計を盗んだのを見たとか、いろんな噂がささやかれた。そんなわけで、残された家族の行く末は、すべてウィリアムの肩にかかっていた。

　ウィリアムはしばらくの間、父が働いていたポット氏の工場で働いた。けれども、綿埃と機械の騒音は耐え難く、ごみを取るために機械の下へと潜らされた時、小さな子どもがエンジンに押しつぶされたのを見て以来、そこを去り二度と戻らなかった。そのあとは、ホワイト氏のなめし樽置場で働いた。腐った血の匂いのなか、背中に悪臭を放つ皮を担いで手押し車から桶へ運んだ。染料が体中に染みついた男たちが、ウィリアムを不機嫌そうにじろりと睨みつけた。彼がもっとも恐れたのは、この劣悪な状況下で、ほとんど人間らしさを失って、自分もこの男たちのようになってしまうことだった。

　その仕事がなくなると、今度はシャベルを持って麦芽を醸造する仕事をした。実を搾り切った麦芽の滓を救い上げる仕事だった。搾り滓は、悪臭を放つ繊維のような塊で、赤ん坊の便の色をしていた。

　ネッテルフォード・アンド・モーザーズの金物工場で、旋盤の下から鉄の削り屑を掃く仕事をしたこともあった。鉄屑をシャベルですくって粗布製の大袋にまとめて荷馬車まで運ぶのだ。百十二ポンドの削り屑を背負い、肩に袋の持ち手を固定して転ばないように踏ん張りながら、一日中傾斜路を往復した。背骨が折れるのではないかと思うこともあったが、少なくとも悪臭に悩まされることはなかった。仕事を終えて、夜眠りにつく時も、足の筋肉は休まることなく痙攣《けいれん》したような状態だった。

　一番よかったのは、波止場で沖仲士として働いた時だった。爽やかな風が河を吹き抜け、波止場に三、四列に並んで着けられた船は、バーモンジーを遠く離れた世界の存在を教えていた。スローン埠頭には乞食がいたが、その男はかつて船乗りだった。肩にいつも緑色のオウムを止まらせており、背中には鳥の白い糞の長い筋がついていた。オウムは、男の肩の上でせわしなく動き、男の耳をかじったり、誰かが近寄れば甲高い声で鳴いた。その鳥は夢のなかから出てきたようだったが、現実にその男の肩で鮮やかな色を放っているのだった。

ウィリアムは、物があふれている波止場が大好きだった。ブランディの樽、コーヒー豆の袋、紅茶の箱、砂糖の大樽、アサの梱《こり》など有り余るほどの物があった。

こんなにも物があるのだ。少しくらいなくなったとしても、どうということはないように思われた。

ある日、ウィリアムは倉庫の三階の片隅で手に鉄を持った男の集団に出くわした。彼らは近くの大樽の蓋をこじ開けようとしていた。木が裂ける音があたりに響きわたり、男の一人が発した咳もかき消しながら、なかから鈍く茶色に光る砂糖があらわれた。その塊はあまりに巨大で、ウィリアムがこれまで見たことがある小さな紙に包まれた少量の砂糖と同じものとは思えなかった。それを見ていると口のなかで唾液があふれた。

「なんてこった」男の一人が言った。「樽が壊れちまった」別の男が司祭気取りで言った。「無駄は罪だと神様は言っておられます」ウィリアムは男たちの間から手を押し出して、手のひらいっぱいに砂糖を握りしめた。思わず笑いが込み上げてきた。口いっぱいに詰め込むと、その甘味に湧き上がる激しい欲望を押しとどめることはできなくなった。しばらくして、男たちは外套の内側にぶらさげていた小さな袋に砂糖をいっぱいに詰め、ウィリアムがまだ手のひらを嘗めているうちにどこかへ立ち去っていった。

床の上をゴロゴロと手押し車を押す音が頭上に聞こえた。建物の横で誰かが荷物を降ろしている気配がし、キーキーという滑車の音がしたかと思うと足音が近づいてきた。ウィリアムはあたりを見わたした。彼は樽や箱の山に閉じ込められていた。

彼の外套の内側には小さな袋などなかったので、彼は、被っていた古いフェルトの帽子をむしり取ると、両手で砂糖をすくい、そのなかに入れはじめた。帽子がいっぱいになると、今度はポケットにいくらか詰め込もうとしたが、砂糖はあちらこちらにくっついて注ぎ込むことができず、粘りつき固まってしまった。

足音がすぐ傍らのアサの梱の向こう側に迫ってくると、ウィリアムはその帽子を脇の下に挟み、日が暮れるまで隠れていられるような奥まった隅に逃げ込もうとした。しかし、帽子を脇へと押し込み、彼が振り向いた時、そこには倉庫の支配人のクロッカー氏の縞模様の上着の胸があった。「ちょろまかそうったって、そうはいかないぞ、ソーンヒル」と、彼は叫んだ。「シラミに食わそうって言うのか」ウィリアムの脇の帽子を打ち払うと砂糖が床に広がった。「わしの目が節穴だとでも思っているのか。えっ、ソーンヒル」

しかし、ウィリアム・ソーンヒルは、すでに言い訳を考えていた。「私がここに来た時は、すでに壊れていたんですよ、だんな。神にかけて誓います」それは嘘ではないように思えた。彼はアサの梱のところに来た自分が、大樽の上部が欠けて砂糖が散らばっているのを見つけたところを想像できた。「大樽と壁の間に砂糖があったんです。だんな」彼は訴えた。「そして、そこにいた男が私にそれを取るように命じました。それが悪いことだとは思わなかったんです。神様が見ておいでです」彼は自分の声に説得力があるように感じた。

けれども、クロッカーはそんな話を信じなかったし、彼の言うことを聞こうともしなかった。砂糖の大樽がこじ開けられた付近で、砂糖を帽子いっぱいに詰め込んだ少年が見つかった——それは、クロッカーにとって、盗み以外の何ものでもなかった。

レッド・ライオン埠頭を通って、百ヤードの道のりを鞭打たれて歩かせられるソーンヒルを、人々は働く手を止めて見た。

クロッカーは、ソーンヒルのシャツを脱がし、半ズボンを膝まで引きずり下ろすと、歩くように背中を押した。竿がソーンヒルの背中の皮膚をピシャリと打ちつけ、彼はその痛みからなんとかして逃れたいと思わずにはいられなかった。しかし、引き下げられた半ズボンが足にまとわりついた。クロッカーは、よろけながら歩くソーンヒルの横をぴったりとくっついて歩いた。

このことで学んだ教訓は、捕まってはならないということだった。鎖骨がスクリューを使って、気づかれないように樽からうまくブランディを抜きとる方法を教えてくれた。彼は樽の先端に向けてそっと据えつけられた輪を外し、その輪があったところに錐で二つ小さな穴を開けた。そして、ポケットにぴったりと収まるように二分割されたブリキのパイプを取り出し、外套のなかにぶらさげている隠し袋のなかにブランディを注ぎ入れた。ソーンヒルは、ブランディの熱くて頭にのぼる匂いを深く吸い込んだ。その匂いだけで、体は十分に内側から温まった。「一杯どうだい、ソーニー」鎖骨が勧めてきた。ソーンヒルがごくりと飲み、鎖骨は隠し袋を取り戻すと、自分もたっぷりと飲んだ。ソーンヒルは、その液体が鎖骨の喉を降りていく音を聞いた。

両脇の隠し袋がいっぱいになると、外套の脇の下の輪に吊るし、鎖骨は、あらかじめ用意しておいた薄い金属の小片を取り出し、それらをスクリューで穴を開けたところへはめ込んだ。そして、取り外した輪を樽につけ直した。「目には見えないものなり、ってね。ソーニー」彼はウインクして言った。「だろ？　聖書がそう言っているさ」

十一月になるといつも、朝、真綿で包んだような静寂のなかに目覚めた。下のほうから部屋が明るくなってゆき、割けて歪んだ梁や古びて黒く汚れた屋根板が痛々しく照らし出された。頭に毛布を被っていても、待ち受けているものが何だかわかった。そう、雪だ。雪は汚物の堆積の上に滑らかに降り積もり、小路のなめし工場から漂う悪臭をその白さのなかに封じ込めた。それは願ってもないことだった。

彼が十四歳になった冬、河は二週間ほど石のように凍りついた。氷の上では氷祭りが開催され、アイルランド人のバイオリン弾きや躍る熊、栗を売る売店で賑わい、男も女もジンを飲んで酔っ払った。栗や酒を買う金のない者にとっても、その祭りは盗みを働く絶好の機会だった。河は凍りつき、船の仕事もなければ、なめし工場での仕事もなかった。

マーメード・コートを入ってすぐの小さな部屋で、ソーンヒルの兄弟姉妹たちは飢えに苦しんでいた。メアリーは必死に埋葬用の白布を縫い続けた。光を得るために窓辺で仕事をしたが、ガラスがない窓からは風が吹きつけ、指がかじかんで仕事にならないこともあった。リジーは扁桃腺を患い、寝床で呻きあえいでいた。ジョンは弟のルークに見張りをさせて、テイラー商店の売り台からジャガイモを盗んだ。そして、笑えることなど何ひとつないこの状況で、哀れな狂人のように夢心地で微笑みを浮かべているロブがいた。

ソーンヒルを救ってくれたのは、陰気だが親切なミドルトン氏だった。赤ん坊がまた亡くなり、彼にはもう自分の仕事を教えたり、商売を継がせる息子はいなくなった。ミドルトン氏のなかで何かが変わり、ついに希望も絶えたようだった。「ウィル、父さんね、とても頑なになってしまったの」サルはソーンヒルに言った。「もう子どもはいらないって言うの」長い沈黙のあと、彼女は続けた。「息子はいらない。私だけでいいって」雰囲気が重くならないようにサルは努めて明るく振る舞おうとして、関係のないことを話し続けたが、ソーンヒルには彼女の苦悩がよくわかった。

しかしそのあとすぐ、ミドルトン氏はソーンヒルを徒弟にすると言いだした。「盗みをするんじゃないぞ」彼は警告した。「盗みをしたら破門だ」姉たちのために、ミドルトン氏は繕い物の仕事がある男を紹介してくれ、そのおかげでソーンヒル一家は飢えをしのぐことができた。

その年のもっとも冷え込みが厳しい一月のある日のことだった。真珠色の雲は氷のようで、空気は息をするにも痛いほど冷たかった。ミドルトン氏は、徒弟の契約のために、聖《セント》メアリー・ヒルを登ったところにある船頭会館にソーンヒルを連れていった。ドアを開けると、すり減った石が敷き詰められ、隙間風が吹き込む廊下があり、少年たちが契約を交わすために待っていた。用意された椅子は固く、尻には小さすぎたし、敷石から伝わる冷気が木靴の足を凍えさせた。しかし、この日、彼は忌まわしい過去を打ち破り、人生が前に進み出すことを予感していた。ミドルトン氏は、急な上り坂を登ってきたせいで、喘ぎながらその場に座り込んだ。その横でソーンヒルも息が詰まる思いでいたが、それはこれまで感じたことのない未来への希望に興奮しているからでもあった。

七年間の徒弟期間を終えれば、テムズ河で自由に商売をする身分を得ることができるのだ。河を往来する人々は絶えず、輸送船から波止場へと運ばねばならない石炭や小麦もあった。健康でさえいれば、決して飢えることはないだろうと思われた。彼は、誰よりも強く、速く、才気あふれる最高の徒弟となることを自分自身に誓った。七年後には、テムズ河で一番勤勉な船頭になるのだ、そう心に決めていた。

船頭としての技能を身につければ、彼はサルと結婚し、彼女とずっと一緒にいられるかもしれなかった。ミドルトン氏も、ゆくゆくは商売を助けてくれるたくましい義理の息子が必要になるだろうし、当然の成り行きとして彼がそれを継ぐことにもなる。閉ざされていた人生の扉は、今、まさに開かれようとしていた。

船頭会館の階段は、まるで夢のなかから出てきたようだった。ほっそりとした手すりに沿って、剥いたオレンジの皮をひと巻きするように上へ向かって曲線を描く階段は、天窓から降り注ぐ光に照り輝いていた。その階段を登り切ったところで、ソーンヒルは思わず尻込みした。ミドルトン氏は半ば引きずるような格好で、彼を豪華な部屋へと連れ込み、シャンデリアが煌めくトルコ製の絨毯の上に立たせた。

彼は暖炉に燃えさかる炎の熱さを感じながら、壁に飾られている暗い色調の荘厳な絵画を見つめた。

ソーンヒルは、いつもよりいっそう厳めしく見えるミドルトン氏の陰に隠れるようにして立っていた。ミドルトン氏は肩を宮殿の守衛のように硬直させ、大きなマホガニーのテーブルの向こうに座っている六人の法服に身を包んだ男たちに向かいあって立った。肩のまわりに大きな銅の首飾りを下げた男が口火を切った。「おはよう、リチャード。奥さんは元気かね？」ミドルトン氏はそっけのない声で答えた。「おかげ様で、ぼちぼちやっております、パイパー様」

ソーンヒルはこれまで、誰かがミドルトン氏を名前で呼ぶのを聞いたことがなかったし、こんなふうに氏が不安と謙遜を露わにしながら緊張しているのを見たことがなかった。ソーンヒルは、マホガニーのテーブルの向こう側に座っている男たちは、ミドルトン氏よりもはるかに身分が上で、ミドルトン氏は自分よりも身分が上なのだということを悟った。彼はこの瞬間、突如として、人間は階層化される存在であることを理解した。人間はある者より身分が高く、ある者よりも低い。そして王や神を頂とするその階層の最下位に、彼は位置しているのだった。

首飾りの男が尋ねた。「その少年は誰だね、リチャード」ミドルトン氏は硬直したまま答えた。「ウィリアム・ソーンヒルと申します。私をこの子の保証人として認めていただきたく参上いたしました」別の男が尋ねた。「櫂を漕げるのかね？」小柄な男が割り込んだ。「船頭に向いてるのかね？」

ミドルトン氏は弾んだ声で、はっきりと答えた。「それはもう、もちろんでございます、パイパー様。この子にはヘイ埠頭からサファランス波止場まで、さらにはウィッピング・オールド・スティアズからフレッシュ埠頭まで、この数週間漕がせました」首飾りの男は叫んだ。「すごいじゃないか」その話し方はあたかも子どもに話しかけている口調であったが、ミドルトン氏は何も言わなかった。そんなふうに話しかけられることに、氏が感情を害している様子はなかったが、ソーンヒルは気が気でなかった。

ソーンヒルは、横で燃えさかる炎が熱すぎて不快に感じた。これまで、こんなにも火が燃えさかる暖炉に近寄ったことはなかったし、熱すぎるという経験をしたことがなかったので、その炎が自分の尻を射抜くかのように感じた。彼の臀部は、ちょうど火が当たるところにあったが、前に動けば法衣の紳士たちに近づくことになる。そのような無礼は許されるはずはなかった。目の前の男たちの一存にすべてが託されている状況で、これは彼が耐えるべき試練のように思われた。

パイパー氏は、もう一度「すごいじゃないか」と言った。けれども、彼はかなりもうろくしていて、自分を褒めるように腕を軽く叩きながら、一体、誰をどうして褒めているのか思い出すことができないでいるようだった。

すると、禿げ頭の男がソーンヒルに向かって言った。「まめは良くなったのかい、ソーニー？」ソーンヒルは、「はい」と言ったものか、「いいえ」と言ったものか、それとも何も言うべきでないのかわからなかった。彼の手のひらはミドルトン氏が課した課題のおかげで腫れ上がっていた。ソーンヒルが何も言わずに手のひらを差し出すと、場は和やかな笑いに包まれた。

禿げ頭の男が言った。「いい子だ。もう立派に船頭の手じゃないか。よろしい、許可しよう」こうして契約は成立したのだった。

ミドルトン氏は良い主人だった。人生で初めて、ソーンヒルは空腹や寒さを覚えずにすんだ。彼は台所の敷石の上に藁を敷いて眠り、潮の満ち引きに合わせて寝て起きた。

潮流は暴君のように彼の生活を支配した。それは待つことを知らず、もし艀《はしけ》の船頭が石炭の積荷を運ぶのに満潮を逃したら、いくらたくましいウィリアム・ソーンヒルといえども船を漕ぐのは困難で、次の満潮まで十二時間待たなければならなかった。

彼のまめは癒えることがなかった。大きくなってはち切れ、またできては、はち切れる、その繰り返しだった。ホープ号の櫂の持ち手は、彼の血で茶色に染まっていた。ミドルトン氏は、それを見て満足そうだった。「これが唯一の船頭になる方法だ」そう言って手に塗る油をくれた。

七年間は途方もなく長い時間に思われたが、学ぶことは山のようにあった。ウィッピングからロザーハイズまでの潮流は、潮がヘイズロードへと押し寄せ、もし船外に投げ出されようものなら、瞬時に渦巻に呑み込まれてしまう危険性があること。チェルシー・リーチでは、流れが船を引いたり押したりすること。それは何年も前にバイオリン弾きの一団が溺れたからだという噂があり、それ以来その場所では河面の端が常に波立っていること。人間の四倍の長さの櫂がいかに持ち手の言いなりにならないか。櫂支えの留め具をてこに櫂の向きを変え、手首の返しで水かきをぐいっと斜めに水をくぐらせ、次に、櫂を後甲板まで持ち上げ、狭い船べりに沿って動かし、持ち手をすばやく押し下げて櫂を船尾に対して逆らうように振り動かすやり方。

いつしか、これらすべては学んだという事実を忘れるほどに自然なことになった。

ほかにも学んだことはあった。ジェントリー〔郷紳。英国における地主貴族層〕についてだった。彼らは船に乗り込む前に、「ねぇ、君」と呼びかけては冗長にまくしたてながら、運賃の値引きを要求した。もしほかにも競争相手の船が乗り場に連なっていたり、客がいない時などは、ソーンヒルは彼らの要求を呑まざるを得なかった。稼ぎのないまま仕事を終えることがないように、チェルシー・ステップスから聖《セント》キャサリン・バイ・ザ・タワーまで、二、三ペニーで、たった一人の乗客を乗せることもあった。ランベスの劇場に向かう役者などは、乗り場でぐずぐずし、船頭が船を支えているのにもかかわらず、好きなだけ待たせた。船に乗り込む時も、彼らはソーンヒルを一瞥だにしなかった。船頭など景色の一部に過ぎず、世界には自分しか存在していないといった風情で、ずっと劇の台詞の練習をしていた。

ジェントリーたちは、貧しい船頭をペテンにかけるような人間の屑であることをソーンヒルは知った。ある乗客は、すぐに戻ってくるからそこで待っているように、料金は帰りの分と合わせて払うから、と言った。ソーンヒルは、自分がもらうべき料金はもらわねばと五時間待ち続けた。そしてそのペテン師は、帰路もほかの船頭を騙しているに違いないことをようやく悟ったのだった。

それ以来、ジェントリーたちを信用することは二度となくなった。

それに加えて、船頭はジェントリーの気まぐれな行動についても心得ておかねばならなかった。船頭は、ボクソール・ガーデンに行きたい客が、いつごろホワイトホール・スティアズにやって来て、いつごろ帰るのかを知っておかねばならなかった。タラが河を下る時期には、ジェントリーはフレンド・イン・ハンドやキャプテンといったパブに行くので、その頃合いを知っておく必要もあった。彼らは河の傍らの庭に座っていつも魚をたらふく食べるので、そこでそのまま彼らを待つのか、それともリッチモンドのカントリー・ハウスまで船を利用しようとするほかのジェントリーのために、コーニッシュ・スティアズまで戻ったほうがいいのか、見極める必要もあった。

ソーンヒルはテムズ河一の徒弟だった。覇気のないほかの徒弟の呼び声とは比べものにならないソーンヒルの威勢のよい呼び声は、紳士たちの気を引いた。「こちらですよ」彼は大声を出した。「どうぞこのホープ号にお乗りになってください、旦那様。この河で一番の船ですよ」そして、彼は古い帽子を脱いだ。ふさふさとした光沢のある髪は、帽子よりも見栄えがすることを彼は知っていた。こんな元気ではつらつとした髪の持ち主の身体に宿る活力を、誰が疑うというのだろう？　彼は音楽堂で公演でもしているかのように仰々しい身振りで呼びかけた。「キリスト教国中で最高の船ですぜ、旦那様。この船に及ぶ船は、どこを探してもありません」それから、彼が徒弟の競艇で獲得した袖のドゲット〔トーマス・ドゲット。アイルランドの俳優。一七一四年のジョージ一世の即位を記念してテムズ河スカルレースにドゲットが上着と肩章として知られる賞品を寄贈した〕の肩章を指さして言った。「ここからグレーヴセントまで、二時間四分で行ってみせますぜ。かぎ煙草入れを取り出す間もなく、ビリングゲートにお連れします」

ジェントリーは、インド人の水夫より謎めいていて、ソーンヒルにはまったく別の生き物のように思われた。彼らが自分と同じ人間という生き物で、同じような衝動によって生きているとは到底思えなかった。ある日ソーンヒルは、乗客の足が濡れないように斜面に船を上げようとして、腿のところまで水に浸かっていた。乗客らはソーンヒルに呼びかけたが、彼はその日の仕事を終えるのに十分な稼ぎを得て、早くミドルトン氏の暖かい台所に戻ることばかりを考えていたので、乗客のことなど気にも留めなかった。彼の足は麻痺し、にわか雨に濡れ、風に吹きさらされた上半身は凍えていた。雨で湿りけを帯びた帽子の下の髪は犬のような匂いがした。着古した毛糸の青い外套も濡れていた。外套の下にはミドルトン氏がくれた赤いフランネルのチョッキを着ていた。それは、自分のもとで働くたくましい徒弟を得て、体重が増えた氏にはもう着られなくなったものだった。船は河面を吹き抜ける激しい風に煽られ、ソーンヒルの足にぶつかった。彼は両手で船べりを握り、必死で揺れを止めようとした。その時、気取った紳士の声が聞こえた。「気をつけなさい。船頭に足を見られないように」

その紳士の顔は白かった。胸板は薄く、口はピンク色の薔薇の蕾のようであり、帽子の下からは巻き毛が垂れ下がっていた。彼は自分の連れの婦人の背中に手を添えて、終始、彼女を気遣っていた。紳士は、かじかむ手で船べりを握りしめ、泥にまみれて水のなかに立っているソーンヒルを、嘲笑というよりはむしろ勝利に満ちた眼差しで一瞥した。「私を見たまえ。私が所有しているものを！」紳士の眼差しはそう語っているように思われた。白のシルクタイツにはじまり、彼女が身に着けているものすべては彼の所有物であり、それに比して、この世でウィリアム・ソーンヒルが所有しているものといえば、象の背中の吹き出物のように頭にちょこんと乗っかっている、雨に濡れてすっかり縮んでしまった黒い縁なし帽だけなのだと。

紳士は婦人の足をどう扱えばよいのかわからないでいるようだった。彼女に触れはするものの、そのしぐさに歓びは感じられなかった。その婦人と、彼女が身に着けているストッキングや履き物は、すべて自分のものなのだという誇示があるだけで、愛する者に対する感情の表現はなかった。

船べりに身をもたせかけている婦人の足は、ちょうど船頭の目の高さの位置にあり、その絹のなめらかな表面に手を伸ばし触れてみたい思いに駆られるほど近かった。婦人の足の先の履き物は、ホースレイダウン・オールド・スティアズの泥だらけの傾斜路にはそぐわない華やぎがあった。この緑色のシルクの小さな履き物に、婦人の全体重を支えられるのだろうかとソーンヒルは思った。甲の部分しかない履き物の華奢《きゃしゃ》な踵は、婦人の足首を美しく見せていた。婦人が船首の部分に足をかけた時、ソーンヒルは、その足首の曲線や足の裏側、踵の優美さすべてをつぶさに観察することができた。

彼は婦人の足から顔へと視線を移した。「あなた、ありがとう」と、婦人は夫の気遣いに対して感謝を述べている。しかしその表情は、夫には感傷的な慇懃《いんぎん》さしかなく、面白みなどは到底期待できないのだということを物語っていた。

彼女はソーンヒルを見ていなかったが、彼女の足は彼に語りかけていた。その露出がそう思わせた。彼女は自分の足を一介の船頭に晒すことで、非情な夫の気持ちを逆なでしたかったのだろうか？　それとも、世の中には夫とは異なる種類の男、すなわち、女の足を見たら、当然なすべきことを知っている、そういう男がいることを確認するために、自己満足的な行為に及んだのだろうか？

次の瞬間、その紳士は婦人のスカートを引き下ろし、妻と船頭の間に割り込んだ。二人は船に無事に乗り込んだが、紳士が乗り込む際に、彼の臀部がソーンヒルの顔をかすった。乗客が船に乗り込むのに不器用に手間を要している間ずっと、ソーンヒルは両手で船を支えていたので、彼がようやく船に乗り込んだ時は、濡れた足は凍えて言うことを聞かなかった。乗客は船尾に座っていたが、引き下ろされた白いスカートで婦人の緑の履き物は見えなくなった。

するとその足の婦人が夫に語りかけた。「ヘンリー、履き物がすっかりだめになってしまったわ」彼女が足を前に伸ばすと、緑色のシルクが河の水に濡れて光っているのが見えた。履き物の前方についている飾りは悲しげに垂れ下がり、びしょ濡れになっていた。スカートが膝あたりまで引き上げられると、履き物とともに再び彼女の足が露わになり、スカートに隠れた魅惑的な部分を想像させた。

「なんてこった」男は甲高い声で叫んだ。「足が丸見えじゃないか」

その時、婦人は確かにソーンヒルを見た。夫が見つけて騒ぎ立てないように、ほんの一瞬ではあったが、それはなんとも情熱的な眼差しだった。二人の間を行きかった一瞥は、互いの性的欲望を理解している男女の間で交わされるものだった。

伊達男の紳士は自分の妻の肩に手をまわしてはいたが、ボクスホール・ガーデンの生垣に到着しても、この二人の間に男女の秘め事が執り行われるとは思えなかった。

こんな男と生き残りをかけた戦いになれば、自分が勝利するであろうことをソーンヒルは知っていた。船が難破しても、ソーンヒルは生き残る術を心得ているが、この男は泣き叫び、うなだれて死ぬしかないに違いなかった。一七九三年の孤島のごときロンドンの、あらゆる危険が潜むジャングルのような場所を、ソーンヒルは生き抜くことができた。しかし、自分を船をつなぐ杭のように見下す気取った輩《やから》の支配下から、逃れることはできなかった。

みながみなヘンリーのようだったわけではなく、身分の分け隔てなく接してくれる常連客もいた。例えば、ワトソン大佐がそうだった。大佐はランベスの女友だちを訪れる水曜日の午前、決まってチェルシー・スティアズから乗ってきた。大佐は恰幅の良い紳士だったので、彼が乗った船を河へと押し戻すのはひと苦労だったが、ソーンヒルは、彼が乗り易いように進水路へ船を押し上げることを厭わなかった。大佐は貧しい者を相手に数ペンスを値切ったりするようなことはしない善良な男だったからだ。

船頭の頭脳というものは、朝目覚めると同時に、河や潮や風の状態を予測し、寝床から出る前から気ぜわしく働いた。夜明けの空の色、河の上を飛ぶ鳥の鳴き声、潮の変わり目の波の様子、これらはすべて彼にとっての知識の源であった。それらは、彼がどこに行けば乗客が見つかるか教えてくれた。

しばらくすると、泥で濁った河を走る船は、犬の背中のシラミのようにちっぽけなものに思われ、河は隅々まで知り尽くした大きな部屋と変わらないものになった。次第に彼は、河の上に降り注ぐ青白い光に心を奪われるようになっていった。空の神々しい輝きを仰ぐ時、日常のつまらぬことを忘れることができた。流れが船を運んでくれるハンガーフォード・リーチで、櫂にもたれかかって休息をとりながら、光がすべてを包み込んでゆくのを水際で眺めたものだった。

日曜日、ミドルトン氏は休みをくれることもあったので、ソーンヒルとサルは時々一緒に時間を過ごすことができた。彼はその感覚を誰にも説明しようとは思わなかったが、皮膚の下にあふれ出しそうな思いを感じながら、彼女といるのが好きだった。サルにならどんなに恥ずかしいことも打ち明けられるような気がしたし、彼女ならそれを聞き、朗らかな優しさを込めた受け答えをしてくれるだろうと思えた。

徒弟になって初めての冬、かつて彼女の母がそうしたように、サルはソーンヒルに彼の名前の文字を教えようとした。サルを喜ばせたくて同意したものの、ソーンヒルには自分が本当に字を習いたいのかはわからなかった。紙に書かれた記号のような文字を見ていると、精力を吸いとられてしまうように思われた。サルはソーンヒルが覚えられるようにと、何か書いてくれた。それは、織物商や雑貨屋に買い物に行く時のために、商品名を綴ったリストだった。数字のリストもあった。ソーンヒルは、紳士たちがポケットから鉛筆と紙の切れ端を取り出して、リッチモンドまでの往復運賃、二人分の片道運賃と一人分の復路の運賃、荷物が増えた場合や日曜日の割り増し運賃などがいくらになるかを計算するのを何度も見たことがあった。彼は、無学な船頭ではあったが、紳士たちが紙を置ける平らな場所を探している間に、十パーセントの心付けや慈善基金への寄付の六ペンスを加えた運賃を暗算で計算することができた。

ソーンヒルとサルはテーブルの片側に身動きできないほどくっついて座り、蝋燭の光を灯して勉強した。サルからは芳しい女性的な甘い花の香りが漂ってきた。その香りは、懐かしい記憶の底からよみがえる、木製の丸籠に摘んだ苺の残り香のようでもあった。彼女は彼に寄りかかって言った。「最初はインクなしでやってみましょう。これをこうして握ってみて。こんなふうによ」彼女は、小さな手を持ち上げて手本を示すのだった。

　ソーンヒルもやってみようとするのだが、それは腹立たしいくらいに骨が折れ、この上なく不自然な作業だった。櫂を漕ぐようにはいかなかった。ペンを全体の手で固く握りしめてしまい、親指と人差し指と中指を使って握り、手を斜めに捻りながら、羽ペンを器用に動かすことは曲芸のように思われた。サルを喜ばせたいという一心で、彼は練習を続けた。

　ペン先にインクをつけて、羽ペンで紙に書こうとすると、ペン先がこすれてインクが飛び散った。黒い飛沫と滲みがきれいな白い紙の表面に際立った。サルが笑いだした時、ソーンヒルは、テーブルをひっくり返して部屋を飛び出し、自分が王様でいられる河へ向かおうとする衝動をかろうじて抑えた。彼は、リッチモンドまで漕いで、潮の流れに逆らって戻ってくることができた。時化《しけ》に遭いながらも、競争相手のルイス・ブラックウッドを船一艘分リードして漕ぎ続け、ドゲットの上着と肩章を勝ちとった経歴もあった。腕と手に精神を集中させ、ブラックウッドを十ヤードほどリードしてゴールした時、強さと忍耐の功績は彼のものとなったことを確信したものだった。

　ひたすら机にへばりついて文字を書くという、このやっかいな作業だけは我慢ならなかった。

　彼の顔を見て、サルはそれが笑いごとではないことを悟った。彼女は、テーブルや紙、ペン先とソーンヒルの指にも着いたインクを拭きとり、紙一面に「T」の文字を点線で書いた。「この点をなぞってみて、ウィル」彼女は言った。「Wはまた今度にしましょう」彼は懸命にぶれそうになるペン先を制御しながら、点線を慎重になぞった。最初は力みすぎて、横の線は点線からはみ出てしまった。二本目の線を引く時は、インクの跡に注意した。いくらかよろよろとした部分はあるにせよ、なんとか二本の線はTの文字に見えた。

うまく書こうとして羽ペンの先に神経を集中するあまり、気がつくとソーンヒルは口から舌を突き出していた。彼は舌を引っ込め、唇を舐めると、ペンを置いて荒々しい声で言った。「今夜はもうこれぐらいでいいだろう」サルは紙の文字に目を留めて言った。「すごいわ。最初に比べて、随分上達したわね」

ソーンヒルは、引き攣っている手を撫でた。彼の目には、自分が記した記号は、ただ恥ずかしいばかりの、つまらない引っ掻き傷のようにしか見えなかった。彼はその紙をビリビリに引き裂いてしまいたい思いに駆られた。すると、サルは自分の腕をソーンヒルの腕にぴったりと添わせ、肘で彼を軽くつついた。「約束するわ。次の日曜にはきっと今日のTみたいにうまくWが書けるようになるって」それが守られない約束であっても構わないというような軽やかさで、彼女は言うのだった。

冬は過ぎ去り、ゆっくりではあるがしっかりと、彼は自分の名前を書けるようになった。一人で人目を気にしなくてもよい場所で、時間をかけながら、突き出した舌を何度も引っ込め引っ込めしながらではあったが、「ウィリアム・ソーンヒル」と自分の名前を綴ることができるようになっていた。

彼はまだ十六歳で、家族のなかでそこまでやり遂げた者は誰もいなかった。

徒弟としての期間が過ぎるごとに、ソーンヒルは愛を知った。もちろんその時はまだ、彼はその感情を何と呼べばいいのかはわからなかった。古い外套を通して肌を刺すような風の冷たさを感じる河の上でも、母親の傍らでシャツやハンカチを縫っているサルの姿を想うだけで体が温かくなった。目にもとまらぬ速さで、器用に白い四角い布の端をかがってゆく彼女の指さばきには感心したものだった。母親が針に糸を通そうとしている間に、糸が解けた布の縁をかがったかと思うと、次の瞬間には魔法のように、こぎれいな織り地の巻物が完成していた。

彼は自分のなかに溶け込んでくるものが何なのか見当がつかなかったが、サルのことを考えていると自然に顔がほころぶのを感じた。夜、仕事を終えて、靴に入った水のぴちゃぴちゃという音を聞きながら、河辺の階段をとぼとぼと上がる瞬間まで、一日中彼女の夢に浸った。台所の藁の上に横になり、眠りを待ちながら、この部屋の上に彼女がいると思うだけで、喉に何かが詰まったような息苦しさを覚えた。時折、家のなかで偶然彼女に出くわすことがあったが、そんな時は、窒息しそうになって、挨拶し返すこともできなかった。「まぁ、ウィル！」サルのほうは、いつも大声を張り上げたものだった。肩幅のがっしりした父の徒弟が廊下に立ちはだかり、低い梁に頭をぶつけないように身をかがめているのに、彼女は心底驚いているようだった。サルには人に触る癖があったが、ソーンヒルと話す時も腕など体を掴んだ。彼はその感触を、彼女と別れたあともずっと感じていた。腕に触れた彼女の小さな手が、分厚い外套の生地を通して語りかけてくるようだった。

かつて二人の子どもが隠れ家を作って、時間を過ごしたロザーハイズは、その沼地に皮なめし工場や廃馬屠殺場、借家がところ狭しと立ち並んで随分と様変わりしてしまった。けれども、彼らは河のすぐ裏手のバラにあるクライスト教会の庭に、天気さえよければ快適な場所を見つけた。墓石の間は、ちょっとした二人だけの空間だった。一緒にいられる歓びにあふれて、ぶらぶらと歩きまわったり、ささやきあったりした。墓石の陰に屈んで、サルは刻まれた文字をゆっくりと読み上げることもあった。彼女が読み上げた言葉を覚えておくのがソーンヒルの役目だった。読み上げた文を一度に覚えることは難しかったが、ソーンヒルが記憶係を引き受ければ、彼女は次の箇所に集中できた。

一連の文字を読み上げる彼女の声は格別に美しかった。「スザンナ・ウッド。数学用器具職人、ジェームズ・ウッド氏の妻。彼女は九回にわたって百六十一ガロンの腹水を抜きとられたが、泣き言ひとつ言うこともなければ、手術の恐怖を訴えることもなかった」「袋が膀胱の代わりだったってわけか」ソーンヒルの口からうっかり出た言葉に、サルは笑いをこらえた。「まぁ、ウィル。冗談はやめて、この哀れな魂を思いやってちょうだい」サルはソーンヒルの手を取り、ソーンヒルは自分の固い手のなかでサルの手の柔らかさと愛らしさを感じた。彼女は笑うとえくぼができたが、それはまるで顔がウィンクしているようだった。

ソーンヒルは潮が満ちはじめ上流へ向かって水が渦巻きはじめた河を見つめ、懸命に胸から押し出されるそうになる思いを伝える言葉を探した。「えっと……」彼は彼女を見つめた。そして自分を愚かに感じて黙ってしまった。彼はもう一度彼女を見つめ、大声ではっきりと言った。「もうすぐ奉公の期間が終わる。自由になったら、一番にしたいことは君と結婚することだ」そう言い終えてすぐ、ターナー通りの徒弟が何を言っているのかと、彼女は笑うかもしれないと思った。しかし、彼女は笑わなかった。

「結婚するわ、あなたと。ウィル」サルは言った。「待っているから」彼に向けられた彼女の目は、彼が本気なのか探っているようだった。言葉の裏にある心に書かれた真実を読むように、彼女はまず彼の目を見て、そして口へと視線を移したかと思うとまた目を見た。見つめた彼女の瞳に映るもう一人の小さな自分が見えた。

ソーンヒルは徒弟の契約が終了する七年間が過ぎるのが待ち遠しかった。七年が過ぎれば、次の新しい人生が待ち受けているはずだった。

奉公を終えたその日、二十二歳になるのを目前に控えたソーンヒルはサルと結婚した。婚礼祝いとして、ミドルトン氏はソーンヒルに二番目に良い船を贈ってくれた。彼らはマーメード通りにほど近い場所に部屋を借り、夫婦として新生活を始めた。スザンナ・ウッドの墓の後ろでは得られなかった自由を、二人は手に入れたのだった。

夜の営みでサルは積極的だった。初めての夜、彼に歩み寄って「暗闇が怖い」と彼女は言った。そして手を取り「もっと近くに来て」とささやいた。彼は彼女のぬくもりを感じた。耳元の彼女の息遣いはくすぐったかった。壁は紙のように薄く、隣に住む男の咳がまるで同じベットで寝ているようにはっきりと聞こえるような部屋だったので、彼らは音を漏らすまいと気をつけた。

その次に起こったことは、音もしなければ力もいらないことだった。それはひとりでに起こった。種が土から発芽する、もしくは花が蕾を広げる、そんな意図とは関係のない自然な成り行きだった。

夜は毎日の一番の楽しみになった。一緒にベットに入ると、サルはソーンヒルに体を絡ませた。腰かけには蝋燭が置かれ蝋がしたたっていた。露わになった彼女の乳房に、彼はどきりとして興奮を覚えた。彼女は蜜柑《タンジェリン》の皮を剥き、温かい口のなかで袋を取り除き、口移しで彼に与えた。それを食べ終えると、彼らは溶けた蝋燭から漂う獣脂の匂いのなかで、横になって物語を語りあうのだった。

サルは好んでコバム・ホールの話をした。彼女の母親は、ミドルトン氏と結婚する前、そこで女中をしていた。サル自身も子どものころ、月に一度、母親に連れられて通った場所だった。今でもよく覚えていることがあった。入口の馬車の車両やポプラの緑の並木、使用人の控室のものでさえ皮のように堅く糊づけされたダマスク織りのテーブルクロス。すべてにおいてきちんと決められたやり方があること。コバム・ホールにはブドウのつるがあり、何度か使用人の食堂でブドウが振る舞われたこと。女中頭は、房からブドウの粒をひとつ取ったサルを叱って言った。『思う存分お食べなさい』そのおばさんは、そう言うの。『ただし、房を台無しにしないで。ブドウ用のはさみをお使いなさい。茎を切るのよ』」サルはソーンヒルのほうを向くとささやいた。「気取ってると思わない？　ただのブドウを食べるのにはさみを使えですって」ソーンヒルが知っているブドウは、市場が終わったあとに拾って食べた、つぶれて泥だらけのものだけだった。

ソーンヒルは、自分たちの将来について話すのが好きだった。奉公を終えて自由を得たら、当然子どもを持ち、一家の大黒柱として、船頭業に専念し生計を立てるつもりだった。そして、ゆくゆくはサルの父親の商売を手伝いたいとも思っていた。

人生は変えられるのだということを、ソーンヒルはまだ信じられないでいた。手のひらのたこと肩の痛みだけは、現実のものとして感じることができた。そのことが、今の生活はおとぎ話ではなく、労働の賜物であることを教えていた。暗闇に横たわり、サルが最初の子どもは男の子がいいか女の子がいいかと話すのを聞きながら、ソーンヒルは手に入れた生活のゆるぎなき証拠であるかのようなたこを親指でなぞってみるのだった。

七年間、河岸から河岸へ紳士たちを船で渡し続けて、ソーンヒルはこの仕事にいい加減いやけがさしていた。奉公を終えたあと、彼は艀で石炭や木材の積荷を運ぶ仕事を選んだ。テムズ河の傍流は危険であり、積荷をたくさん積んだ船を操縦するのは相当な体力を必要としたし、誰にでもできる仕事ではなかった。しかし、ソーンヒルにはその力量があった。彼はつらい仕事を決して厭わなかったし、はした金のために紳士たちに媚びへつらう必要もなく清々しかった。

艀の仕事を始めてから、彼は自分の助っ人として兄を雇うこともできた。ロブは、頭脳派というよりは肉体派であり、かつ従順でもあった。石炭の大袋を持ち上げる時、ロブのふくらはぎは膨らみ、腕の筋肉は盛り上がり、半ズボンの後ろのポケットはボタンが外れてはちきれそうになった。一日中働いても、食べていくのに必要以上の賃金を彼は要求しなかった。ソーンヒルにとって、ロブは最高の相棒だった。

ソーンヒルとサルが結婚した翌年には、子どもが誕生した。健康な男の子だった。赤ん坊は、元気のいい声を上げ、泣き叫んだり、奇声を発した。驚くほどの量の淡黄褐色の便をし、産着を取り換えようとすると、小便が弧を描くこともあった。二人はその子をウィリアムと命名したが、普段はウィリーと呼んだ。この世にもう一人ウィリアム・ソーンヒルが増えたわけだが、息子ならば構わなかった。

赤ん坊は身振り手振りでソーンヒルに何かを伝えようとした。彼の上に屈みこむと、ゆっくりと瞬きをし、あたかも意見でも述べるかのように父親の鼻を小さな指で指した。力がみなぎる小さくて赤い口を盛んに動かし、唇をすぼめたり広げたり、口を尖らせたりした。空中にこぶしを突き上げたかと思うと、海の波のように絶え間なく、表情はめまぐるしく変化した。

ソーンヒルは息子を抱き上げる時、胸の我が子の重みと、首に巻きつけられた小さな腕、髪から漂う清潔な香りをこよなく愛した。窓辺に座って、微笑みながら小さな上着を縫ったり、屈みこんで子どもに小声で歌ってやるサルを見るのも好きだった。彼はサルが仕事をしながら鼻歌を歌うのを聞いた。音程は合っていなかったが、メロディの彩が彼にとっての新生活の音色となった。自然に笑みがあふれた。

息子が二歳を迎えた年の冬の訪れはいつもより早く、寒さは厳しかった。今までになく強い風が吹き、見たこともないような雲が立ち込めた。船頭にとって風と雲は大敵だったので、彼らの間では強風と雲の話題で持ちきりだった。厳しい冬になりそうだった。

雲が頭上を走り激しい雨を降らせると、小ぶりの雨なら雨除けになるはずの外套はびしょ濡れになり、河から吹きつける風で、着古した外套の毛織りは切り裂かれた。風は顔にも容赦なく吹きつけ、頬は赤く腫れ上がり石のように固くなった。誰もがそうせざるを得ないのだが、ソーンヒルも文句ひとつ言わずにひたすら耐えた。そもそも天気が悪いことをぼやいたところで、それは聖《セント》ジェームズ広場に住まい、銀のスプーンに名前が刻まれるような金持ちにではなく、バーモンジーのターナーズコートの暗く日当たりの悪い部屋に生まれたことに不平を言うようなものだった。

日が短くなる一月、ロンドン橋の水たまりに、白内障を患う者には雲のように見える真珠色の膜が張る時、ソーンヒルは安堵に似た気持ちを覚えた。ある朝、河はなくなり、ざらざらした灰色の氷が広がっていた。船は脂肪に包まれた骨のように氷に閉じ込められた。そうなれば、氷が解けるのを待ちながら、そんな日に備えて蓄えた金を少しずつ使って、親子三人暖かく暮らすだけだった。

河の仕事の収入が途絶えた極寒の月、ソーンヒルの築き上げた世界は音を立てて崩れはじめた。最初に、ソーンヒルの姉のリジーが、子どものころから患っていた扁桃膿瘍で倒れた。姉は喉の痛みに泣き叫び、顔を真っ赤にして喘ぎながらベッドに横たわっていた。薬は小さな瓶一本が一シリングもした。けれども、どれだけ薬に金をつぎ込んでも、良くなるような気配は少しもなかった。

ミドルトン夫人は、玄関を出たところで氷に滑って転び、階段に体を強く打ちつけた。どこかの骨が折れているようだったが、なかなか治らず、痛みのあまり、その顔は蝋のごとくこわばり、硬直した唇の色は失せた。食欲も次第になくなっていった。その分野の名医と謳われ、一回の往診が三ギニーもする医者が何度も呼ばれた。

夫人は寝たきりになった。寝室はいつもかまどのような暑さで、汗ばみながら彼女は横たわっていたが、じっとしていることが多少なりとも苦痛を和らげてくれるのだった。そのため新入りの徒弟は、河が凍って仕事は休みであるにもかかわらず、二階へ石炭を運ぶのに行ったり来たりせねばならなかった。

数週間すると、ミドルトン氏は痩せこけ、目のまわりにはくまができた。しつこい咳にも悩まされるようになった。訪ねてきたソーンヒルとサルが、上階への階段を登りかけると咳が聞こえるので、氏が妻の枕元に座り、髪や眉毛を樟脳をつけた布でふいてやっているのがわかるのだった。

氏の顔が明るくなるのは、妻の食欲をそそるかもしれない美味しい食べ物を思いついた時だけだった。そうなると、氏はもうじっとしていられないという様子で、何マイルも歩いてブランディ漬けのチェリーや蜂蜜漬けのイチジクを買いに出かけた。

石畳の石も欠けるのではと思うような寒い冬のある日、ソーンヒルたちは、自宅の戸口付近でミドルトン氏に出くわした。氏は、誰かに勧められたオレンジとシナモンの調合薬を手に入れるため、スピタルフィールドの薬局に歩いていこうとしていた。サルは父を思いとどまらせようとし、ソーンヒルも自宅に招き入れようとしたが、ミドルトン氏は驚くばかりの頑固さで、義理の息子の手を払いのけた。サルとソーンヒルはお互いの顔を見あわせるしかなかった。窒息しそうな寝室で、青白い妻の顔を樟脳の布で拭いてやりながら、耐え難い時間を過ごすミドルトン氏の思いは、彼らにもよくわかった。薬を求めて凍てついた通りを大股で歩いている間は、手に入れた調合薬を、妻が少しでも口にしてくれることを願いながら、自分は何か意味のあることをしているのだという思いになれるに違いなかった。

彼らはミドルトン氏を引き止めるのをやめた。ソーンヒルは白い息を吐きながら、固い霜が降りた通りをできるだけ早く進もうとして、ふらふらと歩いていく氏を見つめていた。氏のあとを走って追いかけたい思いに駆られたが、その思いをぐっとこらえて、歩道に降り積もった雪のかなたに人影が遠くなるのを見つめていた。

ミドルトン氏が家に戻ると、日はすっかり暮れていた。彼は、青白い顔に静謐な表情を浮かべていた。調合薬はポケットに大切に収められており、外套を脱ぐ時間も惜しんで、妻に薬を与えようと二階へと上がっていった。夫人は弱々しく微笑み、頭を少し上げてスプーンから薬を飲んだが、それだけで体力を使い果たしたように、またベットに横になると、もうそれ以上は口にしなかった。

サルは父親を台所に連れてゆき、外套と襟巻を脱がせた。ミドルトン氏はされるがままに身を任せ、暖炉の火を見つめていた。ひざまづいてブーツを脱がせた時、サルは悲鳴を上げた。ブーツはなかまで濡れており、足は凍傷でまだらに水泡ができていた。転んで雪だまりのなかに倒れ込んでしまったのだと氏は言った。その後、薬屋で調合してもらうのを待っている間に、雪は靴のなかで溶けてしまったが、彼はそのまま復路を急いだのだった。

夕食後、ミドルトン氏はくしゃみをしはじめ、次の日には熱が出て寝込んだ。顔を真っ赤にして汗ばむ氏は、毛布四枚にくるまって震えながら落ち着きなく寝返りを打った。今度は、夫のほうを診察するために医者がやって来た。医者は広げた片手を両耳にあてがうように彼の頭を支え、四角い小瓶からどろっとした茶色い液体を与えた。その薬のおかげで彼は一応は眠りについたものの、かすれ声でうわごとを叫びながら、寝具をはねのけようともがくのだった。この薬はほとんど効かず、一向に下がらない熱は彼を衰弱させた。顔は火照り、皮膚はカサカサになって、触れると熱かった。舌は苔が生えて灰色になり、目はすっかり窪んでしまっていた。

一週間後、ミドルトン氏は亡くなった。

夫の死を告げられた時、ミドルトン夫人は枯れた声で泣いた。そして壁を向いたままひと言も話さなくなってしまった。サルは一日中、母の傍らに座り続け、夜は母のベッド下の床で眠った。医者が何度も何度も呼ばれ、ベットの傍らのテーブルは薬の瓶や錠剤だらけになった。しかし医者には、ミドルトン夫人が死に向かっていくのを止めることはできなかった。彼女は日ごとにベッドのなかで縮んでゆくようだった。身体の向こう側で繰り広げられている世界の情景を、これ以上見るのは耐えかねるとでもいうように瞳は閉じられていた。

夜明けの薄闇のなかで、ついにミドルトン夫人も息を引きとった。ソーンヒルとサルはギリング葬儀社の棺に遺体を入れ、ミドルトン氏の横に据えて墓地に埋葬するのに雪解けを待った。

河の氷が割れはじめたころ、穴が掘られ二つの棺が葬られた。牧師が祈祷を捧げるなか、葬儀屋の縄で縛られた棺が揺れながら墓穴に降りてゆくのを見つつ、二人はすべてが過ぎ去ったことを実感していた。

ミドルトン氏は手堅い人だった。彼は倹約家だったし、貯金もしていた。本当に良い船を見極めて投資し、それを修理して長く使った。徒弟の教育にも長けていた。商売はうまくいっていたし、生活も順風満帆だった。

けれども、氏が亡くなるとすぐ、驚くべき速さでそれらは崩れ去った。河が凍えてしまったひと月の間に、氏の貯蓄は尽きた。医者は毎日やって来て、そのたびにひと瓶一ポンドもする新薬を処方した。ブランディ漬けのさくらんぼや蜂蜜漬けのいちじくは、食料品室の棚に置きっぱなしになった。河が凍結して仕事がなくても、徒弟を養わねばならなかったし、二階に運ばれた石炭はひと袋五ポンドした。

さらに悪いことに、家主は毎週月曜日に賃貸料を取り立てにやって来た。河が凍っていようがなかろうが、仕事があろうがなかろうが、そんなことは家主には関係のないことだった。

ソーンヒルにとって、スワン通りの家は常に貧困への要塞だった。確かに、土地と持ち家さえあれば何の問題もなかったであろう。どんなに時勢が悪くとも、雨をしのぐ屋根さえあれば、時が良くなるまで待つこともできたに違いなかった。

ソーンヒルは、この家が持ち家でなく借家であることを知らなかった。その事実を知った時、彼を支えてきた重要な何かが失われ、空虚さだけが残された。いつも暖かく安全だったスワン通りの家は、今や彼が幼少時代を過ごした長屋のように生気を失った場所になっていた。

家賃の支払いは遅れ、その支払いのために家具を売った。ミドルトン夫人の温かさがまだ残っていそうなベッドさえ運び出された。それだけでは足りずに、執行吏がやって来て、徒弟がいるにもかかわらず、ホープ号を差し押さえてしまったので、その徒弟は次の主人を探す羽目になった。さらに、二番目の河船も没収された。ソーンヒルはそれがミドルトン氏からの婚礼祝いであることを証明できなかった。

河の氷はまだわずかしか溶けておらず、彼の船が差し押さえられて引かれていってしまった時、ソーンヒルは一週間仕事をしただけであった。それにもかかわらず、彼の生活の糧である船は、ブラックフレイアーズ橋の下に消えていった。その時から、彼はいつ仕事があるともわからない日雇い労働者となった。

ブル港の埠頭に腰かけて、ソーンヒルは、水夫たちが進路を変えようと船の帆を膨らませているのを長い間眺めていた。海から潮流が押し寄せる様子や、河の水面がでこぼことあばたのようにくぼみ、水のうねりが河岸から向こう岸へと広がるのを見ていた。異なる流れが押し寄せる向こう側には、海が広がっていた。彼は潮を見て思った。自分がこの世を去り、この心に抱き続けた哀しみが忘れ去られた後々までも、河はお構いなしに寄せては返す波の踊りを繰り返し続けるのだと。

これほどまでにやすやすとすべてが崩れ去るものなら、何かを望むことにどんな意味があるというのだろうか?

サルは押し寄せる不幸に必死で抗った。病に冒された父に寄り添い、高熱があるのに死体のように冷たい足をさすり続けた。父が死んだ時、彼女はそれがあたかも誰かの責任で、その誰かを叱責するように、口元をこわばらせた。母が死んだ時は、父が母のためにそうしたように、母がいつも欲しがっていた上質の赤いベルベットの生地を買うために、スピタルフィールドまでの道を往復した。そして彼女は、ギリング葬儀社の者が、注文通りにその生地で棺の内装を施すのを見届けた。ベルベットの赤は、母の顔をますます白く見せたが、それでもサルはいくらか満足したようだった。両親の埋葬を待つ間、彼女は家じゅうの部屋から部屋をせかせかと歩き回り、食器棚の物を出したり入れたりしていたかと思うと、茶碗や小皿やスプーンを台所に集めて洗い、バケツを持ち出し、這いつくばって床を磨き上げた。立ち働くことで両親が戻ってくるとでも思っているかのようだった。

父の棺が墓穴に降ろされ、その底が地面に触れた時、こぶしでドアを叩くのに似た空ろな音がした。ソーンヒルが心配した通り、サルはその場に崩れ落ちた。彼女の涙は、嘆きというよりは一家を襲った不幸への憤慨のあらわれだった。サルは、お産の苦悶に耐えるように手を口に押し当てて泣いた。ソーンヒルは、彼女の皮膚が裂けてしまうのではと気が気でならなかった。

けれども、泣くことで何かが吹っ切れたように、彼女は執行吏の取り立てをソーンヒルよりは冷静に受け止めていた。父の肘掛け椅子が荷馬車に乗せられた時、ソーンヒルは目を背けたが、サルは違った。彼女は馬車が角を曲がって見えなくなるまで一部始終をじっと見つめていた。「ウィル」サルはソーンヒルを見た。「父さんがこれを見ることにならなくてよかったわ。だって、チープサイドで七ポンドも出して買ってきたのよ。父さんがあの椅子を家に持ち帰った日のこと、今でも覚えているわ」

今の住まいは贅沢だから引っ越そうと言いだしたのはサルだった。彼女は、背中に赤ん坊を背負ってあちこち出かけていき、どこか安い物件はないかと尋ねまわった。いくら探してもどれも高く、もっと安い場所はないかと探し続けた。今の住まいから少し離れたところに、路頭に迷うよりはましなくらいの最安値の物件を見つけて荷物も移したが、ソーンヒルが仕事に出ている間に、サルはもっと安くて良い物件があるのではないかと探し続けた。

スパリックス通りの地下の部屋は、庭から水が浸入してきて、ぼろ布で堰き止める必要があった。次に移ったキャッシュズ・グラウンズの物件も同じような問題があった。次に越した河向こうの聖《セント》メアリー・サマセットにほど近い場所は、教会の鐘がうるさすぎた。再度対岸に戻り、スノー・フィールドにたどり着いたものの、そこでは強盗に遭い、麦芽製造所があるバーンスウイック通りのバトラー氏の貸間にようやく落ち着いた。四階の裏の部屋で、窓が割れて食器棚の戸もない部屋だった。毎週月曜日、バトラー氏が家賃を取り立てにやって来て、戸口に立って杖で床を叩くと、サルは四シリング数えて階下へと急いだ。物件には見合わず高い家賃だったし、麦芽製造所から漂ってくる臭いはひどかった。しかし、浸水の心配はなく、庭には新しい便壷があり、煙突からの煙も少なかった。「この臭いにも慣れるわよ、ウィル」彼女は言った。

ソーンヒルは決然として行動力のある彼女に驚かされた。彼のほうは呆然自失となり、ただ盲目的に働くだけで、屋根が雨漏りすることや、煙突が詰まってしまっていることを気にする余裕などなかった。

「私たちは一緒よ」バトラー氏の貸間のぼろ布を積んだだけのベッドの上で、サルは念を押した。彼女はソーンヒルに寄りかかってぶるぶる震えているので、彼女は泣いているのだとソーンヒルは思った。彼女は時折、出し抜けに嵐のように激しく泣くことがあった。しかし、彼女は笑っていた。「私たちは一緒。ノミも一緒。私たちはここでは一人ぼっちじゃいられないってことよ」彼女は続けた。「そう思わない？」そして、抵抗できない体勢の彼に自分の体を押しつけると勝利を宣言した。

バトラー氏の貸間は、ソーンヒルの子ども時代の経験を彷彿とさせた。暮らしが上向きになった矢先、また振り出しに戻ってしまったことは受け入れ難かった。もし一人ならば、冷たい水のなかで身動きが取れなくなってゆくように、人生を諦めていたかもしれなかった。

飢えが忍び寄るなかで、サルはソーンヒルを励まし続けた。けれども彼は、いつも空腹であることがどんなに辛いことか決して忘れたことはなかった。その辛さを思うと神経が疲弊し、ミドルトン夫人のように壁を向いて自暴自棄になった。テムズ河で商売をすることを許可された船頭が、徒弟よりも貧しい生活を強いられるとは、そしてターナー通りの子ども時代のように再び飢えることになろうとは思いもしなかった。強気に振る舞おうとしたが、ひもじさは生涯続くのだという思いを振り払うことはできなかった。

そんな経験などしたことのないサルは、この貧しさを一時的な災難で、二人一緒ならすぐ克服できるようなものだと考えていた。ある日、サルは周囲の者たちが犬の喧嘩に気を取られているうちに、売店の卵を三個ばかり赤ん坊を包んだショールに忍び込ませた。その夜、彼女はソーンヒルにその出来事を面白おかしく話して聞かせた。「三個ほど拝借したの。だけど、あのいまいましい犬どもが喧嘩をやめなければなぁ」二人は腹のなかに納まった卵で満たされ温かい気持ちになっていた。彼女は思い出して笑いを浮かべ、ソーンヒルも彼女と一緒に笑った。「お互いの尻を嗅ぎはじめたのよ。それでおしまい。残念だったわ」

サルは初めて犯した盗みを子どものように自慢した。ソーンヒルは、彼女の前ではその手際の良さを褒めたが、その心は重かった。人生が逆戻りしはじめていた。

彼らの部屋の小さな窓からは、イングラム氏の庭の鶏が地面を掘ったり、せわしなく歩き回ったり、コックが台所から投げるパン屑やジャガイモの皮に飛びついたりしているのが一日中目に入った。ソーンヒルたちの企みをお見通しのイングラム氏の使用人は、いつも庭にいて意地悪く見張っていたが、彼らは隙を狙って鶏のパン屑をくすねた。

捕まりさえしないように気をつけていれば、機会は逃すべきではないというのがサルの考えだった。ある午後、酒に酔った使用人がよろめきながら便所に向かうのを待って、ソーンヒルは階下へ走って降りると、手近な雌鶏を掴み、それを上着のなかに入れて部屋に逃げ帰った。雌鶏を取り出し、首を絞めようとしたちょうどその時、階段を登ってくる足音と「泥棒！」と叫ぶ声が聞こえた。サルが機転を利かせ、雌鶏を窓の外へ押し出した。雌鶏は下の納屋の屋根に落ち、二人が庭に戻そうと必死で追い払うのにもかかわらず、屋根の上をコッコッと鳴きながら歩き回っていた。「窓から鶏が飛び出すのを見たぞ！」と使用人たちが大声を上げた。

イングラム氏は赤い顔をして雌鶏を探しに部屋に入ってきたが、そこに雌鶏はおらず、羽だけが床に残されていた。窓の外を見ると、雌鶏は納屋の屋根にいる。しかし、ソーンヒルは、自分はさっき起きたばかりで、ちょうど港へ仕事に向かうところだと言い張った。その後ろでサルが断言した。「夫はこの六時間一度も外へ出ておりません。あのいまいましい鶏は、自分で屋根に飛び上がったんでしょうよ。私どもは、断じて何も知りません。神様に誓いますよ」

不満そうなイングラム氏が出ていくと、ソーンヒルとサルは顔を見あわせ吹き出した。笑い声が漏れないように無理に押し殺そうとしたので、逆にいつまでも笑いが止まらなかった。笑いを押し殺す必要がなかったら、こんなに笑っていられるはずはなかった。そのあと部屋は、長い沈黙で包まれた。サルは、染みと継ぎ接ぎだらけで裾まわりもぼろぼろの、今では一張羅になったスカートのひだをつまんで言った。「空腹で胃がひらひらになって、ぴたりと背中に張りつきそうよ、ウィル」その声にさっきまでの陽気さはなかった。「これが現実なのね」

ソーンヒルは、来る日も来る日も日雇いの船頭として働いた。ジェントリーを岸から岸へ渡した。毛皮を身にまとってポケットに手を入れ、帽子を目が隠れるくらいまで深々と被り、暖かそうなブーツを履いているジェントリーを見るのはうんざりだった。ソーンヒルの裸足の足は、一日に百回は河の水に晒されて濡れ、客を待つ間に凍りついた。

仕事があれば、艀を所有する恵まれた者たちのもとで働いた。忌むべきは風と潮だけだったが、石炭や木材を積んで岸を離れる時、動物に成り下がったような気がした。彼はうなだれ、心は空っぽだった。腕を失い、残った部分をひたすら振り動かしているように感じられた。かつて抱いた希望は空虚さに変わっていた。

正直な船頭はいるもので、聖《セント》キャサリン・バイ・ザ・タワーの陰気で頑固なジェームズ・マンはそういう男だった。彼の船にしか乗らないと決めている常連客もいたほどだ。客を待つ間もマンは、煙草やウナギ焼きなどには金を費やさず、安い胡桃をひとつちびちびとかじって長持ちさせていた。

しかし、妻子のある船頭は、その稼ぎだけでは暮らしていけなかった。彼らのほとんどはそれが当然のことであるかのように盗みを犯した。トーマス・ブラックウッドは、リバー・クィーン四八七号という艀を所有していたが、一見何の変哲もない艀の船底を開けると、そこには収納庫があり、どこかから掠めてきた品物が大量にあらわれるのだった。

白昼の行為を避け、賄賂を渡すのを忘れず、余程大胆に盗みに及ばなければ、捕まるようなことはなかった。だが、確かに不運な者もいた。鎖骨はその一人だった。顔にポートワインのように赤いあざのある鎖骨に、運命は冷酷だった。おそらく、金目当てで誰かが通報したのだろう。そういうことをする輩はたくさんいた。

鎖骨は関税波止場で、最高級のスペイン産ブランディ三十三樽を船倉に積んだスミス氏の艀の見張り番をしていた。六時に見張りの仕事を始めて、夜中十二時にほかの男と交代をするのだが、ある晩、鎖骨が波止場に降り立ったところで、役人に取り調べを受けることになり、外套のポケットの隠し袋が見つかってしまった。役人の手に掴まれた外套を脱ぎ捨て、鎖骨は聖《セント》ダンスタン・ヒルまで全力疾走したが、そこで待ち構えていたほかの役人に取り押さえられてしまった。そのブランディは、四十シリングもする高級なものだったので、当然ながら鎖骨は絞首刑に処せられることになった。

処刑の前日、ソーンヒルはニューゲートに鎖骨を訪ねた。死刑宣告を受けた者には似つかわしくない高級なテーブルを挟んで彼らは座り、鎖骨はソーンヒルに事の成り行きを話して聞かせた。「それで仕方なく錐と管を取り出して、俺は言ったんだ。あんたらが探してるのはこれだろ、ってね」彼は回想しながら、それが何でもない話であるかのように、にやりとした。

けれども、ソーンヒルは、自分もよく知っている盗みを犯す時の息が詰まるような感覚を思い出しながら、それが決して笑いごとではないことを感じていた。捕まって絞首刑の宣告を受けなくとも、盗みを犯すたびに恐怖で息が詰まるような思いがした。

鎖骨は声を上げて笑ったいたが、しばらくすると脂汗《あぶらあせ》をにじませて青ざめた。彼は両手で顔を覆った。しばらくして、その顔をソーンヒルに向けた時、彼の目は虚ろで、前にいるソーンヒルを見ていなかった。視線は、部屋の外に注がれていた。彼は、二か月前、朝起きて朝食のパンを食べ、つつましい衣服を身に着けて窓辺に立っていた朝のことを、つまり、彼をこの場所に送り込んだスペイン産ブランディの樽にまだ手を触れてもいない時空間を見つめていた。

絞首刑は嫌な死に方には違いなかったが、幸運であればあっという間に終わった。死刑執行人は、死刑前夜に囚人の体重を量り、吊るされた時、首がうまく折れる距離の数値を計算した。翌朝の八時、首に綱が結ばれた囚人の下の落し戸が開き、ランベス桟橋から河へ飛び込むようにわずかな距離を瞬時に落下するのだ。死刑執行人が計算さえ間違わなければ、一瞬ぐっと締め上げられ、頸椎が脱臼して、縄の結び目のところで頭部が折れ曲がるはずであった。

けれども、そんなふうに一瞬で終わってしまうと、見世物としては物足りなかった。観衆は、ラム商店の脇に吊るされたコーヒー豆の袋のように、綱の先でくるくると回る死体に、ジャガイモの皮や骨を投げつけて騒ぎ立てた。

死刑囚の独房で、鎖骨は速やかな死を迎えられるように賄賂を工面してくれるようソーンヒルに頼んだ。昔のよしみでソーンヒルは鎖骨の願いを聞き入れ、ワーナーやブラックウッドやそのほかの知り合いを周って金を集め、自分の半クラウンを足した。ソーンヒルは、姿は見せずに鉄格子越しに手だけを差し出す死刑執行人に、集めた硬貨を託した。これが友のためにできる唯一のことだった。

サルは腰かけと予備の毛布を質に入れ、金の工面に充てたが、死刑を見にはいかないと言った。翌朝、ソーンヒルは、ロブと共にニューゲート・ヤードの夜明けの薄明かりのなかにたたずみ、友人が絞首台へと歩む重い足どりを見守った。こうして友の死への旅に寄り添うことが、正しいことのように思われた。死刑執行人が立ち去り、鎖骨が落下した。

けれども、執行人は計算を間違えたのか、または鉄格子から滑り込ませた賄賂が十分でなかったのか、落下時に太い綱が喉を締めつけただけで、鎖骨の首は折れなかった。鎖骨が息をしようとして、ぜいぜいという音を漏らすのが聞こえ、空中を足で蹴るのが見えた。鎖骨の肩は苦しみでのたくり、帆布がかぶせられた頭部は、釣り針に引っかかった魚のように引き攣って、必死にもがいていた。

群衆は鎖骨の死を堪能した。

それは、ロブにとって初めて見る絞首刑だった。ロブは口を開けたままその一部始終を見つめていたが、憐れな鎖骨の死体がようやく降ろされた時、飼い主のスカートを前足で掻いていた小さな犬の上に嘔吐した。飼い主の女はその上質の絹の身なりに似合わず、ビリングスゲート魚市場の魚売り女のように荒くれた声でぎゃーと叫んだ。

「きれいさっぱり、手際よかったよ。ほんのちょっとの痛みも感じなかったはずさ」ソーンヒルはサルに言った。彼女はすばやく視線を逸らすと、目を合わせないようにすでに何度も何度もほころびを繕った長靴下の踵を繕いはじめた。靴下を裏返して針を走らせながら、彼女はため息をついた。サルが彼の言ったことを信じたのか、ソーンヒルにはわからなかった。

ルーカス氏は、縞模様のチョッキが張り出た腹ではち切れんばかりの太った男だった。氏は何艘かの艀を所有していたが、それの取りまとめはイエーツという男に任せていた。イエーツは手広く仕事をしているなかなかのやり手だった。

噂では、ルーカス氏はロンドン市長になろうと目論んでいるということだった。市長になるには信心深さが求められたが、彼は少なくとも日曜日は敬虔なキリスト教徒であり、自分の船で悪事が働かれないように常に目を配っていた。雇い主の多くは、利益のほんの僅かな一部を貧しい艀の船頭が失敬することには目をつぶっていたが、このマティアス・プライム・ルーカスは違った。ロンドン市長になることを目論む男は、豪華な晩餐を催し、実力者に貢物を贈るのに金が必要で、雇人に対しては決して気前よくはなかった。

愚かにも、ジョン・ホワイトヘッドは、ルーカス氏の艀から八キロばかりの大麻を盗んでブラウン埠頭で捕まった。ホワイトヘッドはひざまづいてルーカス氏の憐みを乞うたが、氏は見せしめとして彼を絞首刑に処した。

ソーンヒルも、時々ポルトガル産の酒類や紅茶の箱から隠し袋いっぱいの品物をくすねた。初めのころは細心の注意を払っていたが、それでも役人に急襲されて、もう少しで捕まってしまいそうになったこともあった。ルーカス氏に雇われてから三年たつころまでには、盗むなら月がない夜に限ることと、すぐに逃げられるように小舟を近くに準備しておくことを学んでいた。ホワイトヘッドが捕まったのは、海上警備隊に十分な心づけを渡していなかったからだった。ソーンヒルは、フランス製のブランディのボトルで警備隊をうまく手懐けていた。唯一、予防線を張れないのは、口の軽い者たちが五ポンドや十ポンドにつられて告げ口してしまうことだった。

ソーンヒルには役立つ人材網があった。その一人は、ブラー船主商会の事務員のニュージェントだった。彼は二、三シリングをありがたがる男だった。一本が十ポンドほどするブラジルボクの材木がローズ・メアリー号に積まれていることを教えてくれたのは、ニュージェントだった。

だから頭《かしら》のイエーツが彼にホースリーダウンに行って、ブラー氏の会社のローズ・メアリー号から材木を積んでスリー・クレーンズ波止場まで運ぶよう告げた時、ソーンヒルはすでに木材を盗むつもりでいた。彼は、その夜は明け方近くまで月が昇らないことを確認して、ロブにローズ・メアリー号で落ち合う準備をしておくように言っておいた。

その前夜、彼は空の艀で潮に乗ってホースリーダウンに向かい、真夜中ころに到着した。まず、ローズ・メアリー号の脇に艀を着けた。そして、夜が明けて潮が満ち、材木を積んでスリー・クレーンズ波止場に向かうまでは艀のなかで仮眠を取ることにした。

ここまで、ソーンヒルは吹き溜まりの雪のように潔白であった。

船体にあたる水の音は心地よく、河で過ごす夜を彼は楽しんだ。すぐ傍らのローズ・メアリー号は、雲に星を呑みこまれた空の黒に対比される別の質感の黒に過ぎなかった。

明確な道義心を持ち合わせた男なら、暗闇を恐れる必要などなかった。

彼は子どもとベッドに入って毛布にくるまっているサルを想った。その朝、サルは彼に歩み寄って、二番目の子どもが授かったと告げた。もう一人養う者が増えるのだ。彼の視線が腹部に注がれているのに気づくと彼女は笑った。「まだ、見た目にはわからないわよ。ウィル！」それでも、彼の手を取って自分の前掛けの上の、ちょうど彼の種子が植えられたあたりにその手を置くと、彼の顔を覗き込んで微笑んだ。

サルは金の出所については詮索しなかった。彼女にとっては、食器棚にパンがあり、新鮮な牛乳を子どもに与えることができればそれでよかった。ただ二人とも、良心的すぎる艀の船頭は飢えてしまうこともよく承知していた。けれども、ソーンヒルは、サルがその事実から目を逸らそうとしているように感じたので、他人のものをくすねる河の夜のことは話さないことにしていた。

日が昇ってもロブはあらわれなかった。ロブを待つ余裕はなかったので、ソーンヒルは仕方なく、その波止場でバーンズという男を雇うことにした。バーンズは角材の片側を持ち上げて艀に降ろすやり方などほとんど知らなかった。ソーンヒルは、バーンズを急きたてながら、ロブと彼を信用した自分への怒りがこみ上げてくるのを感じた。自分の名前すら忘れてしまうような薄ら馬鹿が、約束の時間を守れるはずがなかった。

その朝、ルーカス氏は遅れてやって来てあれこれ指示を出した。氏が到着するまでに木材の大部分は艀に移されていたが、ブラジルボクの材木はなく、ソーンヒルはニュージェントの情報は誤っていたのではないかと思いはじめた。彼はルーカス氏に叫んだ。「もう船はいっぱいですぜ、旦那。ほかに積むものはありますか？」ルーカス氏はソーンヒルを見やると、奇妙な笑いを浮かべて木材に印をつけるための金槌を振り上げた。「貨物室にもう少しある」氏は声を張り上げた。「ブラジルボクの材木が六本。これから商標を刻印するところだ」

ソーンヒルは空しさを感じた。この感覚は、罪を犯すたびにいつも感じるものだった。恐怖心と必要に迫られる思いが入り混じって、意識がもうろうとした。しかし、他人に気づかれないように平静を装った。

長い厚板四本と短いものを二本、ソーンヒルとバーンズが、ブラジルボクの材木を積んでいるのを、ルーカス氏は立って上から眺めていた。艀はすでにいっぱいで置き場所がなかったので、先に積み込んだ材木の上に置くほかなかった。その材木は加工していない状態だったが、表面の木目は細かく深い赤色で、良質なものであることはひと目でわかった。短いほうの材木を積んだ時、ルーカス氏がつけた商標が目に入った。それは材木の端に金槌で打ち込まれた小さな四角い印だった。

一瞬、この計画を実行するべきではないと彼は思った。それは、襟の後ろにしたたる冷たい水滴のように些細な思いつきにほかならなかった。「彼は気づいている。やめておけ」ソーンヒルの心臓は高鳴り、胸は震えた。この感情を何と呼ぶべきかわかっていた。恐怖だった。しかし、恐怖は盗みを思い止まらせるほどのものではなかった。盗みは濡れた足と同様に、艀の船頭の生活の一部でもあった。その理由は単純だった。恐怖は家賃を支払ってくれはしないからだった。

ルーカス氏は、大きな尻に大きな手をあてて、艀の一本一本のブラジルボクの材木を見ながら、ローズ・メアリー号の甲板に立っていた。「あの材木を一番上に置いておきたくないんだ、ソーンヒル」氏が呼びかけた。「五十ポンドもするんだぞ」ソーンヒルは、艀のなかに立って氏を見上げた。「下ろしたほうがいいですか？　ほかの材木の下にしますか？」彼は尋ねた。「いや、いい。ただし傷がつかないように気をつけてくれたまえ」ルーカス氏が彼を見下ろした時、ソーンヒルは眩しさに目を細めた。「承知しました。ルーカスさん」慇懃な態度で応じた。「お任せください」

午後の三時までには、艀への荷積みは終了したが、引き潮になったので、待機するしかなかった。ソーンヒルは食事をしながら、積荷に腰かけて夜の帳が降りるのを見ていた。十一時ごろ河の流れが変化するのが聞こえると、水がゆっくりと戻りはじめ潮が満ちてきた。彼が乗った艀は船の傍らを離れ、満ち潮はそれを上流へと運んだ。彼は櫂で方向を調整しさえすればよかった。

ソーンヒルは、ロンドン橋の中央の橋脚を勢いよく走り抜け、ミドルエセックスの岸のほうへ向かっていた。河のかすかな質感を除いては何も見えなかった。橋を通り抜けた時の速度からスリー・クレーン波止場に到着する時刻を判断し、引き潮までに埠頭に船を横づけできるよう、岸の方向に向けて船体を動かした。海水は木製の埠頭に打ち寄せていたが、積荷を下ろすには海面は低すぎた。

昨日埠頭の端に着けておいた小舟が、もやい綱につながれて揺れ動いている音が聞こえてきた。小舟はブラジルモクの材木を受けとるのを待ち構えていた。しかしその材木に手をかけるまでは、彼は無垢な男のままでいることができた。

夜警は埠頭の先端の別棟にいた。戸口から漏れるかすかな黄色い明りが見えた。夜警は、温まるために飲んだ酒で、いい気持ちになって眠ってしまっているのだろう。

艀が埠頭に近づくと、ソーンヒルは静かに呼びかけた。「ロブ、ロブ、そこにいるのか？」応答はなかった。ソーンヒルは全部自分でやるしかないと決めて、櫂を置き、船をつなぐ杭に縄を投げかけようとすばやく立ち上がった。その時、暗闇からロブの声がした。「ウィル。俺だよ」しゃがれ声がささやいた。「なんだ、遅いじゃないか。岸に着けるのを手伝ってくれ」ソーンヒルは呼びかけた。ソーンヒルが縄を投げると、ロブはうまい具合にそれを受け止め、杭にしっかりと結びつけた。艀は静かに流れに浮かんでいた。

ソーンヒルは埠頭に上がった。「この間抜けめ」彼はロブを罵った。「なんで積荷作業を手伝いにこなかったんだ」ロブがそこにいるのはわかったが、暗闇で顔まではよく見えなかったので、その馬鹿面を拝まずに済んだ。「これでもできるだけ早く来たんだよ、ウィル」憐れを誘うようにロブが言った。「神に誓うよ」怒りのあまり大声を出しそうになるのを抑えながら、ソーンヒルは言った。「そんなこと知るもんか。こっちへ来て船尾を押さえてくれ。早くしろ」

杭に船尾を固定すると、水が飛び散る音がし、受け軸に当たって櫂が鈍く空ろな音を立てた。それは、視界の端に入った鳥の翼の影のように実体のないものだったが、嫌な予感がソーンヒルの心をよぎった。

彼はさらさらと音を立てるような暗闇を凝視したが、じらすような動きと質感しか感じられなかった。

ソーンヒルとロブは、ほとんど手探りでブラジルボクの材木を小舟に下ろした。艀の船べりの上を滑らせ、小舟がその重さで揺れるのを感じながら、材木をできるだけ早く移した。ロブが材木を支えるのを感じると、その材木が下ろされる空ろな音がした。ほんの小さな音も響きわたるようだった。

二人が材木を四本移し終えたころ、突然、ガタガタ、ドンドンという喧騒と共に、長靴を履いたいくつもの足が、ソーンヒルとロブが材木を抱えて立っている艀を目がけて走ってくるのが見えた。「ソーンヒル！」ルーカス氏の叫ぶ声がした。「ソーンヒル、この悪党が！」その瞬間、彼は一気に湧き上がる恐怖の念に飲み込まれそうになった。あの声を聞くべきだった。「やつらはお前を捕まえるぞ」というあの冷たく小さな声に耳を傾けておくべきだったのだ。

ルーカス氏は手に何かを持っていた。金属が煌めくのを見て、ソーンヒルは、それが氏がどこへ行くにも持ち歩いている腰刀であることを知った。短剣がすぐ傍らで空を切るのが聞こえた。その音はソーンヒルをうろたえさせた。彼は暗闇でなす術もなく、材木につまづいてよろめきながら、自分の小舟へ逃げようとした。「お願いだ。やめてくれ」そう叫ぶ自分の声が聞こえた。ルーカス氏の刃に肉体はおじけづいていた。「こっちへ来い。このならず者めが」ルーカス氏はがなり立て、ソーンヒルは彼の手が自分の服の袖を掴むのを感じた。

ソーンヒルが、腕をぐいっと引っ張りかえし、その手を振り払うと、ルーカス氏の手が今度は彼の襟首をまさぐり、氏は小舟の傍らでよろめいた。ソーンヒルを捕えよう躍起になったルーカス氏は、櫂につまづいて派手に転倒した。ルーカス氏のうめき声が聞こえ、大きな縞模様の腹部が艀の床に押しつけられて袋のようになっている様子が思い浮かんだ。

ソーンヒルは、ゆっくりと、しかし生きて逃げおおせるために、可能な限りすばやく、ロブが乗っている小舟へと乗り移った。縄を解き、艀を押しやって漕ぎ出すと、その小さな舟は転覆しそうなほど揺れて、材木の一本が船べりから水のなかへ滑り落ちるのが聞こえた。

彼は恐怖と同時に、笑いたくなる衝動から生じる胃の痙攣を感じた。

なんとか逃げおおせるかどうかという状況にもかかわらず、ロブは外套を失ったことのほうを嘆かわしく思っているようだった。そして大真面目にソーンヒルに訴えた。「外套を置いてきちまったよ。暖かくっていい外套だったのに！」そのことが頭から離れないようで、思い出すたびに同じことを言った。「俺のハンカチ。鼻水は何で拭けばいいんだろ、ウィル？」そして、船尾から痰混じりの声で笑って言うのだ。「俺のハンカチさ、ウィル、考えてもみなよ。ルーカスさんのものになっちまうんだぜ」

ロブの頭はいかれていた。彼の良識といったら、プディングに申しわけ程度に入っているプラムほどのものなのだ。

逃げ切れると思いきや、艀からルーカス氏の声が響きわたった。「イエーッ！　やつらを捕まえろ！」後ろを振り返ると、かすかに光る水の黒さのなかに何かが動いているのが見えた。一艘の小舟が近づいてきていた。ソーンヒルは、櫂を深く差し込んで、急に舟の向きを変えたので、ロブは転んで這いつくばった。

ドゲットのスカル競艇の時のように、ソーンヒルは、腕、肩、足を船の側面に押しつけるようにして体を曲げ縮めた。そして、漕ぎ手の座も、舟自体も後ろに取り残されてしまっているかと思うほど懸命に早く漕いだ。巨大な大聖堂の四角の張り出しが肩ごしに見えたので、クローショー埠頭まできていることがわかった。櫂を力いっぱい漕いで速度を上げ、黒い水しぶきを飛び散らせて迫ってくる追手を振り切ろうとしたが、すでに巨体の男がソーンヒルの小舟に乗り移ろうとしていた。舟は揺れて傾いた。イエーツが喘いで言った。「捕まえたぞ。逃げるものなら撃つぞ」この瞬間にも、ソーンヒルは笑いが込み上げるのを感じながら、言い放った。「貴様がそんな口を叩くのは不釣り合いなんだよ、イエーツ」

ロブが大声を上げ、舟は急に傾いた。大きな水しぶきが上がった。ロブは舟尾の向こう側へ投げ出された、それっきり姿が見えなくなった。

イエーツの巨体が見え、彼がいつも吸っているパイプの匂いが漂ってきた。イエーツは悪い男ではなかったし、彼自身、艀で生計を立てていた。それは何年にもわたって、彼も多くの物を掠めてきたことを意味していた。「頼む、見逃してくれ。イエーツさん」ソーンヒルは懇願した。「どうなるかわかってるだろ！」巨体の男は一瞬ためらったが、ソーンヒルを捕えにかかった。「十年越しのつきあいじゃないか、イエーツ。俺が吊るされても構わないって言うのか？」

イエーツがそれ以上何もできず、何も言えないで突っ立っている隙に、ソーンヒルは舟尾のほうへ逃れ、河へと飛び込んだ。潮は半分ほどしか満ちていなかったので、水位は太腿のあたりまでしかなかった。イエーツの小舟が横で上下に揺れ動いている。ソーンヒルはすばやく、舟にかけられた縄の結び目を手探りでほどき、その小舟によじ登った。ソーンヒルが懸命に漕ぎ去ろうとするのをイエーツは止めなかった。

イエーツは慈悲ある男だったが、ルーカスは違った。ロンドン市長になることを企む男は、窃盗に目をつむることはなかった。ロブは、メーソン・スティアズで水死体となって発見されたが、逃げ延びたソーンヒルは、報酬金つきのお尋ね者となった。十ポンドの報酬金に目が眩まない者などいなかった。

かくして、エクアー波止場の小麦の製粉所の隣に潜んでいたソーンヒルは捕えられた。

ニューゲート監獄の監房は、囚人であふれかえっており、夜、汚い藁布団を敷くのもままならなかった。壁は精製された切石の塊でできており、モルタルで接合する必要がないほど寸分の隙間もなかった。それ自体の重さで石はぴったりと据えられ、その閉じられた空間に囚人たちは押し込められていた。

サルはバトラー氏の貸間を出て、縫い物の仕事で生計を立てるリジーとメアリーの元へ移り住んだ。三人は一緒にソーンヒルに会いに監房へやって来て、気丈に振る舞った。サルが一人、ウィリーの小さな手を握りしめてやって来ることもあった。ウィリーは四歳になっていた。ニューゲートの雰囲気をなんとなく怖いと感じているようだったが、まだ幼すぎて衝撃を受けるほどではなかった。ソーンヒルは、我が子を腕に抱きたい気持ちをぐっとこらえて、発疹チフスが流行っているから、ウィリーを監房には連れてこないようにとサルに言った。

サルや姉たちは、パンやニシンの干物のかけらなど、自分たちの食事を節約して食べ物を差し入れしてくれた。ソーンヒルがそれを手に取るのを眺める彼女たちの目は、空腹であることを訴えていた。妻と姉たちを喜ばせるために、食べるべきだとはわかっていても、食物は彼の喉を通らなかった。

　ソーンヒルは、幸せだった日々のことを考えまいとした。ニューゲートでは、石や貝のように自分自身を固く閉ざすことが唯一の希望だった。それが、ある種の救いだったのだ。

　ここからはサルの出番だった。彼女は作り話を思いついた。サルはニューゲートで何より必要なのはパンでもなければ毛布でもない、作り話なのだと言った。現行犯で捕まったとしても、作り話の余地はあるはずだと彼女は言い張った。そしてそれを語るには、神に誓って真実であると感じるほどに、自分自身もその話を信じ込まなければいけないのだと諭した。

　ソーンヒルはサルの言うことが核心をついていると思った。彼は、ある少年が庭で独り言のように、または近くを通りかかる人々に、何度も何度もこんなふうに言っているのを聞いたことがあった。「全部、嘘っぱちなんだ。すべては懸賞金のための嘘なんだ」と。前歯の欠けたその少年は、ウィリーより少し年上と思われるくらいだったが、同じことを表現を変えて違う抑揚で訴えていた。少年は、ソーンヒルがかつて船で渡した役者のようだった。時間がたち、灰白灯〔昔の舞台照明〕の光に照らされれば、繰り返していただけに過ぎなかったそのセリフは、ほかのことはなかったことにしてしまう力を帯びた。

　作り話でも、事実を少しずつ盛り込めば、説得力を持つようになるものだ。この少年の場合なら、ある店からベーコンを盗んだことは、別の話に取って代わった。まるで牡蠣が岩に着生するように。そして、それはもう嘘だとは思われなくなった。澄んだ瞳であたかも真実であるかのように語れば、誰でも新しい物語を語ることができるのだった。

男がやって来てこの上着をくれたとか。絨毯を道で拾ったとか。ゴスポート通りにこの箱を届ければ一ペニーやるとある男に言われたとか。神に誓って自分は無実だと。

サルがソーンヒルのために考え出した話はこうだった。彼は、艀をしっかりと岸に着けた。しかし、潮位が低かったので、満潮になったら戻ってきて積荷を降ろすつもりでいた。波止場の夜警が材木を見ていてくれるだろうと思っていたが、彼がその場を離れた隙に、誰か見知らぬ者が河のほうからやって来て、夜警に気づかれることなく材木を盗んでしまったのだと。

それは、隙や矛盾のないきわめて妥当な話だった。説得力のある話を思いつき、それに言葉をあてがい真実へと変えることができるサルの賢明さを、ソーンヒルは愛して止まなかった。「ここから出れるわよ、ウィル」面会の帰り際、サルは彼を抱きしめて言った。「私がいる限り、あなたは有罪になんかなるもんですか」

彼女の愛と強さは彼を勇気づけ、それはほかの者にはない自分だけに与えられた財産に思われた。妻と姉たちが帰ると、彼は背筋を伸ばして立ち、意気揚々と歩き、看守を見つめた。「私は艀をしっかりと岸に着けました。あとから戻ってくるつもりでした」

次の日、二十五シリングの値打ちのある二匹のアヒルを盗んだ咎で捕えられたウィリアム・ビッグという男が、法廷で自分は胎児のように潔白であると主張したところ無罪となったという噂が流れた。ニューゲート・ヤードでは、この汚れた無垢の話があちこちでささやかれ、コレラのように広まっていった。「まだ生まれていない赤ん坊のように潔白です」ソーンヒルは、自分の隣の男がささやくのを聞いた。「私は兵士でした。兵役義務を終えて戻ったばかりだったんです。その家には私以外にも人がおりました。私はまだ生まれていない赤ん坊のごとく潔白です」

ソーンヒルもその言葉を言ってみて、自分の物語に付け加えることにした。「私はあとで荷下ろしをするつもりで艀を急がせました。私はまだ生まれていない赤ん坊のように潔白です」

オールド・ベイリー〔ロンドン中央刑事裁判所〕の法廷は、喧騒と混乱に満ちた空間だった。法廷の一番下の弁護士席には、優雅な曲線を描くテーブルが据えられ、そこには鳥のような黒いガウンを身にまとい、灰色のかつらを被った弁護士たちがいた。弁護士たちを取り囲むように、証人たちは恭しく立ったままで自分が証言する番を待ち、廷吏は木製の壁にもたれかかっていた。

一段上には、壁に沿って陪審員が四人ずつ黒板の座席にぎゅうぎゅう詰めになって座っていたが、だだっ広く薄暗い法廷では、その顔までは見分けることができなかった。裁判官の反対側の小さな証人席に証人が立ち、その背後の高窓からは光が注いでいた。

この光あふれる白い高窓は、クライスト教会のものとよく似ていた。その窓は裁判官が神のごとく高貴な者であることに疑いの余地はないことを示していた。

証人席の上方には鏡があり、証人の顔に光が当たるようになっていた。冷たく鈍い光で金属のように見える証人の顔を、裁判官と陪審員はその魂を覗き見るようにじっと見つめた。証人の後方にも小さな鏡があり、弁護士のようなかつらの男がインク入れを持ち、台帳に向かって証人の言葉を書き留めていた。

何より最悪なのは、たとえどんな嘘偽りであっても永遠に記録され、人間的な憐れみが入り込む余地がないことだった。

天井に近い部分は傍聴席になっていたが、騒々しい観客を閉め出すように鏡板の高い壁と柱が立ちはだかり、法廷からは分離されていた。ソーンヒルは、サルを探して傍聴席を見上げたが、ひっきりなしに動く人々がぼんやりと見えるだけであった。時々、仕切りから垂れた腕や、女性の肩のショールがちらりと見えることはあった。麦わら帽子の上からスカーフを被り、顎の下で結んだ女性が目に入った。サルはよくそんな被り方をしたし、法廷のほうへ身を乗り出して覗き込んでいる日除けの頭は、彼女のものに思われた。

彼は遠くのほうで女の声が彼の名を呼ぶのを聞いた。「ウィル！　ウィル！」彼に手を振っているのはサルなのだろうか？

やはり、彼女だ。妻への愛おしさがこみ上げた。しかし、刑務所の囚人である自分が、呼び声に応えることなどできるわけがなかった。それは教会で大声を出すのと同じくらい許されないことだった。いずれにせよ、サルは彼が立ち入ることができない別世界の人間で、どんなに彼女を愛おしく感じたとしても、ここでは彼は独りきりなのだった。

ソーンヒルは、被告人席の台座に立った。法廷のみなの前に、裸でさらし者にされているかのようだった。手は背中で固く縛られていたので、腰をかがめざるを得なかった。自分の行く末を見届けるため背筋を伸ばそうとするのだが、首に痛みを感じ、やはり前屈みになってしまうのだった。台座の高見にいると、法廷の下のほうにいる者の熱気が立ち昇ってくるのを感じた。衣服に覆われた体から出る熱、吸ったり吐いたりする息、話される言葉、それらすべてが空中をすり抜けていくのを、ソーンヒルは感じていた。

ソーンヒルは言葉の威力に当惑した。法廷では、言葉のほかには何もなく、何をおいてもまず言葉で、彼を生かすも殺すも、証人の口から吐き出されるひと息ひと息に委ねられていた。

ソーンヒルが被告人席に上げられて、彫刻の施された長椅子の後ろに座っている裁判官を見るまで少し間があった。生え際まであるかつらのせいで小さく見える灰色の顔は、重ね着された職服や金色の縁取りがされたひだ状の襟のせいで、人間のようには見えなかった。

ソーンヒルを弁護することになっていたナップ氏は、生気のない紳士といった風情で、彼はこの男にまったく期待してはいなかった。けれども、ソーンヒルはこの弁護士に驚かされることとなった。ルーカス氏が証言をし、続けてナップ氏がいささかうんざりしたような調子で質問した時、ソーンヒルはそこにひと筋の光があることに気づかなかった。「なるほど、ルーカスさん、つまりあなたがおっしゃっているのは、その夜はとても暗くて犯人を知る手がかりは声だけで、その声がソーンヒルのものだった、ということですね？」

しかし、ルーカス氏はこの質問の意図を読みとったようで、咳払いをすると、頑とした調子で言った。「彼を見た時、彼だとわかりました」するとナップ氏はその発言に気を留めずに、無頓着に尋ねた。「ですが、声で彼だとわかったのでしょう?」

市長の座に就くことを目論むルーカス氏は、こんな寝ぼけたような弁護士に混乱させられてたまるものかと、きびきびと答えた。「私は彼の動きで、その男がここにいる囚人だとわかりました。その男を見た瞬間、この囚人だとわかったのです」

やりとりを聞きながら、ソーンヒルは夜の暗闇に深く感謝した。ナップ氏は尋問を続けた。「ということは、つまり、その現場でその男を見た時、あなたはそれがソーンヒルだとわかったというのですか?」しかし、ルーカスは、再び咳払いをし、居住まいを正して目をこすり、突きつけられた問いに答えようとした。「それは聞き覚えのある彼の声でした」とルーカス氏はもどかしげに言い放った。ナップ氏はすかさず切り返した。「ということは、あなたは彼の近くに来るまでそれが誰だかわからなかった。ソーンヒルだと仮定したに過ぎなかった。本当にソーンヒルだったという確証はあるのですか?」

ルーカス氏はその手には乗らなかった。彼は前の手すりを握りしめた。彼の肩ごしに陽の光が降り注ぎ、鏡に反射した不気味な光がその顔を照らし出した。陽の光のなか、渦を巻く埃を読むように彼は話しはじめた。「材木が動いているのが見えた時、声は聞こえませんでした。その時点で尋ねられたら、ソーンヒルだとは確信を持って答えることはできませんでした」彼は間を置きながら、ロブのようなものでも理解できるような明瞭さでゆっくりと話した。「今、私は、材木を盗もうとしていたのはソーンヒルだと誓って言うことができます。その男の近くに来た時、ソーンヒルだとわかりました。見失うまいと必死でした。ですから、材木を盗もうとしていた男は間違いなくソーンヒルだと言えるのです」この綿密に積み上げられた言葉にナップ氏でさえ反論の余地を見つけることはできなかった。

次にイエーツの番になり、ソーンヒルは不安そうな彼に目をやった。イエーツは、鏡から反射する光に目を細めながら、法廷の一段低くなった弁護士席の向こう側のソーンヒルをちらちらと見た。大きな白髪の眉毛が上下に動き、手は緊張を緩和させようとするかのように、自分の前の証言台の縁をせわしなくいじっていた。

ナップ氏は天井を見上げて言った。「あなたはその男の顔を見る機会はなかった。というのも、その夜は顔つきなど見えないような漆黒の闇だった。そうですね？」ナップ氏の口ぶりは、ほとんど自分自身に語りかけるようだった。

イエーツは、犬を撫でるように証言台を撫ではじめた。「確かにそうです」彼は言った。「声と体形、体格から彼だと思いました」

その言葉を捉えて、ナップ氏は水を得た魚のように言葉を続けたので、ソーンヒルにはイエーツの体がすくむのが見てとれた。「なんですって？　そんな暗い夜に体形とか体格がわかった、とおっしゃるのですか？」憐れなイエーツは怒鳴りだした。「見えたとは言っていません。私は彼のことをよく知っていました」もじゃもじゃの眉毛を苦痛を表わす手旗信号のように動かしながら、彼はつっかえつっかえ話した。「はっきりと見えたと言っているわけではありません。そう言ってしまえば、それは事実とは異なります」

一段下がった証人席では、ルーカス氏が彼を見つめていた。被告人席にいるソーンヒルにも、丸屋根のように隆起したイエーツの額に大粒の汗が光っているのが見えた。ナップ氏は主張した。「月が出ていない夜だった。体形や体格で誰なのかを見分けることなどできなかった。違いますか?」この体形や体格といった些細な言葉が彼の生死を決定するのだということをソーンヒルは考えていた。

イエーツは、ルーカス氏とソーンヒルから見つめられ、口ごもりながらぶつぶつと話しはじめた。「事実と違うことを言ってしまって申しわけなく思います」しかし、ナップ氏は容赦なく続けた。「あなたが体形と体格から彼だとわかったといったのは軽率な発言だったというわけですね。ということは、実際にはわからなかったということですか?」イエーツはすっかりまいってしまった様子で、自分の言葉に確信が持てないままルーカス氏を見つめていた。「私は男を捕まえようと傍らまで近づきました」彼はもごもごと答えた。「矛盾することを言うようですが、その男が話しかけてきた時に、誰だかわかったのです。その声でわかったのです」

彼はすばやくソーンヒルを見た。「体形や体格から判断できたと言ったのは軽はずみでした」そう言って彼は脇に帽子を押し込むように挟み、木片のように硬直して立っていた。鏡から反射して青ざめた光は、苦痛にゆがんだ彼の顔を照らし出していた。

不意にソーンヒルが証言をする番がやって来て、彼はサルと何度も練習した言葉が、頭から蒸発して消えてゆくように感じた。彼がかろうじて言えたのは出だしの部分だけだった。「私はあとで戻ってくるつもりで艀を埠頭に着けました」この先にまだ言うべきことはあった。だが、何だっただろう？

ソーンヒルは、ルーカス氏を見つめて出し抜けに「ルーカス氏はご自分の艀にかなうものはないことをご存知です」と言った。けれども、この突然に口をついて出た言葉は、何の関係もない事柄で、彼はもう半ばやけくそになって続けた。「私はまだ生まれていない赤ん坊のように清廉潔白です」しかし、何度も練習したその言葉は切実さを欠いて聞こえた。

いずれにせよ、裁判官は高みの席の後ろに隠れて、ソーンヒルの証言など聞いてはいなかった。文書を整理したり、誰かが耳元でささやくのに体を傾けて聞き入っていた。ルーカス氏も聞いていなかった。彼はポケットの時計を触っていた。ソーンヒルは、銀の蓋が勢いよく開いて、ルーカス氏が時計をちらりと見ると蓋を閉め、親指と人差し指で鼻孔をつまむのを見た。ニューゲート・ヤードで確信に満ちて響いたソーンヒルの言葉は、空ろに響き飲み込まれてしまった。

裁判官が、耳もとまでずり落ちていた黒い帽子を、長い灰色のかつらの上に無造作に戻そうとして触った。彼は、ソーンヒルがほとんど聞きとれないほどの細く高い声で話しめた。法廷の中央では、汚れた白いベストの肥った腹を突き出した案内人が、目に入った知り合いに気取った感じで手を振り、にやにや笑っていた。首元の薄汚れたひだをいじっている弁護士もいれば、かぎ煙草入れを取り出し、隣の者に勧めている弁護士もいた。

ウィリアム・ソーンヒルが、たった二拍ほどの短い間に有罪を言い渡され、「退席、絞首刑に処す」と宣告されたのを、この法廷で気に留めた者はほとんどいなかった。

傍聴席からか、もしくは彼自身の口からか、区別がつきかねる泣き声が漏れるのを聞いた気がした。恐れ入りますがもう一度おっしゃってください、裁判長殿。何かの間違いです。ソーンヒルはそう叫びたい思いだったが、看守は彼の上腕を掴んで引っ張り、ニューゲートに戻る地下道の戸口へと通じる階段へと向かわせた。彼は聴衆をかえりみた。サルはどこかにいるはずだったが、その姿を確認することはできなかった。そして、彼はほかの囚人とともに独房に戻された。語るべき物語を失い、無実の罪の語りもはぎ取られた身には、希望は残されておらず、待ち受けているのは死のみであった。

サルは彼に会いに死刑囚の独房にやって来た。擦り切れた木の床を歩く足どりは、彼女があきらめてはいないことを物語っていた。彼が結婚した苦労知らずのお嬢さんのなかにもう一人別の人間が眠っていたらしい。ソーンヒルは少女から大人の女になったサルに驚異を覚えた。彼女のユーモアは健在だった。いずれ必要とされるべく潜んでいた別の力、すなわち、岩のごとく屈強でしぶとい知性が、それを見えなくし、ぼやけさせてはいたが。

サルはいろいろ調べてみたのだと言った。死を宣告された者が講じた策を聞き回ったのだ。「手紙よ。ウィル」彼女は言った。「お偉いさんに手紙を送るのよ」そうきっぱりと言い放ち、決意が鈍るのを恐れるように、彼と目を合わせようとはしなかった。彼がここで知った絶望という感情は、熱病のように感染し、命取りになるものだった。「あのおべっかつかいのあしなえのイエスに、ワトソン大佐に宛てた手紙を書いてもらうのよ」サルは言った。「私はだめよ。何て書いていいのか見当がつかないから」彼女はソーンヒルの顔を見なかった。しかし、テーブル越しに彼の手を取り、骨の軋む音が聞こえそうなほどきつく握りしめた。「今日じゃなきゃだめよ。今すぐそうして」

ソーンヒルはサルを信頼し、指示された通り、曲がってしなびたような足で独房から独房へと這いずり回るその男のところへ行った。大事にしているものと引き換えに、その男は願いどおりの嘆願書を書いてくれるということだった。

ソーンヒルは、這いずり回るあしなえの男に厚手のウールの外套を差し出した。腕をもぎとられるような思いだった。というのも、それなしでは、艀の冬を越すことは二度とできないからだった。しかし、良い手紙を書いてもらえるなら、その外套も惜しくはなかった。何より、この男がここから生きて出られるような手紙を書いてくれなければ、艀の船頭になど二度となれないのだ。

あしなえが手紙を書き終え、それを読み上げた。

それは、いかにもワトソン大佐へ向けてソーンヒル自身によって書かれた手紙のような出来栄えだった。ソーンヒルが船頭をしていたころ、チェルシー・スティアズの常連客だったワトソン大佐は、彼が唯一知る社会的地位のある人物だった。手紙には、ソーンヒルが自分の行いを悔いており、それは初めて犯した罪に過ぎず、今、彼は心から神に救われることを祈っていることがしたためられていた。そして、ソーンヒルが養わなければならなかった者たち、すなわち、彼の馬鹿な兄、未婚で彼のほかに頼る者がない姉たち、無力な妻と子ども、その妻の腹に宿るもうひとつの無垢な命についても触れられていた。

ソーンヒルは、その手紙を握りしめ、サルの几帳面な文字とは随分と異なり、黒い輪や渦のように見えるあしなえの達筆な文字をしげしげと見つめた。何が書いてあるのまったくわからなかった。彼の目には、テーブルにこぼれた黒ビールの液溜まりを這う虫がつけた印にしか見えなかった。自分の人生がそんな取るに足りないものに左右されることにソーンヒルは絶望感を覚えた。

思いがけなくその手紙は新たな展開を生んだ。ワトソン大佐は、ロックウッド長官へ手紙を書いてくれた。このロックウッド長官は、ホークスベリー卿の第二事務官であるエラスムス・モートンの知り合いであるアーサー・オー氏に通じていた。ホークスベリー卿が決定権を握っており、その手にソーンヒルの死刑が執行猶予となるかどうかの判断も委ねられていたのである。

ワトソン大佐は親切な男で、自分の手紙の写しをサルに送ってくれた。サルは読もうとしたが、優雅な達筆の文字を判読できず、あしなえに読んでもらうよりほかなかった。彼は自分の能力をひけらかすように早口でその手紙を朗読した。「死刑囚ウィリアム・ソーンヒルは、閣下の慈悲と慈善を信頼し、心からの服従とともに敬意と祈りを捧げる者なれば、彼とその家人も閣下とその一族が水辺に茂る青々とした月桂樹のように栄えられること祈るものならば、その祈りは閣下の御頭を照らす歓びの太陽となりますように。平安の枕が閣下の頰に口づけしますように。時の光がこの世の歓びに疲れさせ、死の幕が人間の最後の眠りを閉じる時、神の天使があなた様に付き添うものでありますように」

こんな具合に延々と続く美辞麗句に、ソーンヒルは途中からついていけなくなった。あしなえが読み終えて足を引きずりながらその場を去ったあと、彼らは黙ったまま座っていた。サルは、厚い紙の先が折られた端の部分を何度も何度もなでつけていた。彼女もおそらく彼が感じているのと同じ冷ややかな感情を心の奥で感じているのだろうとソーンヒルは思った。このような浮ついた文面で絞首刑の縄から逃れられるわけがない。彼は、ワトソン大佐は状況をわかっていないのではないかといぶかしんだ。真面目で誠実な男であり、妻子にとっては信頼に足る養い手であるという擁護の言葉が必要とされている時に、「平安の枕」などにどうして言及する必要があろうか？

ソーンヒルとサルはお互い頷きあい、微笑みあいさえしたが、彼女が彼は死んだも同然だと考えていることが彼にはわかった。彼女は話す時、あたかも彼はそこにおらず、もはやこの世の人間ではないかのように視線を合わそうとしなかった。

サルはそのことを否定したが、実際は思い悩んでいた。彼女は痩せて血色が悪くなっていった。二十四枚の寝具の縁縫いの仕事をリジーが見つけてきたので、サルはリジーとメアリーを手伝ってその仕事をしたが、縫い糸の価格は上がったのに、縁縫いの賃金は下がった。煙道の狭い部分を掃除する子どもを探しているという人がいて、ウィリーを遣ったが、彼は暗い筒のなかを怖がって泣いたので、サルはその仕事をやめさせた。サルはプリチャード氏に仕事がないかと尋ねた。しかし、寝具の縁縫いの仕事もハンカチの注文もないという返事だった。

二人の間にしばらく沈黙があって、サルが不意に叫んだ。「誰も鼻水をかまないなんて、溝にでも垂らす気かしら？」彼女の笑い声が部屋の静寂を破ったが、その瞬間にも彼らは人生の重荷に押しつぶされそうだった。彼も笑顔を作り、彼女の瞳を覗き込んだ。彼女は再び彼の手を取り、目を逸らさずに彼を見た。

サルには娼婦の道しか残されていなかった。二人ともそのことはわかっていた。客の立場に立って言えば、彼女は頬に紅をさし、髪を巻き、堂々と自身を演出する必要があるだろうと思われた。彼女のために、ソーンヒルは生気のある笑みを浮かべようとした。

サルは何の罪も犯してはいない。なのに、彼女は彼と同罪に処せられたにも等しかった。


ある朝、看守が独房の戸口に立ち、ソーンヒルの名を大声で呼んだ。ソーンヒルは最悪の事態を想定して叫んだ。「まだのはずだ！　一週間後の金曜日だと聞いている」

看守は彼を一瞥したが、すぐには返事をしなかった。「ごちゃごちゃうるさいぞ、ソーンヒル」看守はようやくそう言った。「聞くがよい」看守は一歩下がって、戸口にやって来た行政官に場所を譲った。行政官は手に持った堅い紙を読み上げたが、その声はほとんど聞こえなかった。「ウィリアム・ソーンヒルは去る十月、オールド・ベイリー裁判所の裁判において審議され有罪判決を受けた」

行政官は言葉を読み上げることのみが責務であるかのように早口で読み上げ、それが理解されているかどうかは気にもしていなかった。ぞんざいな声は、話し声や唾を吐く音や咳や板石舗装された床を歩く木靴の音など、まわりの雑音にかき消された。ソーンヒルは身を乗り出して、自分の罪について言及されるのを聞こうとした。聞き慣れたそれらの言葉を耳にするたびに、彼は内心たじろぎを覚えた。「ブラジルボクの材木をテムズ河の平底荷船より盗んだ罪に拠り、死刑宣告が下された。本死刑囚に好意的な仲裁が入り、それを考慮した結果、我々は神の恵みと慈悲を彼に与えることとなった」

何が伝えられるのか想像もつかないまま、ソーンヒルは体を石のように硬直させ、耳をそばだてて次の言葉に聞き入った。「その罪を容赦し、刑期の期間、すなわち終身において、ニューサウスウェールズの東部への移送を命ずる」

言葉はさらに続いたが、ソーンヒルの耳には聞こえてこなかった。手と足は冷たくなり、膝の力が抜けるのを感じたが、彼には確かめるべきことがあった。「助かるんですか?」行政官と看守の顔を順番に見入りながら聞いた。看守がもどかしげに声を張り上げた。「そうとも。だが、もし吊るされたいようなら、そうしてやるぞ」行政官は蝋で封がされたもう一枚の紙をゆっくりと開けると「もうひとつ伝えるべきことがある」と言って再び朗読しはじめた。「海軍長官サックリング大佐殿、ホークスベリー卿は、あなた様が……」彼は読むのを止めてソーンヒルをちらりと見たが、死刑囚に石を投げつけられるのを恐れるかのように視線を逸らした。「汝の妻の名は?」彼が尋ねた。しかし、ソーンヒルには、自分は生きられるのだという事実以外、何の言葉も考えも思い浮かばなかった。妻の名前が一体どうしたと言うのだ?

看守が叫んでいた。「貴様の妻の名前だ。妻の名前は何だ?」固い唇が発する言葉を形づくるのを感じながらソーンヒルは答えた。「サル。サラ・ソーンヒルです」行政官は続けた。「あなた様が、輸送船アレクサンダー号に乗船する受刑囚ウィリアム・ソーンヒルの妻サラ・ソーンヒルを、その恩恵を受けることを辞退されたヘンシャル夫人の代わりに、夫に伴って乗船させることを許可してくださることを望んでおられます。さらには、前述のウィリアムとサラ・ソーンヒルの子息の乗船をも認めていただきたいと申しておられます」

看守は鼻息を荒げて言った。「貴様の妻は貴様と航海を共にする光栄に預かれるということだぞ、ソーンヒル。彼女の上に神のご加護がありますように！」

# 第二章　シドニー

シドニーという開拓村は、哀しく荒んだ場所だった。初期の開拓者たちはその村を「野宿」と呼んだが、一八〇六年においても相変わらずで、まだ建設半ばの間に合わせのような場所には違いなかった。

二十年前、シドニーは海面に隠れた指状に入り組んだ何百もの入り江のひとつに過ぎなかった。一七八八年の一月のある暑い昼下がり、海原を漂っていた英国海軍の船の指揮官は、岸辺の樹木のあたりで、白い大きな鳥が甲高い鳴き声を上げるのを聞いた。そして、淡水が流れ込む指の爪のような小さな砂浜へと続く入り江に船を着けた。指揮官は船から降りて、しなう円材に英国国旗を掲げ、この土地が新教擁護者である英国君主ジョージ三世の領土となったことを宣言した。のちにそこはシドニー湾と呼ばれるようになり、英国の法廷で有罪判決を受けた囚人たちの収容先として特別の任を得たのである。

アレクサンダー号がシドニー湾に錨を下ろした九月の朝、ウィリアム・ソーンヒルはあたりに目を慣らすのに四苦八苦していた。流刑囚たちは、あまりにも長い間、船底の暗闇のなかに閉じ込められていたので、甲板へと連れてこられるも、空から降り注ぐ光に顔を射られるかのよう感じた。瞬きをすると熱い涙が頬を伝った。ソーンヒルは、手で目を覆い、指の隙間から細目であたりを垣間見た。ほんの一瞬、その様子が見てとれた。光り輝く海面、停泊しているアレクサンダー号、樹木に覆われ、ぼやけたように広がる谷間、なだらかな曲線を描いて海に突き出した陸の先端。すぐ傍らには、岸に沿ってがっしりした山吹色の建造物があり、その窓は金色にぎらぎらと輝いていた。光の矢に射られて、建物はゆらゆらと揺らいで見えた。

誰かの叫び声が耳をつんざいた。想像したこともないような太陽が、囚人服の薄い生地を通して照りつけてきた。陸に降り立った時、ソーンヒルは、踏みしめた大地がうねるように感じ、再び船酔いのような吐き気に襲われた。水面に反射する陽光が、頭蓋骨を射るようだった。

波止場に渡された厚板をゆっくりそっと進むうちに、船酔いは少し和らいできた。

押しあう人混みのなかから彼の名を呼ぶ声が聞こえ、容赦なく照りつける光のなかから女があらわれた。「ウィル！」女が叫んだ。「こっちよ、ウィル！」彼は声のするほうを見た。女房だ、ソーンヒルは思った。サルだ。しかし、それはサルの絵のように思われた。何か月も逢えなかったので、それがサルだと、間違いなく自分の女房なのだと、容易に信じることはできなかった。

ソーンヒルはサルの傍らでその足に体を押しつけている男の子と、彼女の腕に抱かれた赤ん坊を見た。すると、すぐに黒い毛むくじゃらの顎ひげの男が、棒でサルを追いやろうとした。片方の手で彼女の頭をピシャリと叩き、男は叫んだ。「順番を守れ。このあばずれが」叫んでいる人々の大きく開けられた口は、陽光で黒く見える。サルは人混みのなかへと飲み込まれていった。「ソーンヒル！　ウィリアム・ソーンヒル！」彼は騒音のなかに自分の名が呼ばれるのを聞いた。「私がソーンヒルです」しわがれた消え入るような声でソーンヒルは答えた。顎ひげの男に腕を掴まれた時、さんさんと輝く光に照らされて、男の口まわりのひげにパン屑がたくさんついているのが見えた。男はソーンヒルの手につけられた札に目をやり、がなり声を上げた。「ウィリアム・ソーンヒルは、ソーンヒル夫人の監督下に置かれる！」その声でパン屑がひげから落ちた。

サルは前に進み出た。「私がソーンヒルの妻です」彼女はまわりの騒音に負けじと叫んだ。ソーンヒルは光と喧騒に呆然としていたが、彼女の声ははっきりと彼の耳に届いた。「私が監督するなんてとんでもございません。その人は私の夫ですから」男は、嘲笑するような眼差しをサルに向けて言った。「夫であろうがなかろうが、お前が主人となったのだ。監督するということは、奉公させると同じことなのだぞ。好きにしてよいのだ。お前さんのしたいようにな」

男の子はサルのスカートをぎゅっと握って、大きな目で恐る恐る父親を見上げている。ウィルだ。五歳になった息子は、背が伸びいくらか痩せたように見えた。九か月にもおよぶ航海は、この少年の全人生の四分の一に相当した。我が子は、目の前で身をかがめている男が自分の父親であることをわかっていないようだった。

赤ん坊は、アレクサンダー号がケープタウンに入港した六月に生まれた。陣痛が始まるころ、船がすでに港に到着していたのは幸運というほかなかった。ソーンヒルは、サルへの面会を許されたものの、それはほんの束の間であった。「男の子よ。ウィル」彼女はささやいた。「リチャードにしましょう。父さんの名前を取って」血色を失った唇は、もうそれ以上言葉を紡ぐことはできず、彼女は手を強く握りしめて思いを伝えようとした。そのあとすぐに、ソーンヒルは男用の船室へと戻され、壁を隔てて赤ん坊の泣き声が聞こえたとしても、自分の子のものなのかどうかはわからなかった。

今はもう、ソーンヒルは我が子の泣き声に耳をそばだてる必要はなかった。赤ん坊の泣き声は彼の耳に突き刺さるようにはっきりと聞こえた。

「ウィル」彼の手を握り、微笑みながらサルが語りかけた。「ウィル。私たちの子よ。覚えてる?」ソーンヒルは、彼女の並びの悪い歯と、微笑むと形を変える目に懐かしさを覚えた。「サル」そう呼びかけ、微笑み返そうとした。しかし、言いかけた言葉は嗚咽に変わった。


国王は、ソーンヒル夫人を囚人ウィリアム・ソーンヒルの主人に任命し、一週間分の食糧と、毛布を数枚、そして埠頭の先に広がる丘の上の小屋のひとつを与えた。それらは、国王が囚人たちに施したせめてもの恩恵であった。受刑者としてウィリアム・ソーンヒルは、主人、彼の場合、自分の妻のために働くことになっていた。つまりは、奴隷のように主人に仕え、命令に従うことが義務づけられていたのだ。流刑囚は囚人であることには違いなかったが、その主人が看守の役割を果たすことになっていた。家族の場合、世帯の生計は自分たちで立てなければならず、政府の配給を受けることはできなかった。

この巧妙でつましい仕組みがあったからこそ、多くの者が絞首刑を免れるという、国王の慈悲を受けることができたのである。

そういうわけで、到着した日の午後から、ソーンヒルらは家族水入らずで過ごすことができた。

彼らの小屋は、ごつごつした岩肌が露わな傾斜の急な丘にあった。そこに住まう人々は菓子にたかる蟻のように見えた。小屋をあてがわれた者は少数で、ほとんどは斜面を上がった張り出した岩の下を住処としていた。壁の代わりに粗布をかけている者もあれば、入口に大枝を立てかけて戸の代わりにしている者もいた。土壁と湿った土の床のほかには何ひとつ贅沢と思えるものはなかったが、枝を編んだ骨組みに塗料が塗られたたソーンヒルの小屋は、ほかと比べると立派にすら見えた。

三人は戸口に立って内側を覗き込んだ。そして、恐る恐るなかへと足を踏み入れた。小さなウィリーは、ソーンヒルの視線を避けるように、指をしゃぶりぼんやりと宙を見つめている。「洞穴でないだけましね」サルが口火を切った。ソーンヒルには、彼女が無理をしているのがわかった。「心配ないさ」やっとの思いでソーンヒルがそう言うと、ウィリーは振り向いて彼を見上げ、またすぐに親指をくわえたまま母親のスカートに顔をうずめた。「なかなかいいじゃないか」そう言うソーンヒルの言葉は、なんとも空しく響いた。

太陽が山稜の背後へと落ち、湿りけを帯びた空気が丘のほうへと降りてきた。男と女が洞穴のほうから丘の中腹をたどってソーンヒルたちのところへとやって来た。もじゃもじゃの顎ひげを生やした男の頭部は禿げ上がっている。女には歯がなく口元がすぼんでおり、ぼろ布のようなスカートがふくらはぎを覆っていた。二人の顔は垢にまみれ黒ずんでいる。酒に酔っているらしく千鳥足だった。男は火種がくすぶっている棒切れを、女はやかんを持っていた。「さあ」女が言った。「これをあんたたちにと思って持ってきたんだよ。使いな」

やかんの底は木製だった。ソーンヒルは悪ふざけなのかと思った。女のほうを見て微笑んだが、女は微笑み返さなかった。「穴を掘りな」しゃっくりで上半身を痙攣させながら、女が言った。「火を点けて。

やかんのまわりに火が当たるように」またしゃっくりが出て女は目をつぶった。「そうそう、その調子」女は叫ぶと、ソーンヒルのすぐ傍らに立ち、手で彼の腕に触れようとした。ラム酒の臭いに混じって悪臭がした。「上出来だ」女はまた叫んだ。

泥酔した目をぎょろっと回し、男はソーンヒルたちが随分と離れたところにいるかのように、よく響く声でわめいた。「いけすかねぇ未開人にゃ気をつけるんだな」そう言ってラム酒の臭いをぷんぷんさせながら大声でがはがはと笑ったかと思うと、男は急にまじめくさって、よろめいてひざまづくと、ウィリーをじっと見つめた。「やつらは坊やのような子どもが大好物なのさ」男が前のめりになってウィリーのふっくらした頬を固い指で揉んだので、ウィリーは泣きだした。女はしゃっくりをしながら男を引き離し、引きずるようにして去っていった。

ソーンヒル一家は、塩漬けにした豚肉の切れ端を串刺しにして火で炙り、それらを皿代わりの木の皮に乗せて食べた。茶碗もないので、女がくれた紅茶は、やかんの注ぎ口から直接飲むしかなかった。パンは手で持つと崩れ落ちてしまい、地面に落ちたパン屑を拾って食べると、砂利をかむジャリジャリという音がした。

サルは、乳首に吸いつく赤ん坊に母乳を飲ませていた。ソーンヒルの家族のなかで、腹いっぱいになったのは赤ん坊くらいだった。

夕暮れ時、彼らは小屋の外に座って、ようやくたどり着いたこの地を見わたした。丘の上から見ると、開拓村は実に殺風景で、粗末極まりない小さな集落だった。轍《わだち》の残る二本の通りと、その通りに挟まれて海辺へと延びる小川の流れが見える。その向こうには建物があり、木々や岩の間を縫ってくねくねと、動物が走り抜けてできたような小道が通っている。木もよじれてくねくねと茂っていた。水際には埠頭が見えた。海岸に沿って煉瓦や石のがっしりした防波堤が築かれている。海岸から少し離れると、小枝で囲った土地に、樹皮や塗料を土と棒切れでつなぎ合わせただけの掘っ立て小屋が点々と建てられている。小川のほとりの泥だまりで豚が戯れているのが見えた。雛を連れて歩く雌鶏のあとを犬の群れが追い、下半身にぼろ布をまとっただけの裸に近い格好の子どもが、その様子を立ったまま見ていた。傾いた囲いの向こう側では男が土地を耕していた。

そこかしこに四角く拓かれた小さな土地が点在する開拓村は、広大でゆったりした風景に対して、奇妙で不釣り合いだった。まるで大地の表面に、壊れた英国のかけらが乗っかっているようだった。

見わたす限りどこまでも荒涼とした森林が続いていた。森林は緑というより灰色に近く、尾根や谷まで食い込むように広がっていた。それは布地のように均一で、海はひだに溜まった水のようだった。

こんな場所は、これまでに見たことがなかった。オウムがいたりいなかったり、ヤシの木があったりなかったり、多少の違いがあるにはしても、世界はどこもロンドンと似たようなものだとソーンヒルは思っていた。空気も、水も、砂埃も、岩も、こんなにも違うものなのだろうか。ここは、まさに彼の想像を超えた場所だった。

けれどもこの入り江は、これまでもずっと、陸にその形を象られながらここにあった。ソーンヒルの頭上で、皮のような葉が揺れている木は、彼がロンドンの暗闇と埃にまみれて、頭を低くしモグラのように働いていた時も、静かに息をしながら育っていた。灼熱の太陽の季節も、風雨の季節も、彼が知らないところでめぐりめぐっていた。この場所はソーンヒルが生まれる遥か昔からここにあった。そして、彼がこの世を去ったあとも吐息をつき、呼吸しながら存在し続けるのだ。この土地は上へ上へと層を重ねつつ、ここで何かが起きるのをじっと待ち続け、ここで起きるすべてのことを見続けながら、自ずと備わった生命力によって生き続けてゆくのだろう。

ソーンヒルの眼下にアレクサンダー号が見えた。船が目に入ると急に吐き気に襲われ、身を屈めた。するとソーンヒルの記憶に、ハンモックとそれを吊るした頭上を横切る梁の結び目、朝も夜もなく彼を見張っている監視の姿がよみがえった。

幾晩も船底に横たわり、薄らいでいく記憶のなかのサルを想い続けた日々。だが今、彼に押しつけられているのは、まぎれもなくサルの腰回りであり、彼の腿に沿って伸びているのはサルの腿だった。二人の間には、膝を顎のあたりで抱えて縮こまって座っているウィリーがいたが、横を向けばサルの目や唇が見え、抱きあっているかのように彼女の温かさを感じることができる距離にソーンヒルはいるのだった。

背後の丘のほうでは、鳥がもの哀しげな声で泣いていた。アァ、アァ、アァ。けれども哀しいものといえば、この鳥の鳴き声くらいだった。

火を離れ、わびしい小屋へと運ぶ足どりは重かった。ソーンヒルが先頭に立ち、枝を燃やして前方を照らしながら進んでいったが、火はすぐに消えてしまい、その煙でむせたので、枝は外に捨てた。手探りで毛布を広げ、赤ん坊を横たえた。赤ん坊は、羽毛のベッドに体を横たえたかのように深いため息をつくと、瞬く間に眠りに落ちた。

ウィリーは、疲れているに違いなかったが、目に涙を浮かべて、甲高い声を上げながら、赤ん坊の傍らに横になるのをぐずった。逢えなかった九か月の時間を埋めるために、ソーンヒルは焚き火に戻って、サルと話がしたいと思っていた。だが、ウィリーを寝かしつけるには、サルが傍らにいてやるよりほかなかったので、三人並んで横になった。サルが毛布の端に身を横たえ、ソーンヒルは、ウィリーが寝静まるのを待ちながら、土の上に横たわっていた。

しばらくして、サルが彼のほうを向いてささやいた。「寝たわ、ウィル。本当に手のかかる子ね」再会を果たしてから二人は、足と足が触れあう以外、互いに触れていなかった。ソーンヒルはいくらか臆病になっていたのだ。彼の目には見えない向こう側の世界で、サルが過ごした航海の日々がどんなものだったのか、想像もつかないからだった。

ソーンヒルは、サルも同様の気持ちなのではないかと思った。二人は、互いに肩を押しつけ足を添わせたが、どことなくぎこちなく、なんとも心許なかった。ソーンヒルはサルの肉と肌、そして温もりを感じた。自分の夫を思い出そうとするかのように、彼女の手が彼の胸を這い、顔へと延びるのを感じた。

「この恩恵にあやかることをお断りになったヘンシャル夫人に感謝いたします」サルが声を上げた。それはささやくようであり、今にも笑いだしそうな調子でもあり、その瞬間、彼女は再びソーンヒルが知っているお転婆なサルに戻った。気の毒なスザンナ・ウッドをからかっていたソーンヒルのサル。ソーンヒルは彼女の太腿に手を這わせ、薄暗がりのなかでその顔を見ようと体の向きを変えた。愛して止まない妻の顔。彼には彼女が微笑んでいるのが手に取るようにわかった。

「ソーンヒル夫人」彼は言った。「私も夫人に感謝申し上げます」サルは指を絡ませ、彼の手を強く握った。彼女は泣いていたが、同時に笑ってもいた。「ウィル」サルはささやき、何か言いかけたが、手を握りあった瞬間、言葉はもう必要なかった。

この地で迎えた初めての朝、ソーンヒルは暗闇で黒い男と出会ったのは夢だったのだろうかと思った。「失せろ！　失せろ！」と言葉を交わしたあの出来事は、陽の光のなかでは現実に起こったこととは思えなかった。

森林に囲まれてはいても、イギリスの小さな破片のような新開地に、親しみを覚えるようになるのに時間はかからなかった。シドニーは確かに外国には違いなかったが、ここにもテムズ河のような存在があることは、ソーンヒル一家にとって大きな意味を持った。故郷イギリスと新開地を結ぶこの命綱なしに、生き残ることはできないと思われた。役人たちは作物や家畜を自給自足できるようになることを目指していたが、未だに開拓村はイギリス本国に頼っており、生活の必需品は定期船が運んできていた。船頭は小麦や豆、釘や帽子、ブランディやラム酒を小舟に積んで、波止場と定期船の間を行ったり来たりしていた。それはテムズ河の光景さながらであった。

ソーンヒルは、再び船頭としての仕事を得て、櫂を握ることになった。櫂を漕ぐのはテムズ河でもシドニー湾でも変わらなかった。

ソーンヒルは何人かの雇い主のもとで働いたが、特にキング氏のところで働くことが多かった。キング氏は、ソーンヒルがこの地に初めて降り立った時、視界に飛び込んできた石作りの倉庫を建てた男だった。アレクサンダー・キングは、きちんとした身なりの器量の良い男で、頭に押さえつけられたようにしてある小さな耳と、半長靴でもすっぽりと隠せそうな顎の大きな窪みが特徴的だった。キング氏は人を楽しませることが好きな朗らかな人で、ソーンヒルは彼のためならいつでも喜んで働いた。氏がふりまく笑いは、人をおとしめるものでなく、自分自身を冗談の種にする爽やかなものだった。

キング氏はさまざまな事業を手掛けていたが、何よりもソーンヒルの気を引いたのは、マドラス、カルカッタ、インド諸国から来る船から運ぶことになっている植民地産の高価な酒が詰まった樽だった。朝、キング氏はやって来て、荷が記された一覧を片手に、陽の光を浴びて波止場に立つと、税関の役人の取り調べを受けることになるジャマイカ産のラム酒や、フランス産のブランディや、セイロン産のジンなどが入ったたくさんの樽を几帳面に数えた。そして、文句ひとつ言わず、笑みさえ浮かべて、キング氏は税金を支払った。というのも、一覧に載っていない樽があり、それらは夜になるまで誰かが面倒を見る手筈になっていたからだ。それはソーンヒルの仕事だった。税関の長官の目につかない開拓村の岬をまわった入り江に樽を密かに運ぶのである。

「分け前はやるよ、ソーンヒル」成功者らしい穏やかな笑みを浮かべて、キング氏は言った。「金よりいいだろ」ソーンヒルはキング氏を疑ったりしなかった。「お任せください、キングさん」二人は握手を交わした。

キング氏は楽天家なのか、樽の丸枠の下に小さな穴が開いているのではないかとか、ソーンヒルがポケットに木工錐を忍ばせているのではないかとか、そんなことを気に病んでいるそぶりは見せなかった。それもそのはず、氏はそのことを知らなかったので、ソーンヒルが暗闇で忙しく働いている間も、羽毛の寝具に包まって安らかにまどろんでいた。

政府の管理下に置かれた囚人たちは、鎖でつながれた足を引きずって、朝に木造のバラックを出て、夕方に戻った。バラックのなかには、囚人たちのハンモックがところ狭しと並んでいて、夢に互いが出てくるのではないかと思われた。

サルがいなければ、ソーンヒルもこの囚人の一団に加わっていたかもしれなかった。そうでなければ、一年に一度の食料と衣類一式の配給と引き換えに、開拓民に仕えて、命じられた仕事をしなければならなかっただろう。衣食の面倒をきちんとみてくれる良い主人に運よく当たれば、一年後には仮釈放許可書を申請することができるかもしれなかった。しかし、無償で労働をしてくれる者がいるという既得権を手放したくない主人は多かった。一年の奉仕期間が終わるころ、仮釈放許可書を取得できないように、囚人たちが不品行を働いたと主人らが告発すれば、許可書はおあずけとなった。

仮釈放許可書は、ニューサウスウェールズ独自の制度だった。小麦や羊をイギリスから輸送するには九か月もかかるこの地で、自給自足できるようになることは緊急の課題であったからだ。植民地政府は、流刑者の強制的な年季奉公ではなく、自由意思に基づく労働がない限り、この地を維持してゆくことはできないことを知っていた。ただし、この許可書は、苦役から逃れて自由に働くことを可能にするものではあったが、囚人の汚名を晴らすものではなかった。

到着からたった十二か月で、仮釈放許可書は申請できた。これがあれば、囚人もほかの自由移民と同じように合法的に自由に歩きまわることが許された。雇い主を選んだり、自分の土地を持つことも可能だった。制限があるとすれば、この植民地を出ることができないことだった。しかし、無残な死を一度は覚悟した者にとって、それは束縛と言うには値しないように思われた。

この仮釈放許可書を申請するまでの十二か月間、サルはソーンヒルの主人だったが、そのことで彼らは冗談を言いあったものだった。夜、先人たちがバングウォールと呼んだシダの葉を重ねて、その上に粗布を被せた寝床に横になりながら、ソーンヒルはサルのほうを向いてささやいた。「ソーンヒル夫人、あなた様を奥様とお呼びしなければなりません」彼女をぎゅっと抱きしめながら、彼は何か月にも及んだ航海の日々を思い出し、今、この手のなかのサルを二度と手放したくないと思った。「はい、奥様。何があっても、あなた様にお仕え申し上げます」この地では勝手が異なり、何かにつけ当惑させられることが多かったが、サルの体の感触はこれまでと少しも違わず、この世で最高のものに感じられた。サルが体をすり寄せると、ベッドのなかで生き物が動き回るように、粗布の下のシダが動いた。「そうねぇ、ソーンヒル」彼女がささやく。「私の下僕《しもべ》。何をしていただこうかしら？」

ここではオート麦で馬が走るように、ラム酒ですべてが回っていた。ラム酒は交易のための貨幣、すなわち、ちょっとした硬貨の役割を果たしていたのだ。そして、月にでもいるかのようなこの植民地での生活において、ラム酒は人々の慰めでもあった。

開拓村の男は、暇さえあれば一杯ひっかけようと酒場にやって来た。酒場といっても壁はなく、地面に叩き込まれた若木に支えられた樹皮の屋根と、枝を編んでこしらえたカウンターがあるだけだった。ひっくり返した酒樽に腰かけ、カウンターにうっ伏したまま、手を無造作に伸ばした男の手には、金属製の小さな杯が指の関節の血の気がなくなるほどしっかりと握りしめられていた。カウンターの向こう側には、頬が窪んで痩せこけた顔の男たちが、ぼんやりと眼前に広がる風景を見つめていた。

分け前として与えられたものも、盗んだものもあったが、キング氏のラム酒のおかげで、ソーンヒル一家は、ほどなくして小川のほとりの小屋に移り住むことができた。その小屋は土造りで、最初の小屋よりは大きく、石の暖炉もあり、芝を束ねたものと樹皮でできた煙突もあった。雨は屋根や樹皮の隙間から入ってくることもあったが、ロンドンのバトラーの貸間に比べれば、はるかに快適で特に風通しは良かった。

垂木に粗布をかけて、部屋を二つに区切り、小屋の一画を酒場にすることを思いついたのはサルだった。魅力的な笑顔をふりまき、キング氏のジャマイカ産ラム酒を客についでやりながらサルは、如才なく酒場を切り盛りした。ウィリーは外で泥だらけの小道を走りまわり、ディックは揺りかごのなかで静かに眠っていた。

週の終わりになるとサルは、ソーンヒルの船頭の稼ぎと自分が酒を売った稼ぎを合わせて箱に入れ、それを寝具の下に隠した。子どもたちを寝かしつけると、ソーンヒルはパイプをくゆらせ、あたかも総督が丘の上の邸宅で酒をたしなむように、キング氏からかすめた極上のフレンチブランディで一杯やった。夫婦は、硬貨の箱でできた塊に足を休ませて、バングウォールのベッドの上でくつろいだものだった。

夫婦の時間の楽しみのひとつは、将来について語りあうことだった。懸命に働き浪費さえしなければ、すぐに成功者になれることが約束されていた。まわりを見ていれば、そのことは明らかだった。例えば、アレクサンダー号の船長だったキャプテン・サックリング。ロンドンでは、険しい顔つきで足の指が飛び出たブーツを履いた取るに足らない船長に過ぎなかった彼が、この地では銀ボタンのついた外套を身に着け、肩で風を切って歩くひとかどの人物になっていた。すっかり肉づきも良くなり、豊かな暮らしぶりをうかがわせるように顔は輝いて、きれいに剃られたひげのあとも美しく煌めいて見えた。

たとえ流刑囚であったとしても、仮釈放許可書の発行という制度のおかげで、数年で囚人労働から解放され成功している者もあった。ソーンヒルは、そこがあたかも自分のものであるかのように埠頭を闊歩する男たちを見つめることがあった。彼と少しも変わらない男たちが自由を得て財を成し、誰に引け目を感じることなく人生を謳歌していた。

次第に、夫婦は蓄えを作ってロンドンに戻る話をするようになった。二人は、スワン通りの家に似た小さくてこぎれいな住まいをバラ地区に手に入れようと話しあった。借家ではなく、今度はちゃんと自分のものにするのだ。河には埠頭につながれた艀が浮かんでいて、その漕ぎ手である頼もしい徒弟もいる生活。暖かい居間の暖炉の傍らで肘掛け椅子に腰かけて、体をふかふかのクッションに預けてくつろいでいる自分たちの姿や、女中が石炭を運んでくるのが目に浮かぶようだった。「きっと叶うわ、ウィル」サルは、縮こまった体をソーンヒルに押しつけてささやいた。「こんがり焼きあがったマフィンが運ばれてくるの。バターの匂いがするようだわ」

艀は二艘あったっていい。徒弟も二、三人必要だな。ソーンヒルも想像してみた。

「インド産のペイズリー柄のショールも欲しいわ」サルがささやいた。「洗濯はもう自分でしなくてもいいんですもの」

ソーンヒルには、アンカーというパブでシラスが入った皿を片手に、うまいビターを飲んでいる自分が見えるようだった。銀行に金を預けにいった帰りといった風情でパブに立ち寄るのだ。昼食を済ませて、パイプをくゆらせながら河に沿ってそぞろ歩き、通りがかりの男たちと挨拶を交わす。「さようなら、ソーンヒルさん。いい天気ですね、ソーンヒルさん」これまで十分すぎるほど貧乏を味わったソーンヒルは、今度こそ金持ちになる自信があった。

少しの運と勤勉さ。それさえあれば叶う夢だった。

シドニー湾に漕ぎ出てみると、ソーンヒルはテムズ河にいるような気がした。しかしサルは、この地とロンドンとの違いを感じない時はなかった。雨が降るたびに、視界が見えなくなるほどの霧雨や、大砲が火を噴いたような稲妻や雷鳴、地面に穴が開くかというような勢いで空から叩きつけるように降る土砂降りに衝撃を受けた。「何てことなのかしら、ウィル。こんなことってあるのね」ソーンヒルは、サーカスの芸でも見るかのように、目を見開いて驚くサルを見つめた。

小屋にはこれまで見たこともない生き物が出没した。人間を臆すことなく睨みつけてくるトカゲ、ねっとりと黒光りした蠅、ひと山の砂糖に群がり、夜にはきれいさっぱり持ち去ってしまう蟻の行列、服の上からでも容赦なく刺す蚊、頭皮に寄生し、人間の血を吸って膨れ上がったトコジラミが這った跡に沿って群がる得体の知れない生き物たち。サルは近所の者から対処法を学んだ。蟻が来ないようにテーブルの足に水を入れた皿を据えておくこと。蠅を撃退するために、入口にとがった葉がついた枝を吊るしておくこと。シラミ対策には、子どもたちの髪を短く切ること。はさみがなく、ナイフを使うしかなかったので、髪を短く刈ったウィリーは、無惨にも耳が飛び出た格好で、髪にはナイフで切った跡がくっきりと残っていた。羽毛のようにふわふわとした髪がなくなったディックの首は細く、今にも折れそうな小枝のようだった。

木々の様子にもサルは違和感を感じずにはいられなかった。青々とした緑ではなく、洗いざらしたような銀白色とも灰色ともつかぬ色の木々は、いつも半分枯れているように見えた。オークやニレといった木の形をしていない。無理に捻じ曲げたような不恰好さで、日蔭などできないむき出しの細長い枝の先には、ところどころに葉がついているだけだった。

これらの木々は落葉する代わりに、枝の合間に汚いぼろ布のような樹皮が垂れ下がっていた。開拓村を見わたす限り、荒涼とした大地のうねりが広がり、ところどころ灰緑色の森林があるのだが、一体どうなっているのかわからないほど木々は絡まりあって茂っていて、見ているだけで疲れてしまう。どこも違うのに、どこも同じように見えるのだった。

夏は紛らわしいことにクリスマスのころにやって来たが、それはこれまで経験したことがないほどの暑さだった。空に昇った太陽は白光色に輝き、西の山の向こうに沈むまで、一日中容赦なく照りつけ、肩をじりじりと焼く。ここではゆっくりと夕闇が迫るということはなかった。暗闇は突然降りてきて、あたりをすっぽりと覆ってしまうのだ。

ロンドンから持参した物品は、航海の間に質に入れられたか、売られたか、もしくは盗まれてしまっていた。ソーンヒルの古い皮の帽子も、サルの父親が彼女に与えた上等の青いショールもすべてなくなった。ロンドンから持ってきた物のなかで、サルが一番愛着を覚えていたのは、出発の日の朝、ピクル・ヘリング・スティアズの砂のなかから拾った粘土の屋根瓦の破片だった。それは長年にわたって潮に晒されてすり減り丸まっていたが、端のでっぱりは粘土が角ばった型に流し込まれた形跡をうかがわせ、小割板に結びつけるための穴も残っていた。その穴はもともとの丸さを留めてはいなかったが、柔らかい粘土を棒切れで突き刺した時にできたと思われる溝が内側の縁に残っていた。

「いつかこれをピクル・ヘリング・スティアズに戻そう」親指で滑らかな表面をこすりながら、サルはつぶやいた。その瓦の破片は、たとえ世界の反対側であったとしても、ロンドンがそこにある限り、いつか戻ってみせるという彼女の誓いを体現していた。

客にとってみれば、飲み屋の名前は「ソーンヒル」以外の何ものでもなかったが、サルは自分の店を「ピクル・ヘリングの奇跡」と呼んでいた。その響きに彼女は歓びを覚えた。

サルが居住区を出て、その先へと続く埃と泥だらけの道へは踏み出そうとしないことに、ソーンヒルは気づいていた。総督の妻でさえ、木々が少ない岬まで出て、岩に腰かけて日が沈むのを眺めるのだと言いながら、ソーンヒルは、南端の灯台まで自分と一緒に来れば、断崖に隠れた岩肌に波が砕け散るのを見る醍醐味がわかるはずだとサルを説得した。一度か二度、従者を従えた淑女のように夫に手を引かれ、サルは総督の庭園近くまで来たことがあった。けれども、それもソーンヒルの自己満足に過ぎなかった。小さな丘の上に立つと、サルは密林が目に入らないように背を向け、丘の下の開拓村のほうを見下ろした。

サルのお気に入りの場所はシドニー湾だった。ソーンヒルは、サルが足をぶらぶらさせながら、埠頭に腰かけているのをよく目にした。ウィリーを砂浜で遊ばせながら、ディックを膝に乗せたサルは、湾に停泊している船を見つめていた。ソーンヒルが船舶まで漕いでゆき、艀に荷を積んで関税波止場まで戻ってくる間も、サルは午後の風に髪をなびかせてずっとそこに座っていた。

港に着けられた船は、彼らが旅立った場所につながる長い糸の末端だった。オスプレイ号やジュピター号を見つめているサルが見ているのは、ピクル・ヘリング・スティアズの砂浜に戻すために、屋根瓦の破片をポケットに忍ばせて、船に搭乗する自分の姿だった。

この地の黒い肌をした原住民には、二種類あるようだった。人の目に触れるのは開拓村に住んでいる原住民だった。ソーンヒルの小屋のあたりをうろついている男の肌は、太陽の光を吸い込んだように黒かった。男の顔は天然痘の痕がひどかったので、「あばた顔のビル」と呼ばれていた。夜、ソーンヒルが用を足すために小屋の外に出ると、入口近くにビルの気配がすることがあった。姿は見えず、夜が立ち上がって彼を覆い隠してしまったかのように暗闇だけが動いていた。その時のビルは、パンを恵んでもらうために一日中哀れっぽく泣いているビルと同一の人物とは思えず、ソーンヒルはふいに恐怖を感じた。するとビルは向きを変え、どこかへ消えていった。

朝、ビルは、そこが自分の定位置であるかのように、小屋の裏の壁に寄りかかって眠っていた。隅のほうにうずくまり、長い痩せた足の片方を突き出している。燃えたような黒い縮れ毛の頭に、耳まで垂れ下がったボロボロのリボンがついたピンク色のボンネット帽をちょこんと乗せている以外は、何も身に着けていない。擦り切れたシルクの扇を手に持って、寝ぼけたように歌を歌ったり、くっくっと笑ったり、しかめ面をしたりしている。目を覚ましたかと思うと、発作が起きたように咳き込んだ。その咳は、ソーンヒルに亡くなった彼の父親を思い出させた。

しかし、ビルの風貌はなかなか立派だった。ごつごつとした岩のような顔に、陽の光が注ぎ込むと、眉毛の下の瞳に陰りがさし、口元の皺は石に刻まれているようだった。がっしりした肩や胸には何本もの傷痕があった。

この開拓地では傷痕というのは決してめずらしいものではなかった。アレクサンダー号での航海の最中もソーンヒルは、ダニエル・エリソンが我を忘れて看守に殴りかかろうとして、鞭打たれるのを目撃した。見せしめとして、男の囚人たちは全員甲板に集められ、この懲罰の一部始終を目の当たりにした。そのあと何週間もソーンヒルは、エリソンのみみずばれのようになった傷が次第に癒えてゆくのを見ていた。

受刑者の背中の傷痕は苦痛を与えるためのもので、その屈辱を死ぬまで刻印する傷だった。けれども、あばた顔のビルの胸の傷は、それとは違っていた。それは痛みを与えるためにつけられたものではないように思われた。ダニエル・エリソンの背中の十字のみみずばれになった網状の傷とは違って、その傷は精緻に刻まれていた。ひとつひとつは隣りあってきちんと並んでおり、皮膚に書かれた文字のようだった。それは、サルがいつの日か見せてくれた白い紙の表面に書かれた太字の文字とどこか似ていた。

昼間、黒い影が見えたかと思うと、あばた顔のビルが戸口にあらわれ、「奥さん、奥さん」と呼ぶことがあった。初めて素っ裸のビルを見た時、サルは恥ずかしそうに笑い声を上げて目を背けた。ソーンヒルはサルの前で裸になったことなどなかった。いつもは生意気な妻が、恥じらいのない黒人に戸惑い、見る見るうちに顔を赤らめてゆくのを彼は微笑ましく思った。

ここではすべてが変わっていたので、サルはあばた顔のビルの裸身にもすぐに慣れた。彼女はビルにせがまれると、パンをちぎって与えた。

固くなったパンの一片を受けとってビルが立ち去ると、サルは「やれやれ、ようやく退散してくれた」

と独りごちた。彼女はビルを恐れていないようだった。蟻や蠅のようにこの地で対処しなければならないもののひとつに過ぎないようだった。サルは、ビルが去るたびにもう戻ってこないだろうと確信して「長くないわよ。あのひどい咳じゃ。森のどこかで息絶えてるに違いないわ」と言った。

残り物のパンを与えておけばビルに煩わされることもないのだと、サルはそれを一種の取引のようなものとして考えていた。しかし、ビルはいつもすぐに戻ってきて、壁にもたれかかっているのだった。

あばた顔のビルは残り物のパンを喜んで受けとったが、一番の好物はラム酒ひとすりだった。この液体は絶大なる威力を発揮した。あっという間に頭の先から爪先まで酒がまわって、酔っぱらってしまえるビルをソーンヒルはうらやましく思うほどだった。「みんなこんなふうに酔っぱらうんじゃ、商売にならないわね」サルは言った。酔っていい気持になるために持ち金を全部はたく白人もいるのに、ビルときたら、ひと口飲まないうちにできあがってしまうのだ。

あばた顔のビルは酒に酔うと踊りだした。それはサルの商売の助けになった。棒のように細い足を揃えて地面を踏み鳴らし、土埃を舞い上げて踊るビルを客は喜んで眺めた。低い声で歌いながら、擦り切れた絹の扇を観客に向けて振るビルは、格好の見世物になった。どこからともなく人々が集まってきて、自分よりも劣る虫けらのような黒い肌の男が跳ね回るのを拍手喝采で見物した。

もうひとつのの原住民の種類はというと、ソーンヒルがこの地で初めて迎えた夜に出会ったような者たちで、文明との境目に生存していた。こういった原住民は、サルのように開拓村から出ない者の目に入ることはなかった。彼らはまだ開拓が及ばない浜辺に居住し、開拓の手が伸びるとまたどこかへ姿を消した。この数か月にも開拓村は広がり、そこに潜む原住民たちが退去してゆくのをソーンヒルは見ていた。

原住民たちは虫けらのように何も身に着けずにさすらい、張り出た岩や樹皮の下で休んだ。彼らの住居は、蝶の住まう葉のように頼りないものだった。魚や貝やポッサムを食べて移動を繰り返す。ソーンヒルが目にしたのは、山の尾根沿いに獲物を追う影や、屈みこんで水中に槍を射し魚を取っている影だった。カヌーらしきものと、それに乗っている人影を見たような気がしたこともあった。水面に注ぐ太陽の照り返しで、カヌーは枯葉のように脆く見えた。人影はそのなかに膝を立てて座っているようだった。また、青白い煙が森の奥深くから昇っているのを見たこともあった。けれども近寄って見ると、もうそこにカヌーはなく、煙も消えてしまっていた。

昼間、開拓村から出ることがなく、注意して見ることがなければ、樹木が絡み合って繁茂した風景のなかに原住民の姿をみとめることはできなかった。人の気配などまったく感じなかった。だが、夜になって、ジャクソン港に船を出せば、揺れる木々の間に野営の火が見えた。風がもの悲しい歌声や拍子木の音を運んでくることもあった。

原住民たちがその場所を所有しているという目印になるものは何ひとつなかった。「自分の土地」だと所有を示す柵もなければ、「自分の家」を示す建物もない。「その場所に手をかけ労力をつぎ込んでいる」とわかる畑もなければ家畜もいなかった。

しかし時折、開拓者が槍で刺される事件が起きていた。噂は開拓村を駆けめぐった。だれそれが槍に射抜かれたまま病院に運び込まれたが、医者は手の施しようがなく首を横に振るだけだったとか、別の男は首を刺されてほとんど即死状態で血の気もなく、子牛の肉のように横たわっていたとかいう噂だった。

ソーンヒルは、この槍の事件のことをサルには決して言わなかったが、彼女は近所の者から聞いて知っていた。サルが『シドニー新聞《ガゼット》』の染みのついた頁に見入っているのを、ソーンヒルは何度か見かけた。文字を手でたどりながら、彼女は声を上げて記事を読み上げた。「その男は、この開拓村の周辺で原住民に殺された」ソーンヒルを見ないでサルは続けた。「村にほど近い港付近だった」

そうは言っても、原住民の槍を心配しすぎたところでどうしようもなかった。それは突然あらわれる蛇や蜘蛛のようなもので、予防することなどできなかったのだ。たとえロンドンでも、金目当ての殺人事件は起きることを、ソーンヒルはサルに話して聞かせた。安心させるつもりが、彼女は黙り込んでしまった。ソーンヒルは、『シドニー新聞《ガセット》』がテーブルの上に広げられているのを見るのを嫌がるようになった。

サルを諭しはしたものの、ソーンヒルは水辺を好んだ。陸地ではいつ槍が飛んでくるかわからなかったからだった。

シドニー湾でキング氏の仕事をしていると、テムズ時代の古い知り合いに出くわすことがあった。トーマス・ブラックウッドもその一人だった。ブラックウッドのリバー・クィーン号の偽床は、彼の自慢だったが、誰かがそのことを密告したのだろう。彼は死を宣告され、九死に一生を得たのだった。

ブラックウッドは大男だった。ソーンヒルよりもずっと大柄で、艀の船頭らしい筋肉質でたくましいふくらはぎと腕をしていた。彼はかつて、中身がいっぱいに詰まってはち切れそうな袋のように、自分のなかには才能がたっぷり詰まっているのだと言わんばかりの自信に満ちあふれていた。だが、再会したブラックウッドは黙りこくって横を向き、目を合わせなかった。何か言っても、口ごもってよく聞こえなかった。

ここでは誰かの過去を詮索することは礼儀に欠ける行為とされた。けれどもブラックウッドはある日、どうしてニューサウスウェールズにいるのか、ソーンヒルに率直に尋ねてきた。ブラジルボクのことを話している間、ブラックウッドはソーンヒルをじっと見つめていた。「誰かがお前のことを密告したんだな」と、ブラックウッドは決めつけるように言った。「ルーカスは体調のせいで、夜は河に出ないはずだからな」ややあって彼は続けた。「俺のことも告げ口した野郎がいたんだよ。報酬が目当てだったんだろう」可笑しくもないのに彼は大笑いして見せた。「まぁ、その糞野郎《マゴット》は今ごろ後悔してるだろうよ。つまらんことをしたばっかりに海の藻屑にされっちまってよ」

しかしブラックウッドは、運命に屈したようには見えなかった。それどころかうまくやっているようにさえ見えた。彼は恩赦を受け、自分の船も手に入れていた。クィーン二号は遠洋船で偽床はなかった。シドニーとグリーン・ヒル間の輸送の仕事は十分な稼ぎになったからだった。

グリーン・ヒルは、河に沿って内陸に五十マイルほど入った肥沃な土地だった。そこでは、砂地に穀物が豊かに実った。シドニーから険しい道をたどって陸地からも行けたが、荷車いっぱいに積まれた穀物を狙っている逃亡者や、原住民に出くわす危険性があった。穀物を市場に輸送する一番良い方法は河だった。河口まで漕ぎ出て、海岸沿いに三十マイル、ジャクソン港まで突き進むのである。

ブラックウッドは、その河に名前を付けて楽しんでいるようだった。「オックスバラ河」最初はそんなふうに聞こえた。彼は含み笑いをするように、口のなかでもごもごとしゃべるのでよく聞きとれなかった。もう一度聞き返した時、「ホークスベリー」と聞こえて、ようやくその皮肉のこもった冗談を解した。ブラックウッドもホークスベリー卿のおかげで命拾いしたわけだが、そのことをちっともありがたく思っていなかった。「深くって良い河だぜ。水もたっぷりで」彼は自分の命名がすっかり気に入ったように目を輝かせて言った。

この河にまつわるもうひとつの冗談は、艀の船頭は金持ちになれる、うまくいけば、ジェントリーよりも金持ちになれる可能性もあるというものだった。肥沃な土地を耕すか、その収穫物を輸送すれば、ホークスベリーが富を約束する場所であることをこの植民地の者はみな知っていた。しかし、誰もがその恩恵にあずかれるというわけではなかった。そのためには三十マイルの海を走行できる強靭な船が必要だった。そして、それはかなりの冒険でもあった。ホークスベリーは、シドニーから遠く離れた場所だった。その地は、シドニーがロンドンから離れているのと同じくらい遠く感じられた。そして、その遠く離れた未踏の地で困難に出くわしたとしても、自力で解決せねばならなかった。ホークスベリーには、好戦的な原住民がたくさんいて、そこでひと儲けするには危険が伴った。原住民の大群が、農家の一軒家を取り囲むという噂もあった。槍に串刺しにされた男たちの小屋は略奪され、畑は焼かれたという話がささやかれた。『シドニー新聞《ガゼット》』は、原住民の仕業は何でもかんでも「暴行と強奪」だと書きたてた。一か月に一度は、「暴行と強奪」のニュースが駆けめぐった。

ブラックウッドは新聞など読まなかったし、ソーンヒルが暴行の話を持ち出しても何も言わなかった。彼はその河のあたりが危険なのは百も承知といったふうで、一切その話はしなかった。

ソーンヒルは、ブラックウッドがクィーン号に乗って、帆の調整役として働く囚人と一緒にジャクソン港を出てゆくのを目にしたことがあった。一か月後、彼は小麦とかぼちゃを船いっぱいに積んで戻ってきたが、どこで何をしていたのかは語らなかった。

十二か月目の終わりころ、ソーンヒルは仮釈放許可書の申請をした。それは主人が使用人の素行が良いことを保証するという至って単純なものだった。申請者は監督官の小屋のカウンターに立って、事務員が自分の名前が書かれた元帳の頁をめくるのを見ているだけでよかった。「ソーンヒル・ウィリアム、アレクサンダー号流刑囚」頁の欄にペンを走らせながら事務員は言った。「仮釈放許可書、一八〇七年一〇月一四日」

仮釈放許可書それ自体は、印刷の文字が不鮮明なただの紙切れに過ぎなかったが、金銭よりもずっと大切なものだった。サルはそれをキャラコの布切れに包んで金庫に保管した。「さぁ、おいき、ソーンヒル」サルは言った。「ご主人様はそなたを解放する。何をぐずぐずしているの。早く行きなさい」戸口のところで見ていたウィリーでさえその冗談を解した。

ディックが乳離れしてすぐ、サルは三人目を身ごもった。ソーンヒル家の新しい家族、ジェームズは一八〇八年の三月に誕生した。妊婦を衰弱させるような酷な蒸し暑さだったせいか、生まれてきた子は病弱で、肌は蝋のように青白く、黒目がちで、手足は痩せて、腹はお玉じゃくしのようだった。ソーンヒルは胸の内で、この子はそう長く生きないだろうと思い、名前すら考えていなかった。

「バブ《ちび》」と家族から呼ばれたジェームズは、ひと晩中ぐずついてサルを疲弊させた。サルはうとうとしながらも、赤ん坊が眠るまで胸のなかで揺らし続けた。けれども、赤ん坊は再び出し抜けに泣きはじめ、ウィリーとディックまで目を覚ますことになった。サルは立ってバブをあやし、ウィリーにひしゃくから水を飲ませてやりながら、ディックをなだめるのに子守唄を歌ってやった。朝、子どもたちにパンと紅茶を用意するサルの目は寝不足で赤かった。彼女は子どもたちのためなら労力を惜しまなかった。ソーンヒルは、フライパン横丁の雌犬も同じだったことを思い出していた。雌犬は命が涸れるまで子犬に与え尽くし、力尽きて再び起き上がることはなかった。


ソーンヒル一家が着の身着のままでこの地にたどり着いてから三年がたった。今では週三回は肉が食卓に上り、食器棚にはパンが常備されているまでになったことをソーンヒルは誇りに感じていた。キング氏のもとで働いたことが功を奏したのだった。

ウィリーとディックは丈夫で申し分のない子に育っていた。仮にバブが命を落とすことがあっても、父親が十分に食べ物を与えなかったからということにはならなかっただろう。一八〇八年のクリスマスの夜、ソーンヒルとサルはキング氏のマデイラ産ワインで乾杯し、酔いがまわると新婚のように互いの耳もとでクスクスと笑いあった。

しかし、ほどなくしてソーンヒルは、キング氏が自分を横目で盗み見ているのに気づいた。キング氏はもう一人、品物のリストに厳格で、見て見ぬふりをしてくれるようにと賄賂を渡しても応じないような事務員を雇った。

ソーンヒルは、この植民地で犯罪を犯した囚人が送られる処罰中の処罰としての南方の島の監獄のことを聞いたことがあった。そこはヴァン・ディーメンズ・ランドと呼ばれており、その島の噂話は人々を凍りつかせた。

これが潮時だとソーンヒルは思った。あの日、スリー・クレーンズ波止場で聞いた警告の声に耳を貸さなかったが、今回は同じ轍を踏むわけにはいかなかった。

サルがキング氏の仕事を辞めることに合意したのは意外だった。「この子たちには何があっても父親が必要よ」そう言ってぐずるバブを肩まで持ち上げてあやした。「キングさんには感謝しなきゃね、ここまで面倒を見てくれて。でも、キングさんに頼るのももう終わりにしなければ」

ブラックウッド一人が乗ったクィーン号が、きまり悪そうに埠頭に向けて航行しているのをソーンヒルが目撃したのはそのあとすぐのことだった。聞けば、グリーン・ヒルズから戻る際に、囚人の使用人が数週間後に迫ったクリスマスをひと足先に祝おうと、ラム酒を飲みすぎたためにバランスを崩して海に落ち、荒れ狂うホークスベリーの流れへと瞬く間に飲み込まれてしまったということだった。ブラックウッドは誰にも代行を頼めずにいたが、開拓地のように安全が保障されない場所での船の仕事を一緒にやってくれる男が必要だった。

ソーンヒルは迷わずにその仕事を引き受けることにした。ブラックウッドと働いてもフレンチブランディにありつけないことはわかっていたが、ヴァン・ディーメンズ・ランドに送られずにはすみそうだったからだ。

けれども、理由はそれだけではなかった。人々が口々に噂する、しかし実際に見たことがある者はほとんどいないというホークスベリーを、この目で見てみたいという思いに突き動かされたのである。

ソーンヒルは、ローズ・ヒル・パケット号で何度かジャクソン港までは行ったことがあったし、キング氏の船でその入り江をめぐったこともあった。しかし、ブラックウッドがシドニー湾を抜けて、さらに東に向けてクィーン号の舵を切ると、そこには見知らぬ風景が広がっていた。かつて刑務所だったピンチガットという島を過ぎ、次に見えたガーデン島では、覆い茂った葉を男が刈りとっているのが見えた。その後は、開拓された気配のない青い浜辺と薄暗い密林がひたすら続いていた。

アレクサンダー号が三年前に入港した植民地総督府があるあたりまで来ると、クィーン号は大波に揺られて傾き、遥か先に見える海は風に波立ち黒々として見えた。「いい風だ」ブラックウッドが叫んだ。「お前さんは初めてだったな」ソーンヒルは振り返って、波に乗るように舵を取るブラックウッドを見た。こんなふうににやりと笑うブラックウッドを見るのは初めてだった。

岬を過ぎたところで、ソーンヒルがまったく予期していなかったことが起きた。強風が吹きつけ、クィーン号が急速に走りはじめたのだ。髪の毛は根元から引き攣られ、耳元で轟々という音がする。一月で真夏であるにもかかわらず、南極から吹きつける風は冷たかった。

大波を引き起こしながら、きらきらと煌めくこの海は、地球の半分以上を覆いながら広がっているのだ。海は白く泡立つように波立ち、波は白い水しぶきを上げて砕け散る。風で砕けた水しぶきが海面上を舞った。

大波に揺られて、船が海面から押し上げられたり引き戻されたりするのをソーンヒルは感じていた。船がゆっくりと持ち上げられると船首のほうで水しぶきが上がり、飛び散り、落ちた。波はゆったりと戯れているように見えたかと思うと、命を奪われそうになるほど激しく砕け散った。船底を揺さぶる波はとりとめもなく動き、盛り上がっては煌めきを撒き散らしながら陸地へと到達した。

ソーンヒルは自分が恐怖を感じていることを自覚し、唇の塩を舐めた。

半日過ぎると、風向きは北東へと変わった。船は押し戻されそうになりながらも、風に抗ってジグザグに海を進んでいった。風にあわせて帆の位置を調節するたびに船が傾くので、ソーンヒルは転覆するのではないかと体をこわばらせた。西側の先には陸の縁と、あちらこちらから上がる煙が絶えず見えていた。霞んで見える岬と岬の間には三日月形の黄金色をした砂浜が広がっている。

「あそこだ」ブラックウッドは指さして言った。だがソーンヒルには、弧を描く砂浜と、砂浜に沿って生えている樹木の緑がぼんやりと見えるだけだった。彼はもう一度指さした。「あそこから河が流れ出ているだろう？　あれがホークスベリーだ」

ブラックウッドは舵を切り、帆を微調整しながら海岸線から河口にまわり込むと、慎重に進んでいった。左舷には、先が丸みを帯び金槌の形をした岬が見える。右舷には獅子のような形の岩が海へ突き出し、風に晒されながらそびえていた。

クィーン号が島と岬の隙間を通り抜けようとした時、ソーンヒルは、ブラックウッドの体がヴァイオリンの弦のようにピンと張りつめているのに気がついた。広い海原では、緩やかにうねっていた波も、荒い三角波と渦巻きに姿を変えて、わずかな隙間に流れ込んでいく。風は陸にぶつかって旋回し、船を激しく揺らした。クィーン号は、水に漂う枯葉のようにちっぽけに思われた。

ブラックウッドは水面から目を離さず、瞬きひとつしなかった。水しぶきと強風で薄目しか開けられず、涙のようなしぶきが頬を伝ったが、彼の日焼けしたこぶしは舵をしっかりと握っている。前屈みになって立つ艀船頭のたくましい足は、船底にしっかりと踏ん張っていた。

なす術もなく波に翻弄されながらも、クィーン号はなんとか持ちこたえていたが、船の一部は破損してしまっていた。船尾の板が外れて水が流れ込んでくる。ソーンヒルはもう恐怖も感じなくなって、無感覚のままブラックウッドを見つめ、ひたすら希望を見出そうとした。船べりに必死でつかまっているソーンヒルは神にもすがる思いだった。

難所は過ぎたようだった。船底の海はまだ荒れ狂っているが、四方を陸で囲まれて風は止んだ。あたりの景色が変わった。

「暴れん坊入り江《ブロークンベイ》って呼ばれてる」ブラックウッドが言った。「河は向こうに流れ込む」彼は指さしたが、ソーンヒルには激しく波打つ水と樹木が覆い茂った岬しか見えなかった。「ちょっとやそっとじゃ見つけられない河だ」ブラックウッドが満足そうに言った。「一人だったらとても見つけられないだろうよ。俺がいなけりゃまず無理さ」

一陣の風が水面をなでた。その先の奥地に目を凝らしながら、ソーンヒルは必死で秘められた河を探した。暴れん坊入り江《ブロークンベイ》は、端から端まで見わたす限り岩と密林に覆われていた。何日このあたりを漕ぎまわっても、ホークスベリー河への入り口は見つけられそうになかった。

ブラックウッドは、厚い岩壁に向かって船を進めた。積み重なった隆起物が水中に崩れ落ちてこの岩壁となったのだろう。崖の石にはひょろりと細い木が生えている。すると行き止まりに見えていた岩壁の間から、不意打ちをかけるように密やかにひと筋の河があらわれた。潮に乗って滑るように船は走った。両側には絶壁が峨峨《がが》としてそびえ立ち、風化してバターのような色味になった岩肌以外は、見わたす限り灰色の世界が広がっていた。風景そのものが浅黒い肌の下に黄金色の肉を隠し持つ生き物のようだった。

岩は合わせ板のように水平に幾重にも高く積み重なっていた。磨滅して落下したのであろう、家ほども大きな石盤が、崖下で斜めに倒れかかっている。半分水流に晒されて、浸食されているものもあった。水際の崖には、巨大な落石のまわりに蛇のようにくねくねとした根っこや蔓やマングローブの木が絡まりあって茂っていた。

そこは夢にも見たことがないような場所だった。深い裂け目に切り裂かれた荒々しい峡谷の地形。陽に照らされて燃えるような絶壁と予想もつかないほど広大な空。どこも同じように見えるし、違っても見える。ソーンヒルは目を見開き、目前に広がる風景に懸命に見入った。

これほどに空虚な場所はほかにはなく、人間が住まう場所ではないように思われた。空いているほうの手で左舷から見える崖のほうを指さして、ブラックウッドは言った。「あれが見えるか?」マングローブの縁の向こうの藪の茂みに何か青白い塊が見えた。「牡蠣の貝殻だ。貝塚だよ」彼はそう続けて、通り過ぎた断崖に目をやった。「中身をすすって貝殻は捨てる。やつらはずっとあれを食ってきたんだ」そう言って笑った。「それから魚だな。魚がいるんだよ」

「残しておかなくてもいいのか?」ソーンヒルが尋ねた。「たとえば明日のためにとか」ブラックウッドは愉快そうな面持ちになって言った。「そんなこと気にするもんか」腕に止まった蚊をぴしゃりと打ちながら「なんでそんなことする必要があるんだ? 河はどこへも行きやしねぇのに」

ソーンヒルはあたりを見わたした。そよ風が木の葉を揺らし光を捕えると、そのたびに影がまだらにできた。「やつらはどこなんだ?」ソーンヒルは尋いた。ブラックウッドはしばらく考えているようだった。「どこにでもいるさ、至るところにな」手ぶりで示しながら答える。ソーンヒルは煙が上がるのを見たが、すぐに岩や樹木で見えなくなった。振り返って船尾を見ると、また灰色の円柱状のものが見えた。煙のようでもあり、光のようでもあった。ブラックウッドは見なくてもわかっているようだった。「ほかの連中に知らせているのさ」ソーンヒルは土手の絡まり繁った木々や岩を見つめた。何かが動いた。人だったのか、それとも枝が人のように見えたのか、わからなかった。

ブラックウッドはソーンヒルをちらりと見て、彼の不安を見越したように言った。「これだけは教えといてやるよ。やつらが俺たちの前にあらわれるのは、やつらが見られたがっている時だけだ」

河は湾曲を繰り返し、岸壁と樹木の茂みの間から、じらすようにゆっくりとその姿をあらわした。高く突き出た陸地をまわると、その対岸にも同じような陸地が続き、それらは歯車のように重なりあっている。行けども行けども見える景色は似かよっていた。岩壁とつややかな緑のマングローブの樹木と緑の水。太陽にかかる雲で縞模様の影ができた山は、どれも同じように見え、地平線を見ても自分がどこにいるのかわからない。

気まぐれな風が、さりげなく甘く爽やかな香りをどこからともなく運んできた。潮のおかげで、紐で引かれるように、船はゆっくりとおだやかに蛇行する河を進んでいった。よじれた地形に閉じ込められてしまったように、どこへ向かっているのかも、どこを通り過ぎたのかもわからなかった。

二人は森が浮いているような小島にたどり着いた。その小島の向こう側は、河の本流が湾曲してできた鏡のように静かな長い入り江だった。水際まで木々が覆い茂っていた。空中に引っかかったような煙が見えた。ブラックウッドは顎をしゃくって言った。「スマッシャー・サリバンだ。ミンストロー号で俺について来たやつさ」柔らかだった表情は消え、引き締まった口元から発せられた言葉には棘があった。

ブラックウッドは風向きを調整しようと帆を見やったが、風は止んで帆はだらりと垂れてしまっている。

「石灰を作るために貝を燃やしてるんだ。悪いことばかりしやがるぜ」

ソーンヒルはもう一度、支流で窪んでできた入り江の様子を見わたした。入り江が河と出会う場所には、乾いた荒れ地が広がっていたが、一部だけ平らにならされた狭い土地があって、緑の斑点のようなものが見える。陽の光がまぶしかったが、目を細めて見ると、斑点に見えたのは傾いた小屋であるのがわかった。広大な土地の小さな小屋。小屋のまわりは皮を剥いだように何もなかった。

男が小屋の戸口に立って手を振っていた。男は船上のブラックウッドに何か叫んだが、岩壁にこだまして何を言っているのか聞きとれなかった。河の本流へと戻ろうとするブラックウッドの努力の甲斐も空しく、クィーン号は男のいる岸のほうへと流されていった。男の足元で、鶏が悲壮な様子で餌をついばんでいるのが見えた。木の茂みの上にはシャツが干されている。男は小舟に乗って水しぶきを上げながらこちらに向かってきた。そして、あと百ヤードというところまで来て、叫んだ。「あの畜生《バガー》を捕まえたぜ」その声は澄んだ空気中に響きわたった。男は櫂を再び水に入れ漕ぎはじめた。男はもうすぐそこまで来ていたが、ブラックウッドはロープを投げてやるどころか微動だにせず、マストに帆がしなだれているのをちらりと見ただけだった。「あの忌々しい泥棒野郎に教えてやったさ。大人しくしているようにな」男は叫び続けている。

スマッシャー・サリバンの顔は、焼き損ねたような白黒のまだらな日焼けの跡があった。赤味がかった砂色の髪は、丸天井のような額まで禿げあがっている。目が小さく眉毛のない赤ら顔は、のっぺらぼうに見えた。彼はクィーン号の船べりを捕まえて見上げると、抜けて隙間のある歯をむき出しにしてわざとらしく笑った。スマッシャーは、関心のない様子でソーンヒルをちらりと見た。彼が用があるのは、ブラックウッドだった。

けれどもブラックウッドは、風がないために皺くちゃになった帆を広げるのに、せわしく動き回っていた。スマッシャー・サリバンは、自分の小舟の底から何かを取り出して見せようとした。「俺の手柄を見てくれよ」彼は叫んだ。ソーンヒルは最初、それはスマッシャーが釣った魚か、もしくは手袋だと思った。しかしそうではなかった。それは、手首から切りとられた手だった。黒い肌が白い骨と対照をなす手。

「盗みを働きやがった畜生《バガー》のさ」スマッシャーはそう叫ぶと、くっくっと甲高い忍び笑いを漏らした。のっぺらぼうの顔の赤い額が不気味だった。「いい加減にしろ、スマッシャー」ブラックウッドは櫂を握りしめながら叫んだ。その大声が絶壁に響いた。ソーンヒルは声がこだまするのを聞きながら、怒りのこもった低く轟くような声が、悼みの嘆きとなって水中へ消えていくような気がした。「早く櫂を持て、ソーンヒル」ブラックウッドが言った。「急げ」

いくらか漕いで、スマッシャーの小舟から離れた。ブラックウッドは櫂をしまって立ち上がると、望遠鏡を目に当てた。怒りのうめき声を上げて、ブラックウッドが顔から望遠鏡を離したのを見た時、ソーンヒルは彼が何か神経を逆なでさせられるものを目にしたに違いないと思った。ブラックウッドはソーンヒルに望遠鏡を手渡した。淡く光る苔のような丸い緑の樹木の突端が、真っ先に目に飛び込んできた。しばらくして水際が見え、そのあたり一帯の様子がはっきりしはじめた。樹皮と木切れでできたわびしい小屋があり、その傍らにぼんやりと塊のようなものが見えた。吐き気がするほど青々としたトウモロコシ畑だ。そしてその横には枯れたような灰色の木が一本立っていて、枝から重そうな長い袋のような物体がロープで吊るされていた。

その物体が目に入った時、ソーンヒルは鳥よけの案山子か、屠殺した家畜だと思った。微風が船を土手のほうへ運んでいった。彼は汗で接眼レンズがねっとりするのを感じた。木に吊るされている物体は、案山子でも豚でもなかった。黒い人間だった。脇の下にロープが食い込み、腫れた肉がはみ出ている。頭はだらりと垂れていた。顔であろう部分は顔には見えなかった。唇と思われるピンク色の海綿に突っ込まれたトウモロコシの黄色い穂だけがはっきりと見えた。

断崖のほうから微風がやんわりと吹きつけてきた。

ブラックウッドは水面を吹き渡る風をとらえようと、立って舵を取っていた。彼は、目にしたものから逃れようとするかのように体をよじった。風が出てきて、帆が膨らみぴんと張ったクィーン号は調子よく進んだ。ソーンヒルはひと息ついて何か言おうとしたが、やめておいた。

ブラックウッドが話しはじめた時、その声には感情を抑制しつつも苛立ちがあらわれていた。「この世には無償なんてものはないんだ」彼は言った。横を向いて唾を吐き、西のほうでまばゆい光にうねる水を見つめた。「何かを得たら、その代償は支払わないといけねぇ。量が多いとか少ないとかは関係ねぇんだ」

ソーンヒルは通り過ぎてゆくマングローブの木や、空に単調な弧を描く山の背を見ていた。聞こえるのは、ガラスのような水を滑るように進む船のかすかな音だけである。風のない煌めく午後、潮はいい具合に満ち、クィーン号を運んでいった。

しばらく進み、高くそびえ形の整った岩壁が左舷に見えてくると、ブラックウッドはその上のほうを指さした。「俺の土地はこの上にある」言いたくて仕方がない思いと同時に、どこかしらためらいも含みつつ、彼はその言葉を発した。「第一支流《ファースト・ブランチ》が流れ込む場所さ」ソーンヒルがじっと見つめると、本流から分かれてアシの茂みにきらりと光るもうひとつの流れが見えた。ソーンヒルは黙って次の言葉を待った。「二年前の夏、恩赦を受けたんだ」ブラックウッドが浮かれた調子で続けた。「恩赦は金で買うのが一番さ」マストの支柱を握り、前方を見つめた。静かだった。キールの下で水音だけが聞こえる。「百エーカー手に入れた」しばらくしてブラックウッドがまた話しはじめた。「五マイル先に支流があるんだ。ブラックウッドの潟湖って呼んでいる」彼はソーンヒルに話しかけるというよりは、自分に語りかけているようだった。「もう少し先だ」

自分の土地について語るブラックウッドの言葉は詩のようだった。そのことを考えていると、さっきのスマッシャー・サリバンのことも忘れてしまうようだった。前方を見つめるブラックウッドの顔には、密やかな歓びの表情が浮かび、言葉滑らかに味わうように話し続けた。「魚を取って、トウモロコシを育て、酒を作る。生きてゆくのに必要なささやかな量でいい。それが俺の喜びだ」

ソーンヒルにとって、家具や服、それに艀は所有の対象であり、財産と呼べるものだった。しかし、これまで彼のまわりには、広大な土地を所有している人物など誰もいなかった。ミドルトン氏でさえも、スワン通りのあの細長い家の自由保有権を持ってはいなかった。

だが、ブラックウッドはそれを手にしているのだ。艀の船頭で囚人上がりの前科者。以前の彼と変わらないにもかかわらず、土地を手にしているのだ。いや、ただ所有するなんていうものではない。その土地に自分の名前まで付けているのだ。

「一体どうやったんだい？」ソーンヒルは驚きを隠せなかった。「請えば百エーカーも手に入れられるのか？」

ブラックウッドは彼をちらりと見た。「請うとか願うとかとか、そんなことはここでは関係ないのさ、兄弟《メイト》。尻を地面につけてな、文字通り腰を据えりゃいいんだよ。そうすればその土地はお前のもんだ」

ブラックウッドは、銀色に光る河面を見つめながら、鼻歌を歌いはじめた。「正直、あの居留地に行くのは気がすすまねぇんだ。あそこのやつら《バガー》は、囚人《ブロード・アロー》だってことを忘れさせてくれないからな」そう言いながら、独り言のように彼は続ける。「酒で身上さえつぶさなければ、船持ちの男はうまくやれるのさ」

第一支流《ファースト・ブランチ》が右舷に迫ってきたところで本流は左へと激しく湾曲し、蝶番《ちょうつがい》が開閉するように逆戻りしながら蛇行していた。河の蛇行に沿って、水面から盛り上がった細長い土地は、草木がところどころに生えていて、夏でも緑豊かでみずみずしい印象を与えている。気がつけばソーンヒルは、木々のなかに窓が煌めく荘園領主の館を探していた。だが、そこには、前足を胸のところまで上げて、ソーンヒルたちに向かって耳をぴくぴくさせながら、彼らが通り過ぎるのを見ているカンガルーがいるだけだった。クィーン号が岬をまわった時、砂が堆積し緩やかに隆起した渚が見えた。

その渚はソーンヒルの親指の爪や関節の形にそっくりで、彼は思わず吹き出しそうになった。欲望と呼べば良いのだろうか、彼自身にもよくわからない混沌としたものが湧き上がるのをソーンヒルは感じた。土地に魅了されるなどということはこれまで考えたこともなかった。からかうような輝きをふりまきながら、ダンスをするように樹木にまつわる光があふれる場所。思わず足を踏み入れたくなるような、こんなにも穏やかで美しい場所があるとは知らなかった。

ソーンヒルは想像してみた。あの絶壁の頂に立ってその場所を見下ろしている自分自身の姿を。ソーンヒル岬を。あの場所を手に入れたいという思いは、はらわたを突き通すような渇望となっていた。「俺のもの」心のなかでそう言ってみて、これまでたったの一度さえ、自分のものだと言えたものなどなかったことを思った。彼はこの瞬間まで、世の中にこんなにも欲しいと思うものがあることを知らなかった。

けれども、ソーンヒル岬の眺めは、直接に言葉で表現しようとすると、脆く消え去ってしまうような気がした。心のなかでひっそりと想像することさえ許されないように思われた。ソーンヒルは、何も言わず、興味も驚きも押し殺すように後ろを向いた。欲望はもちろん露わにしなかった。

しかし、ブラックウッドはソーンヒルの心を見通していた。「いい土地だろ。広さなんて気にならないくらいな」出し抜けに彼が言ったので、ソーンヒルは最初、その言葉の真意を計りかねた。射るような視線を投げかけながら、ブラックウッドは言った。「お前が見入ってたのは気づいてたぜ」彼は、かすかに揺れる茂みのほうへと視線を逸らせた。「あの後ろの岬をよ」ブラックウッドは、スマッシャーと会った後味の悪さを吐き捨てるように、後ろに向けて唾を吐いた。「あれはだめだ」ブラックウッドには何か言いたいこと、伝えておきたい重要なことがあるようだった。「少しやって、少しもらう。それしかないんだ」河面を見わたし、ソーンヒルのほうに向き直ると、顔を近づけて穏やかに言った。「さもなくば、虫けらみたいに殺されるぜ」

そう言ったブラックウッドの態度は実にそっけなかった。

ソーンヒルは頷き、上流を見つめた。広がる水面の輝きの向こうに、また違う岬が見えてきた。彼は、自分の親指とよく似た形をした土地を振り返って見たい衝動を必死で抑えた。

ブラックウッドは、そんなソーンヒルの気持ちを読みとるように彼を見た。「それならよ」そう言いかけた声色には戸惑いがあった。言葉は、答えのない問いのように二人の間に宙づりになったままだった。

第一支流《ファースト・ブランチ》と細長い岬を過ぎると、潮が引きはじめた。夜に備えて岸辺へと向かい、低い島のような場所に上がった。森が背後に迫る砂浜で、火を起こしてその傍らに身を横たえた。そして、夜明け前に起き出して、再び潮に乗って上流に向かった。

あたりには、スマッシャー・サリバンが住居を構えていた土地によく似た、崖の間の窪みに支流が流れ込んでできた三角州のような平らな土地が増えてきた。草木が茂る砂州が河との境目になっていて、険しく迫り上がった岩稜は緩やかに弧を描く丘へと変化していった。河も人間の尺度で言えば、柔和になってゆくようだった。グリーン・ヒルに近づくにつれ、囲いのあるトウモロコシ畑や小麦畑、つやつやとした蜜柑がなる果樹園が両岸に広がり、そのなかを河はゆったりと流れていった。森林は畑の向こうに退き、押しやられた毛布のように見えた。

河の変化を見ながら、ソーンヒルは一日中、あの長い岬の土地のことを考えていた。そして、かつて牧師が「約束の地」について語っていたのを思い出した。その時、それはジェントリーの世界のことだと思っていたし、自分に約束されたものなどないのだと思っていた。

あの牧師の説教が伝えようとしたのはそういうことではないにせよ、ソーンヒルは、この言葉を思い出したことがうれしかった。あの岬の土地は約束されていたのだ。神によってではなく、彼自身によって、彼自身のために。

シドニーに戻ると、ソーンヒルは、河の下流の絶壁や険しい岩山や、穏やかな上流の多湿な土手の農家の様子をサルに話した。ブラックウッドは、その農家から樽を預かるのだと説明してやった。ブラックウッドの船がなければ、作物は畑で腐ってしまう。その河の流域には、ほかにもバレットとアンドリューという交易商人がいたが、バレットは酒飲みで、アンドリューのほうは泥棒だったので、その付近の農民らはみな、ブラックウッドが来るのを待っているのだと話した。そして、輝くマングローブの木が繁茂している様子や、河が陸を密かに切り裂いてゆく様子にまで話は及んだ。第一支流《ファースト・ブランチ》についても語った。地面に平面図を描いて、その支流がどこから分かれているのか、地面に×印をつけて説明し、ブラックウッドがその未開地に自分の名前を付けていることも話して聞かせた。

ソーンヒルは枝で河の流れを描いて、その支流に来た時、河がどんなふうに湾曲するのか、その折り返し地点が海水と淡水の境目であること、上流に向かうにつれて土地はなだらかになることも教えてやった。遥か遠くの河の流れをくっきりとした線を引いて示しながら、ソーンヒルは枝の先を見つめた。あの岬も地面に描いたが、ソーンヒルはそれについてはサルに話さなかった。胸の高さくらいあるカンガルーが草むらに立って彼を見つめていたことも、これまでにない欲求が湧き上がるのを感じたことも言わなかった。

あの場所は、言葉にすれば消えてしまう夢のように思われたからだった。

ソーンヒルが岬のことをサルに話したのは、それから何か月もあとの、一八〇九年の七月、ディックの三歳の誕生日の夜だった。ディックは蜂蜜入りのケーキで祝ってもらい、父親と母親は酒で息子の誕生日を祝った。梢のざわめきを聞きながら、火の傍らに座っていると、樹皮でできた煙突から風が吹き込み、巻き上がった灰が顔にかかった。それでもくつろいだ気分でいられたのは、風がひと晩中吹きすさんでも、雪が降ったり、氷結するような厳寒の冬にはならないことがわかっていたからだった。初めての冬を迎えた時、夫婦は戸口の傍らに薪をたくさん積み上げ、毛布にも金をつぎ込んで寒さに備えた。ここに来て三度目の冬を迎える今、二人はシドニーの寒さは恐れるに足りないことを知っていた。

炎を見つめながら、サルは座ってあくびをした。一歳を過ぎても、バブは未だに夜中にむずがって、母親が起き上がってあやしてやるまで泣き止まなかった。「こんな時間に、困った子ね」とぶつぶつ言いながら、サルは赤ん坊と並んで横に座れるように、腰かけをバブの寝床のすぐ傍らまで持っていった。

「お楽しみの時間がこのざまよ」

あの岬のことをサルに打ち明けるには、今が絶好の機会だとソーンヒルは思った。「河を上っていったところにちょっとした土地があるんだ。支流のそばだ」その言葉を聞いた瞬間、火に顔を向けたままのサルの体が硬直するのをソーンヒルは見逃さなかった。「なぁ、サル、その土地を手に入れなきゃ。誰かほかのやつ《バガー》に取られちまう前に」彼は気持ちが急くあまり、最後のほうは言葉が粗くなってしまったのを意識した。

「百姓にでもなる気なの、ウィル？」からかうような表情を浮かべてサルが叫んだ。「カブの上も下も区別がつかないくせに！」

「最高の土地なんだよ」面白がるサルにソーンヒルは言い返した。「ブラックウッドのように、あそこに移り住みたい。過去を振り返らずに新しく生きたいんだ」自分の声があまりにも熱を帯びるのを感じて、彼は口をつぐんだ。

サルは夫が真剣なのを見てとると言った。「こんなにうまくいってるじゃないの。このままで十分でしょ」

確かにサルの言うことも一理あった。夫婦の知り合いには、土地を得てからというもの怠け癖がついたり、儲けを馬肉や贅沢な外套に費やして浪費している者たちがいたし、土地は得たものの、結局何も育たずに骨折り損のくたびれ儲け、痩せこけて何年にもわたる労働の甲斐も空しく、最後に残ったのは雑草が茂る放牧地だけという者もいた。

「ウィル」そう呼びかけたもののサルは何をどう言えばいいのか、ためらっているようだった。しばらく木切れで火の加減を見ていたが、夫のほうに向き直ってその顔を見据えた。「ウィル、私たちはとても幸運だったと思うの。二人とも死んでしまうことだってありえたし、そうすれば子どもたちも生まれなかった」そう言うとまた火に向かい、炎に手をかざして暖をとった。ソーンヒルは炎に照らされた妻の細い指を見つめた。

「私たちとてもうまくやってきたじゃない、ウィル」しばらくして、またサルは話しはじめた。「あと数年すれば、きっと戻れるわ」そう言って夫をちらりと見た。「家と艀も手に入れられる。ふかふかの肘掛け椅子だって」

ソーンヒルは、あの土地を手に入れれば、艀も家ももっと早く手に入れられるはずだ、子どもたちもきっと感謝するに違いないと、サルを説得したい衝動に駆られた。しかし、彼はその言葉を飲み込んだ。外でガサガサ、キーキーという音がした。あばた顔のビルが、夜のいつもの定位置に腰を下ろしたのだろう。

「この好機を逃す手はないんだ、サル」彼は言った。理性的に話すつもりが、声がうわずるのを押さえることはできなかった。「ぐずぐずしている場合じゃないんだ」

ソーンヒルは半ば強引にサルを言いくるめようとしたが、彼女はきっぱりと言い放った。「厭よ。私は行かないわ、絶対に」

ソーンヒルは、荒げた声で子どもたちが目を覚まし、寝床から見ているのに気がついた。ウィリーの青ざめた丸い顔が暗闇に浮かび上がった。八歳の長兄の強みで、寝床は火に一番近いところを陣取っていた。ディックは、壁側の隙間風が入るところに寝るしかなく、虚弱児のバブはようやく揺りかごを卒業したところだったが、兄たちと眠るのにまだ慣れてはいなかった。バブはまだ半分眠っていたが、今にも泣きださんと喉の奥のほうでむずがる声を出した。みな一斉に静まりかえった。バブが静かになると、上の子二人もまた横になった。

ソーンヒルは、子どもたち一人一人に、毛布があることを誇りに思った。彼が子どもだったころ、兄弟たちが寝静まるのを待って毛布を奪うために、寝たふりをしなければならなかったような思いを我が子にはさせたくなかった。

サルは肩をこわばらせ、夫から顔をそむけて火にあたっていた。夫婦はこれまで言い争ったことがなかった。ソーンヒルは、陽の光が草に降り注ぐ、その土地のすばらしさをサルに伝えたいと願った。けれども、サルはその様子を想像などできなかったし、したくさえなかった。サルの夢はささやかで慎ましく、故郷のロンドンが何にも勝ると思っていることをソーンヒルは知っていた。それはおそらく、彼女自身が絞首刑の恐怖に晒されたことがないからだろう。死の恐怖は人間をすっかり変えてしまうものなのだった。

それからというものソーンヒルは、口にこそ出さなかったが、それが彼の夢のすべてになってしまったように、寝ても覚めても、あの優美な岬の土地のことを考えていた。ブラックウッドと河を行ったり来たりするたびに、あらゆる天気や状況下でその岬をつぶさに観察した。八月の暗い空の下では、雨のカーテンが、彼が勝手にソーンヒル入り江と呼んでいるあたりまで迫ってきて、岬の一帯を灰色に染め、風は低木をしならせ激しく揺り動かした。夏が来ると、木の上の鳥たちは、青色と黄金色に彩られた爽やかな朝に歌った。河岸のオークの幹のところまでにじり寄っていけば、カンガルーや縞柄のトカゲが見られた。時折、木々の間から煙のような靄状のものが上ってくるような気がしたが、よく見ると何もなかった。

引き潮の時、岬は泥で覆われた。その泥は、テムズ河の泥のようにねばねばとしたものではなく、美味しそうな濃厚な茶色をしていた。泥の向こうには、人間の背よりも高く、穂先は羽のようにふわふわとしたイグサが、箒の毛のように密集して生えていた。イグサのまわりは、コマドリのような小さく丸い鳥たちで賑わっていた。カァ、チャラン、ピーピーピ、ウィープ！　ウィープ！　鳥たちのさえずりが聞こえた。

蝶番のような長い足で泥の上を、戦士のごとく堂々と闊歩する鳥もいた。二ヤードと離れていないところで、その鳥がかぎづめでアシを折り、くちばしでアシの外側のさやを剥いて、なかの青白い茎を食べるのが見えた。指のようなアスパラガスを食す淑女のように、少しずつついばんでいた。

この岬は、片方をアシに、他方を覆い茂ったマングローブに守られていた。紳士の公園のような傾斜の向こうで、大地は傾ぎ、乱雑に岩が重なってできた壁と雑木林が続いていく。しかし、河と尾根の間には、十分な平地が広がっていた。百エーカー？　いや、二百エーカーはあろうか？

どちらにせよ、十分な広さだった。

そこを通りかかるたびに、ソーンヒルは恐る恐るあたりを見回した。土地が耕されて誰かが植えたトウモロコシが育っていて、一区画には小屋が建てられているかもしれないことに怯えながら。それらがないことを確認して、毎回胸をなでおろすのだが、その恐怖はそこを通るたびに襲ってくるのだった。

岬の土地は、ソーンヒルの心を照らす宝石であり、そのことを考えるのは密やかな楽しみであった。

最近のブラックウッドは、これまでソーンヒルが見たことがないほど上機嫌だった。彼はクィーン号を売って、「秘境」の自分の農場に引きこもって、密造酒で生計を立ててゆくつもりだった。「木も、水も、食べ物《タッカー》も十分にある」ソーンヒルが驚いた顔をすると、ブラックウッドはそう言って肩をすくめた。「必要なものは全部あるさ。何の心配もいらねぇ」

けれどもブラックウッドは、第一支流《ファースト・ブランチ》の谷間に消えてゆく直前、ソーンヒルを真っ直ぐに見据えた。それは、ソーンヒルも必ず恩赦を受けるようにと念を押す眼差しであった。

仮釈放許可書によって働くことはできたが、恩赦を受ければさらに可能性は広がった。すでに自由を得て、使用人を割り当てられる恩恵を受けていた者たちには決して朗報ではなかったが、このところ植民地政府は二束三文で恩赦を発行していた。

恩赦は簡単に手に入るものになっているようだった。ブラックウッドは、ジャマイカ産ラム酒を少量差し出せば、人物保証を引き受けてくれるクーパー牧師を知っていた。終身刑がたった五年の刑になったのだと彼は自慢げに言った。ラム酒の小樽が手押し車から落下して壊れるなんて忌々しいことがなければ、もっと短い刑期で済んだかもしれなかったとさえ豪語した。

ブラックウッドはソーンヒルに、ナイチンゲールという酒で身を持ち崩してはいるが、文章も字もうまい紳士に請願書を書いてもらった話をしたことがあった。ナイチンゲールは、羽ペンと空のインクボトルを前にして、小川の傍らの飲み屋に座っていた。恩赦のための請願書が必要な者は、紙とインクが入った瓶とラム酒を持参すればよかった。どれぐらいラム酒を差し出せばよいかは判断のしどころだった。酔ってない時のナイチンゲールは、バイオリン奏者のように手が震え、動揺で目はしょぼついて、使い物にならなかった。逆に飲みすぎれば、毛穴からラム酒がにじみ出て、指先からはペンがこぼれた。最初の一杯目を飲みはじめたほんの束の間が、ナイチンゲールに満足のいく仕事を頼める制限時間だった。

ソーンヒルが依頼した嘆願書には、赤や黒のインクで書かれた飾り字が上から下までしたためられていた。ナイチンゲールは美しく曲線を描く文字の一番下に隙間を残して、そこを震える指でさして言った。「ウィリアム・ソーンヒルと、ここに署名してくれるかい」促されてソーンヒルは羽ペンを取った。そして、ただ引っ掻くように×印をつけるのではなく、サルが以前教えてくれたように文字を書いた。ペン先を紙に強く押さえつけすぎて滲みやはねがついてしまい、挙句の果てには小文字をどうかくのかも思い出せなかった。署名は釣り針のみみずのように曲がってしまったが、WとTははっきりとわかった。ウィリアム・ソーンヒル、そこには確かにその名が書かれていた。

この地に到着してから四年がたった一八一〇年の十二月、ソーンヒルを含めた恩赦を受けたい大勢の囚人たちは、ローズ・ヒル・パケット号に乗り込み、パラマッタと呼ばれる河が注ぎ込む港へと向かった。

パラマッタ河の源がローズ・ヒルという丘陵で、総督の館はそこにあった。四角い石の箱のような館は、紳士が快適そうに椅子に座っているかのごとく、今にも崩れそうな囚人の小屋を丘の上から見下ろしていた。請願者たちは大きな窓のある応接室に通された。その部屋の壁には、頬ひげを生やした紳士の肖像画が掛けられており、金箔をほどこしたきらびやかに輝く本が並べられていた。高い窓から陽の光が降り注ぎ、後光が射したように緋色と金色のまばゆい光線に彩られて総督は立っていた。頭にのせた花形記章のついた帽子が顔に影を投げかけている。足は赤い絨毯の小さな正方形の模様のなかに収まっていた。

部屋の反対側には、囚人たちが縁なし帽を手に持って立っていた。総督はスコットランド訛りが強くて、ソーンヒルには重要な言葉が部分的に聞きとれただけだった。しかしそんなことよりも、ソーンヒルが心を奪われたのは、すぐ傍らの肖像画だった。暗い背景に、小さなテーブルの横で、片手には本を持って座っている男の肖像画。この肖像画の実物の男は、濃厚な茶色の肉汁のような背景に、手に本を持って小さなテーブルに座っていた時、実際はどのように見えたのだろうとソーンヒルは思った。本当にこの絵のような紳士に見えたのだろうか、高貴な身分に生まれた男の様相だったのだろうか？

「ウィリアム・ソーンヒル。アレクサンダー流刑囚。終身刑」名前が呼ばれて、ソーンヒルはさっとすばやく前に進み出た。白い手袋をした総督の手を握ると、「恩赦を与える」という宣言が聞きとれた。

オールド・ベイリーで、裁判官がかつらから滑り落ちる帽子を掴んで、刑を言い渡した時から数えると、ウィリアム・ソーンヒルの終身刑は、四年と五か月と六日に終わった。

ピクル・ヘリングに戻って、ソーンヒルはサルと乾杯した。総督が与えた恩赦ならば、総督のブランディで祝うのが筋だろう。彼は胸に温かい指が這うように酔いが回るのを感じながら、サルの頬が赤くなっているのを見つめた。「なんとまぁ、ほんとにいいことをしてくれたものね」もうひとすすりするとサルは言った。「夫を自由にしてくれて。長生きしてこの釈放を悔やむことがありませんように」

サルの顔は灼熱の太陽の光で茶色に日焼けしていた。子どもたちの面倒を見ながら、大酒飲みたちを相手にする生活からか、度胸も据わってきたようだった。ウィリーとディックは、元気いっぱいに開拓村を走りまわり、バブが待ってくれと叫びながら、細い小さな足でよろよろと兄たちのあとを追いかけていった。

サルがテーブル越しにソーンヒルのほうへと体を乗り出すと、目のまわりに放射線状に広がる皺のあたりは白いのが見てとれた。毎日、太陽の下で目を細めているためにできた皺のおかげで、サルは笑っているように見えた。その表情にソーンヒルは欲情した。壁にその体を押しつけて、今すぐ妻の情熱的な吐息をこの耳元で聞きたい衝動に駆られた。そんな夫の気持ちを察したように、サルは顔をさらに近づけてきた。そして、彼女の口のなかのブランディを彼に口移しした時、彼は顔にそのしぶきを浴びた。

ブラックウッドが船の通商から手を引いたので、ソーンヒルは働き口を探さなければならなくなった。彼は自分の小舟を持ちたいと思いはじめていた。カークル湾には、ウォルシュというテムズ河の艀によく似た一人乗りの小舟を作っている男がいたが、彼から小舟を買えば、シドニー湾の運搬の仕事に戻ることができそうだった。小さな舟は小さいなりの仕事しかできないのだが、それでも自分の舟を持てば、もう盗みを働く必要はなくなるだろう。華美でなくとも堅実で安定した生活を送り、少なくともヴァン・ディーメンズ・ランドに送られるような状況は回避できるに違いなかった。

ソーンヒルは、そのうちサルに相談してみようと思っていた。この前はあの土地のことをいきなり話して驚かせてしまい、うまくいかなかったので、今度は性急にならずにことを運ぶ必要があった。

ソーンヒルとサルは、シダの葉で作った寝床の下から箱を取り出し、廃油ランプの光で金を数えた。全部で三十五ポンドあった。これまで最高の貯蓄額だった。櫂を新調しなければ、ウォルシュから小舟一艘なら買うことはできそうだった。

サルは片方からもう片方の手に硬貨を移し替えながら、手のひらでその重さを量った。ランプに近づけて光にかざし、数えきれないほどの人々の手をわたってきた硬貨の輝きを見つめた。

「ウィル」呼びかけたサルにソーンヒルは視線を移した。何か改まった調子だった。ランプの光に照らされて、一方の目の茶色の眼球の中心が、もう一方より小さいのに気がついた。「ブラックウッドがクィーン号を売却しようとしているって、新聞《ガゼット》に出ていたわ」そう彼女が切り出したので、彼はそれがウォルシュの小舟とどういう関係があるのかを尋ねたい気がしたが、はやる気持ちを押さえて次の言葉を待った。「百六十ポンドってことだけど、もっと安くなるんじゃないかしら」サルは思いついたことをそのまま話しているようだった。「クィーン号を買いましょうよ。彼のように短期間でひと儲けするのよ」

ソーンヒルの視線はテーブルの上の硬貨の山に注がれていた。サルは彼の考えを見越したようにささやいた。「足りない分はキングさんから借りればいいのよ」

ソーンヒルは自分がサルの発言を正しく理解したのかどうか不安だったが、その顔を覗き込むと、彼女は満面の笑みを浮かべて言った。「何年か船で商売をすれば、借金も返せるわ」ソーンヒルは驚きで開いた口が塞がらなかった。そんな夫に念を押すように、サルは詰め寄った。「ちゃんと計算したから大丈夫よ、ウィル」サルはテーブル越しに体を乗りだして彼に迫り、説得しようとした。「そうすれば、帰れるわ。故郷《ホーム》へ帰れるわ」

ソーンヒルは笑いが込み上げるのを押さえることができなかった。ずっと密かに育ててきた夢をサルも同じように大事に育てていたのだ。互いの夢の終着点は違っていても、始まりが同じであることは奇跡と言うほかなかった。

サルのほうは夫の思いを推し量るというよりも、自分の計画に夢中になっていた。彼を見つめるその目は輝いていた。「何年かの辛抱よ、ウィル。そうすれば故郷に帰れるわ。ウィル、想像してみて！」

ソーンヒルは故郷のことを考えているかのように頷いた。サルがテーブルから身を乗り出して、両手でソーンヒルの頬を挟んで口づけした時、彼は激しく口づけし返して彼女を驚かせた。「そうだね。明日、キングさんに会いにいこう」けれどもソーンヒルは、すぐに故郷に戻ることは考えていなかった。彼が目論んでいたのは、できるだけ早くホークスベリー河での商売を立ち上げることだった。ならば、必然的にその拠点が必要となる。つまり、あの岬に立ち、あの土地を自分のものにできるのである。彼の頭はそのことでいっぱいだった。

必要なのは百十五ポンドで、ちょうど箱に入っている額だった。とても現実とは思えないほどの大金で、これは現実ではなく夢物語に過ぎないのではないかと思えた。ロンドンにいたころは、そんな大金を手にしたこともなければ、想像したことすらなかった。しかしここでは、借金をすれば、たとえ心配で夜眠れなくても、資産家になることもできるのだった。キング氏は金を貸すことに同意してくれた。握手を交わした時、二人は対等になったかのようだった。

ソーンヒルはクィーン号の価値を知っていた。屋根のない十九フィートのスループ帆船〔一本マストの縦帆の帆船〕で、前方と後方に半甲板があり、十分な広さの船倉もあったが、船首はずんぐりしており、船幅は広く、浴槽のように不格好だった。追い風だと船首は急に風上を向いてしまい、短距離航路の気難しい船乗りのようになかなか言うことを聞いてはくれない。けれども頑丈に作られていて、打撃にも強かった。

不安を追い払うように、ソーンヒルはラム酒をひとすすりした。それでも、書類に署名をする時は手が震えた。

サルは船を見るためににシドニー湾にやって来た。また子どもを身ごもっていた彼女は、ソーンヒルが用意した巻き縄に腰かけると、脚を開いて大きくなった腹を休めた。「クィーンなんて名前は可笑しいわ。ねぇ、覚えてる？　父さんの船はホープだった」彼女は、空の眩しさに目を細めながら、ソーンヒルに微笑みかけた。「希望《ホープ》。それこそ私たちに必要なものじゃない？　そして祈りもね」ソーンヒルはホープ号のことを思い出しながら、サルの顔が懐かしいあの笑顔に輝くのがうれしかった。「ホープ号には赤い縞があったわね。父さんはあの縞模様に特にこだわっていたわ」

サルがその次に船を見にやって来た時は、生まれたばかりの赤ん坊を腕に抱えていた。ソーンヒルとウィリーは、ナイチンゲールに書いてもらった紙の文字を写しながら、古い名前を新しい名前に描き直していた。船べりのちょうど下の赤い縞がよく映えている。ソーンヒルは、ミドルトン氏が縞にこだわった理由がわかった気がした。揃いにしたくて、ブラックウッドがこの取引に加えて譲ってくれた小舟のまわりにも同じ線を描いた。

ホープ号は、父と息子の船になった。十一歳になったウィリーは、一人前の働き手になっていた。ウィリーは父親に似た、もつれた髪を帽子に押し込んだ大柄な少年だった。彼はたくましかった。トールピンに指が挟まったまま櫂を押し返してしまった時、顔色こそ土色になったが、悲鳴ひとつ上げなかった。痛みをこらえるのに、はち切れんばかりに口のまわりの筋肉をこわばらせて歯を食いしばった。

黙って痛みを押し殺す我が子の姿に、ソーンヒルはかつての自分自身を重ね合わせた。

ウィリーは父がキング氏のところに借金の証文の署名にいくのにもついていった。彼はもう百十五ポンドを返済するという約束の重大さもわかる年齢になっていた。ウィリーはホープ号が大好きだったし、潮風に吹かれるのも好きだった。だから少々大変な仕事も厭わなかった。一緒に船荷を積み込んだり、水を補充したりするうちに、父子はお互いのことがよくわかるようになっていった。

ホープ号に乗ったソーンヒルとウィリーは、一八一一年の一年を通して、船が入用な者のところならどこにでも出かけていった。特に、ホークスベリー河を行ったり来たりして商売にいそしんだ。グリーン・ヒルの活気あふれる農村地帯まで出かけていって、トウモロコシや小麦、カブやメロンの収穫物を積んだ。シドニーに戻るとそれらを降ろして、今度は農家たちが欲しがりそうなもの、例えば、縄や釘や帯鉄、鍬などを積んだ。ホープ号に積荷がないことなど一度もなかった。ウィリアム・ソーンヒルは、品物を金と交換するたびに小銭をくすねた。

もっと大型の船、または性能のよい船を持っている者はいたが、この植民地ではウィリアム・ソーンヒルとホープ号に及ぶものはなかった。どんな天候でもソーンヒルは船を出した。ウィリーが一緒のこともあれば、彼一人のこともあった。夜も昼も厭わずに働いた。みなが寝ている時も、ソーンヒルは暗闇で船に荷を積んで、夜通し潮に逆らって漕ぎ続け、ほかの者たちがこれから船を出そうとするころにはもう戻ってきていた。グリーン・ヒルからシドニーに戻る時、ほかの船はジャクソン港に向けて海岸を走り抜けるのに、暴れん坊入り江《ブロークンベイ》でのらりくらりと凪を待ったが、ソーンヒルは違った。大波に飲まれて、ホープ号のマストの先しか見えなくなるような荒れた海にでも、彼は漕ぎ出していった。

ソーンヒルを突き動かしていたものは二つあった。ひとつは、アレクサンダー・キングに返済の約束をした百十五ポンドと利子の証文だった。それは今にも噛みついて殺さんとする蛇のようにキング氏の机の引き出しでソーンヒルを狙っているかのようだった。

もうひとつは、昔のような生活には二度と戻りたくないという思いだった。ロンドンの船頭たちの酷使された手は、四十代でも老人のようだった。ミドルトン氏の手も、関節が節くれだち、指はオオワシの爪のようにくっついてしまって、手のひらの硬貨からつり銭の半クラウンをつまみ出すことができなかった。貧しく打ちひしがれた船頭が、背を丸めて足を引きずりながら、ボローの救貧院で薄いスープを恵んでもらっているみじめな姿も目に焼きついて離れなかった。

ソーンヒルはすでに、寒い朝には手の痛みを覚えるようになっていた。関節が腫れはじめ、指は横へ折れ曲がっているように見えた。彼は力んでみた。体だけは唯一、意志の力で支配してきたものだった。しかし、それもいずれは衰えるものだった。男の一生は苛酷な競争に思われた。体がへたばってしまう前に、自分自身と家族のために高潮や逆風からも安全な場所を確保しなければならなかった。

夜、ソーンヒルがサルと横になると、傍らでは四人の息子たちが静かな寝息をたてていた。労働にいそしんだ一日のあと、ウィリーは寝床に倒れ込んで深々と眠り、その横でディックはかすかな音をたてて寝返りを打った。世界の間に横たわる海で生を享けたこの子は、もう五歳になろうとしていた。ディックは静かな子どもだった。夢を見ているような息子の寝顔には、自分と似ているところなど何ひとつないようにソーンヒルには思われた。ディックは、ささやき声で歌いながら、何時間も座ったままで、石ころをいじって遊んでいるような子だった。二人の兄の間が、バブの寝床での定位置だった。もうすぐ三歳だったが、いまだに夜中に目を覚ますので、どちらかの兄があやしてやらねばならなかった。バブはもう赤ん坊ではなかったが、そのあだ名返上とはいかなかった。

ジョニーと名付けられた生れたばかりの子は丈夫だった。好奇心が強く、座れるようになったころから動くものに目がなかった。彼には世界があちらからこちらへと車軸のまわりを回転する滑車輪のように見えていたのかもしれなかった。

心が浮き立つような少女時代でさえも、サルはこんなに幸せそうなそぶりを見せたことがなかったので、ソーンヒルは驚嘆の思いで彼女を眺めることがあった。彼も息子たちを愛していたが、サルは愛情以上のものを感じているようだった。彼女はソーンヒルが知り得ないような本能的な愛で子どもたちと結ばれていた。

この家族の運命は、ソーンヒルの手のなかにあった。一日中船に乗って櫂を漕いでいる間も、この肩と肋材に押し当てられた足が、家族を守るのだということを忘れたことはなかった。もしこの筋肉がだめになってしまったら、みな不幸になってしまうのだ。

一年と少しが過ぎた一八一二年の初頭、ソーンヒルは借金の四分の一を支払い終えた。その時彼の脳裏に浮かんだのは、今すぐにでも行動を起こさなければ、手遅れになるということだった。

ホークスベリー河をホープ号で行ったり来たりしながら、ソーンヒルはかねてから心に思い描いていた計画を実行できないかと考えていた。それはたしかに夢のようではあったが、今握っている舵のように実体のあるものにも思えた。船で物品の取引をしながら、その土地でトウモロコシを育て、塩漬けにする豚を育てる。数年もすれば、すべては軌道に乗り、その土地を売ってロンドンに戻れるだろう。そんな安楽な暮らしが手に取るように想像できた。

土地を手に入れるのは簡単だとブラックウッドは言ったが、それはある意味正しかった。総督の署名のある書類が必要だという原則はあった。けれども、条文の行間や書類の背後には、暗黙の了解というものが存在していた。総督はこの問題に対して、見て見ぬふりを決め込んでいた。ニューサウスウェールズはすべてジョージ国王のものであった。けれども、まだ誰も知らないような場所、そう、原住民しか足を踏み入れたことがないような未開の地など、国王にとって一体どんな意味があるというのだろう？　やって来た人間がその土地に文明的な生活を確立すれば、原住民たちはそこから押し出されてゆくだろう。そのために開拓者たちが晒される危険や、開拓のための労力の代価として、百エーカーの土地を得ることは、当然の報酬だと思われた。

土地を手に入れたければ、まだ誰も手を着けていない場所を見つけることだった。トウモロコシを植え、小屋を建て、その土地をスミスとかフラナガンとか命名して、文句をいう者は睨みつけてやればいいのだった。

外套の下にいつも忍ばせている密かな慰みのように、ソーンヒルは自分の親指の形に似た土地のことを想い続けていた。人に話さなければ、人の目にも触れないとでもいうように、サルに打ち明けて以来、彼はその土地のことを誰にも口外しなかった。けれども、アシやマングローブに隠されて静かにたたずむその土地と、女の体のように優美な曲線を描く岬のことを忘れたことはなかった。

サルはまた妊娠し、二か月になろうとしていた。一番下の子が離乳するとまたすぐ妊娠するという具合に、ひっきりなしに赤ん坊が生まれた。ロンドンでは、子どもの面倒を見てくれる経験豊かな老女たちがたくさんいた。シドニーのロック地区のチャーチ・ストリートにもそういう女がいるにはいたが、サルが近づきたくないと思うほど、その女も小屋も不潔だった。

子どもが生まれるごとに、シドニーでの安定した生活から離れづらくなり、別の土地への移住は、ますます難しくなった。けれども、何があっても行動を起こさなければならない、ソーンヒルはそう感じていた。さもなくば、彼は一生待つだけで終わってしまうかもしれなかった。

一八一三年の年が明けた夜、ソーンヒル一家は、サルの客が飲み代に置いていった筋の多い雄鶏を料理して、最高級のラム酒で新年を祝った。妊娠するたびに、夜の営みにおいてもサルは大胆になっていった。この夜は、ラム酒の酔いと夜の蒸し暑さのせいで汗ばんだ互いの肌に手を這わせながら、二人は新しい年の到来を心から喜んだ。

それにしても、その夜は寝苦しかった。屋外は新年を祝う者たちで騒々しく、日中より蒸し暑い夜だった。ソーンヒルは、自分の傍らでサルが眠れないでいるのがわかった。サルの手は軽くソーンヒルの手に添えられていた。サルは彼の何か言いたそうなそぶりに気づいているようだった。けれども、ソーンヒルは何と言ってよいのかわからず、しばらく二人とも寝たふりをしていた。

「サル」やっとの思いで話しかけたが、しわがれ声しか出ずに、彼はもう一度呼びかけた。「サル」

サルがはっきりした声で答えた。「何なの？　ウィル」

「あの土地のことだけど、一度話したことがあったろう、覚えてるかな？　今、あそこを手に入れないと、手遅れになる」

「あの土地のことだったの！」サルは叫び声を上げた。「てっきり、こしゃくな娼婦にでも入れ込んでいるのかと思っていたわ。なんだか、いつもぼーっと夢でも見ているようだったから」

こしゃくな娼婦というのが可笑しくて、二人して笑った。笑いがおさまって、いざ土地のことを話しあおうという時、サルは起き上がった。そして、まだ火がくすぶっている炊事炉に向かうと、息を吹きかけて灰のなかから火が残っている小枝を探し、それでランプに灯りを灯した。ランプを床に置くと、彼女はベッドに戻ってきて横になり、肘をついて夫の顔を見た。

サルは眠る時、髪を三つ編みにしていた。褐色の彼女の髪に白いものを発見して、ソーンヒルはかすかな驚きを覚えた。人間の一生はひどく短く、人間は死に支配された存在であることを思った。

「ずっとそのことを考えていたのね」ようやくサルはそう言った。

ソーンヒルは、あの岬のことに心を向けた。潮目が変わって、岬の先端に水が流れ込むところや、そよ風が木の先端を捉えるところを想像してみた。岬の風景を思い浮かべると彼は落ち着き、サルに語りかける声の穏やかさに自分でも驚いた。「五年だけ待ってほしいんだ、サル。そのあと、必ず英国《ホーム》へ帰ろう」

ソーンヒルは、胸に手を当てた。そんなことをしたのは、少年のころ以来だった。「約束します。命を懸けて」そう言って微笑んで見せた。「五年間だけさ。神に誓うよ」そして、サルにはすっかりおなじみの、二人のいつもの話を続けた。「なぁ、想像してみろよ。俺たちの小さな家があることを。もちろん、持ち家さ。借金なしで買おう」サルは黙っていた。しかし、ソーンヒルには、彼女がそれを想像しているのが手に取るようにわかった。「暖炉の傍らのふかふかの椅子に座っていると、女中が石炭を運んでくるんだ」語りながらソーンヒルは楽しくなってきた。「うまい白パンが食べられて、ボウ教会の鐘の音が時を告げるのが聞こえる」

ソーンヒルは、サルが喪失とも願望ともつかぬため息をつきながら、「そうね」と言うのを聞いた。ボウ教会の鐘が功を奏したのかもしれなかった。「考えてもみるんだ、サル。俺たちの場所のことを」ソーンヒルは自分の声の優しさに驚いていた。

サルもその声を聞いた。ソーンヒルは、妻の眼差しが熱を帯びるのを感じた。「もう決めたんでしょ？」サルはそう言いながら彼のほうを向き、その表情を探った。「そうなのね。あなたは、もう決めたのね」間を置いて、彼女は自分の問いかけに自分で答えた。

再び話しはじめた時、サルの声色は変わっていた。「じゃあ、五年よ、ウィル。でも、この子を無事出産するまで待ってほしいの」サルは夫の顔を真っ直ぐに見つめた。「五年だけよ」もう一度、念を押すように彼女は繰り返した。「一生というわけではないのだもの。でも、ウィル、これだけは覚えておいて。カブは木にならないのよ」そう言ってサルは笑った。

# 第三章　奥地開拓

ソーンヒル岬を目指すホープ号を埠頭で見送る者はいなかった。後ろ足に奇形がある薄汚れた白い犬が一匹、埠頭の片隅でソーンヒル一家の旅立ちを見送っただけだった。ソーンヒルが係船柱からはらみ綱を外すと、犬はかすれたような鳴き声を上げた。

時は一八一三年九月、冬はまだ終わっていなかった。光沢のある雲を透かすように乳白色の太陽が輝き、一陣の冷たい風が水面を吹き抜けていった。しかし、すぐに暖かい海風が吹き、空から太陽が照りつけてくるに違いなかった。作物を植えるなら、この期を逃すわけにはいかなかった。

ジャクソン港から海へと向かう間ずっと、サルは後ろ向きになって、夜明けの光に青白く浮かび上がる建物群が遠くなってゆくのを眺めていた。ホープ号は水面を滑らかに走り、帆がけだるげにはためいていた。

雄鶏の泣き声が開拓村から海のほうへも届いた。コケコッコー。その声は哀愁を帯びて響いた。開拓村を出て、最初に見えてくる岬を通過するころになると、雄鶏の声はもう聞こえなくなった。木に隠れているワライカワセミのあざ笑うような鳴き声だけが海を渡って船上まで届いた。それでもサルは前を見ず、自分の胸に顔をうずめている生まれたばかりの赤ん坊を抱いて座っていた。その子はサルの母親の名前をとってメアリーと名付けられた。メアリーは小さな赤ん坊で、まだ母親の子宮にいるかのように大人しい赤ん坊だった。母親が慣れ親しんだ音や風景を、聞き逃すまい、見逃すまいとして、岬の森のほうを必死に見つめ返す間も、メアリーは青い静脈がうっすらと浮かぶ瞼を時折ぴくんと動かしながら、母親の胸のなかで眠っていた。

ソーンヒルは、サルが小屋を出て樹皮の戸を閉める前に、小屋のまわりを見つめているのを目にした。あばた顔のビルは煙突の傍らで、濃い眉毛の下からその様子をうかがっていた。「ここは全部お前のものよ、ビル」サルが話しかけると、ビルは彼女をちらりと見た。「どのみち、彼との別れは辛くはないけど」そう言ってサルは笑おうとしたが、笑いは喉につかえた。子どもたちは、緊張と不安を母親の声に感じとったようだった。「僕たちが行くところに黒んぼはいる？　父ちゃん」ディックが尋ねた。「心配するな。一度も見たことがないよ」確かにそれは事実だと彼は自分自身に言い聞かせた。しかしサルが黙って何も言わないのは、黒い連中は見えなくても存在しているのだということを知っているからだった。

ノースヘッドの大きな岬の断崖を曲がると、海の荒波がうねりはじめた。ソーンヒルは全体重をかけて舵に寄りかかった。風で帆が膨らみ、高波で船が押し上げられた。小さな点のようなホープ号が、風と海に翻弄されるたびに、ソーンヒルはぞくっとした。

この広大な海にこんなにも小さな船が浮かんでいるのだ。

ホープ号は、ノースヘッドの岸辺を過ぎて上下に揺られながら北方へ進んだ。岬と岬の間に金色の三日月の形をした砂浜がひとつ、またひとつと過ぎてゆく。ブラックウッドに倣って、ソーンヒルはこれらの砂浜や岬に名前を付けていた。マンリー、フレッシュウォーター、灰色のくじら岬。青々と広がる海の向こうに金槌の形をした岬が見えてきた。この岬がホークスベリーが海へと注ぐ河口の目印だった。サルは船酔いするたちで、ポートジャクソン湾の穏やかな海でも吐き気を催した。そのため、できるだけ冷たい風に当たれるように、甲板に流れ込んでくる汚い足元の水を気にしながらも、胸にメアリーを抱いて、半甲板に体を押し当てるようにして座っていた。

ソーンヒルは横目でこっそりとサルを見た。風が索具に当たって轟々と音を立てる。どんよりした空の下で、サルの顔色は冴えなかった。

彼女の様子からは、なんとか船酔いせずにこの航海を無事に乗り切ろうとしているのがひしひしと伝わってきた。ソーンヒルは、まだ少女だったサルが、マーメード通りの軋むベッドの上で蜜柑《タンジェリン》を口に入れてくれたのを思い出していた。あのころは貧乏で何もなかったが、確かな愛があった。そして今も、慎ましく繕われたボンネット帽を被り、赤ん坊を抱きかかえているサルの鋼のような強さを心から愛していると感じた。

ソーンヒルは風がさざ波を立てるのを見た。ホープ号は南風に吹かれて海岸線を疾走した。この南風が河口まで船を運んでくれるだろう。そして満潮で水嵩が増せばホークスベリー河まで行き着くことができるだろう。夕方までには目的地にたどり着けるはずだった。

河口付近で、ホープ号は横波に襲われて片側に大きく揺れた。後ろから叩きつける波は、船もろともに飲み込まんとする勢いだった。家族の者たちが恐怖で叫び声を上げるのが聞こえてきた。金槌の形をした岬が風を遮ってくれたので、船の揺れはおさまった。難所を乗り切ると、静かな水面が行く先に広がっていた。

次々と眼の前にあらわれるそそり立つ両岸の尾根に沿って、ホープ号は這うように河を上っていった。ひとつひとつ岬のように突き出た部分は、船が通り過ぎようとする直前になって、のけ反るようにしてかろうじて道を開けたので、ホープ号はくねくねと曲がりつつもなんとか大陸の奥地へ進んでいった。唸るような海に比べると河は静かだった。船底から絶え間ないさざ波の音が聞こえてくるだけだった。

午後になると、風は冷たかったが、天気は良くなってきた。陽が傾きはじめると、船は太陽に向かって真っ直ぐに、銀色に染まる水面を走り続けた。ウィリーが船首に立って、微風が立てるさざ波に光がきらきらと煌めくのを眺めている。ディックは船べりに寄りかかって指を水面に浸し、水遊びに夢中になっていた。

サルはようやく、絶壁や苔のような密林と、それらをひたすら映し出すだけの黒ずんだ河の水に目をやった。

その景色を眺める彼女の気持ちを思いながら、ソーンヒルは、随分と遠くまで来たものだと感慨に耽っていた。今の彼は初めてブラックウッドにこの場所に連れてこられた時とは違う人間だった。あの時は、陸地の巨大さと流れる水の勢いに圧倒されて、声すら出なかった。しかし今、この場所は彼にとっての約束の地になっていた。新しい人生を刻むべき白紙の一ページだった。だが、サルにとっては、この場所がいかに苛酷で不快なものか、そして耐えるべき刑罰にも似たものであることを、ソーンヒルはよくわかっていた。

彼は思いを言葉にして伝えようとした。「きっと慣れるよ。びっくりするぞ、愛着さえ湧くようになるからね」サルを励まそうとして口から出た言葉が、自分にとっては真実であることを彼ははっきりと感じていた。サルはソーンヒルをちらりと見て、自分を励ますように作り笑いをして言った。「あなたの言うことが嘘でないといいけど。ウィル・ソーンヒルさん！」

「スワン通りの家みたいに居心地がよくなるようにしてやるからな！」ソーンヒルはそう叫び、ウィリーはそれを聞いて噴き出した。けれども、サルはそれを可笑しいとは感じなかったようだった。ソーンヒルが立っている船尾からは、繕ったボンネットを被ったサルの頭のてっぺんと固く閉じて揃えられた足が見えるだけだった。

ディックはあたりの密林を見わたし、甲高い声で言った。「未開人は僕たちのこと食べちゃうの、父ちゃん？」バブは小さな白い顔に恐怖を浮かべながらあたりを見回し叫んだ。「そんなの嫌だよ、母ちゃん」それ以上バブが騒がないようにソーンヒルがすかさず言った。「安心しろ。お前は固くてまずいから。筋だらけのちび助だからな！」

その時ソーンヒルは、思わず船首のほうを見た。そこには、濡れないように、そして人目に触れないように、粗布でくるんだ銃が隠してあった。

放牧場《カウパスチャーズ》のマロリー氏からそれを買った日、ソーンヒルは初めてじっくりと銃に触れた。手のなかの銃は滑らかな肌ざわりだった。ずしりと重く、殺害という目的について情け容赦しない銃器。マロリーは銃の使い方を教えるために、ソーンヒルを放牧場へと連れていった。銃の装填や装薬は、まったくもってわずらわしい作業で、購入する決心が鈍るほどだった。マロリーのように慣れている者でも、一発発砲してから次を発砲できるようになるまで、優に二分はかかった。ソーンヒルもやってみたが、火薬を撒き散らしながら、銃の押さえを銃身にしっかりとはめ込み、ぎこちなく手探りで発砲するまでに、相当の時間がかかった。

銃を肩に乗せ引き金を引いた時、発火石が鋼を打ち火の粉が噴いた。顔の傍らで火薬が閃光とともに爆発し、把手が肩で跳ね返った。誰かに叩かれでもしたように、ソーンヒルはよろめいて倒れそうになった。

その時マロリーは、勝ち誇ったような表情を浮かべて、ボトムリィ・オン・ザ・マーシュで雉をしとめた時の話を長々と始めた。このジェントリーがもうひとつ言いたかったのは、銃は撃たれる者と同様に撃つ者をも傷つけるということだった。

ソーンヒルは、自分が赤く熱い鉄の塊をほかの対象に向けて発砲することができるとは到底思えなかった。しかし、銃を所持するということは、恩赦を受けた者の特権だった。銃そのものが欲しいとか欲しくないという以上に、それは憧れであったのだ。

「万一のために」ソーンヒルは、その銃をマロリーから受けとりながら呟いた。ソーンヒルはどうして自分がこんなに行き当たりばったりになれるのか不思議でならなかった。

家族の者たちは静まりかえっていた。午後も遅くなり、山の稜線に紫色の影が射しはじめると、みな各々にこれから何が起こるのだろうかと考えをめぐらせた。ソーンヒルは稜線の先に視線を投じた。マッコウクジラの頭のような高い尾根がそびえ、そのふもとを流れる川は、もうすぐ彼のものになるなだらかな岬のまわりで揺れていた。ソーンヒル岬。

彼は岬が見えてきたことをサルに知らせようとして呼びかけた。「あそこだよ、サル！」しかし、彼らがちょうど手前の岬まで来た時、潮が引きはじめた。船の竜骨に白波が打ち寄せて泡立つのが見え、岩壁から吹き寄せる風のおかげで帆はまだピンと張っていたが、船体が浮いている海水は風に抗って引きはじめた。時間の経過と共に、押し返そうとする潮の流れが優勢になり、ホープ号はもうそれ以上は進めないまま、その場に差し止められてしまった。

それはなんとも皮肉なことだった。ソーンヒル岬はもうすぐそこで、風にはためく水辺のマングローブの葉や砂浜の鳥も見えるほど近かった。

ソーンヒルは、その土地が自分をあざ笑っているかのように感じたが、その考えを振り払おうとした。もちろんそこで停泊し、船上で夜を過ごしながら、また潮が満ちるのを待つこともできた。実際、ソーンヒルとウィリーはよくそうしたものだった。けれども、ソーンヒルは、長い間思い焦がれた土地を目の前にして、この時ばかりは待ちきれなかった。「櫂を持て、ウィリー。早くしろ」ソーンヒルは叫んだ。

「ここで止まったほうがいいよ、父さん」息子が叫び返す。「満潮になるのを待とう」

ウィリーは正しかった。しかし、ソーンヒルは、思い焦がれるあまり興奮状態に陥っていた。その激情が、一刻も早く約束の地に立ちたいと彼を駆り立てた。船首へ飛び移り、櫂を手に握ると、ソーンヒルは全体重をかけて河に向かって漕ぎ出した。肩に思いっきり力を入れる。体が火照った。船はゆっくくりと揺れた。焦りでこわばった唇から、怒鳴り声をあげて命令する。「ちくしょう。おい、ウィリー、船尾で櫓を漕げ。言う通りにしないとサメの餌にしてやるぞ」しかしその声は、広大な空間のなかにまるで蒸気のように消えていった。

父の声はよく聞きとれなかったが、その表情に促されて、ウィリーは櫓を取って漕いだ。船首がマングローブをかすり、衝撃があった。潮が引いていくのが見えた。間一髪のところで竜骨は泥に突っ込んで止まった。目的地に到達したのだった。

ソーンヒルは船首を飛び越えて泥のなかへ飛び降りた。泥に足を取られ、歩こうとしても、足はどんどん泥にのめり込んでゆく。片足を力いっぱい引っ張り抜いて、先の尖ったマングローブの根っこの間に足場を見つけた。深みにはまって前方に倒れそうになるのをこらえて、もう片方の足を、くるぶしがピンと張るのを感じながらゴボゴボと音を立てて引き抜き、土手のほうへと進んだ。頭を下げて、必死で繁みを突き破ると、乾いた土地に出た。河辺のオークの木立の向こう側には、平らな土地が開けていて、柔らかい緑の茂みに覆われ、黄色いヒナギクがまだらに咲いていた。

ソーンヒルの土地。彼の足に踏みしめられたこの土地は、彼のものになったのだった。

道と呼べるようなものはなかった。草の茂みと、ところどころ地面から突き出ている岩の間にけもの道のような小道ができていて、ヒナギクの芝地とその上の斜面へと続いていた。

足が勝手に行く先を決めるように、進んでゆく足どりは軽い。畏敬の念でほとんど息ができないくらいだった。

自分の土地。

斜面を駆け上がり、水が煌めきしたたり落ちる岩場を過ぎて、若木の木立を通り抜けた。やがてソーンヒルは、草の疎らな土地に出た。まわりには木々が生い茂り、そのなかを光と影が戯れるように揺れ動いていた。葉と空気に彩られた空間。その空間は、そこにいる生き物すべてが息を潜めて、彼を見つめているかのように静まりかえっていた。一匹の鳩が彼の足元から飛び去り、木の枝に止まり、頭を彼のほうに向けた。彼の肌は恐怖でたちまち赤く染まった。木々に囲まれていると、無言の群集のなかにいるように感じた。大枝は途中で動作を中止しているかのように見え、薄い樹皮の長い裂け目から薄桃色の木肌を覗かせていた。

空気を感じたくて、ソーンヒルは思わず頭から帽子を取った。俺の空気！　幹から粉のような樹皮が剥がれ落ちているあの木も俺のものだ！　葉身に太陽の光輪ができるあの草むらも俺のものだ！　耳の傍らでブンブン音を立てる蚊さえも俺のものだ。瞬きひとつせず、枝の上で彼を見つめる大きな黒い鳥もすべてそうなのだ。

風はなかったが、空気の流れで木立の葉はあちこちで揺れた。西に見える高い尾根の影が、丘から線のようにその土地に射していた。樹木は糖蜜色の陽光のなかに立っているようだった。

彼はこの世にたった一人の人間のようであった。楽園のアダムさながらに、ウィリアム・ソーンヒルは彼の所有となったエデンの園で深く息を吸い込んだ。

黒い鳥が枝から彼を見下ろしている。大気に隔てられた鳥の目を見つめた。カァー。ソーンヒルの応答を待つように鳥が鳴いた。カァー。先が肉を引き裂くようなかぎ状になった鳥の曲がったくちばしは、この上なく残酷に見えた。鳥は翼を広げてはためかせたが、枝から飛び立たなかった。ソーンヒルは石を拾い、鳥を脅そうとした。鳥は石を投げつけられるかもしれないことに気がついたのか、ようやく枝から飛び立ち、河のほうへと急降下して去っていった。

草木の疎らな地面の真ん中で、ソーンヒルは靴の踵を引きずりながら四度土を掻いた。踵で引かれた直線が形づくる四角形は、そこには似つかわしくないもので、それが辺り全部の光景を変えた。これで、地面に目印を刻み込んだ一人の男の舞台ができた。

これほど容易に土地を手に入れることができるとは、まったく意外だった。

大変だったのは、ロープに粗布を掛けて当座の宿をこしらえることだった。ソーンヒルとウィリー、そしてディックも細い腕を震わせて精いっぱい動かし、重い布と格闘した。布の側面を固定するのに、地面は岩が多く杭を刺すことができなかったので、岩を持ち上げて取り除く作業も必要だった。左右の釣り合いが取れておらず、皺くちゃなのが悲しげではあったが、ついにテントは完成した。

この作業を終えるまでに、太陽は尾根の背後に落ちてしまった。河にせり出した岩壁は黄昏時の陽光を捕え、露出した岩肌が鮮やかなオレンジ色に燃え上がっていたが、影はその開けた土地に忍び寄り、彼らを冷気のなかに飲み込もうとしていた。

サルは赤ん坊と末の二人の子どもたちとホープ号に残り、半甲板の下にもたれかかってうずくまっていた。顔色は少し良くなっていたが、本調子ではないようだった。新しい土地を見たいと張り切っている様子もない。もと来た場所への思いが断ち切れないとでも言うように、彼女は船のなかに座り続けていた。

シドニーからソーンヒル岬までは、たったの一日しかかからなかったが、たっぷり一年はかかるロンドンとシドニーほど遠く離れているように思われた。葉音と鳥の鳴き声しか聞こえない、この無人の河岸からすれば、ロンドンとは比べものにはならなくても、シドニーは十分に都会だった。

ウィリーが船に戻って母親の傍らに屈みこんだ。「テントを張ったよ、母さん。すごくいいよ。それから、火も起こしたから、体を温めて」サルは笑顔を浮かべて立ち上がった。ウィリーは、母親をなだめすかす必要があるとでもいうように続けた。「紅茶を作るのにやかん《ビリー》を火にかけたよ。もうすぐお湯が沸くからね。それにダンパー〔オーストラリア・ニュージーランド英語でイーストを入れずに熱灰で焼いたパン〕も焼いてるよ」バブは紅茶とダンパーと聞いて、唾を飲み込み、母親を見つめた。ジョニーは遊んでいたロープの先を手から離し、持ち上げて船から降ろしてもらおうと腕を上げている。「ダンパーだよ、母ちゃん」ジョニーは叫んだ。

サルは自分と赤ん坊をショールで被いながら、ようやく重い腰を上げた。彼女は気持ちを持ち直していたが、まだ話をする気分ではないようだった。バブは母親を元気づけるように大声で言った。「僕、腹ぺこだよ。母ちゃん」ディックは収納庫の鞄と包みの間を縫って進み、船から降りて、ぬかるみに足を取られないように乾いた土地へ渡した枝を渡るのに母の手を引いてやった。

木立の間に見えてきた土地にはテントが張られていた。組んだ石の間を踊るように火が揺らめき、歓待の雰囲気にあふれている。しかし、サルの目からすれば、あまりにも頼りない住処であることをソーンヒルは知っていた。このテントに比べれば、ピクル・ヘリングの奇跡の別名を持つあの小屋は、聖《セント》ポール寺院に匹敵するほど頑丈に思えたに違いなかった。

今になってようやく、ソーンヒルはことの重大さに気づきはじめていた。ここでの生活は、サルには厳しすぎるだろう。ソーンヒルがホープ号で出かけて帰れない時は、サルは子どもたちだけを頼りに、一週間かそこらを過ごさなければいけないのだ。もし、蛇に嚙まれたとしても、医者もいない。死ぬようなことがあっても、葬儀を執り行う牧師すらいないのだ。この土地へのソーンヒルの盲目的な情熱は、そういったことを考える暇を与えなかった。サルは、この火の揺らめきが唯一の人間の営みであるような場所で、生活をしていかなければならなかった。

「快適だな。犬の耳のなかでぬくぬくしているノミみたいな気分だ」ソーンヒルは大声で言ってみた。疑いのこもった沈黙が流れて、後悔を誘うような哀しげな鳥の鳴き声が響いた。

子どもたちは、痩せた顔に心配そうな表情を浮かべて父親を見ていた。サルは、何か言いたげな様子であたりを見回した。何も手を加えられていない未完成な場所だとでも言いたいのだろうとソーンヒルは思った。覆い茂った草、曲がりくねった樹木、ひっきりなしにガサガサと音を立てて河岸のオークの茂みを通り抜ける風。サルにとってこの場所は、世界の素材に過ぎず、世界そのものではなかった。人間の手が加わった石もなければ、人間が植えた木さえなかった。

ソーンヒルは満潮を待つのによくブラックウッドと野宿をした。こんな場所でも人間は生きられることを彼は知っていた。けれども、サルは総督の庭を越えた世界に足を踏み入れたことはなかった。

「これが……この場所がそうなのね」問いにならない問いを発して、サルはボンネット帽から滑り出た髪を直した。

いつもならよちよち歩きでそこらじゅう走りまわろうとする幼子のジョニーは、母親にくっついて離れようとせず、そのスカートのひだを掴んで顔の半分を隠している。バブはめそめそ泣きはじめた。五歳にもなっていながらぐずるバブを、時々ソーンヒルは叩いてやりたいと思うことがあった。

この瞬間、ここで生活してゆくことは到底無理のように思われた。こんなにもか弱く儚い人間――この青白い顔の女と歩くことも話すこともままならない子どもたち――がこの広漠とした場所でどうやって生きてゆくというのだ?

ソーンヒルは丘から河を見下ろした。潮の流れが変わってさざ波が起きている。河面は柔らかな光が射したように明るく、上方の岩壁も輝いて見えた。この光景は、密林の寒さや行く末の困難さ、サルが思わず吐露した絶望感をも忘れさせてくれた。空は輝きに満ちていた。ただ広大で、どこまでも限りなく続いてゆく。人間の目には、空の果ては見えなかった。爪の形をした月がくっきりと輝いている。紙を切って作って空に飾ったようだ。これと同じ月を、ソーンヒルは夜のテムズ河で何度も見てきたのだ。とどのつまり、どこにいようと同じ大地、同じ空気、同じ大空が広がっていた。そしてソーンヒルとサルも、生死の境をなんとかくぐり抜け、はるばる地球の裏側へやってくるという辛い体験を共有してきた、まさに同じ二人なのだった。

ソーンヒルは息を深く吸った。「テムズ河と変わらないよ、究極のところはね」そう言ったものの、同じ見方をするようにサルを説得できるかは別問題だった。「ローマ人がやって来る前の大昔のテムズ河のようじゃないか」サルは腰までずり落ちた姿勢で赤ん坊を支えるように抱いて突っ立っている。涙が今にもあふれてきそうだったが、彼女の愛らしい唇は、必死に泣くまいとして一文字に結ばれていた。

話すのはこれぐらいにして、熱い紅茶とダンパーで食事をしたあと、テントで寝かせてやるのが一番だとソーンヒルは思った。朝になって陽の光が射せば、この土地を見る目も変わるだろう。しかし、ソーンヒルは自分のはやる気持ちを抑えることができず、あたりに響きわたる声で言った。「あの船のそばのあたりはクライスト教会。俺たちが通ってできた小道はバラ本通りだ。ほら、見えるだろう?」

やがて彼の幻想は、子どもらに飛び火した。彼らもクライスト教会や本通りが見えるような気がしてきた。ソーンヒルは河の対岸に見える岩壁を指さした。斜面の一部が崩れ落ちていた。その裂けたような白っぽい岩の断面は、老人のシャツの胸にこぼれた粥《ポリッジ》のように見えた。「丘の上の聖《セント》メアリーまで登っていくとき、すごく急だったのを覚えているかい? 船頭会館を越えたところにあったよな? あんな感じじゃなかったかい?」なだめすかすような声色でソーンヒルは語りかけた。

「今もあるわよ」泣き笑いするような声で、つっかえながらサルが答えた。「まだ変わらずにあるでしょうね。ずっとあそこにあるに違いないわ」サルは、ソーンヒルが火の傍らまで引きずってきた丸太に腰かけた。そして、自分でも理解できないというふうに首を振り、「問題は、私たちがもうそこにはいないということよ」と言った。

彼女は叱責するような口調になっていた。

「五年なんてすぐ過ぎるよ」ソーンヒルはそう言いながら、弱気になっているのを隠すことはできなかった。けれども、彼はそうとしか言えなかったのだ。「そうね、ウィル」しばらく間があって、ソーンヒルの言葉を受け入れるようにサルが言った。そして、夫を安心させるのは自分しかいないのだというように明るく続けた。「きっとあっという間に過ぎるわね。では、かの有名な紅茶で一服しましょうか？」

影が対岸の黄金色の絶壁を滑るように這い上がり、絶壁の色を鉛色へと染めてゆく。夜の帳が降り、歪曲した樹木が大気中に拡散した光の破片を捕えた。

ソーンヒル一家はその背後に夜の重みを感じながら、焚き火を囲んで座った。耳を澄ましていると、光の輪の向こうの暗闇から、カッチカッチという得体の知れない音が聞こえ、カサカサ、パチンという音が突然したかと思うと、小鳥のさえずりのような音も絶えず聞こえる。窓から入ってくる隙間風のような冷たい風が吹き抜け、樹木をかき乱した。河から蛙が飛び出しぴょんと跳ねた。

夜が深まるにつれて、焚き火のまわりに身を寄せあって座った。火が消えかけると薪をすぐにつぎ込んで炎を燃え上がらせ、この場を明るくしておこうと努めた。ウィリーとディックは腕いっぱいに薪を抱えてどんどん焚き火にくべてゆく。木の裾のあたりが踊るように揺れる炎で照らし出された。バブは焚き火の片側にぴったりと侍って、小枝を継ぎ足しながら炎に鮮やかな揺らめきを加えている。

みな、体の片側は少なくとも暖かかった。火は彼らを小さな暖かい世界の中心に集めたが、同時に彼らが無力な存在であることを知らしめた。炎の届かない暗闇は、どこまでも底なしのように広がっていた。

樹木はどれも巨大に見え、覆いかぶさってくるようだった。根っこを引き抜いてゆっくりとこちらに近づいてくるかのように感じた。もじゃもじゃの輪郭が炎の明かりに寄りかかった。

銃はソーンヒルの手元に置かれていた。日が暮れてしまう前に彼は、サルに隠れて弾を詰めておいた。火打石を確認し、火薬袋を外套のポケットに忍ばせた。銃を所持することで安心感が得られると思っていたが、その感覚からはほど遠かった。

火の回りが速すぎたようで、ダンパーは黒焦げになってしまったが、炭のようになった塊から漂ってくる湯気の立ち込めたような匂いは心地よかった。食事をするささやかな音でさえも、夜の静けさのなかではよく響いた。ソーンヒルは、自分が飲んだ紅茶が食道を降りてゆく音や、ダンパーに掴まれたように腹が歓びの悲鳴を上げるのを聞いた。

空を見上げると、星は焚き火よりもずっと明るかった。ソーンヒルは南十字星を探した。船に乗る時は、南十字星を目印に進路を取るようにと教わっていた。かくれんぼをするように、星は見えないこともあった。

「やつらが見てるかもしれないよ。待ち構えているかも」ウィリーが言った。その声には恐怖がにじんでいた。「黙るんだ、ウィリー。何も心配することはない」ソーンヒルは諭した。

テントに入って横になると、毛布のなかでサルは、ソーンヒルに体を強く押しつけてきた。彼は焚き火で石を熱して、それを外套に包んで彼女の足を温めてやった。それでもサルは震えていた。動物のようにはぁはぁと激しく喘いでいる。ソーンヒルはサルを強く抱きしめた。背中が毛布からはみ出て寒かったが、彼女が寝入って呼吸が静かになるまでそのままでいた。

風は夜起こった。谷間の底は静かだったが、尾根の上のほうで風が吹きすさぶのが聞こえた。それは岸辺で波が寄せては砕ける音に似ていた。風は膨らんで尾根を吹き抜けてゆく。ザワザワという音が大きくなり、やがて消えていった。谷間へ降りてゆくほど、木の葉と風が奏でる海の音は小さくなった。

地面に寝転がり手足を広げて、自分の土地に横になっているのだと感じながら、これまでの人生は走り通しだった、とソーンヒルは思った。ようやく立ち止まれる場所にたどり着いたのだ。テントの入り口から濃厚なダンパーの匂いが漂ってくる。背中に地面の形状を感じた。「俺のものだ」彼は独り言のように言い続けていた。「俺の場所。ソーンヒルの場所」

しかし、尾根の木の葉を通り抜ける風は別の物語を伝えていた。

テントでも十分なのかもしれなかったが、人間がそこにいるのだという最たる主張は、土を掘り返し四角くならした土地に、もとはなかった植物を育てることに違いなかった。ソーンヒルは、トウモロコシの種と、鍬に斧と鋤を準備していた。あとは場所を選んで、その土地を空に向けて拓いてゆけばよいのだ。

河の傍らの細長い土地は、平らで樹木がなく、すでに半分拓けていた。ヒナギクを取り除いて、袋いっぱいの種を蒔く土の表面を耕せばよさそうだった。

翌朝早くソーンヒルは、ウィリーと並んでその場所に向かった。ディックが肩に鍬をかついでひと足遅れであとを追いかけてくる。鍬の平らな部分が彼の肩の上で左に右に揺れた。どこから始めても、鍬でならせば良くなりそうな土地だった。

しかし、ウィリーは目の上に手をかざし、遠くのほうを見わたして言った。「あそこを見て、父さん。誰かが掘り起こした跡があるよ」確かに、一部新たに掘り起こされた土が、早朝の光と露に縁どられていた。ソーンヒルは目を細めて、掘り起こされた土に生えていた植物を見た。早朝の陽光は眩しすぎてよく見えない。ヒナギクが何本か抜かれており、その太い根っこはちぎれていた。靴の踵でヒナギクに触れると簡単に抜けた。

ソーンヒルはこの土地を夢見てきた。そして、ようやく自分のものとして愛でることができると思った矢先の出来事だった。願望に突き動かされ、人生の逆風や干潮や疲れに抗して夢を見ても、いつも手遅れになってしまう。ほかの誰かがソーンヒルの前にこの地に踏み入り、つるはしで耕したのだ。これまでと同様に、この希望もまたもや奪い去られてしまった。

ソーンヒルは深いため息をついた。そのため息は今にも涙に変わりそうだった。空を仰いで涙がひくのを待った。空気中を舞う粒子が見えるのではないかというほど、ソーンヒルは大きく目を見開いた。

顔を近づけると、生々しく掘り返された土の湿りけを感じた。冷酷な黄色い目をした黒い鳥が、背を向けてはためき飛び去った。

ソーンヒルはもう一度その土をよく見た。土地はつるはしで掘り返した時のように四角く掘り返されてはいなかった。トウモロコシを植えるつもりなら、ふつうこんなふうに抜いたヒナギクを放置しない。そんなことをすれば、また生えてくるかもしれないからだ。それなのに、ヒナギクは引っこ抜かれそのままその場に捨てられていた。

「野生の豚か何かだろう。モグラかもしれない。きっとそうだ」そう言った声の穏やかさにソーンヒルは自分自身驚いていた。少し土が掘り起こされているくらいのことには動じないとでもいうように明るく振る舞った。

ウィリーは父に歯向かわないほうが良いことを知っていた。「モグラか、そうだ、モグラだ」そう言うウィリーの声はか細く、父の言葉を信じていないことがにじみ出ていた。

ブッシュの樹木に鍬が引っかかって叫ぶディックの声がそよ風で運ばれてきた。鍬を引きずり、よろめきながらたどり着いたディックは、掘り返された土を見つめたまま立ち尽くした。

「掘り返されてるよ」ディックが言った。ウィリーはすぐに切り返した。「違うよ、ディック。父さんはモグラだって言ったよ」けれども、ディックは兄の声に含まれた警告に気づかずに、金切り声を上げた。「野蛮人の仕業だ。ジャガイモを植えるみたいに、やつらもこれを植えたんだよ」

ソーンヒルはその一画の土をじっと見た。太陽が照りつけ表面が灰色になって乾いていた。みな、原住民は植物を植えないと信じていたが、ディックは正しいかもしれないと彼は思った。原住民らは歩きまわって、その日暮らしの恵みを糧に得ていた。たまたま見つけたものを土から掘り出したり、ブッシュを移動中に木の実を摘んだりすることはあるかもしれなかった。けれども、原住民は子どものようなもので、将来の食料と見越して何かを植えることなどないと思われていた。

だからこそ、彼らは野蛮人と呼ばれていたのだ。

ソーンヒルは近づいて、まだ小さな突出物のある根がついている茎を拾い上げた。「いい加減なことを言うんじゃない、ディック。畜生の黒んぼがものを植えたりしないさ」そう言って茎を捨てた。茎は少し飛ばされ、根っこの重みで地面に着地してまた土に戻った。


この土地の土は、雨が降ったあと、泥の大きな塊が足に付着するバーモンジーの密度の高い土とは違っていた。指を流れ落ちる砂のように痩せた土だった。土の下に埋まったヒナギクの膨らんだ大きな根っこは、ガラスのように半透明で抜けやすかったので、掘り起こした土地の傍らに積み上げておけばよかった。

けれどもその作業は、ほかのどんな仕事と比べても骨が折れた。ソーンヒルは、櫂を操るのは得意だったが、十分間鍬を持って地面に這いつくばるように作業をすると、汗が滝のように流れた。まだ早朝にもかかわらず太陽は高く昇り、イギリスの真夏のように暑くなった。蠅が鼻のあたりを飛び回り、目に飛び込んでくる。湯気が出るような暑さに肌は張り裂けそうになり、汗で料理されているような気分だった。

ウィリーは、早く作業が終わることを願いながら、狂ったように掘り続けた。ホープ号に戻って、水漏れを食い止めるのにロープの先に糸を巻きつけて、穴が開いた部分に詰めて修理しなければと気が気ではなかったのだ。ディックはやる気だけはあったが、使いものにはならず、密かに薄笑いを浮かべて、ぼうっとしたまま同じ場所を半時間も引っ掻いているだけだった。

それでもなんとか、モグラか野豚がやりはじめてくれていた仕事をやり終え、午後までにはきちんと四角い区画を整えて種を蒔けるまでに仕上げた。その区画はテントほどの大きさもなかったが、手始めとしては十分な広さだった。ソーンヒルは収穫を目的にしていたのではなかった。例えば竿に高く掲げられた旗のように、これが自分の土地だということを伝える何かが必要だったのだ。

ソーンヒルは息子たちを種を取りにテントへ遣り、自分はその場に座り込んで、賞賛の思いで耕地を眺めていた。近くの草むらからは、ピック、ピック、ピックという虫の鳴き声や、ブンブンという高音の羽音がかすかに聞こえてくる。すぐ傍らで鳥が物語を語るように歌い、その歌声は旋律ごとに音が高くなってゆく。向こうのほうから、戸が開いたり閉まったりするような軋む音をさせて鳴く鳥の声も聞こえた。

延々と密林が覆い、皺くちゃの布さながらの山と谷の合間には、ソーンヒルらが耕した小さな四角い土地のほかには人間の痕跡が認められるようなものは何もなかった。自分の血が脈打ち、肺が呼吸する音をソーンヒルは聞いた。

その時ソーンヒルは、二人の原住民の男がこちらを見ているのに気がついた。姿を見られたというよりは、故意に姿を現したかのように、彼らは悠々とたたずんでいた。一人は、膝の内側にもう片方の足をくさび留めをする格好で押し当て、槍で均衡をとりながら立っていた。その姿はまわりの樹木の枝と同化して見えた。もう一人は丸石のようにじっとうずくまっていた。

ソーンヒルは立ち上がった。待っていたかのように、立っている男のほうが前に進み出た。筋だらけの脛をした白髪まじりの年老いた男だった。箱のような胸に丸く盛り上がった腹をしている。腰回りにつけた紐の下からは、恥ずかしげもなく陰部が晒されていた。紐には種々の棒がぶらさげられていたが、陰部を隠す役割を果たしてはいなかった。もう一人の男が立ち上がった。立ち上がるとソーンヒルと同じくらいの背丈の若者で、人生の全盛期とでも言わんばかりの力強さを漲らせている。もじゃもじゃの髪が毛皮のバンドで額の位置に留められていた。二人の胸と肩には、かすかな青白い煌めきを放つ傷のような線が刻まれていた。

男たちは放心したように槍を握りしめていた。ソーンヒルにはその表情が読みとれなかった。彼らの目は覆い茂った眉毛の陰に隠れていた。大きな口に笑みはない。男たちはまったく恐れる様子もなく、ソーンヒルの前に仁王立ちになった。その場は彼らに掌握されていた。

ソーンヒルは自分の半ズボンの側面で手を拭いた。ズボンの縫い目を手のひらでこすると、生地の凹凸を感じた。人心地がつく気がした。もう一度同じことを繰り返し、ポケットに手を入れた。手だけを誰にも見えないようにポケットに突っ込んだところで、どうにもならないのだと無力感を覚えた。頭の片隅で、自分も暖かく暗いポケットのなかに滑り込んで丸まって難を逃れられればいいのにと考えていた。

河岸のオークの木の上では、鳥が楽しそうにさえずり、そよ風は歌うように木の葉の間を走り抜けた。こうなったら男たちに歩み寄るよりほかはないとソーンヒルは思った。「槍で突き刺さないでくれ。いい人だね」用心深い犬に話しかけるように、若いほうの男へ話しかける。「もしあったら、紅茶をやるんだがな」

しかし老いた男は、それが風に揺らぐ木のざわめきに過ぎないかのように、ソーンヒルの言葉を遮って話しはじめた。老人はある長さ何かを話した。その声は大きくはなく、老人の垂れ下がった皮膚のようなひとまとまりの言葉の流れを成し、格別の抑揚もなかった。話しながら男は手を動かして河や丘を身振りで示し、寝具を整えるように手のひらを真っ直ぐにするしぐさをした。そのしぐさはソーンヒルに、ミドルトン氏がバタシー・リーチの潮流について説明してくれたのを思い出させた。

けれども、わからない言葉を浴びせかけられ、挙句の果てには、男たちが逆上したのを見て、ソーンヒルは自分が馬鹿にされたような気がした。負けてたまるかと彼は陽気を装い、男が話しているのを遮って大声で呼びかけた。「ねぇ、君《オールドボーイ》」その響きはなかなか素敵だった。ソーンヒルはこれまで一度も上流階級の紳士のように「ねぇ、君」などと誰かに向かって呼びかけたことはなかった。「いい加減にしないか。何を言いたいのかわからないよ」その言い方はふざけるようなふりをして、ジェントリーが彼に船を急がせたり、値切ったりしたときの言い方そのものだった。

ソーンヒルが黙ると、男たちは彼を見つめ次の言葉を待った。彼は唇を舐め、また話しはじめた。「お前さんが言っていることは、さっぱりわからないよ。まったくひどい言葉だ」そう言い放って、彼はなんだか可笑しくなり、大胆になった。「犬が吠えてるみてぇだ」可笑しさで頬が火照るのを感じた。

老人の表情からは、その冗談を楽しんでいる様子は伝わってこなかった。金属の輪を着けた鼻からは、肉が皺になって垂れ落ち、長い上唇はその表情を気難しくしていた。老人は火に水をかけるように、ソーンヒルのユーモアを遮ってまた話しだした。老人は手を横にして何かを叩き切る動作をしたかと思うと、掘り返された土地としおれたヒナギクの山を指さした。この時の男の声は、流れる小川のようではなく、丘から石が転げ落ちるようだった。

ソーンヒルは、絶壁や樹木の間を流れる河を身振りで表現しながら言った。「ここは俺の場所になったんだ。それ以外はお前のだ」彼は腕で宙に四角を描き、彼の百エーカーの土地がどこから始まり、どこで終わるのかを説明した。

広大なニューサウスウェールズ全体からしてみれば、ソーンヒルのこの土地は、取るに足らない棘のようなものだった。

ソーンヒルは老人の関心を引くことはできなかった。彼はソーンヒルの腕の動きが指すものを見ようともしなかった。そこに何があるのか老人はすでに知っていた。

騒がしい叫び声が聞こえたかと思うと、ウィリーとディックが、種の袋を持って斜面を走って降りてきた。原住民が目に入るなり、子どもたちの顔から明るさが消えた。サルが腕に赤ん坊を抱いてテントからあらわれた。ソーンヒルは彼女の表情に恐怖が広がるのを見た。サルは、走りだそうとするバブを急に掴んだので、バブの痩せた腕は抜けてしまうのではないかと思うほど回転した。兄を追いかけようとするジョニーを止めるのに、ようやくサルはバブの腕を離した。二人の原住民は何かを待っているようだった。ソーンヒルは何か与えるものはないかと思いめぐらした。鍬、手斧、鋤。これらはすべて貴重すぎるほどに貴重なものだった。この時ばかりは、シドニーから何か持ってくれば良かったと後悔した。例えば、ネックレス。彼はネックレスをもらった原住民の話を聞いたことがあった。鏡でもよかったかもしれなかった。

しかし、サルがテントのほうから叫んだ。「この豚肉をやるのよ。さぁ、早く、ウィル」彼女は赤ん坊を肩に抱いて、豚肉を手にこちらにやって来た。あばた顔のビルへのサルの対処法だった。二人の原住民はビルとは違う気がしたが、手始めに豚肉を与えてみるのもいいかもしれない。あまり新鮮ではないが、まだ食べられるだろう。運が良ければ、男たちは肉を受けとって立ち去るかもしれない。そう思ったソーンヒルは、「走れ、急ぐんだ、ウィリー。豚肉を取ってこい」と叫んだ。その声には切迫感がにじみ出ていた。ソーンヒルは、自分が恐怖のような感情を抱いていることに気がついた。

豚肉の切れ端と固くなったダンパーの耳で事態は前進したように思えた。彼らは少なくともそれらを受けとったのだから。二人はその食べ物を手にして待っていた。彼らは豚肉を食べ物と認識していないようだった。ソーンヒルは、自分でも少し飲み込みながら、それが食べる物なのだと伝えようとした。肉を飲み込む時、喉に渇きを覚えたが、そうやって物真似でもしなければ、彼らは口にしそうになかった。

しばらくして、若い男のほうが土の上に豚肉の欠片を置いた。自分の指の匂いを嗅いで、鼻に皺を寄せ、草むらの草で手を拭いた。確かにその豚肉は灰色に変色していて、陽の光に当てると緑色にも見えた。豚肉を食べる時、ソーンヒルらは、匂いを嗅がなくてもすむように息を止める習慣がついていた。

　男たちが欲しいのは、どうやら食べ物ではないようだった。

　ソーンヒルはポケットの硬貨はどうかと思った。一ペニーと六ペンス銀貨があった。ネックレスほどではないがうまくいくかもしれない。硬貨を取り出そうと、ソーンヒルがポケットに手を滑り入れた時、ウィリーのしわがれた叫び声が聞こえた。「ずる賢い盗人め、返せ！」気がつけば、白髪の顎ひげの老いた男が鋤を手に持ったまま取り押さえられている。ウィリーは男の肘を掴み、鋤を取り返そうとぐっと引っ張り、ありったけの力で格闘していた。鋤を手に持ったまま、男がなんとか逃げ切った。

　男は怒ったように、何度も何度も同じ言葉を繰り返した。ウィリーも白い頬ひげの顔に向かって叫び返した。「それを返せ、返すんだ！」少年と老人の言葉は、海と河が出会い、互いが互いに注ぎ込んで混ざりあうようにどっと押し寄せた。

　その朝は混乱状態に陥ったまま、どうしようない状態で過ぎていった。人はいるのに通じる言葉がないのだ。気がつけば、ソーンヒルは叫んでいた。「やめろ！」そう叫びながら、この制御不可能な状態に収拾をつけなければと思った。「もういいぞ、ウィリー。俺に任せておけ」そう言って、老人へ歩み寄った。何か意図があったわけではない。しかし、気がつくと彼は老人の肩をひと突きしていた。老人の肩は温かく筋肉質だった。今度は軽くピシャリと打った。一度打つと、二度、三度と続けるのはたやすかった。ソーンヒルは鋤を指さし、平手打ちするごとに、「やめろ！　やめろ！　やめろ！」と面と向かって男に叫んだ。

男の肌を打つ音は、皮肉にもまばらな拍手のように聞こえた。

河の土手の空気の流れが変わったように思われた。こわばった老人の顔には、皺が深く刻まれ、表情に影が射した。老人は腰回りの紐から「く」の字形の木製武器を取った。若いほうの男は、手に握りしめた槍を振り上げて前に進み出た。足指の付け根の膨らみに重心を置いて身構えている。男の表情は厳しかった。樹木のほうから木と木がこすれる音がした。ほかにも隠れている原住民が投槍器に槍を装着した音だった。その音を聞いたサルが悲鳴を上げた。サルは泣きだしたジョニーの口を手でふさいでその声を遮った。

緊迫した空気が流れた。老人は鋤を地面に落とし、不平を言うように何かぶつぶつとつぶやきながら後ろを向くと、そのまま光のなかを抜けて、森の陰へとひと足飛びに消えていった。森はするすると幕が降りるように老人を消し去った。

若い男のほうはまだそこにいた。腕の力強い筋肉が張りつめ、今にも殴りかからんとしていた。男が近寄ってくると、動物のような強い体臭がし、槍の先に樹脂を塗って固定された鋭くとがったかけらが見えた。石だけでなくガラスのかけらもはめ込まれていて、ソーンヒルは夢でも見ているような驚きをもってそれを見た。男は手を伸ばし、ソーンヒルの胸を強く押した。そして、彼の肩を三回強くピシャリと打った。それはあたかも、さっきソーンヒルがしたことを真似ているかのようだった。

男は激しく大声を上げながら、ソーンヒルを打った手を動かし、身振りで何か訴えようとしている。

いかなる地域のどの言語であっても、その手の動きが示すのは「あっちへ行け」ということだろうと推測できた。犬でさえ、その手ぶりが意味することを理解するであろうと思われた。

二人はしばらく見つめあった。原住民の男の顔には力が漲り、怒りが露わになっている。しかし、男は向きを変えると老人を追って森のなかへ消えた。藪を歩く時の草に触れる音も、落ち葉を踏みつける音もしなかった。激しい怒りを顔に湛え、手に槍を握った男が目の前にいると思った次の瞬間、そこにはもう森しかなかった。何ごともなかったように、鳥が声を振るわせて歌っていた。

バブの青ざめた顔がサルの後ろから覗いた。「なんでやつらはぼくたちを槍で刺さなかったの、父ちゃん」彼はささやいた。「刺そうと思えば刺せたのに」ジョニーは今にも泣きださんばかりに口をへの字に歪めていたが、サルがその頭に手を乗せ、乱暴に髪をくしゃくしゃにしたので、ジョニーは首ごとぐらついた。「攻撃される理由がないわ」サルが叫んだ。「食べ物をあげたでしょ。だから何もしなかったのよ」彼女はソーンヒルをちらりと見た。「そうよね、ウィル?」

ソーンヒルは、サルが本気でそう言っているのかはわからなかったし、それが子どもたちを安心させるのにどれほど効力があるのかもわからなかったが、サルが言うことに喜んで同意した。「その通りだよ。やつらが怒っていたのは鋤が欲しかったからさ」そう言って、ソーンヒルは鋤を拾い上げた。その鋤を土に向けて振り下ろすと、土の表面に深い亀裂が入った。「やつらは行っちまった。もう安心だ」頼もしく響いたソーンヒルの声は、そのまま沈黙に飲み込まれてしまった。

次の朝、ソーンヒルは陽が昇るとともに起床し、テントの外に這い出た。夜のうちに、テントは少し傾いてしまっていた。草の上には青白い朝露がたくさん降りている。木という木の、葉という葉が、きらきらと煌めいていた。河には靄がかかっていたが、テントのまわりには、ぶらさがる三日月形の葉を通してできた縞模様の陽光が斜めに横切り、柔らかい緑の光を放っている。大きな翼とくちばしのペリカンが静かに空から降りてきて、河面を滑空してゆく。

テントのまわりを見わたすと、ひと晩のうちに若木が芽を出したような状態になっていた。その若木のような棒切れは、切っ先が地中深く刺さるほど威力のある槍であることがわかると、ソーンヒルは胃がきゅーっと締めつけられる気がした。

ソーンヒルは、ひとつ、またひとつとすばやく地面から槍を抜いていった。手のなかの槍は、獲物を仕留める威力が十分な代物だった。ソーンヒルは、それが空中を飛んでくるところを考えないようにした。全部抜き終われば、何ごともなかったように、すべては元通りになるはずだった。最後の一本を抜こうとしたとき、テントから出てきたウィリーが話しかけてきた。「次は僕らがやられるよ。そうだろ、父さん？」

ソーンヒルは河の向こうの崖に目をやった。尾根の向こうには単調な灰色の密林が広がっている。「やつらが俺たちを狙ったんだとしたら、今ごろ、こうして生きてここに立っちゃいないさ」息子に向けて穏やかに話しかけながら、ソーンヒルは最後の槍を抜いた。「何でもない。大丈夫だ」彼は手にいっぱいの槍を火にくべて燃やした。しかし、腹のあたりを槍が切り裂くのを想像して抉られるような感覚が残った。

ウィリーは何も言わなかった。ソーンヒルは、サルが一番効果的だと固く信じて疑わない原住民対策の豚肉を手に、今にもテントから出てくるのではと冷や冷やしていた。「ありもしないことで母さんを怖がらせるんじゃないよ」息子は驚きの表情で父親を見た。ソーンヒルも自分の言葉に驚きを覚えていた。投槍器がこすれる音がした時のサルの恐怖の表情、彼が見たくないのは、あの表情だった。「母さんは怖がりだからね。男同士の約束だ。母さんに心配させたくないだろ?」ソーンヒルがそう言うと、ウィリーは頷き、槍でできた穴が見えないように靴でならした。「わかったよ、父さん。これで母さんにはわからないよ」

二人は、第一支流《ファースト・ブランチ》のあたりから煙の筋が上がるのを見たが、すぐに背を向けた。槍は赤々とした炎をくゆらせながら、ゆっくりと燃えていた。「今日、この種を蒔こう」ソーンヒルが言い、ウィリーは父親の目を見ずに頷いた。

ソーンヒルは、シドニーから持ってきた縮んで皺が刻まれた種を信じてはいなかった。こんな生気のない代物が、かぶりつけるほどのトウモロコシの穂軸に成長するとは信じ難かった。ウィリーは思ったことをそのまま口にした。「騙されたんだよ、父さん。この種は育たないよ」

彼は半分大人といっても良かったが、言うべきではないことを我慢する男の分別をまだわきまえていなかった。

ソーンヒルはひざまづき、その種を親指で土のなかに埋めた。「この種が生きてるのか、死んでるのかなんて関係ないさ」彼は陽気に言った。「ウィリアム・ソーンヒルが、ここに最初に足を踏み入れた人間だっていう証明になりさえすればいいんだ」

サルには、自分できれいにならして作った「庭」と呼べる場所ができた。彼女はその場所を家庭的な空間へと変えた。石で囲んで作った炉に炭を入れ、やかんや鍋をかけた。小川から汲んできた水を貯めておく樽も置いた。石に幅の広い厚板を置いてテーブルにした。そこでサルは、ほかの主婦と同じように、洗い物をし、掃除をし、丸太に座って子どもの服をかがったり、トウモロコシを挽いて粉にしたりした。

用を足す時にしか、サルはこの庭から出なかったし、ぶらぶらあたりを散策してみるようなことはなかった。庭の外に出て戻ってきたサルが、森林や岩や岩壁や空を一瞥し、それらは見るに耐えないといった様子で、すぐに視線をテーブルやテントや子どもたちに移すのをソーンヒルは目にすることがあった。庭の外にあるものは、サルにとっては存在していないも同然だった。樹木が風でざわめくと、サルはいつも顔を背けた。

囚人がよくやるように、サルはテントの傍らの滑らかな樹皮の木に日付を印していた。毎晩、彼女はナイフを持ってその木のところまで行き、時間をかけて丁寧に線を刻んだ。最初の日曜日を迎える夕刻には、そこにはすでに六つの線が刻まれていた。薄黄緑色の樹皮の刃の跡を見るのを、サルは楽しんでいるようだった。

「五年は二百六十週間よ」と、サルがウィリーに話しているのをソーンヒルは耳にした。「もう一週間過ぎたわ。早いわね」日が過ぎるごとにソーンヒルは、サルが新しい印をつけるのを忘れてくれればいいのにと思うようになった。時折、彼女はついにその日課を忘れたのではないかと思うまま一日が過ぎることがあった。しかし彼女は決して忘れてはおらず、先の欠けた古いナイフを手に必ず木へと向かった。

ソーンヒルと目が合えば、サルは何も言わずに明るく微笑み返した。ソーンヒルも微笑み返したが、あえて言葉にしない事柄があった。これまで二人は秘密を持ったことなどなかったし、何でも話しあってきた。彼はこの沈黙を、しばらくは我慢して支払うべき成功のための代価なのだと思うことにした。

二人の間で言葉にされないこととは、この地でサルは、小さな庭に閉じ込められた囚人だということだった。彼女はそのことをソーンヒルに話すまいとした。話してしまえば、彼を看守という立場にしてしまうからだった。サルは、言わば自分自身から彼を守ろうとしていたのだった。

サルがそのことを言わないなら、ソーンヒルに何が言えよう?「ごめんよ。君をこんな牢獄に閉じ込めておきたくないよ」そんなことを口にすれば、「だからシドニーに戻ろう」と言うしかなくなるのだ。

ソーンヒルの笑顔の陰には、誰にも言えない恐怖があった。植えたトウモロコシが育たないのではないか、ホープ号が難破するのではないかと彼は不安だった。家族を連れてきたものの、自分は彼らを養っていけるのだろうかと、いつも恐怖が心に渦巻いていた。

しかし、皺くちゃの種を植えてから二週間とたたないうちに、明るい緑色をした葉の管が種を破り土のなかから出てきた。種蒔きには最適の時期だったのだ。気候は日に日に暖かくなり、蒸すような暑さのなか、葉は見る見るうちに成長した。ソーンヒルはもう息子らに水やりをさせた。河の水は塩分を含みすぎているので小川から水を汲んだ。トウモロコシがもう少し成長したら、もう水やりの必要はなくなるのではと思われた。ソーンヒルは必ず雨が降ると子どもらに断言した。春にはいつもたくさん雨が降るはずだった。しかし当分の間、子どもらは毎日午後になれば、桶を引きずって行ったり来たりしなければならなかった。

ソーンヒルに強く促されて、サルも畑の様子を見にやって来たが、柔らかい緑のトウモロコシの葉は、彼を感動させたほどには彼女の心を動かさなかった。彼女はすぐに踵を返し、自分の庭の縁に茂る樹木から顔を背けながら丘の上のテントに戻ってしまった。

サルは子どもたちが森林にさまよい出たり、迷子になったりするのを恐れていた。囲いのようなものもなかったので、いつも日付を刻んでいる木に長いロープをくくりつけ、バブとジョニーをつないでおいた。彼女は、塩漬けの豚肉や小麦粉、乾燥豆など、自分たちがシドニーから持ち込んだ食べ物しか口にしなかった。ある日ソーンヒルは、河のそばで見つけた緑色の植物を持ち帰った。野生のパセリのように見えなくもなかったが、サルは試してみようとはしなかった。「トウモロコシが実るのを待つわ。それに今あるもので十分よ、ウィル」そう言って微笑んだ。サルが微笑むのを見るのは、ソーンヒルもうれしかった。しかし彼は、彼女が待っているのはトウモロコシの収穫ではなく、五年の刑期の終了だということを知っていた。

サルの夢のすべては彼らの故郷にあった。朝起きるのを遅らせて、二人は抱きあって横になり、サルはソーンヒルに長く込み入った夢を語って聞かせた。「ロンドンの私たちの家を出たところの路地にいるとね」と、彼女は話しはじめる。「ビッケリーを過ぎて少し行ったところの、あの古い建物の角を曲がったところにね」と始まることもあった。ソーンヒルは、その声の柔らかさに聞き入ったものだった。

最初の種を蒔き終わると、次なる仕事は、さらに開墾地を広げることだった。今度はただ所有の印としてだけではなく、本格的な収穫物を得るために、さらに種を蒔く必要があった。それが済んだら、テントよりもっとしっかりした住居作りに着手しなければならなかった。さもなければ、今は無理して明るく振る舞っているサルも、どんどんみじめに感じはじめるだろうことはわかっていた。

ソーンヒルもサルも原住民については何も言わなかった。あの最初の日以来、目にしていなかった。ソーンヒルは時折、もし誰も「黒んぼ」と言わなければ、彼らは存在していないかのようにさえ感じることがあった。

それでも、ソーンヒル一家は視線を感じることがあった。火に薪をくべる途中や、口いっぱいにダンパーをほおばっている最中に、手を止めて森のほうを見た。見ようとすればするほど、影の輪郭はいっそうぼやけた。このあたりではよくあることだった。ソーンヒルは時折、人影を感じることもあった。しかし、彼が立ち上がろうとしたその瞬間、その人影は木の枝にしか見えなくなってしまうのだった。

ソーンヒルが自分のものと呼ぶ百エーカーは、河の近くの肥沃な土地から尾根の始まるあたりにまで及んだ。岬に向けて屋根の側面のように緩やかに上がっていく斜面には、傾いた岩の断片が林立し、空へ向かってねじれながら伸びる木々がうっそうと茂っていた。

住居を整えるために、最初の数週間は骨の折れる仕事の連続だった。ブッシュの大木を掘り起こし、若木を叩き切った。息子たちが日々の世話を怠らないおかげで、トウモロコシは順調に育っていた。これはちょっとした商売になるだろうとソーンヒルは思った。自分が育てる農作物。そう思うだけで笑いが込み上げた。屈みこんで葉を撫でると、滑らかでひんやりした感触が指に伝わってきた。

ソーンヒルがはじめて山に登ったのは、ウィリーに新しいトウモロコシ畑を作らせ、小屋を建てるのに最低でも必要な二十本の若木を切り出したあとだった。彼はその瞬間を楽しみにとっておいたのだった。自分の開墾した土地が眼下に広がるのを見たかった。荒野に刻印されたようなトウモロコシ畑を確かめたかった。自分の土地を見下ろしながら、「ここから見える景色が自分のものだ」と感じることは、この土地を所有するもうひとつの方法であった。

しかし、上のほうに行くにしたがって、巨大な岩や張り出した鼠色の石に行く手を阻まれた。石と岩に立ち向かう人間は、力尽きるまで動き続ける蟻も同然であった。この土地に比して自分はなんとちっぽけなのだろうと思いながら、ソーンヒルは岩や灌木や硬い草の茂みをかき分け、息切れしながらもなんとか登り続けた。手は血でべっとりと濡れていた。険しい斜面を登ろうとして掴んだ草で切ったようだった。その革のような草の葉はナイフのようで、知らないうちに手は鮮やかに切られてしまっていた。

結局、彼は引き返して、階段のようになった尾根のふもとの平らな岩の高台で休むことにした。頭上には空が一面に広がり、描き散らしたような雲が見えた。岩壁は午後の太陽に照らされてオレンジ色に染まり、燃えているようだった。眼下には親指の形の岬が広がり、両側には河が流れている。遠くのほうにサルが見えた。当座しのぎのテーブルにたらいを置いて、屈みこんで洗濯をしているようだ。もう一ヤードほどトウモロコシ畑を広げようと、鍬で掘り返しているウィリーも見えた。

「おーい、ウィリー」ソーンヒルは声を張り上げた。「ここからお前が見えるぞ」

その声は十分に響かなかった。自分の弱々しい声をかき消すかのように、ソーンヒルは咳払いをした。巨大な蜂蜜色をした蟻が、足元近くの岩の割れ目から出てきた。黒い糸のような足がすばやく動き、光る球状の胴体を運びながら、岩の割れ目を縫うようにジグザグに進んでいく。蟻を目で追いかけていたソーンヒルは、その岩の表面に引っ掻いてつけられたばかりに見える線があるのに気がついた。最初、その傷は雨水か風などの自然の作用によってつけられたものだと彼は思った。しかし、線はほかにもたくさん引かれていた。その線が魚を象っていることに気がついた時、ソーンヒルは、自然がそのような形を描いたことに驚きを覚えた。そして、その絵には魚の背骨と背びれが描かれていることがわかると、彼はそれが人間の手によるものであることを認めざるを得なかった。

ソーンヒルは、四もしくは五ヤードはある魚の絵に沿って歩いてみた。線は引っ掻き傷というよりは、一インチほどの深さで彫られており、今朝、彫られたばかりのように、鼠色の岩に鮮やかに映えていた。岩肌が膨らんでいるので、魚は河の流れに抗ってくねっているように見え、長く不機嫌そうな口は、今にも開いて歯の並びがむき出しになりそうだった。

尾の近くに、たくさんの真っ直ぐな線と、半分魚に重なって三角形が彫られていた。それが何なのかは、反対側に回って眺めて見て初めてわかった。ホープ号だった。船首の曲線、マスト、風で膨らんだ帆が彫られていた。船尾に傾くように彫られた舵を表わす線まである。ロープの軋る音を聞き、河の向こう先の密林を見つめながら、その舵を握るウィリアム・ソーンヒルの姿だけがそこにはなかった。

ソーンヒルは出し抜けに、憤慨露わな叫び声を上げた。それは、フィッシュ・ストリート・ヒルで、ウィリアム・ワーナーにポケットから時計を盗まれた紳士が上げた声と同じに聞こえた。

彼の叫び声は、まるで存在しなかったかのように、見張るようにじっとたたずむ森に吸い込まれていった。足で線をこすってみたが、それらは岩に編み込まれたように深く刻まれていた。

ソーンヒルはあたりを見わたした。彼を見ている者はなかった。どこまでも木が茂っているだけで、光が差し込む木々の下には影が広がっていた。

無人に見えるこの場所も、石に刻まれたあの魚に沿って歩き、ホープ号の舵や帆を見れば、そうでないことを認めざるを得なかった。ロンドンの邸宅で、主人が寝室に移動すれば居間には人影がなくなるのと同様に、ここにも人がいないということはなかった。姿は見えないだけで誰かいるのだ。

遥か眼下には、サルが食器を片づけ、洗濯物を干すために張り渡したロープのほうへ歩いていくのが見えた。ロープそのものは見えなかったが、サルが一枚ずつ干してゆく赤ん坊のおしめの四角い布が揺れるのが見えた。サルがテントに戻ったあと、ロープにはおしめが並んでいた。

ソーンヒルは、サルにこの魚のことを話そうと思った。ここまで連れ出して見せてもいいと思った。

しかし、今はまだその時ではなかった。彼女は自分だけの小さな庭に満足しているのだ。それ以外の世界があることを知らせるのに、一体どんな利があるというのだろう?

二者の間に話されない事柄が存在しはじめてしまったら、引き返そうとするより先へ進むほうが容易だということが、ソーンヒルにはわかりはじめていた。


ホークスベリーに到着してから四週間がたったころ、小屋はまだ完成していなかったが、最初の訪問客があった。スマッシャー・サリバンだった。彼は、畑に実った今年最後のオレンジを数個と、ネズミ退治の緑の粉の包み、石灰の入った小樽といった新居祝いの贈り物を携えてやって来た。どうやら彼は、壁を白く塗る石灰や害獣を駆除する薬が女にとってどれほど重要なものか、ソーンヒルが理解していないと推測したらしかった。

スマッシャーは潮の流れに乗ってやって来た。小樽を肩に担いで河から歩いてくる彼の後ろを飼い犬が追いかけてくる。小舟から降り立ったスマッシャーの体つきは、小柄で少年のようなのに対して、細い顔は大人の男のものだった。金ボタンが施された青い外套は、脇の下が窮屈そうで行進している兵隊のように見えた。汚れた赤いシャツは首まで閉められていた。この訪問のために、一張羅を身に着けて無作法なりにおしゃれを決め込んでいるようだった。

スマッシャーは、ふつうならサルが親近感を覚えるようなタイプの男ではなかった。しかしサルは、彼を昔なじみの友人のように歓迎した。「その素敵なコートをお脱ぎなさいな、スマッシャー」彼が汗ばんでいるのを見て彼女は大声で言った。「友だち同士でそんなに形式ばることないわ」
サルは赤ん坊をディックに任せて、当面の家具にしている丸太の一番良い場所にスマッシャーを座らせると、紅茶を入れるのにやかんを火にかけ、ジョニーケーキ〔粗びきの小麦粉を練って焼くパン〕を焼くのに貴重な小麦粉を混ぜたりしながらてきぱきと彼をもてなした。

　スマッシャーは丸太でくつろぎながら、サルのもてなしを心ゆくまで受けた。紅茶を飲み、夢中になってジョニーケーキを頬張り、ラム酒も少々すすりながら、歓待されるのを楽しんでいた。彼は赤ん坊の顔を覗き込み、ディックに親指を消したり出したりする手品を見せてやった。ソーンヒルは若木を取りにすぐにでも出かけたいところだったが、つきあってスマッシャーの隣に腰かけた。

　スマッシャーは見るからに話し相手に飢えているようだった。彼は話し続けた。マイル・エンド・ロードで、四輪大型荷馬車の後ろから落ちた箱を拾おうとして、捕まったいきさつまで話した。そこにいる赤ん坊のように自分は無垢で、箱を持ち主に返そうとしていたのだと言った。「でも、一体誰が、この哀れな男を信じるもんか、ねぇ、ソーンヒルさん」そう付け加えて、サルに目くばせして見せた。「奥さんのジョニーケーキはたまらなくうまいねぇ」

　スマッシャーの賞賛はお代わりをもらうためのものに過ぎないと、ソーンヒルは不機嫌そうに彼を眺めていたが、次第にそれは人間の話し相手を得たことへの、彼なりの感謝の表現なのだということがわかりはじめた。「おしゃべりってやつは、まったくもって心を温かくしてくれますねぇ」そう言ってスマッシャーは、やつれた顔に満面の笑みを浮かべた。純真な少年のような笑みに、年齢を感じさせる皺が刻まれていた。

スマッシャーの犬は、大きなまだら色の犬で、ミッシーと呼ばれていた。ミッシーは、苛酷な人生を強いられた男の唯一の心の慰めだった。口角に白い唾を溜めて、スマッシャーが話し続けている間も、ミッシーは主人の足もとに大人しく座っていた。スマッシャーは指で食べ物を与えたり、屈みこんで耳を撫でてやったりしている。「最高の犬ですよ。このみじめな土地で正気を保っていられるのは、こいつのおかげですよ」犬は気持ちよさそうに目を細めた。

サルもスマッシャーに胸襟を開いた。スワン通りでの生活、バトラー氏の貸間でのこと、ディックがいかに辛抱強くケープタウンまで生まれずにいてくれたか、シドニーの酒場をなぜピクル・ヘリングの奇跡と呼ぶようになったかなど、ありとあらゆることを話した。サルは、スマッシャーが座っている木の幹の日付を記した刻み目を示し、まだ昼間であるにもかかわらず、どんなふうにするのかを彼の前でやって見せた。

ソーンヒルは、サルがいかに人に飢えているのかを思い知らされていた。日常の些細な出来事でも、それを話す相手がいないことは死に等しいのだ。この河辺に移り住んで以来、初めて耳にするサルの温もりのこもった声や、初めて目にする活き活きとした表情に、ソーンヒルは面食らう思いがした。

サルは孤独を感じていることを一切話さなかった。そして、ソーンヒルもそのことを尋ねようとはしなかった。それは彼らが黙して触れない事柄だった。

ディックが赤ん坊を持て余しているのを見て、サルは赤ん坊を引きとり、彼に兄弟たちとお手玉で遊ぶように促した。子どもたちがいなくなると、スマッシャーは、原住民のことに話題を振った。ぞっとする話ばかりにもかかわらず、彼はその話をしたくて仕方がないようだった。

サウス・クリークで原住民たちが二人の男の頭皮を剥いだ話や、揺りかごから赤ん坊をさらい、その小さなのどをかき切って、血がカラカラになるまで吸った話をスマッシャーは語った。白い肉に吸いつく黒い唇。ソーンヒルはその光景を想像してみた。本当なのかと問いただすと、スマッシャーは自分の目で目撃したわけではないことを認めたが、実際にその場に居合わせた人物から聞いたので、誓って嘘ではないと言い張った。放牧場《カウパスチャーズ》では、白人女性の腹が切り裂かれ、子宮から取り出された赤ん坊が食べられるという事件も起きたということだった。これもスマッシャー自身が目撃したことではなかったが、赤いフランネルの衣服の胸に手を当てて、新聞《ガゼット》に書かれていたことだから真実に違いないと断言した。

聞き手を得た歓びのあまり顔を真っ赤にしたスマッシャーは、サルが物思いに沈んでいくのに気がつかなかった。サルはメアリーをきつく抱きしめたまま、あまり泣かないメアリーが泣きだしても、無反応で丸太に座っていた。スマッシャーがもうひとつ別の話を始めようとした時、ソーンヒルは彼の目を見て言った。「もうたくさんだ。スマッシャー」思ったよりも強い語調だった。「怖がらせて正気を失わせようって言うのか」

スマッシャーは話すのをやめた。そして安心させるように言った。「大丈夫、心配する必要はありませんよ、ソーンヒル夫人。ここにいる旦那が銃を持っておいでですから」それはソーンヒルが望んだ慰めの言葉ではなかった。彼は何も言わずに、スマッシャーから目を逸らした。しかし、スマッシャーは、ソーンヒルの思いを理解していないようだった。「俺なんか銃は三丁持ってますよ。黒んぼのやつが近くに来たらいつでも撃てるように弾も込めてますぜ」

ソーンヒルは、スマッシャーを絞め殺してやりたい気持ちになっていた。「いい加減にしろよ」けれども、スマッシャーは話し相手を得て高揚していた。「鞭打ってやりなさいよ」彼はサルに向けて言った。「鞭はこの辺の黒んぼにも効き目がありますぜ」彼は確信するように頷いてサルに微笑みかけ、飼い犬のほうを見て微笑んだ。「このミッシーは黒んぼを見かけたら、襲いかかるように訓練してあるんですよ」

夫婦はもうスマッシャーの相手をしたくなかった。ソーンヒルはラム酒のボトルに栓をし、宴会をお開きにしようとした。スマッシャーはそれに気づかずまだちびちびとやっていて、器が空になるとまだ飲みたそうにした。「もうすぐ潮の流れがなくなるぞ、スマッシャー。今のうちに舟を出したほうがいい」そう言われてようやく、スマッシャーは重い腰を上げ、何度も別れの言葉を叫びながら小舟に乗り込むと、夕闇のなかに漕ぎ出していった。

夫婦は話す気力がすっかり失せてしまっていた。スマッシャーのおしゃべりで満たされたこの空間は、その鏡像としての沈黙が残され、残忍極まる彼の語りだけが未だに響きわたっているようだった。

干し草の寝床にお互い押しあうようにして、子どもたちが眠りに落ちたころ、夫婦は体を横たえた。この時間をソーンヒルは一番愛していた。この測り知れない世界も、受け皿の蝋燭の火に照らされる範囲にまで縮んでいた。闇は、だらりと垂れたテントの粗布も、地面に置かれたごちゃごちゃした荷物の山も、この地での粗悪な生活そのものをも覆い隠した。サルはまた幼い少女に戻り、魅力的な唇に曇りのない笑顔を浮かべた。ソーンヒルは、スマッシャーが持ってきたオレンジを切って、ひと切れずつ彼女に与えた。ツンとしたオレンジの匂いと、熱くて濃厚な太陽の残り香に包まれて、肘枕をしながらオレンジを食べるサルの姿は彼に歓びを与えた。

オレンジがなくなると、サルはランプの炎を見つめながら陰鬱な表情になった。「あのスマッシャーの野郎」ソーンヒルは無理に笑みを浮かべて言った。「まったくおしゃべりなやつだよ」そう言う彼に視線を向けたサルの顔は、半分ランプの光に照らされていた。「自慢したかっただけなのかしら。本当のことだと思う？」

彼女の声には疑いと、本当のことでなければいいのにという望みが入り混じっていた。ソーンヒルは自信ありげに抗議して見せた。「あんなたわごとは聞いたことがない。俺を信じろよ」しかし、彼はスマッシャーに見せつけられた切断された手のことも、木にぶらさげられていた、かつては人間だった黒い袋のような物体のことも忘れることはできなかった。

サルはランプのほうを振り返って、ねじれたぼろ布が炎を上げて燃えるのを見た。その横顔は硬貨に描かれた人物の横顔のように澄ましているように見え、人を寄せつけないものがあった。彼女は再び話しはじめたが、その声は低くソーンヒルにはほとんど聞きとれなかった。「彼が鞭の話をしたでしょ」そう言ってサルは、この話を蒸し返す言葉を拭きとるかのように自分の唇を手で拭った。「あの時の彼の表情、嫌な感じがしたわ」サルは正面からソーンヒルを見つめた。「私を馬鹿だって思うかもしれないけど、でも、ウィル、お願いよ。あなたはそんなこと絶対しないって約束して」

ソーンヒルは、鎖骨が絞首刑に処せられた日の朝の、あの延々と続く恐怖を思い出していた。同時にその処刑がどうだったかと尋ねたサルのことも思い出された。「きれいさっぱり、手際よかったよ」彼がそう答えたのは、真実を伝えて彼女に辛い思いをさせたくなかったからだった。

夜の帳は外に閉め出され、テントのなかはランプの光で心地よく、ブラックウッドの酒が体を温めてくれた。その酔った勢いに任せて約束した。「絶対しないよ。絶対に」その答えを聞いて、彼女は彼にゆったりと身を任せ瞬く間に眠りに落ちた。彼女の重みは子どものそれのように愛おしく、二人が寄り添う影を見つめながらソーンヒルはうっとりとした。


樹皮の小屋は、作業に取りかかるまでは、簡単にできるもののように思われた。しかし、いざ作り始めると、予測していなかった数々の障害に見舞われた。岩が多すぎて、支柱を埋めるのに十分な穴を掘るのは大変だった。土が砂っぽく、支柱がしっかり立たないのだ。森のなかでは真っ直ぐに見えた若木も、実際は曲がっていたり、樹皮も木の幹から剥がす時に割けてしまった。

けれども、木を切り倒し、土地を開拓し、家を建てるこの作業は、ソーンヒルにとって、自分は住居を完成させるために、荒野にも屈せずに頑張り抜ける男なのだという、自らの新たな側面を発見する過程でもあった。ならされた丸い土地は日に日に広がっていった。木を切り倒す音、いらなくなった木を積み上げた山を燃やす火の音、つるはしが土地を掘り起こす音など作業の音が絶えず響きわたっていた。

大きいほうのトウモロコシ畑を開墾するのに何日もかかったので、袋に入れておいた種はほとんど全部何かに食われてしまっていて、植えつけはソーンヒルがシドニーに行って帰ってくるまで延期しなければならなかった。

サルが五週間目を記録するまでに、小屋は完成した。完成と言っても、快適に暮らすにはまだまだ手を加える必要はあった。採光のための革の蝶番のついた開閉できる樹皮の戸や、暖炉、煙突など、必要なものはたくさんあった。

けれども小屋は、踏みならされた一画に、もつれあうような樹木が茂る森林とはきっぱりと一線を画すように建てられていた。角度によっては少し歪んで見えたが、とにかく、これでもう誰もここが無人の土地だとは思うはずはなかった。

小屋のなかの空気は違った。外では絶えずこの場所特有の鳥や虫などの自然の物音がした。せせらぎの小石のように、人間の営みのこの小さな砦は、外界の音に取り囲まれていた。しかし、一旦小屋のなかに入ると、外界とは切り離された人間の作る空気の流れがあった。

森林の様相も異なって見えた。外からだと葉も茎も枝も区別がつかず、混然としていて同じように見えたが、戸口や窓の枠組みを通して見ると、枝、葉、草のように、それが名称を伴う別個のものであることが見てとれた。

夜、ランプのくぐもった光を頼りに、ラム酒を片手にパイプをくゆらすには、十分にくつろげ楽しめる場所だった。ソーンヒルは自分の手掛けた小屋を誇りに思うようになっていた。

しかし、陽光の下では、その小屋は粗末極まりない代物だと認めないわけにはいかなかった。毛むくじゃらの樹皮でできた小屋は、粗末な毛皮に覆われたのんびりとした動物のように見えた。内側から見ると、樹皮は醜く皮が剥けていた。隣りあった樹皮の一枚一枚は、早くも反り返り、腕が一本入るほど大きな隙間が開いてしまっていた。このため、ソーンヒルが期待したほど、外と中の区別はないことは明らかだった。ある朝、ウィリーとディックが、干し草のベッドから出ると、揚げパンの厚切りと紅茶の朝食に起き出したもう一人の子どものように、長い黒蛇が彼らのあとからずるずると出てきた。一家は石のように押し黙って身動きもせず、その鈍く光る黒蛇がゆっくりと土だらけの床を這い、そこにあった平皿のまわりを沿って進み、やがて壁の隙間のひとつから出てゆくのを見守った。

それを見たサルの行動はすばやかった。「土があるわ」彼女は言った。「その皿の水も必要よ。ウィリー！　ディック！　朝ご飯が済んだら、それで隙間という隙間を埋めるのよ」蛇の撃退が、あたかも人が行う日常の営みであるかのように、彼女は極めて平静に振る舞った。

サルの言動へのソーンヒルの驚きは、それだけに留まらなかった。

「蛇が登れる高さまででいいから。蛇って跳ばないんでしょう。そうよね、ウィル？」それはなかなか面白い冗談だった。「それから、その戸なんだけど」そう言って彼女は、反り返ってメアリーが下を這って通り抜けできそうなほど隙間ができた樹皮のドアを見た。「下のところにもう一枚樹皮を継ぎ足すのよ。編み込むかどうにかして。どうせそんなに長くもたなくてもいいのよ」はしゃぐように何げなく彼女は言った。「ここを去るまででいいのよ」

ソーンヒルのなかの何かが、彼女のその言葉を聞くまいとさせた。シドニーのピクル・ヘリングの奇跡の寝床のなかで、サルに奥地への移住の話をした時、五年は長い時間に思われた。今、サルが付ける月日の刻み目は、もう片面いっぱいになっていて、時間はまだあるなどと悠長なことを言っている場合ではなかった。

サルがスマッシャー・サリバンのお相手でさえも楽しむほど寂しがっているとわかって、ソーンヒルはスマッシャーに、彼が歓待されたことを近隣の移住者にも伝えてくれるように頼んだ。すると、一家が小屋に移り住んだ日曜日、大勢の隣人たちが押しかけてきた。食事を振る舞うと言えば、人など住んでいそうにないこんな奥地でも、木工品から虫が出てくるように人々が集まるってくることが驚きだった。ソーンヒル自身は、客が来ても来なくてもどうでもよかったが、サルの手前、歓待するように努めた。

スマッシャーは、窮屈そうな青い外套を着て、一番乗りでやって来た。サルがそれを見れば、すぐに脱ぐように促すのは目に見えていたし、彼としても二度も言われる必要はなかったが、その外套を着て参上し、しばらく身に着けたままでいることは誇りにかかわる問題のようだった。ほかの隣人たちも到着した。スマッシャーは社交の歓びに垢にまみれた顔を上気させて、彼らを紹介した。

バートルズは、大きくて複雑に入り組んだ耳をした大男で、顔に立派なひげを蓄えていた。禿げた頭の後ろ側の頭皮には、ブルドックの顔のように深い皺が寄っていた。バートルズにはちゃんとした名前があったが、スマッシャーは彼をサギティーというあだ名で紹介した。その背景には、会話を弾ませるちょっとしたエピソードがあった。バートルズがまだ少年のころ、ステップニーの聖職者が彼の行為に対して「お利口《サゲシャス》」だと言った。彼はその言葉に侮辱の響きを感じとり、あざ笑われたのだと思って憤慨したが、それは褒め言葉なのだと説明されて、ようやくその言葉の意味を知ったということがあった。それ以来、そのあだ名がついてしまったということだった。

サギティーの人生そのものは、到底、利口とは言えないものだった。ステップニーのマイル通りから煤の入った袋を四つ盗んで捕まり、ヴァン・ディーメンズ・ランドで三年の刑期に服した。サギティーの足首には、金属の摩擦で皮が擦り剥けて炎症を起こしたのであろう紫の痕があった。彼はディロンズ・クリークの上流に暮らしていた。ちょうど丘の背後にあたり、肥沃な窪地になっていて、そこで畑を作り豚を飼っていた。育てた穀物を詰めた袋をひと袋ずつ背負って丘を登って降りて、舟に乗せて市場まで運ばなければならなかったので、彼の背中は机に向かって仕事をし続ける事務員のように曲がってしまい、袋を担ぐ首の後ろには、卵くらいの大きさの瘤ができていた。妻と子どももいたようだったが、この灼熱の太陽のせいか、亡くなってしまったとのことだった。この地で異例の贅沢ともいえるのは、彼にはジョージ・ツイストという隣人がいたことだった。しかし、ツイストは昨晩、前後不覚になるまで酔っ払い、今日は一日床に臥して、新参者詣でには来られなかった。

サギティー・バートルズの話によれば、原住民はしょっちゅう盗みを働くということだった。斧が盗まれ、小屋のなかからブリキの食器が盗まれ、草むらに広げておいた洗い立てのシャツも盗まれた。腹を空かせた野犬に食べられてたった二匹になった鶏も、盗まれてしまったとのことだった。

イングラムの雌鶏のことを思い出させようとして、サルはソーンヒルにすばやく微笑みかけた。けれども、サギティーが丘を越えて舟まで運び込もうとしていた、まさに労働の実りともいうべき袋いっぱいの貴重な作物が盗み去られた話には笑えなかった。原住民は盗みを働く黒い畜生で、他人の労力をなんとも思っていないのだとサギティーは主張し、あたりに潜んでいる黒んぼを見つけたら思い知らせてやることにしているのだと言った。

サギティーは「思い知らせる」と言う時、スマッシャーに対してにやりと笑いかけた。それから彼はふんぞり返って、硬いひげが生えた顎を掻いた。話の間に、顎を掻きむしる音が響いた。

ソーンヒルはふと、サギティーはどのようなやり方で原住民に思い知らせてやるのだろうかと思った。会話の流れを変えようとソーンヒルが口を開くと、スマッシャーが先に割って入った。スマッシャーは夢のなかでつぶやくように言った。「いまいましい蝿みたいなもんさ。殺しても殺しても、また出てきやがる」

その言葉は、ジョニーケーキを追加しようと炉火の傍らで忙しく立ち働いていたサルの手を止めた。サルは手に火棒を持ったまま振り返り、夫と視線を交わした。スマッシャーはその視線に気がついたようだった。「おや、何も殺すなんて言ってませんぜ」しかし、その声は嘘つき独特の信憑性を欠くもので、サルが目を逸らしたすきに、スマッシャーはソーンヒルに向かって厳粛に目くばせした。「というか、追い払うだけですよ」スマッシャーは目を逸らしながらそう言うと、耳障りなぜいぜいという音を立てて笑った。

そうこうしているうちにウェッブがやって来た。痩せぎすの男で、犬のようにもじゃもじゃの毛をしていた。毛先には、シラミ対策のためにサルが切った子どもたちの髪のように、ナイフで切り刻んだ跡があった。ウェッブは丸太に腰かけるように促されたが、それを断って地面にじかに座ってくつろいでいた。

ソーンヒルは会話が違う方向へ向くことを願ったが、原住民はみなの共通の関心のようであった。ウェッブはみなからスパイダーと呼ばれており、三方が崖と森林に接したハーフ・ムーン・ベンドに居を構えていた。そこは原住民が丘の中腹を這って侵入しやすい場所だった。ある時、病気になったウェッブの妻が独りで小屋にいると、原住民たちがやって来た。彼らは妻のスカートが欲しかったようだったが、脇のあきの部分がうまく外れなかったので、ナイフで切りとってしまい、妻はペチコート姿で取り残された。さらに原住民たちは、妻が支度していた鶏肉を鍋ごと持っていってしまった。スパイダーが戻ってくる随分前に彼らは去ってしまい、彼は遅きに失した。

スパイダーは不運な星のもとに生まれついていた。ロンドン時代、スミスフィールド市場で、彼は捕まった。そこにたまたま居合わせた男が、スパイダーの外套の銀ボタンは、彼の主人が一週間前に自宅で失くしたものだということに気がついたからだった。オーストラリアのこの地では、原住民の襲撃のほかにも、一番最初に洪水で流され、一番最初にトウモロコシを害虫に食われるという被害に遭っていた。二人の息子のうち一人を蛇に嚙まれて、もう一人をひきつけの発作で亡くしていた。

スパイダーが、自分の保有地を「百発百中《ネヴァー・フェイル》」と呼んでいるのを、ソーンヒルは皮肉なことだと密かに思ったほどだ。

スパイダーが突然、その小さな頭から絞り出すようなしわがれ声を発したので、一同は驚いた。「やつらはくず野郎さ、ネズミ並みにな」そう言う彼の声は、縄に吊るされて死からよみがえった男のものだった。もちろん、ここにいる者らはみな、彼と似たり寄ったりの境遇には違いなかった。

スマッシャーと同じく、スパイダーも人を惹きつける話し方をした。「やつらは、まるで野獣を切り裂くように俺たちを切り裂いて、うまいところだけ食べるのさ」顔に皺を寄せて喜んで聞いていたスマッシャーが叫んだ。「お前さんのどの肉がうまいって言うんだよ、えっ、スパイダー？　痩せて爪楊枝みたいなのによ！」この言葉に笑いが巻き起こった。話を聞いている者たちは、自分の体が薄切りにされて食べられるのを想像しているかのようだった。

ラブディの土地とウェッブの土地は、河に隔てられた対岸にあった。二人は一緒にやって来た。ソーンヒルは自分の船で、ラブディの作ったかぼちゃやメロンをシドニーに運んだことが何度かあったので、彼とは顔見知りだった。ラブディは背が高く、不恰好な体躯の男だった。月の世界の住人かと思うほど農業についてはまったくわかっていなかったが、この河沿いの平地では何でもうまく育った。

ラブディは、自分の客間でくつろぐように足を組んで丸太に座った。ほかに食べる物がないので、かぼちゃやメロンばかり食べているせいか、顔は痩せてやつれていたが、どこか紳士気取りのところがあり、人に媚びるような話し方をした。粗野な物言いしかできない奥地の男たちのなかで彼の存在は浮いていた。そんなラブディのことを、スマッシャーは「司祭」と呼んでいた。来客たちのなかで唯一ブーツを履いているのもラブディだった。もちろん、そのブーツは、彼の桁違いに大きな足に合わせて特別に作られたものだった。

ラブディも原住民について話したがった。彼は自分の番が来ると立ち上がって、茂みで用を足していた時、槍で刺された経験をうれしそうに話しだした。彼は半ズボンをわざわざ脱いで、その時の尻の傷を見せた。その時以来、彼は心置きなく用を足すことができなくなり、背後から槍が飛んでくる心配なしに用を足せるイギリスへ戻ることを心待ちにしているのだと言った。

これには陰気なウェッブも笑った。ラブディはまわりを見わたした。その骨ばった顔は、聞き手が楽しんでいることへの歓びに輝いていた。彼はサルに目くばせした。ソーンヒルには、ラブディがサルと一定の距離を保っているのがわかったが、それは背の高さで彼女を圧倒したくなかったからではなく、紳士としてのたしなみからだと思われた。ラブディは、サルが微笑み返すのを見て喜んだ。語り手のラブディ自身が一番長く笑っていたので、それは新参者を楽しませる話に過ぎず、本当の話でないことはサルにもわかったはずだった。

この谷は男たちばかりで、女は二人しかいなかった。ウェッブの妻がこの宴会に来られなかったのは、子どもの一人が病気で熱があったからだった。寡婦のヘリング夫人もキャット・アイ・クリークから舟を漕いで、ウェッブの子どものもとへ駆けつけていた。この河のあたりでは、ヘリング夫人が医者のような存在だった。夫人は赤ん坊を取り上げ、斧の切り傷を縫い、ウェッブの一番下の子どもを百日咳から救った。広く角ばった額に、目の飛び出た容姿はお世辞にも美しいとは言い難かった。いつも染みのついた白いキセルを口に加えて、顔半分だけ笑ったような表情をしていた。

ヘリング夫人は知恵と分別のある女性だった。歪んだ口元は、さまざまな想いが去来する表情を見せながらも、自分の思いを彼女が口にすることはほとんどなかった。

ヘリング夫人が遅れてやって来た時、サルは長年会えなかった姉と久しぶりに再会したかのようにこの未亡人を迎え入れた。夫人はキャット・アイの数エーカーの土地で、鶏だけを友として一人で暮らしていたが、それはサルには信じ難いことだった。「ヘリングさん、寂しくないんですか？　こんな人里離れた場所で一人きりなんて」サルは尋ねた。夫人は口からパイプを離すと、火皿のなかを突きはじめた。「人といるより一人のほうがいいこともあるのよ」そう言って、スマッシャーをちらりと見た。「黒んぼに関して言えばね、欲しがるものはくれてやればいいと私は思うけどね」遠慮がちにそう続けた。スマッシャーの口がレモンでもかじったかのように酸っぱそうに歪むのを、ソーンヒルは見逃さなかった。夫人はパイプを口に戻すと、くわえたまま話し続けた。「持っていかれたってね、見て見ぬふりさ。年寄りのやもめ暮らしには大して物はいらないし、安上がりなんでね」

サルは腕のなかで赤ん坊を揺すりながら眠らせようとしていたが、夫人に微笑みかけ、次の言葉を待つように彼女を見つめた。サルはまた何か尋ねようとしたが、男たちが浮かれ騒ぐ声と、喉に痰が絡んだスマッシャーの咳払いに遮られてしまった。スマッシャーは立ち上がって木立の陰にその痰を吐きにいった。戻ってくる時に河の傍らの人影が彼の目を捕えた。「トム・ブラックウッドの登場ときたぜ」スマッシャーが言った。スマッシャーとサギティーが視線を交わし、スマッシャーの口元がこわばったのにソーンヒルは気づいていた。

「犬をつないでおいたほうがいいぜ、スマッシャー」サギティーが言った。ソーンヒルのほうを向くと、サギティーは続けた。「ミッシーはブラックウッドのやつに襲いかかるんだよ。まるでやつが黒んぼみたいにね。可笑しいだろ？」

この河岸に移ってきて五週間がたったが、ソーンヒルは、まだブラックウッドに会っていなかった。彼は、ブラックウッドが、クィーン号の代わりに買った小舟で、グリーン・ヒルのクラウンやブルー・ボアといった飲み屋に酒を運ぶ仕事を未だに続けていることは知っていた。ブラックウッドの酒は強烈で独特だった。食道が焦げるようで、翌朝は二日酔いの激しい痛みに目をしばたかせる羽目になった。しかし量は多く、値段もちょうどよかった。ブラックウッドはこの商いで生業を得ていたが、決して儲けている様子はなく、むしろ儲けはあまり気にかけていないようだった。

午後遅く、肩に新居祝いの贈り物の酒の小樽を担いだブラックウッドが、ソーンヒルの開拓地にあらわれると、その場は急に畏縮したように思われた。彼には何かまわりをそうさせる力があった。傲慢なサギティーですら、陰気な表情で彼を見つめ、口のまわりのひげをいじくるしかなかった。

ソーンヒルは、ブラックウッドをこの河のあたりの誰よりも信頼していたが、実際のところは彼が何を考えているのかはわからなかった。ソーンヒルは、ブラックウッドの潟湖を見たことはなかった。何度か訪問の意志をほのめかしてみたが、ブラックウッドの返事はいつも煮え切らなかった。それは蒸溜器のせいかもしれなかった。彼が蒸溜器を持っているのは周知のことだったので、その恥じらいは馬鹿馬鹿しくも思えたが、彼が秘密にしておきたいのなら、ソーンヒルはあえて押しかけるつもりもなかった。

ブラックウッドは、スマッシャーをいらつかせた。攻撃的な声音でスマッシャーはたたみかけた。「あの盗人野郎どもが昨夜来たんだよ。ご婦人方には聞き苦しいことで申しわけないが、俺の大便用のシャベルを掠めていきやがった」

ブラックウッドは勧められた丸太には腰かけずに、その横に陣取ってしゃがみ込んだ。彼の横顔は石の彫刻のようだった。堂々とした鼻、感情を表に出さない力強い唇。スマッシャーはもう一度言った。「やつらにそんな権利はないんだよ」しかしブラックウッドは、ソーンヒルに話しかけることでその言葉を遮った。「ヒナギクだが」そう言いながら、地面から端止めがほどけた縄を拾い上げ、それを手に巻きつけていくブラックウッドを一同が見つめた。「ヒナギクヤムイモって俺は呼んでるんだが」彼は頭をグイッと引いて、顎でその場所を示した。「もうほとんどなくなっちまっている」

それは事実だった。ヒナギクは、一旦抜いてしまえば、ほかの雑草のようにまた生えてくることはないので駆除するのは簡単だった。

「初めてここへ来た時、やつらがくれたんだ」ブラックウッドが言った。「やつら」というのが誰を意味するのかは、聞かなくともわかった。「だから俺はお礼にうまいボラをくれてやった」彼は、その時のことを思い出したかのように可笑しそうに首をふった。「ヒナギクヤムイモってのは猿の金玉みたいな塊なんだ」ブラックウッドが大声で笑ったので赤ん坊は驚いて目を覚ましてしまった。

ソーンヒルには、ブラックウッドが記憶のなかでその味を思い出しているのがわかった。「なかなか美味しいわよね？」不機嫌そうなスマッシャーとサギティーを無視して、ヘリング夫人はパイプを吹かしながらそう言った。「甘いというか」そう言ってブラックウッドは夫人に同意した。「しばらくいぶすと粉状になる」しかし、ブラックウッドはもうそれ以上ヤムイモの味について触れなかった。「見てみろ、お前さんがトウモロコシを植えたところにヤムイモが生えていたんだ。それを掘り返してしまったら、やつらは腹を空かせちまう」そう言うとブラックウッドは振り返って、日が沈みかけた河を見わたした。サギティーは怒りに任せて食ってかかった。「やつらは何にもしないじゃないか。腰を痛めるまで働いたりしないだろ」サギティーは力任せに小皿を地面に叩きつけるように置いたので、中身がこぼれてしまった。

ブラックウッドは岩壁を見つめたまま、サギティーの言葉を無視し、話を続けた。「会合があったんだ。ポーパス号で総督がやって来て、あの岬に錨を下ろした」彼は顎でその場所を示した。「英語が少しばかりできる黒んぼがいた」彼の太い指は丁寧に端止めの巻き紐を巻き直してゆく。まわりの者にというより、紐に語りかけているようだった。「かいつまんで言えばだ、総督はこう言ったんだ。第二支流《セカンド・ブランチ》より下流にはこれ以上白人は来ないと」

「嘘をつくなよ、トム・ブラックウッド」サギティーが叫んだ。しかしブラックウッドは落ち着き払った様子で巻き紐を結び終えると、それを歯で嚙みきった。「みなが握手を交わしたんだ」サギティーが自分の言うことを信じるかどうかなど、ブラックウッドが気にもかけていないのは明らかだった。「俺は船尾の甲板で一部始終を見てたんだよ。ちょうど今みたいに縄の先に端止めを巻きながらね」彼はソーンヒルを見ると目くばせした。「誰も船頭なんて気にもとめないけどな、そうだよな、ウィル・ソーンヒル？」

スマッシャーは怒りの塊みたいになっていた。「やつらは盗みしかしないじゃないか」彼は叫んだ。「正直者から物を掠めることしか考えちゃいないんだ！」

ブラックウッドは、足首に嚙みつこうと絡みついてくる子犬を眺めるように、愉快そうにスマッシャーを見た。「正直者ねぇ」ブラックウッドは繰り返した。「お前さんは盗みなんて一度もしたことはないんだよな。たったの一度もな」

スマッシャーだけが笑っていなかった。ソーンヒルには、彼が憤怒を押さえようとして、顎の筋肉を懸命に食いしばっているのがわかった。ヘリング夫人までも口からパイプを取り出して、その冗談に大笑いしていた。

だがブラックウッドには、まだ言うべきことがあった。彫りの深い横顔をソーンヒルのほうに向けると、笑いがおさまるのを待って彼は言い放った。「自分で対処してゆくしかないのは確かだが、これだけは覚えておけ。少しやって、そのお返しに少しもらうってことをな」言うべきことを言い終えたブラックウッドは立ち上がった。舟のほうに向けて歩きはじめたブラックウッドにサルが別れを言った。彼は振り向きもせず、手だけ振ってそれに応えた。

ブラックウッドがやって来た時と同様に、彼が立ち去ったあと、その場の空気が変わった。もう話に興じる雰囲気ではなかった。上流に住む者たちは、まだ河の水があるうちに潮に乗って帰途に就こうと帰り支度を始めた。下流への潮の流れを待つスマッシャーだけが、その場に座り込んだままだった。じっと河を凝視するスマッシャーの表情は険しかった。ソーンヒルは彼をそっとしておくことにした。

「少しやって、少しもらう」この言葉は警告だったのだろうか、それとも脅しだったのだろうか？　ブラックウッドは、説明を求めても答えてくれるような男ではなかった。スマッシャー・サリバンに聞くこともできたかもしれなかったが、ソーンヒルはそうしたいとは思わなかった。


百十五ポンドと利子のことを考えると、ソーンヒルは夜眠れないことがあった。借金をすることでホープ号を手に入れ、稼ぐ手立てを得たわけだが、農作業と住居作りにかまけていた五週間以上、ホープは無用のままつながれていた。もう十月に入っており、シドニーから持ってきた食料の蓄えも底を尽きそうになっていたし、植えた種の収穫はまだ先のことだった。

シドニーを出る前、ソーンヒルは四人の使用人を割り当ててもらえるように申し込んでおいた。これまでシドニーに食料を輸送するのに十分な働きをしてきていたので、申請が認められないとは思えなかった。成功するには大きなスケールでものごとを考えることが不可欠だった。最高級の酒何杯かと引き換えに、ナイチンゲールが申請書を書いてくれた。ナイチンゲールは、この手の申請書をこれまでにも引き受けた経験から、三人あてがわれることを期待して、四人の使用人を申請するのがいいと助言してくれた。

そのころ、モレット島のアンドリューが、今シドニーに停泊している流刑囚護送船で到着したばかりの囚人二人がソーンヒルにあてがわれると知らせてくれた。こんなにうまくいくとは思ってもいなかった。

「十人くらい申請するべきだったわね」サルもソーンヒル同様に驚いてそう言った。「そうすれば五人あてがわれたかも」

いずれにせよ、シドニーまで使用人たちを引きとりにいく必要があった。

シドニーまで往復して用事をすませるのに、ふつうに考えて一週間、向かい風なら二週間はかかりそうだった。ソーンヒルが留守にする間、十二歳のウィリーが、一家のなかでもっとも一人前の男に近い存在ということになった。ソーンヒルが囚人たちを連れて戻れば、彼らを家に残して、ソーンヒルとウィリーはホープ号で行ったり来たりすることもできるかもしれなかった。しかし、この最初のシドニー行きでは、彼は家族を無防備なまま残していかなければならないのだった。さまざまな思いが去来し、このことへの不安が最後まで残った。

小屋の後ろの山の背から、河の下流のほうから、第一支流《ファースト・ブランチ》の少し上流からと、毎日のように原住民の焚き火から上がる煙が目撃された。彼らはいつでもどこにでもいた。しかし、ソーンヒル一家がこの河岸にやって来てからのこの五週間の間で、実際に原住民を見たのは初日だけだった。もし彼らが何か問題を起こすなら、もうとっくに起きているはずだとソーンヒルは自分自身に言い聞かせた。

この状況で、ほとんど選択肢がないことをソーンヒル同様にサルも承知していたので、彼女の表情は凛々しかった。一帯が見わたせる小高い丘に子どもたちを連れて立ち、サルはホープ号が潮に運ばれていくのを見送った。彼女はジョニーのぷくぷくとした小さな手を持ち上げて、明るく元気にその手を振って見せた。

ソーンヒルも手を振り返した。河を滑るように下るホープ号から見えるソーンヒル岬はなんとも無防備だった。つぎはぎのように開拓された土地に立つ小屋は見えなかった。見えたのは土地を囲むようにこんもりと盛り上がった密林だけだった。さんさんと太陽が照りつけているのに薄暗く、光と影が絡み合っていた。岩や木の葉しか見えなかった。

人影が最初の岬の彼方へ消えてゆくと、ソーンヒルは顔を背けた。自分たちの拠りどころは実に頼りないものであるということに、彼は今さらながら焦りを覚えていた。海岸線に沿ってホープ号をできるだけ速く走らせながら、丘の上に立ってけなげにも手を振るサルの、あまりにか弱い姿が脳裏に焼きついて離れなかった。

総督府の波止場に停泊している流刑囚護送船スカーバラ号が、光り輝く水に黒い船体を横たえていた。埠頭に立つと、飛び交う大声と甲板に召集された囚人がつながれた鎖の単調で鈍い音が聞こえてきた。ソーンヒルは、木が朽ちて姿を露わにされた白い幼虫のように、船底の暗闇と悪臭から太陽のもとへと連れ出されるのがどんなものかを思い出していた。その記憶はすぐに戻ってきた。深みに落ちたまま、到底色あせることのない記憶だった。

けれどもその記憶は、この軽やかな春の朝や、水面に煌めく光の粒や、顔を撫でるほのかに潮が香る微風とは関係のない別の人生に属していた。その別の人生では、ふざけてダンスをしているような光や、ため息をつくように風にそよぐ広大な森林は、幻想に過ぎないように思われた。しかし今、彼は生まれ変わったのだ。ウィリアム・ソーンヒル。借金は残っているが縦帆船ホープ号と、誰に許可を得たわけでもないが、彼が自分のものだと信じて疑わない百エーカーを所有する男だった。

かつて流刑囚護送船アレクサンダー号の船長を務めたサックリングが、銀ボタンがついたベストを身に着けて埠頭に降りてきたのは、思いもよらない不愉快な出来事だった。サックリングは、額に汗して働くこともなく紙一枚で、ジェントリーのように土地を与えられたとソーンヒルは聞いていた。しかしこの地では、幸運は突然やって来て、瞬く間に去ってしまうのだ。サックリングの場合も、土地を手にして威張り腐って自分で働くこともなく、酒におぼれた挙句、その土地を失ってしまった。今では囚人の監督官の二流職員に成り下がっていた。

サックリングの頬には、細かく割けたたくさんの血管が浮き立ち、老人のような涙目は窪んでいた。鼻は赤く腫れ上がり、顔に別の生物がいるように見えた。上着の袖口は擦り切れて、シャツの襟はなかった。

彼は手に名前の書かれた台帳を持っていた。それは、ソーンヒルの名前が永遠に記された台帳であるか、もしくはそれによく似た台帳だった。長い汚れたハンカチで蠅を払いのけながら、彼は船をつなぐ杭でも見るようにソーンヒルをちらりと見た。

目と目が合った時、サックリングが彼を忘れるほどもうろくしていないことがわかった。ソーンヒルは、ブリキの箱にしまってある恩赦状のことを思い浮かべながら、すっくと立ってサックリングの目を真っ直ぐ見つめた。

サックリングは人生の大半において、命令を言い渡してきた男の朗々とした声で、まわりのことなど気にもせず大声で話しかけてきた。「ソーンヒルだろ、アレクサンダー号だったな?」そう言い放つと尊大な感じでハンカチをひらひらさせた。

ソーンヒルは何も答えずに、目を逸らせた。そしてそんな自分を恥じた。サックリングは、にやりと笑って言った。「重罪犯の顔は忘れられないもんでね。ウィリアム・ソーンヒル、アレクサンダー号の流刑囚だ」サックリングの得意げな声が響いた。

ソーンヒルは無表情のまま、サックリングの顎に蠅が止まるのを見ていた。彼の顎に残っていた石鹸の泡が光りながら、鼻孔に吸い寄せられて上がってゆくのが見えた。サックリングは鼻息を荒立ててたじろいだ。「後ろに下がれ」彼は怒鳴り、苛立ち露わに蠅を払いのけた。蠅は飛び去り、再び彼の髪や額に止まり、さらには引き寄せられるように鼻に止まった。「下がるんだ」彼はもう一度怒鳴った。「下がれと言っただろ」サックリングは「シッ」と言いながら、あたかも犬を追い払うように両手でソーンヒルを追い払った。「後ろに下がれ。お前のせいで蠅が寄ってくるだろう」

一瞬にして太陽の光は色彩を失い、輝きあふれたジャクソン港は監獄へと姿を変えた。一区画に建物がひしめく開拓村も、窒息して死んでしまいそうな悪臭を放つ場所になった。ソーンヒルは恩赦状を得ることも、土地を得ることも、金庫いっぱいに金を貯めることもできた。しかし、サックリングが持っているものを買うことはできなかった。いかにみすぼらしくなろうと、どんなに酒におぼれようと、サックリングは、一度も囚人服に袖を通したことがない人間として、いつも胸を張っていることができるのだった。

サックリングに挑発的に見つめられても、アレクサンダー号での日々で学んだように、ソーンヒルは表情ひとつ変えなかった。肉体と心を切り離す方法を体得したあのころの自分は、もう死んだものと思っていた。けれども、流刑囚ウィリアム・ソーンヒルが、土地所有者ウィリアム・ソーンヒルの皮膚の下にまだいることを自覚することで、古傷の痛みがよみがえってきた。

ソーンヒルが一歩後ろに下がると、半ズボンが燃えないくらいまで火のほうへもぞもぞと後退りした船頭会館での記憶が、突然にしてはっきりと思い出された。それは、少年が世に出て成功するために支払った代償だった。男はいつも代償を支払い続けなければならないようだった。

流刑囚たちは、埠頭へと続く厚板を押され急かされながら、足枷を引きずってぎこちなく歩き、容赦なく照りつける光の下にうなだれて立った。囚人たちの頭髪は最近刈り込まれたばかりで、首のあたりは芽が出たジャガイモのように青白かった。刈り込み方が深すぎたのか、皮膚にはかさぶたができている。彼らはこのだだっ広い空間を恐れるように、ぎゅっと固まって埠頭に立っていた。

ソーンヒルはこの時を心待ちにしていた。彼は大股で歩いていって、自分が欲しい男を指名するところを心に思い描いていた。しかし、サックリングのにやにや笑いを見なくてもすむように、はやる心を押しとどめて順番を待った。

総督府の役人たちは、すでに大工や施工者、木挽きや農民など技術のある者たちを選んでいた。次にジェントリーの移住者たちが、それを着て生まれてきたのかと思うほど体にぴったりの外套を身に着けて、やかましい声を上げながら選別にかかった。彼らは囚人の顔を覗き込みながら、酷使されたような形跡がないなるべく若くて丈夫そうな者を選んでいった。それからようやく刑期を終えた囚人の番だった。サックリングがどこからともなくあらわれて、ソーンヒルの傍らに立った時は、もうほとんどの囚人は選ばれたあとだった。「好きなのを選べ、ソーンヒル」サックリングの笑顔は、太陽の強烈な光で黄色く見えた。「自由にな」彼がそう言った時、「自由」という言葉に多少なりとも力が込められているのをソーンヒルは感じた。

ソーンヒルは残りもののなかから、一番良さそうな二人を選んだ。ネッドと名乗っただけの男は、靴の踵のような長い顎に濡れた赤い唇、窪んだ眼をしており、いかにもさえない感じだった。やる気はあっても抜けていそうなところは、ロンドンで亡くなったロブを思い出させた。もう一人は、もういい大人なのにコヴェント・ガーデンで少年がやるような呼び売りの仕事をしていたと言った。陽の光の下でその男はやつれて見えた。

なんとも惨めな二人組が、ソーンヒルのものとなった。

呼び売りのほうは、眩しく射るような光に目をすぼめながらソーンヒルを見た。「おや、ウィル・ソーンヒルじゃないか？」そう言って彼に近づいてきた男からは船の匂いがした。「ウィル！　ダン・オールドフィールドだよ、覚えているかい？」

ソーンヒルは男を見つめた。乳白色の皮膚に黒い頬ひげが生え、やせこけた顔は栄養不良を思わせた。にやりと笑みを浮かべたように開いた口からは、隙間のある歯が覗いていた。ソーンヒルは、ようやくダン・オールドフィールドを思い出した。ダンの父親が河で溺れ死んだ時、ヘリング埠頭にその遺体が横たえられていたのをソーンヒルは目にしたことがあった。彼とは共に腹をすかせ、一瞬の温もりを求めて、一緒に足に小便をかけて寒さをしのいだ仲だった。

「故郷がよろしく言ってるよ。ウィル」ダンが叫んだ。その声は必要以上に大きかった。「俺たちのウィル・ソーンヒルのいないウィッピング・ニュー・スティアズじゃなくなっちまった」ソーンヒルの顔に反応がないのを見て、ダンの笑顔がこわばった。

ソーンヒルはやましいところなど何ひとつないかのように、穏やかな調子で話しかけた。「態度を慎むんだ、ダン・オールドフィールド」その言葉を聞いて、ダンの笑みは消えた。ソーンヒルは、歯を見せないサックリングの笑い方を思い浮かべながら、自分もおなじように微笑んでみた。「ソーンヒルさんと呼ぶんだ、ダン。よく覚えておけ」

ダンはぽかんとして、樹木が覆い茂ったポートジャクソン湾の向こう側の岬と、揺れる銀色の海を見つめると、「なら、ソーンヒルさんって呼ぶよ」と意気消沈したように言った。

太陽の光線が青白い指のように生気のない緑色の海水に突き刺さる様子を凝視したまま口を堅く結んだダンを、ソーンヒルは見ていた。ダンはうなだれたまま、両手を代わる代わる目の上にかざした。陽の光はそのとがった頭の髪の薄さをはっきりと際立たせた。

ソーンヒルは、ひげがパン屑だらけの男が彼をサルに託したあの日、自分もこんなふうに海水を見つめていたことを思い出していた。それは現実に起きていることからの逃避だった。海水の深みを見つめながら、魚や水になった自分を想像していた。

ソーンヒルはダンの気持ちがよくわかった。それが問題だった。彼はダンに対して権力を行使できる立場にいるとしても、サックリングのような者の目には、彼らは所詮、同じ穴のむじなだった。この時ソーンヒルの脳裏には、これまで思いもしなかったことが浮かんだ。それは、たとえロンドンに戻っても、ソーンヒル一家に未来はないということだった。

ソーンヒルは、かつて自分も流刑囚は疫病にかかっているから、病気が移らないように近づかないでおこうとか、彼らに対して一種の偏見を抱いていたことを思い出した。コヴェント・ガーデンの呼び売りの少年たちでさえ、鉄の足枷をつけたことのある者より、自分は優位であると感じているかもしれなかった。巨大なマホガニーのテーブルの向こうでぬくぬくとしている、船頭会館のよく太った紳士たちならなおのこと、その囚人が恩赦を受けているかどうかなど大した違いはないと思うことだろう。どれだけ金を持っていようが、一旦、「国王の来賓」となった囚人に舟や徒弟を任せたりはしないだろうと思われた。

さらに悪いのは、罪人の子どもも同じように見なされる閉塞的な状況が続くかもしれないことだった。子どもだけでは済まないかもしれない、孫や曾孫の代にまで及ぶかもしれなかった。ソーンヒルという名前は、その罪をずっと背負っていくことになるのだ。白いレースの帽子を被って、一列に並んだ子どもたちの息子や娘たちのピンク色の顔が、彼には見えるようだった。子ども用のベットに寝かされ、孫たちはそのままどこかへ消えていった。未来のない子らの顔には影が射していた。

これまでは気がつかなかったが、ブラックウッドがあの河に向けて舟を走らせ、蛇行しながら内陸へと入っていく時、その口元が緩む理由が、ソーンヒルはようやく理解できたように思えた。ホークスベリーは、誰かが誰かより偉いとかそういう身分や地位の序列がない場所なのだ。あの密かな谷間に住まう者は、みな刑期を終えた囚人だった。そこにいれば、死んだ犬のように悪臭を放つ過去を引きずらなくともよかった。

サルもロンドン時代からダン・オールドフィールドを知っていたが、ソーンヒルと同様に、彼が過去にものを言わせて馴れ馴れしく振る舞うのを許さなかった。最初の夜、ダンとネッドは、ソーンヒルの家族と体が触れあいそうになりながら狭い小屋で一緒に過ごした。新来者たちは、あちらこちらに袋が置かれた埃まみれの荷物置き場のような一画をあてがわれ、置かれた袋と押し合いへし合いするようにして座った。

「やれやれ、サル」袋の角を蹴りながらダンが言った。「随分、快適なことで」するとサルは、待ってましたとばかりに切り返した。「ソーンヒル夫人とお呼びなさい、ダン」同じ間違いは二度とさせないと言わんばかりにサルの声は大きかった。ダンは無言で、眉毛の下からちらりと彼女を見ただけだった。少しおどすような口調でサルは言った。「こうするのが一番いいんです」戸口のところで見守っていたソーンヒルは、サルはどこでこの気取った言い方を覚えたのだろうと思った。「申し分なくうまくいきます」そう言って、サルはほかの言い回しを思い出したように続けた。「今にわかります」

ソーンヒルは、彼らが主人と召使いのゲームに興じたシドニーに来たばかりのころのことを思い出していた。けれども、このダンとのかかわり合いは別の種類の喜びであり、もはやゲームではなかった。ダン・オールドフィールドが生きるも死ぬもすべては夫妻の手中にあり、そのことを考えるだけでも彼らは楽しかった。かつてテムズ河の埠頭でダンをいじめた時のような喜びが込み上げて、ソーンヒルは驚きを覚えた。独裁者でありたいという思いが自分のなかにあるなんて、彼はこれまで考えたこともなかった。人間というものは、自分が本当はどういう人間なのか、その状況に置かれてみるまではわからないものなのだ。昔、盗んだ炒り栗を分けあって食べた仲間からソーンヒル夫人と呼ばれることに、サルが明らかに満足感を得ているのも驚き以外の何ものでもなかった。こんなにも人を変えてしまうニューサウスウェールズとは、一体どういう場所なのだろうと、ダンが夫婦に投げかけたいぶかるような視線にソーンヒルは気づいていた。

シドニーで、ソーンヒルはサルに贈り物を二つ買った。数羽の雌鶏と痩せた雄鶏一羽が入った柳細工の籠と、ガラス張りの額縁に入った旧ロンドン橋の版画だった。サルは版画のなかの道を歩く自分を想像するかのように、人差し指でガラスの上から道を一本一本たどった。彼女がソーンヒルを振り返って見た時、その目には涙があふれていた。「ウィル」呼びかけた声は嗚咽に変わった。「私のことをこんなにわかってくれているなんて。あなたに隠し事なんてできないわね」彼の手を取って強く握りしめるとサルは言った。その手は荒れており、働きづめの女の手だった。「大切にするわね、ウィル。あのこと、ちゃんと考えていてくれたのね」その言葉でソーンヒルは、サルがその版画に「約束を覚えている」というメッセージを汲みとっていたことを知った。

彼は小屋の支柱の一本の穴に木製の掛け釘を打ちこんでその版画を掛けた。「目覚めた時、最初に目に入るわね」サルは言った。その後、一旦外出したソーンヒルが戻ってみると、サルは屋根瓦の小さな破片に紐を通して、それを掛け釘に掛けて版画の下に吊るしていた。

その夜、ランプの火を消したあと、油の残り香が漂うなか、箱詰の燻製ニシンのように小屋に詰め込まれた一同は、一緒に横になっていた。ソーンヒルは傍らでサルが硬直しているのを感じた。サルのすぐ隣には、手を頭の後ろで組んだダンが横になっていた。

これまで、家族水入らずの孤独な生活を営んできて、孤独であることが問題であったにもかかわらず、今はそれがいかに貴重なものだったかを身に染みて感じていた。

ネッドはすぐに眠ってしまった。ガーガーという寝息を立て、しばらくすると夢でも見ているのか、袋の上で寝返りを打ち、寝乱れてぶつぶつと寝言を言いはじめた。彼は急に起き上がって、馬のように立ったまま眠っていたかと思うと、大声で「フレミング、出ていけ、フレミング」とわめいた。ダンが起き上がって、ぶつくさと文句を言いながらネッドを床に寝かしつけると、ようやく彼は大人しく寝入った。

焚き火の傍らで朝食を取っている時、ソーンヒルは、ダンがダンパーを頬張りながらあたりの様子をうかがっているのに気がついた。彼は、河の対岸の岩壁や、こんもりとした緑に覆われた尾根の間を歪曲しながら北へ向かって流れてゆく第一支流《ファースト・ブランチ》の谷間を食い入るように見ていた。

ソーンヒルには、ダンが考えていることはお見通しだった。かつては密林を歩いて抜けて、中国まで逃げようとした者もいた。原住民に身包み剥がされた裸の逃亡者が、空腹で死にそうになりながら、目を大きく見開いて、開拓民の小屋にふらふらとたどり着いたこともあった。遠くの小峡谷で骸骨が見つかることもあった。多くの者はどこまでも続く広大な空間に吸い込まれるように消えていなくなった。けれどもダンは、この植民地に着いたばかりで、壁のないこの牢獄に、かえって受刑囚が翻弄されてしまうことなど知る由もなかった。

尾根や谷を凝視するダンと目が合った時、ソーンヒルは待ちかまえていたように言った。「たやすく思えるだろ、シドニーまでたったの五十マイルだ」彼は穏やかに話しかけるように努めた。ダンは目を逸らし、不機嫌そうに河向こうの崖のほうを見た。後方から浅黒い岩肌を太陽が照らしつける。崖が睨み返してくるようだ。ソーンヒルは自分の口元が、サックリングのあの得意げな表情を漂わせた口元そっくりになっていることを意識した。「俺を取るか、それとも密林の未開人のやっかいになるか」ソーンヒルがそう言うと、ダンは一瞬だけこちらを見たが、ソーンヒルには彼が何を考えているのかはわからなかった。「お前次第だ。お前がどうしようが、俺は痛くも痒くもねぇけどな」

この日の朝、ソーンヒルはダンとネッドに、彼らのねぐらとなる下屋を小屋の後ろに作るように指示し、自分は鶏が夜に野犬に襲われないように小屋を作った。朝食の時サルは、一家がここに移住してちょうど七週間目を迎えたことをみなに伝えた。ソーンヒルは、すでに下屋を作る若木を切り出し、ウィリーがその木から樹皮を剥いでおいた。新しい使用人たちは、この若木を削って枠組みを作り、それに結びつけられるように樹皮に穴を開ければいいだけだった。

けれどもネッドは、作業の途中のここぞという時に、ひきつけを起こして倒れた。ふつうに立っている時でさえ、不安そうに震えていた。とても斧を持たせられる状態ではなかったので、ソーンヒルは錐を使って樹皮に穴を開けさせることにした。ソーンヒルがネッドを手で叩いて脅すと、彼は働くそぶりを見せたが、その仕事ぶりはひどかった。終わってみると、適当なところに穴が開いているはずの樹皮は、割けて使い物にならなかった。

ネッドは、見れば明らかなことをわざわざ口にし、悦に入るような男だった。ボロボロになってしまった樹皮の縁を見つめながら、「これじゃだめだね、ソーンヒルさん」と言って、間抜けな高笑いをした。ニヤニヤ笑うネッドの口元は、なかが見えるくらいだらしなく開かれて、目の焦点は定まっていなかった。

けれども、この笑い方が気に食わないという理由では、ソーンヒルはネッドを罰することはできなかった。

長い航海の間に、ダンの体力はすっかり衰えてしまっていた。息も絶え絶えになるような暑いオーストラリアの春は、青白い彼の顔に染みを作った。斧を持ち上げて硬い材木を割るたびに彼は喘ぎ、鼻からぽたぽたと汗がしたたった。監視の目の隙をみて、ダンは斧にもたれかかって森を眺めた。縞模様の仕事着の背中に蝿が群がってきたが、目や口や汗ばんだ頬を蝿はさらに好んだ。ダンは手をはためかせ、目を細めて怒鳴りながら、頭をふって蝿を追い払おうとした。蝿は一度旋回して、またダンに止まった。腕の蝿を振り払おうとして、彼はもう少しで自分の足を斧で切ってしまうところだった。

ダンは怒りに任せて斧を投げつけ、日蔭に立っているソーンヒルのほうを見た。「ちょっと休ませてくれよ」あえて「ソーンヒルさん」とは言わずにダンは乞うた。「水ぐらい飲ませてくれよ」そう言うと、陽の光に目を細めながら、蝿に対してこぶしを振り回した。

ソーンヒルは、汗をかき、喘ぎながら働くことや、誰かに何かを乞うことの辛さを思い出していた。けれども、いざ乞う者を目の前にした時、その者はどうしようもなく醜く感じられ、人間にすら思えないことを今初めて知ったのだった。乞う者の願いを拒絶するのは容易いことだった。

「決まりなんだよ、ダン。昼間、囚人は働くことになってるんだ」ソーンヒルはもっともらしい嘘をついた。「俺は赦免された囚人だから、総督の命令には背けねぇんだ」そう言って人当たりよさそうに笑いながら、ソーンヒルは自分の言葉に酔っていた。「さぁ、働くんだ。休みをやるならそのあとだ」

ダンは無表情でソーンヒルを見返した。彼は斧を拾って仕事に戻ろうとはしなかった。ソーンヒルは、少し言い過ぎたかと思った。ダンは彼のはったりに気がついていて、働くことを拒否しているのかもしれないと不安になった。たとえ打たれても、パンと水が与えられなくても、抵抗し続けるダンの姿が目に浮かんだ。何があっても屈しない男たちに、ソーンヒルは船上で出会ったことがあった。彼らは誰かに身を委ねるよりは死を選んだ。

結局のところ、この張りつめた空気を破ったのは蠅だった。ダンの鼻孔に入って、彼をひるませた。あんなに小さな生き物だが、人間の意志をくじく力があった。ダンは斧を拾い上げ、若木を割りはじめた。顔を這いまわる蠅に彼は顔をしかめた。白熱の太陽のもとで、彼は頭をうなだれるしかない卑しい存在だった。ダンの首の後ろの腱が白く弱々しく浮き出ていた。

ソーンヒルは、蠅除けにうってつけの長く細い針状の葉がついたオークの小枝で扇ぎながら、日陰のほうへ歩いていった。あくびのように腹のなかから何かが湧き上がってくるのを、ソーンヒルは感じていた。「そぞろ歩き」そう、そぞろ歩きへの欲求だった。葉のついた小枝以外は、荷ひとつ持たずに彼はそぞろ歩いた。オールド・スワンからテンプル・スティアズまでそぞろ歩き、ポケットの小銭をじゃらじゃら言わせながら、客を乞う船頭を待つ紳士さながらだった。

ダンにもいつかそんな日が来るかもしれなかったが、それはまだ当分先のことだった。

ネッドとダンは数枚の樹皮に枠をはめる作業に一日を費やしたが、完成した下屋は人間の住まいというよりは、犬小屋に近いものだった。しかしその夜、二人はそのねぐらへと腹這いになって入っていった。壁のひび割れから、ネッドがぶつぶつと寝言を言い、ダンが寝返りを打つのが聞こえてきたが、どんなに薄い壁でも、一枚隔てるだけで、それは違って聞こえた。それはソーンヒルと家族たちよりも一段低い身分の男たちが立てる音だった。

サルがソーンヒルのほうを向いた。ランプの光に照らされて彼女の顔は若々しく見えた。茶色がかった瞳は半透明に輝き、微笑むとえくぼができた。このえくぼをもうどれくらい見ていなかっただろうと、ソーンヒルは思った。「最高に居心地のいい場所にしてみせるよ、サル」彼はささやいた。突然そんな言葉が思い浮かんで、気がついたら口にしていた。「帰りたくなくなるぜ」彼女も悪乗りするかのように言った。「ここを一生離れたくない！ってね」けれどもその声に彼女の驚きを感じとったソーンヒルは、どうしてそんな言葉が自分の口を突いて出たのだろうと思った。その言葉を覆い隠すかのように、彼は冗談を重ねた。「イギリスに戻る船に俺が無理やり乗せるはめになるよ。君はひざまづいて言うんだ。お願いよ、ウィル。ここに居させて！」声のトーンを上げ、ソーンヒルはサルの声真似をしてみせた。

それを聞いてサルは涙を流して大笑いした。下に敷いたシダが音を立てないように気をつけながら、夫婦は一対の匙のように体の前と背中を合わせて抱きあった。自分の太腿をサルの太腿に添わせ、彼女の尻が自分の太腿に当たる感じがソーンヒルは好きだった。サルが息をするたびに、その背中が盛り上がったり縮んだりするのを自分の胸元に感じながら、手のひらに彼女の乳房を感じていた。息をするたびに、サルからはムスクのような香りが匂った。

樹皮の壁の向こう側で、使用人たちは眠っていた。ソーンヒルは、ゆっくりと人生という名のエンジンが動き出すのを感じていた。車輪が回り、歯車は嚙みあって滑らかに動いた。ニューサウスウェールズには、いかなる人間の思惑をも超えた、その場所自体がもつ原動力があるのかもしれなかった。それは、総督も、国王でさえも介入できない力だった。そのエンジンに押しつぶされたり、弾き出される者もいれば、夢にも見たことのない高みにまで昇りつめる者もいるのだった。

夫婦の間に心地よい沈黙が流れた。ランプの火は消えかけていた。受け皿の油はもうなくなってしまい、灯心まで使い果たそうとしていた。どちらかが立ち上がって火を消し、灯心を節約しようとはしないのは、いつもと違っていた。

ソーンヒルは、横になったまま、屋外の夜の帳に耳を澄ませた。壁の隙間からは、空気が流れ込み、薬のような甘く湿った臭いがした。剃刀のように鋭い鳴き声の虫の声に混じって、河の蛙の合唱が聞こえては止み、止んではまた聞こえた。

五年間、それだけあれば十分だとソーンヒルは思った。

十一月になり、暑い季節がやって来た。夜明けですら、太陽は避けるべき敵で、午前中でも小屋のなかは耐えられないほどの高温になった。樹木はいっこうに影を作らず、日光を撒き散らすだけだった。小屋の細長い影も、時間がたつにつれて小さくなっていく。昼までには、その影すらもすっかり縮こまったようになくなって、開拓地は灼熱の太陽に晒された。

けれども、この天気のおかげで、植えたばかりのトウモロコシは良く育った。雨もよく降った。入道雲が立ち込めて、突然激しい嵐になることもあった。そうなれば、桶に水を汲んで畑にやる必要はなかった。その代わりに、農作物を脅かさん勢いで生えてくる雑草を処理するのに、暇さえあればみな駆り出された。

メアリーに母乳を与えていたサルは胸に痛みを感じたが、この暑さでメアリーがぐずって乳房をぐいと引っ張るからだろうと思っていた。「夜になって涼しくなったら良くなるわ」そう言ったものの、次の朝はいつもより涼しかったにもかかわらず、サルは高熱が出て、乳房は太鼓のように硬くなって腫れ上がった。ソーンヒルは、大麦の収穫のために上流へ行くのを延期して、ヘリング夫人を呼びにいった。お人好しのヘリング夫人は、すぐにやって来て、これは授乳熱に違いないと言った。

サルが痛がるにもかかわらず、夫人は子どもに乳を与えるのが授乳熱には一番なのだと言い張った。夫人はサルに熱い湿布薬と蒸し布を施し、赤ん坊を抱き抱えてサルの胸に近づけると、腹いっぱいになるまで飲ませた。

それでもサルは良くならなかった。暑い日中も、震えながら毛布にくるまって横になっていた。体は冷たく、顔は赤くなったり、灰色になったりした。眼球は小さくなって濁っていた。バブとディックは蠅叩きを手に、代わる代わる母親の傍らに座って蠅を追い払ってやった。

ソーンヒルは、サルを亡くしてしまうのではないかと気が気ではなかった。何ごともないかのように、毎日同じように底抜けに青い空が疎ましかった。いつもと変わらず鳴く鳥たちが憎らしかった。ここにサルを連れてきた自分自身が、嫌でたまらなかった。ヘリング夫人が言うことを聞き逃すまいとし、自分が投げかけた問いに夫人が答える声色に注意を払った。「昨日とちっとも変らないね」夫人の答えはいつも一緒だったが。

夫人の気持ちを害してしまう恐れはあったが、ソーンヒルはグリーン・ヒルまで船で行き、二十ギニーを支払って医者を連れてこようとした。医者はそんな遠くまでその代金で出向くのは割りが合わないと言った。確かに、満潮でも船で四、五時間はかかった。けれども、言葉の行間にこめられた本当の理由がソーンヒルにはわかった。サルは所詮、刑期を終えた囚人の妻に過ぎないということだった。

トウモロコシを挽いていたヘリング婦人が、火加減を強くする小枝を子どもらに集めにいかせた午後、ソーンヒルはサルの傍らに座り、目を閉じたまま枕に青白い顔を押しつけて横になっている彼女を見つめた。眼前の、やつれながらも優しさを湛えたサルの表情こそ、いつも彼を慰めてくれるものだった。スワン通りの家の台所で口の中のピンク色が見えるほど大きな口を開けて笑いながら、彼の指に自分の指を添えて羽ペンの握り方を教えてくれた少女の面影を、今でも彼女の表情に見いだすことができた。

サルは死を恐れてはいないようだった。ヘリング夫人が焼いてくれる世話も、文句ひとつ言わずに受け入れていた。ソーンヒルは、スーザン・ウッドのことで笑いあったあの午後のことをサルに思い出させようとした。スーザンの夫は、妻が最後に絞り出した尿の量を数学用の機器で測定して悦に入る変わり者だったというあの話だ。サルは思い出して、可笑しがるように一瞬口を動かしたように見えたが、何も言わなかった。

死や痛みが恐怖の対象でない代わりに、彼女はこの痩せた外国の地に埋葬されることを恐れていた。ぎらぎらと太陽が照りつけるこの地の、ささくれ立った硬い木の下で朽ちてゆくのは耐え難いと感じているようだった。寝床に真っ直ぐ横たわったまま、宙を見つめていたサルは、ある日、ため息をつきながら言った。「北に向けて埋めてほしいの、ウィル」長い間黙ったままだった彼女が、急に発したこの言葉を聞き損ねてしまったソーンヒルは、もう一度聞き返した。「北向きって言ったのよ、ウィル。故郷《ホーム》のほうに向けて」そして唇を固く結ぶと、ソーンヒルを見つめ、彼が約束するのを待った。

それを聞いた時、ソーンヒルは気でも触れたかのように大声で怒鳴り散らした。「埋葬の話なんてするなよ、サル」彼は泣いていた。けれどもサルは目を閉じて、気にも留めなかった。ソーンヒルは彼女の顔を見つめた。よく慣れ親しんだその顔を。彼はサルが何を言いたいのかわかっていた。「故郷に戻ろう」彼女のいない人生なんて死と同じくらい空虚に思えるこの瞬間にさえ、ソーンヒルは彼女が望んでいるその言葉をかけてやることができないのだった。

噂は瞬く間に河の住人たちの間を駆け抜けた。スマッシャーは、濡れた袋に毛のような紐ではさみを縛ったマングローブ蟹を数匹入れて、舟を漕いでやって来た。サギティーは、その日屠ったばかりの豚の腹肉を少量携えてあらわれた。サルはそれらにまったく口をつけず、結局、彼女以外の者たちが宴会を始めた。どこで手に入れたのか、スパイダーは上等のマデイラ産ワインを一本届けてくれた。ある日の午後など、ブラックウッドまでが、自分の潟湖で捕ったウナギの煮こごりと、収穫したばかりのジャガイモをひと袋抱えて、河のほうから大股でやって来た。

ブラックウッドのウナギが良かったのか、それともベットの傍らに座って、彼が故郷、イーストチープの母親から教わったウナギをゼリー状にするやり方を話して聞かせたのが良かったのか、サルに回復の兆しがあらわれた。「グラントリー通りのオール・ハローのそばなんだが」ブラックウッドがそう言うと、サルは微笑んでうなずいて見せた。「知ってるわ」彼女はささやいた。「スティクリーの服地屋がその角を曲がったところにあるでしょ」そう言いながら、サルはしまいには起き上がって、枕に弱々しく体をもたせかけ、ウナギの煮こごりを二、三口、口に入れると皿を押しやってまた寝具に滑り込んだ。

次の日、ソーンヒルが目覚めると、サルがメアリーを抱いてベッドに座っていた。メアリーはその胸のなかで母親を見つめ返している。

「ウィル」そう言って微笑んだ彼女の笑顔は、もういつものサルの笑顔だった。ソーンヒルはうれしさのあまり、彼女の手を取ってぎゅっと握りしめた。「櫂じゃないのよ、ウィル。放してちょうだい」そう言いながらも、彼女もできる限り強く握り返した。「ねぇ、教えて。私、どれくらい寝込んでたのかしら？誰かが日を印してくれていた？　それとももうわからなくなった？」

ソーンヒルは笑顔を作った。「日曜日に印をつけただろう、サル。その九週目の日から五日たったよ」答えながら彼は、回復したサルの脳裏に何よりも先に思い浮かんだのが、木に刻まれた日数であったことに失望を覚えたが、それを顔には出すまいと努めた。

# 第四章　百エーカーの土地

ソーンヒルは使用人を得たことで、ホープ号に乗っている間も、家を留守にする際の不安が少し和らいだ。ダンとネッドはとろい連中だったが、男であることに違いはなかった。サルにしばしの別れを言うのはいつも胸が引き裂かれる思いがしたが、少なくとも森のなかに女が一人残されるという状況は回避できた。

物事はうまくいきはじめていた。ソーンヒルとダンは、形の揃わない石をなんとか組み合わせて、サルのために小屋のなかに暖炉を作った。内側を泥で固め外側を樹皮で被った煙突もつけ、暖炉は長さのある薪をくべられるように大き目に作った。十一月の半ばの猛暑のさかりで、暖炉に火を入れることなど考えられなかったが、この地の冬がシドニーよりも厳しいことをウェッブから警告されていたので、今のうちに対策を講じて、暖炉に火が燃える小屋で過ごせるように冬に備えることにしたのだ。この土地で火のことを考えるのは楽しいことだった。祖国では、つつましい石炭を二つうまく並べて燃やすのが精いっぱいだったが、ここでは無駄遣いを気にせずに木を積み上げて、黄色い炎がめらめらと燃え盛るのを見ることができた。

この河辺で子どもたちは、シドニーにいたころよりもずっと元気に育っていた。二歳になるジョニーは一日中動き回り、あっちこっちのものを突っついたり、いろいろなものを積み上げて遊んだ。次は何をして遊ぼうかと思いをめぐらせながら、何かに集中している顔は真剣そのもので、ほかのことは目に入らない様子だった。ディックは背も伸びてたくましい七歳の少年に成長し、赤ん坊のメアリーは喃語《なんご》で自分自身に話しかけるようになっていた。

バブにさえ良い兆しがあった。粗末な食べ物にもかかわらず、バブはすくすくと育っていた。ほかの五歳児に比べれば、すぐに泣きだす泣き虫で、目の下のうす紫色のくまは消えないままだったが、肉づきは良くなってきていた。

商売は順調だった。総督はこの河の上水域に警察隊の駐屯地のある町を建設する法令を出した。原住民による暴行や強奪の事件があとを絶たなかったので、農民たちにとっては、この法令が安全を保障するものとなり、土地を捨てる者もなくなるだろうと思われた。小さな集落に過ぎなかったグリーン・ヒルは、ウィンザーという堂々たる名前の町に生まれ変わり、その少し上流の小屋がまばらに点在する地域は、リッチモンドと命名された。警察隊は河沿いの農場を巡回し、犯罪や不法行為を取り締まり処罰するために、二週間に一度は未開の密林にも入っていった。

この町の建設は、需要のある物品を積んで船で航行するソーンヒルのような商売をする者にとっては、願ってもないことだった。遠く離れた小さな村落の農場を行ったり来たりする必要はなくなり、この新しくできた町に船を着け、一度に品物をさばき、また仕入荷を積んでシドニーまで行くだけで済むようになったのだ。

ソーンヒルはシドニーに行く際はいつも、サルにちょっとした贈り物を買うことにしていた。一揃えの紅茶茶碗、埃っぽい床に敷くためのマット、青色のショール。このショールは、かつて彼女の父親が彼女に買い与えた柔らかい糸で編まれた薄手のショールに比べれば品質は落ちたが、それでも色形がそっくりだった。

自分には人生初のブーツを買った。そのブーツに足を入れた時、彼はなぜジェントリーが違って見えるのかがわかった気がした。金があるということだけではなく、歩き方にかかわるブーツが決め手となるのだ。

ウィンザーからキャベツやトウモロコシを積んで戻る時も、キャラコ布や鋤を仕入れてシドニーから戻る時も、自分の家が近くなると、ソーンヒルはいつも身が引き締まる思いがした。サルには何も言わなかったし、ウィリーにも口止めしていたが、町では原住民による暴行のニュースが絶えず聞かれた。ソーンヒル岬に戻った時、自分の家の煙突からゆっくりと立ち上っている煙や、庭先に餌をつついている鶏、父親にお帰りなさいを言うために坂を走り降りてくる子どもたちを目にすると、ソーンヒルは心底安堵を覚えるのだった。

一八一三年が終わりに近づいた十二月のある日、彼はソーンヒル岬のすぐ近くを航行していた。嵐になりそうな西からの熱風で、シドニーの開拓村からの帰路は荒れ模様だったが、なんとか無事に帰り着けそうだと胸をなでおろしていた。ところが、ホープ号をマングローブの木の間に滑り込ませて、いつもの定位置に着ける間もなく、ウィリーが髪を振り乱し、顔を歪めて叫びながら小屋から駆け降りてきた。喘ぎがおさまるとウィリーは言った。黒んぼがやって来たのだと。

ソーンヒルは、握りしめたこぶしのように心臓が硬くなるのを感じた。顔から血を流し、仰向けに倒れているサルの姿が思い浮かんだ。空を仰いだ目が、その死を物語っている。その横の布に包まれたメアリーは、血を吸いとられ動かない。バブとジョニーは皮膚を剥がれ、切り刻まれて生きたまま炙られ、一番美味しそうな部分の肉を食べられようとしていた。

ウィリーが息を整えて話しはじめると、どうやら命を落とした者はいないことはわかった。ウィリーはその小さい胸を上下にばくばくさせて、汚れた顔を恐怖で引きつらせ、遠くを指さした。しかしその方向に見えるのは、ひと筋の煙だった。ソーンヒルの小屋から立ち上る煙と同じように、岬の遥か向こうからゆっくりと立ち上り、樹木を青色にかすめていた。

ソーンヒルは恐怖を感じなかった。ただうんざりしていた。彼はホープ号で航行し、商売をしたいだけだった。トウモロコシを育て、使用人の無償労働を享受し、成功の梯子を登っていきたいだけだった。決して多くを望んではいなかった。にもかかわらず、またやつらが戻ってきたのだ。避けては通れないとでも言うように。

「頼むから、静かにしてくれ」ソーンヒルはウィリーに向かってそう言い放つと、耳を澄ませた。風は、けだるい犬の鳴き声と、少し離れたところで泣いている子どもの泣き声を伝えた。何か早口でしゃべっている女の高い声も聞こえてきた。煙が消えて黒んぼたちも消え去ってくれればいいのにと思いながら、ソーンヒルは煙を見つめていた。

ウィリーは眉間に皺を寄せ、しかめ面で父親を見つめて言った。「銃を持ってきてよ、父さん。やつらに見せつけてやるんだ」

こんな時ソーンヒルは、息子が大人のふりをしたがる少年ではなく、父親を神のように崇める子どものままでいてほしいと願うのだった。

メアリーを腰のあたりで支えるように抱いたサルが戸口にあらわれて言った。「昨日、黒んぼたちが来たのよ。近くまでは寄ってこなかったけど」

ソーンヒルはサルがそれほどには怯えていないことに安堵した。

「これを持っていって、ウィル」袋を握りしめてサルが言った。「豚肉が少しと、小麦粉が入っているわ。それから、あなたが取っておいた煙草が少し」

ソーンヒルは手を伸ばしてそれを受けとろうとはしなかった。肉を少々やるくらいは仕方がないかもしれなかった。けれども、こんなふうに食べ物を与え、挙句の果てには煙草まで与えるのはためらわれた。度を越しているように思われたのだ。そこまですれば、ロンドンでバトラー氏に毎週月曜日に家賃を払っていたのと変わらないとソーンヒルは感じた。

しぶしぶ袋を受けとると、ソーンヒルはテーブルに置いた。「毎回物を与えれば、きりがなくなるよ。やつらはもっと欲しがるだろう、こちらの物が底を突くまでね」

ダンが船から降りてきて彼らを見ていた。彼は櫂を持ってくるはずだったが、手に何も持っていなかった。ソーンヒルは、ダンがそこに突っ立って、手をぶらぶらさせながら聞いているの見て、殴ってやりたい衝動に駆られた。ダンは下品で抜け目がなかった。主人のソーンヒル夫妻が口論しているのを見て楽しんでいるのを隠そうともしなかった。

しかしサルが機転を利かせて、ダンをがっかりさせた。「あなたの言うことに一理あるわね」そう言ってソーンヒルに同意し、考え込むように空をくすぶらす煙が立ち上る戸口の外のほうを見た。「彼らはジプシーみたいなものね、そう思わない？　ジプシーが裏口にやって来たら、父さんは古いシャツをあげていたわ。でもいつもじゃなかった。そして、家のなかへは絶対入れなかったわ」

ソーンヒルは、この新たな世界を受け入れるために、自分を納得させようとしているサルへのほとばしる愛情を感じた。「加減が大事ね。父さんがそうしたように」サルはそう言いながら、自分を落ち着かせるようにぴったり合わせた両手を左右に動かした。「機嫌を損ねてはだめよ。でも、増長させてもだめ」サルはソーンヒルの顔を見上げた。「そうするうちに、少しずついなくなるわ。彼らは一か所には留まらないから」

サルはソーンヒルが感じていることを言葉にしてくれた。原住民との間に一線を引いておく必要があった。ただ、どこで引けばいいのかはまだわからなかった。向こうからその線が引かれるのを待っているようではだめだということだけは、はっきりしていた。

「ちょっと行って話してくるよ」近所の者に話をしにいくかのように、ソーンヒルはわざと軽やかに言った。「ちゃんと話をつけないとな」サルの眉間に深い皺が刻まれるのをソーンヒルは見た。しかし、彼女にも名案があるわけではなかった。仕方なく「早く帰ってきてね」とだけ言った。

ソーンヒルはネッドとダンを連れていこうか迷った。しかし、これはこちら側に何人いて、向こう側に何人いるというような数の問題ではなかった。もしそうだとすれば、始めから彼は負けたも同然だった。それが何なのかはわからなかったが、もっと重要なことがあるように思われた。彼は煙のほうに向かって歩きはじめた。大股で進んでいくその姿は、土地の測量をしているかのように見えた。

どうしたところで、彼は裸のように無防備に感じていた。


ソーンヒルが岩に彫られた魚を見たところからそう遠くはない、岬をまわり込んだ少し奥まった場所に原住民たちの野営地はあった。そこは柔らかい草地で、まばらに生えた木がちょうどよい日蔭を作り、河からの風が吹き込む、野営には適していそうな場所だった。ソーンヒルの小屋の傍らを流れるものほど大きくはないが、小川も流れていた。彼の小屋の周囲のようにきれいに掃いて整えられた土地には、集めた枝を立てかけて、その上に樹皮と葉をこんもりと盛ったような原住民の小屋が二つあった。樹皮でこしらえた器のなかには、でこぼことした木の実が山のように積まれ、これから挽かれるのか、両手いっぱいほどの草の種が入った大きな石の挽き臼のようなものが置かれていた。

焚き火の傍らに二人の老女がいるのが目に入った。彼らの肌は地面から生えてきたように黒かった。二人は長く痩せた足を前に出して座っていた。乳房が腰のあたりまで垂れ下がっている。そのうちの一人が、がっしりとした太腿の上で繊維状の樹皮の糸を巻きながら、太い茶色の糸を繰り出している手を止めた。その後ろで子どもが立ったまま、ソーンヒルを見つめていた。女たちは彼にほとんど興味を示さず、飛び回る蠅でも見るようにちらりと見上げただけだった。

日蔭に横になっていた痩せた犬が起き出して体をこわばらせ、気乗りしない感じで吠えだすと、この静止画のように動きのない不自然な空気が破られた。糸を繰っていた女が犬に向かってたったひと言大声で叫ぶと、犬は泣き止んだ。犬は蠅をぱくりと食べると、片目だけ開けてソーンヒルを見ながら、また横になった。

もう一人の女が立ち上がった。死んだ蛇を手に持って、ぐにゃぐにゃさせている。女は、古い縄を扱うかのように何げない様子で死んだ蛇を炭火に投げ入れ、棒切れを持って前屈みになり、赤々とした燃えさしに灰をかけた。女は再び座り込み、ソーンヒルを無視して、皿から木の実を選り分けはじめた。

「ここから出ていけ」穏やかに、しかし断固とした調子でソーンヒルは言った。言葉が宙にこぼれ落ちたように感じた。女たちは動じなかった。顔の皮膚は感情を覆い隠す布地であるかのように表情ひとつ変えず、女たちは彼から目を逸らした。長い上唇と鼻の横の両頬を切って深く食い込ませた金属の輪のせいか、女たちの顔は厳めしく高慢に見えた。「ここから出ていけ。俺たちの場所から出ていくんだ」ソーンヒルは言った。

言葉が湧き出て、そのあとに沈黙が残った。ソーンヒルは女たちに歩み寄った。ためらう様子もなく糸を繰っていた女が、糸を横に置き立ち上がった。長い乳房が揺れ、乳首は地面を向いて垂れ下がっていた。ソーンヒルを見ながら立っている女の姿は、地面にすくっと立つ木のようだった。

ソーンヒルは女を直視できなかった。彼は女の裸を見たことがなかった。サルでさえ、その全裸を見たことはなかった。腰のまわりの紐以外は何も身に着けていないこの女のように、サルがソーンヒルの前に立つことはなかった。もし、そんなことがあったならば、彼は急いでその裸身を覆い隠そうとするだろう。けれども、この女たちに羞恥心はないようだった。それどころか、裸であることを意識していない様子だった。サルがショールやスカートを身にまとうように、彼女たちは皮膚を身にまとっているかのように思われた。

火に蛇を放り込んだ女が腕を上げ、彼に向けて手をはためかした。ぶっきらぼうだが、語気を強めて何か言葉を発している。奥まった一対の瞳は光を帯びていた。帽子を被り半ズボンをはいた男を、女は恐れていなかった。何を言っているのかはわからなかったが、女がいかなる異存も受け入れまいとしていることは見てとれた。ひと通り話し終わると、女は戸を閉めるように顔を背けた。

ソーンヒルの反応などまったく意に介さないというような女の態度が、彼は気に食わなかった。「婆さんよ」大声で呼びかけた。「銃を取ってくれば、貴様の頭なんて簡単に吹っ飛ばせるんだぞ」その声はくぐもって十分に響かなかった。女は彼を見なかった。しかし、表情には拒絶の意志があらわれていた。言葉を浴びせかけてきた女が、頭をぐいと横へ動かした。ここから出ていけ、もと来た道を帰れと言っているようだった。

気配を感じて後ろを振り向くと、男たちが立ってこちらを見ていた。土から生えてきたように物音ひとつ立てずに、どこからか集まってきたようだった。六人、いや、八人もしくは十人はいるかもしれない。人影は木の陰に隠れて、何人いるかははっきりわからなかった。

ロンドンでは、ソーンヒルは大柄なほうだった。しかしこの男たちの前では、小さく感じた。背の高さは変わらなかったが、男たちの肩はたくましく、胸筋は割れていた。みな、虫の触角のように揺れる木の槍を数本持っている。

ソーンヒルは、新調した重いブーツを履いた足で地面に踏ん張った。男たちの目に自分はどのように映っているのかと想像してみた。不思議な服に帽子の陰に隠れた顔。

ここは接待役として振る舞うことが賢明だと思われた。彼らを客のようにもてなすのだ。相手の怯えを嗅ぎとれば容赦なく襲いかかる犬に対処するように、臆することなく彼らを直視しつつ、ソーンヒルは客を歓待するように楽しげに話しかけた。

「どうも、これはこれは、みなさん。ご機嫌いかがですか?」

言葉は薄っぺらく馬鹿馬鹿しく響いて大気に霧散した。ネッドやダンが聞いていなかったことが救いだった。ソーンヒルは胸に熱いものを感じた。怒りなのか恐怖なのかはわからなかった。

銃を持ってこなかったことを悔やんだ。

鳥が木のどこかでさえずりはじめ、草むらから聞こえるブンブンという音が大きくなって消え、また大きくなっては消えた。火にくべた木が小さな音を立てて崩れた。

蛇を焼いている炭火のあたりから、煙がもくもくと立ちはじめた。肥えた羊の厚切り肉のような脂の良い臭いが、彼のほうにも漂ってきた。ソーンヒルは、蛇を夕食にするのも悪くないのかもしれないとふと思った。

「話せないのか、この黒んぼめが?」この言葉が合図となったかのように、原住民たちが彼に向かってきた。くつろいだ感じで手に槍を持って、ゆったりと歩いてくる。ここに移ったばかりのころ、ソーンヒルが叩いた白髪のひげの男が、ほかの者たちを残してソーンヒルの前に進み出た。男の長く黒い手が伸びてきたかと思うと、ソーンヒルの腕を掴んだ。この裸の年老いた男は、火が熱を放出するように権威を漂わせていた。男の口から言葉が流れ出た。

ソーンヒルは、この呪文のような言葉を打ち破るように話しだした。「もう十分だ。この老いぼれ野郎が」粗暴な声が言葉の流れを遮った。「今度は貴様が聞く番だ」ソーンヒルは屈みこむと、小枝で土に印を描いた。河を表わした曲がった線と、百エーカーを表わしたきっちりとした四角だった。「ここは俺のものになったんだ。ソーンヒルの土地だ」

男は彼を見つめた。

「それ以外は、貴様のものだ」ソーンヒルは言った。声が荒くなるのが自分でもわかった。「残り全部は貴様にくれてやるよ。喜んでな」しかしその言葉は、ただの空気のごとく男の前を流れていった。この時はじめて、彼はその男の白目の白さに気がついた。白目と正反対の肌の黒さが、その目を内側から照らしているように見せるのだろうかと思った。

老人は火のほうに歩みを進めると、樹皮の皿に入っているものをひとつ取り上げた。茎に六個から八個の突起物がぶらさがったヒナギクの根っこだった。男は根っこを指さして再び話しはじめた。挙句の果てには、そのひとつをかじって嚙み、飲み込み頷いた。ソーンヒルにとって、男の言葉は鳥の声ほどに意味を成さなかったが、彼の言いたいことはわかる気がした。男は根っこの突起をポキリと折るとソーンヒルに差し出した。果肉は、半透明でガラスのようにパリッとした感じだった。大根に似ていた。

しかし、ソーンヒルは食べようとはしなかった。「どうもご親切に。でも、遠慮しておくよ」そう言ったあと、可笑しさがこみ上げた。彼は、男の茶色の皺が刻まれたピンク色の手のひらに乗せられた物体をもう一度見た。「俺にとっては猿の餌にしか見えないけど、でもあんたの口には合うんだろう」

男が激しくまくし立てた。何かを詳しく説明しようとしているようだった。男は根の束を持ち上げて、氾濫原のほうを向いて指さした。男の声は問いかけるような調子で、合意を求めるかのように、何度も同じ言葉が繰り返された。

「わかったよ。その猿の金玉がそんなに気に入ってるんなら、あんたの好きにするがいい」ソーンヒルが語りかけた。老人は大声を張り上げ、きつい調子で何か言ったが、ソーンヒルにはそれが同じ言葉であるということしかわからなかった。

彼は老人の言葉を理解したいと心底思った。

老人はソーンヒルからの回答を得るまでは、一日中でも待つつもりのようだった。

「俺たちには俺たちの食べ物がある。俺たちもあんたたちの食べ物に文句は言わない」ソーンヒルは、そう言って老人の目を見て頷いた。老人もそっけなく頷き返した。

会話は確かに交わされた。問いがあって、答えがあった。しかしその問いとは何で、答えとは一体何だったのか？

彼らはお互いを見つめあった。言葉の壁が二人の間に立ちはだかっていた。

「もう大丈夫だ」小屋に戻ったソーンヒルはそう言った。「世界は広いんだ。心配することはない。やつらはそのうちにいなくなるさ」

クリスマスから焼けつくような一月の初旬にかけて、ソーンヒルは毎朝、原住民たちの煙が空に見えないことを祈りながら小屋の戸を開けた。けれども、判で押したように煙はいつも見えた。サルは安心したようだった。「そのうちいなくなるわよ」煙を見てしかめ面をしたソーンヒルに彼女は言った。「あなたがそう言ったのよ」ソーンヒルは同意せざるを得なかったが、出来すぎた作り話をしたことにある種の孤独感を感じはじめていた。

百エーカーはもはや自分のものだとは思えなくなっていることを認めるのには、しばらくの時間を要した。姿はほとんどあらわさずとも、原住民たちは小さな集団を作って、このあたりにずっと居住してきたのだ。樹皮や木の葉の影や、水滴の痕がついた岩の上で戯れる光に紛れて、彼らの黒い体は樹木の間からちらちらと見えた。目を凝らしても、ただの枝なのか槍を持った男がこちらを見ているのかは区別がつかなかった。

原住民たちの歩き方は、ソーンヒルがこれまでに見たことがないものだった。その姿は、体全体が長く細い足のように見えた。体重は腰から下にかけられ、足がそっと脆い落ち葉や剥がれた樹皮が重なった地面の上に着地する様子は、どこか宙に浮いているようにも見えた。

ソーンヒルは黒んぼなんてみな同じにしか見えないと思っていたが、しばらくして、見分けるのは意外にたやすいことに気がつき、いくらか驚きを覚えたものだった。ソーンヒルは黒んぼたちに名前を付けはじめた。隔たりを少しでもなくすような取るに足りない名前を付けた。その行為は、前途多難な彼らの関係性を、ちょっとしたご近所同士のように少しでも慣れ親しんだものにするためのものだった。

頑とした口元と無精ひげの老人は、スワン通りの研ぎ師、ハリー爺さんのそれを彷彿とさせたので、その名前を拝借して「頬ひげのハリー」と命名した。ソーンヒルはこの厳格な老人が、その口元とひげ以外はロンドンの研ぎ師とは似ても似つかぬことは、自分の胸にしまうことにした。初日にソーンヒルをぴしゃりと叩いた男は背が高く、直立不動の姿勢が印象的だったので「のっぽ《ロング》のボブ」と呼んだ。もう一人の若者は、ほかの者より肌の色が薄かったが、悲しげな顔はいつも思い悩んでいるような表情を湛えていたので、「ブラック・ディック」と呼ぶことにした。その途端、不思議と彼に対する恐れは和らいだ。

頬ひげのハリーはよく骨と皮だけの足で悠々と歩き回っていた。そうでない時は、槍を立て向きにして体の横に持ち、片方の足の膝にもう片方の足をくさびを打つように留めた格好で片足立ちをして、遠くを眺めていた。ソーンヒルと一対一で向きあった時、ハリーは彼があたかも空気であるかのように見て見ぬふりをした。

のっぽのボブとブラック・ディックは、ソーンヒルがネッドとダンと一緒にトウモロコシ畑の雑草を鍬で掘り返しているのを、時折見ていることがあった。彼らは立っていることも、うずくまっていることもあったが、まわりの樹木に紛れるような槍を携えていた。

彼らが槍を持たずにいることはなかった。

ソーンヒルとダンは、ブラック・ディックが草むらの何かを狙って槍を放つのを見たことがあった。彼はのけ反り、空いているほうの手で目前の空気の流れを鎮めるようにバランスを取ると、鞭をひと振りするかのような目にも止まらぬすばやさで獲物を射止めた。

「すげぇ」ダンが息を呑んだ。「見たか？」

男たちがソーンヒルやダン、ネッドと言葉を交わすほど近くに来ることはなかった一方で、女たちはサルに近寄ってきた。めずらしい玉石でも見るかのように小屋を取り囲み、通り過ぎるたびに呪文を唱えるようになっていた。

ある日、ネッドとダンを引き連れて、茶を飲みに小屋に戻ろうとした途中、ソーンヒルは、森から列をなしてぞろぞろと出てきた一団が、サルの庭の端を横切るのを目にした。サルがブリキ製のポットを片手に小屋から出てきたので、ネッドとダンの足を止めて静かにするように合図した。静寂のなかに、サルの叫び声が響いた。「あら、メグ。何を持ってるの？」ソーンヒルは、原住民の女たちがサルに襲いかかりでもした時に備えて鍬を握りしめ、ネッドとダンにもすぐに指示を出せるようにして様子を見守った。

この未開地で大勢の原住民の女に囲まれて、サルがたった一人たたずんでいた。

女たちはサルに近寄り、木の器のなかの物を彼女に見せた。そしてサルのまわりに群がって、いかにも楽しそうに騒いだ。そのなかの一人は、腰のまわりに巻きつけた紐にぐにゃりとした斑点のある大きなトカゲをぶらさげており、彼女が歩くたびに膝にあたってピシャリという音がした。女が太って重そうなトカゲを持ち上げると、トカゲの足が開いて青白い腹が露わになった。そして、女は半マイル離れたところから話しかけるように、サルに向かって何か叫んだ。「見事なトカゲね、ポーリー。でも、本当に食べるつもりなの?」ソーンヒルは、サルがそう叫ぶのを聞いた。トカゲを指さして食べる真似をし、トカゲを持った女を指さしたサルを見て女たちは一斉に叫び、笑い声を上げながら手を口元にやり、食べ物を嚙むふりをしてサルの真似をしてみせた。女たちの歯の白さにソーンヒルは驚きを覚えた。こんなに丈夫そうで、輝きを放つ白い歯を彼は見たことがなかった。サルは冗談を言いながら楽しんでいるようだった。「あなたって、本当に困った人ね。ネズミはどうするの? 鍋の虫はどうやって煮るの?」

年配の女の後ろのほうにいた若い娘たちは、手を口に当ててお互いを見て笑いあっている。すると、向こう見ずな少女が一人飛び出して、サルのスカートを遠慮がちに掴んだ。そして初めて触る生地の感触に、火傷でもしたかのように金切り声を上げて手を離した。するとサルは少女に歩み寄り、スカートを持ち上げて少女に触れさせてやった。「何なの? 口のきけない動物みたいに」そう言って微笑みかけた。許しを得た少女は飛び出して、今度は生地をつまみあげると、その手でゆっくりと触れた。するとほかの者たちもサルに群がってきた。サルの腕に触る者もいた。サルの腕に比して黒さが際立つ彼女の手は、最初は嚙まれでもするかのように、すばやく触れただけだったが、その後サルの顔を見ながら、ゆっくりと自分の手をサルの腕に添わせた。その後ろで別の者がサルの帽子を軽く叩くと、残りの者たちは歓声を上げて激励した。

するとそのうちの一人が、サルの頭から帽子を取り、自分の頭に乗せた。黒い巻き毛に釣り合わない白い帽子が乗っかっている様子は、このうえなく可笑しかった。サルも二つ折れになって笑っている。むき出しの裸に、頭の上の歪んだ帽子。なかなかの見物だった。帽子を被った少女には、はじけるような歓喜の笑顔が輝いていた。ほかの者たちも次々に被りたがったので、みなが笑い疲れてよろめくまで、帽子は手から手へ、頭から頭へと渡った。

男なら、この娘たちの小さな乳房や長い腿に目を奪われるに違いなかった。帽子に手を伸ばした時、丸みを帯びて突き出た少女の肩の肌や、蕾のような胸の膨らみは、絹のごとく滑らかに動いてかすかに煌めいた。ソーンヒルは、ダンが飢えた目つきで、羞恥心のない少女たちを見つめているのに気がついた。青白い顔のダンの眼はぎらぎらしていた。ネッドは思わず言葉を発した。「あの乳首を見ろよ。乳首が丸見えだぜ」彼はしゃがれ声でささやいて、甲高く笑った。

サルは手まねで、彼女が興味があるのは木の皿の中身ではなく、皿そのものであることを伝えようとしていた。女たちは、サルの頼みを受け入れ、いくつかの皿の中身を別の器に移し、裏返して底面まで見せてくれた。交渉はしばらく続いていたようだったが、サルが帽子を差し出して、手まねを添えながら言った。「あなた、これを、私に、くれる」「私、これを、あなたに、あげる」

女たちは納得した。ソーンヒルが初めて会った時、糸繰りをしていた皺だらけの長老の女が、サルとの交渉に応じた。サルは小屋に戻ってねじり砂糖を持ってきた。「俺たちの砂糖だぞ！　やめるんだサル！」ソーンヒルはもう少しで叫ぶところだった。みなで丸くなって何か話しあっている様子だったが、黒い肌の裸の女たちの輪から、スカートとベストを身に着けた肌の白い女性、つまりサルが離れた。交渉が成立したようだった。サルは木の皿を、長老の女はねじり砂糖と帽子を手にしていた。

小屋に戻ろうとしたサルは、ソーンヒルが立っているのを見て、少女のようにうれしそうに叫んだ。「これを見て、ウィル。黒んぼたちの皿よ、変わってるでしょう?」そして、ソーンヒルが鑑賞できるように皿を差し出した。「皿ならあるじゃないか、サル。それにこんな皿、使わないだろう」しかし彼女は、そういう彼の言葉を無視して声を張り上げた。「ウィル、あなたって本当に馬鹿ね。使うんじゃないの、これは骨董品《キュリオ》よ」サルは使い慣れない言葉をぎこちない感じで言って続けた。「イギリスじゃね、ジェントリーたちはこの手の物に金を惜しまないって、へリング夫人が言ってたの。五年間、毎月ひとつずつ手に入れれば、故郷に戻った時にひと儲けできるわ!」

サルは隣人たちとの友好を築き、交渉を成功させたことで、子どものように得意げになっていた。「へリング夫人が言ってたことは正しいわ。なんの問題もなかったもの」

サルの勝ち誇った顔を見ながら、彼女の腰を抱き寄せその魅力的な曲線に触れると、ソーンヒルも微笑み返すよりほかなかった。

その後ソーンヒルは、河岸でフトイの草むらのあたりを掘り返している女たちを目にした。砂糖の包み紙の切れ端が地面に落ちている。砂糖はきれいに舐められていた。サルの帽子は、腰からトカゲをぶらさげていた女が、頭にではなく尻に着けていた。ほかの者たちがそれを笑っているのを見て、ソーンヒルはこの光景をサルには見せたくないと思った。

森はソーンヒルに食物の在りかを明かさなかった。原住民の女たちが森で手に入れる小さく固い果物や乾燥したようなベリー類、根っこの塊などをソーンヒルは目にしたことすらなかった。サルがその実物を見せてくれたことがあったが、どれも食べられるとは思えなかった。彼が森のなかで見かけるものといえば、蟻や蠅、枝から横目で彼を見ている鳥、それから例の大きな斑点のあるトカゲくらいのものだった。トカゲは長い頭を持ち上げて、ソーンヒルが近づけば近くの木にいつでも登れるように、瞬きすらせずに彼を見つめていた。このトカゲを食べることなど考えられなかった。

ソーンヒルは、原住民の女たちはこの新参者のことを不思議がっているのだろうかと思った。ソーンヒルの家族たちはみな、照りつける太陽の下で木を切り、畑を耕して、汗を流して働いているにもかかわらず、塩漬けの豚とダンパーにしかありつけなかった。それに対して、原住民たちは森をぶらつき、ベルトに食物をぶらさげて帰ってきた。

考えてみれば、これは可笑しなことだなとソーンヒルは思った。

ネッドとダンは、自分たちよりも一段劣った者として、原住民たちを馬鹿にした。ある晴れた昼下がり、槍を体の横にぴったりとつけ、真っ直ぐに握りしめたまましゃがみ込んでいる男たちの一人を見ながら、ダンは衝動的に口走った。「おい、見ろよ、毛が生えたあの尻の割れ目をよ。あいつに比べりゃ、犬のほうがまだ慎みがあるってもんだ！」しょっちゅう狂乱状態に陥るネッドは、この時も頭部を反らせて悲痛な声を出した。

「やつらが手を動かして働いているのを見たことがねぇ」その晩、家族の者たちがふさぎ込んだように食事をしている時、ダンが不平を漏らした。「金玉をぶらぶらさせて、ただ座っているだけじゃないか。奥さんの前で失礼な話だけどな。やつらは、俺たちが必死に働いているのを見てるだけだ」サルが言った。「彼らにも仕事をさせたらどうかしら、ウィル。鋤なんかを使えるように教えるのよ」一同は、顎ひげのハリーやブラック・ディックが槍を置いて、鋤を手に屈みこんで耕しているところを想像しようとした。「ジプシーだって、時々仕事をするそうよ」そう言ってはみたものの、彼女自身がその提案は現実的ではないと思っていることは明らかだった。

顎ひげのハリーとの通じあえないやり取りを、ソーンヒルは頭のなかで何度も思い出していた。結局何もわからずじまいで、わかっているのは、話し合いはまだ終わっていないということだった。

ある日曜日、いつものように木に印をつけて戻ってきたサルは、物思いに沈んでいた。「随分長く居座るわね。彼らがあらわれたのは、たしか十二月の十四週目だったわ。今日はもう十七週目よ」ソーンヒルに背を向け、火の傍らで忙しそうに立ち働きながらサルは言った。「こんなに長くいるとは思っていなかったわ」

サルが思いを正直に打ち明けてくれたのはありがたかった。「お前を煩わせたくなかったから言わなかったけど、俺も同じことを考えていたよ」ソーンヒルがそう言うと、サルは振り返って、暖炉から立ち上る煙に目を細めながら微笑んで彼を見た。「心配しなくたっていいわよ。上流階級のご婦人みたいに不機嫌になるとでも思ったの?」

その数日後、突然、原住民の野営地から騒がしい音が聞こえてきた。犬の喧嘩と叫び声のようだった。サルは屋外の丸太に腰かけて、膝の間に臼を置いてトウモロコシを挽いていた。「ヘリングさんが言ってたわ。黒んぼたちはいなくなるより、ここに留まっていることが多いって。この河辺を好むんだって。私たちと同じようにね」

ソーンヒルは驚いてサルを見た。「ヘリングさんと話したのか？　やつらのことを相談したのか？」ヘリング夫人の鋭い視線は、ソーンヒルの考えなどすべてお見通しと言わんばかりで、彼を居心地悪くさせるのだった。サルに隠し事はできても、ヘリング夫人にはできないと思わされた。黒んぼのことを相談すれば、夫人が浮かべるであろうあの皮肉な表情を想像するのはたやすかった。

サルは小さい挽き臼に神経を集中していた。取っ手を回すたびに、臼は膝の間で滑るので、地面に落ちてトウモロコシの粉が土の上にこぼれてしまいそうだった。「そうよ」唇を噛みしめて必死に臼を挽きながら、ようやくサルは返事をした。ソーンヒルは、金に余裕ができたら、この使い物にならない代物を買い替えねばと思いながら、サルの膝から臼を取り上げた。そして漏斗が空になるまで粉を挽き、サルが用意していた器に漏斗を傾けて粉を注いでやった。

粉が入った器を手に立ち上がったサルは、ソーンヒルの顔を覗き込んで言った。「来ても出ていくならいいけど、居座られるのはちょっとねぇ」それ以上はっきりとサルは言わなかったが、ソーンヒルには彼女が言いたいことは想像できた。それは彼自身も感じていたことであり、その気持ちが彼はわかるのだった。それは恐怖でもなければ、煩わしさでもなかった。得体の知れない他者の焚き火から常に立ち上る煙が、自分たちの生活に落とす漠とした影のようなものだった。

「ヘリングさんは俺たちとは違うさ」ソーンヒルは言った。「あそこに一人で住んでるんだ。どうすることもできないさ」

サルは指でトウモロコシの粉をかき混ぜた。ソーンヒルはそのなかに白い斑点があるのに気がついた。トウモロコシと一緒に挽かれたゾウムシだった。「じゃあ、私たちはどうなの。ほかに方法があるとでも言うの？」この瞬間、ソーンヒルはサルに試されているように感じた。彼の顔を探るように「ウィル？」と問いかけながらサルは続けた。「トム・ブラックウッドに聞けないかしら。彼の考えを知りたいわ」彼女は本当に解決策を求めていたのだった。

そんなわけで次の日、まだ薄暗い夜明け前、ソーンヒルは第一支流《ファースト・ブランチ》の入り口まで小舟を漕いでいった。そこまで行けば、あとは潮の流れに舟を任せるだけだった。滑らかな水面に浮かんだ舟は、泡立つ波に運ばれていく。ソーンヒルは船尾に座って櫂で舵をとり、流れに乗って進んでいった。

ブラックウッドは、ここで生活してゆく術を身に着けていたが、彼が唱えるその秘訣は謎めいていた。「少しやって、少しもらう」これは実際には何を意味するのだろう？　言葉ではなく、実際の状況でどのように行動すればいいのか？　この秘訣は、黒んぼの焚き火がすぐそこで煙を上げているような時、どのように活かされるのか？　白人と黒んぼが理解しあうにも、通じる言葉がない場合はどうすればいいのか？　そんな疑問が、ソーンヒルの胸の内には渦巻いていた。

太陽が密林の樹木のてっぺんの葉を照らしだすころには、ソーンヒルは谷へと舟を進めていた。あたりは静寂に包まれている。河の水は透きとおっていたが、濃い目の紅茶色をしていた。両岸にはマングローブが覆い茂っている。その先には狭く細長い平坦な土地があり、オークの木が垂れ下がり、両側に石の多い急勾配の尾根がせり上がっていた。

このあたりの蚊は格別に凶暴だった。縞模様の足の大きな蚊が腕に止まり、シャツの生地の上から針が曲がるまで刺そうとしていた。さらに前方の木の上では、小さな鐘が鳴るように、一様でゆっくりとしたリズムを繰り返しながら鳥が鳴いていた。魚が水面から飛び出て、きらりと銀色に身体を光らせながら宙を舞った。土地は息を殺して見つめていた。

この支流を五マイルほど上流へ進んだところに、マングローブの茂みが開け、河が屈曲してできたような場所があった。石の多い尾根を押しのけるように、広い三日月型の土地が尾根と河の間に拓けていた。ブラックウッドのものだと思われる煙が上がっているのが見えた。

埠頭はなく、マングローブの茂みには小舟を着けられるような場所すらなかった。隙間らしきものは一か所だけあったが、通り過ぎてしまっていたので、ソーンヒルは櫂を漕いで引き返し、その隙間に小舟を向けた。そこは行き止まりのように見えたが、視界を遮っている小枝を押しのけると、まだ河の流れは続いており、その先に几帳面に丸太を横に並べて作った道があった。草に覆われた土手には、人目につかないようにブラックウッドの平底《ドーリー》の小舟が寄せられていた。

マングローブの茂みにオークの低木の藪が続き、やがて木がまばらに生えた土地に出た。その場所は、ソーンヒルが初めて自分の土地に足を踏み入れた時の状態とよく似ていた。尾根が湾曲したところから、朝日に照らされて、亜鉛の塊のように灰白色に輝く潟湖があらわれた。潟はオークの低木に囲まれ、河から切り離されたように存在していた。底には巨大な岩がごろごろしている。

ブラックウッドの土地が見えてきた。樹皮の屋根のこざっぱりした丸太小屋の傍らに、早朝の光に青々と輝くトウモロコシ畑が広がり、鶏が地面の餌をついばんでいる。小屋とトウモロコシ畑は、あたりの樹木に紛れるようにたたずんでいた。ブラックウッドは、ソーンヒルやほかの移住者のようなやり方で土地を開墾していなかった。切り倒され枯れ果てた木の堆積物で区切られた、いわば文明の始まりと終わりを示す草木の生えていない土地はどこにもなかった。ここは同じ土地に開墾地と森林が共存する場所だった。

待ち構えていたように、ブラックウッドの巨体が小屋の戸口にあらわれた。「勝手に入ってきやがって、ウィリアム・ソーンヒルめが。呼ばれもしないのに詮索好きなやつだ」

ソーンヒルは招かれざる客のようだった。

「俺たちはここで人目につかないようにひっそりと暮らしてるんだ」ブラックウッドはそう言って、彼以外にも誰かいるのかとあたりを見回すソーンヒルを見つめた。

「俺の土地に黒んぼが野営してるんだ」ソーンヒルは切り出した。「ふいに出てきやがる」ソーンヒルの声が頼りなげに響いた。その言葉を聞いても、ブラックウッドの岩のように硬い表情に変化は見られなかった。ソーンヒルは、話をやめて潟のほうに視線をやった。樹木の上のほうからひと筋の煙が立ち上っていた。ブラックウッドの蒸留釜があるのだろうとソーンヒルは思った。

「何の前触れもなく突然あらわれやがる」ソーンヒルはもう一度訴えた。彼は、原住民が近くにいる時の閉塞感や、彼らがその土地を自分たちのもののように扱っていることをブラックウッドに伝えたかった。しかし、自分の百エーカーで起きている問題を、昔からの知り合いに説明するのはきまりが悪いものだった。

ソーンヒルはどう説明したものやらと途方に暮れた。陽の光に晒したことなどなく、人に見せるのもためらわれるような体の部分のように私的な事柄だった。

「やつらが怖いんだろ?」ようやくブラックウッドが言葉を発した。ソーンヒルには、彼が面白がっているように感じられた。ブラックウッドはしばらく考えていたが、ぶっきらぼうに言った。「茶でも飲まないか」

二人は紅茶の入った金属製の湯飲みを持って、小屋の外の長椅子に腰かけた。ブラックウッドは、木蔭のできる草むらの心地よさそうな場所を選んだ。太陽に輝く潟が見わたせ、トウモロコシ畑から鳥の歌声も聞こえてくる。ブラックウッドはすっかりくつろいでいた。ずんぐりと丸い石窯があり、広げられた布にふっくらしたパンが置かれている。木蔭の長椅子には、洗面器と剃刀を研ぐ革砥《かわと》が樹皮に打ちつけられた釘に掛けられ、木の割れ目には鏡の破片が突っ込まれている。

向こうのほうに見える潟の傍らからは煙がもくもくと立ち上り、消えてはまた立ち上っていた。ソーンヒルは、鳥の歌声や風にそよぐ葉の音に混じって、何か別の音が聞こえたような気がした。人の話す声や、犬が吠える声のようだった。しかし、その音がはっきり聞こえるかと思うとすぐ、淀みなく流れるような鳥のさえずりがまた始まるのだった。

ふいにブラックウッドが話を始めた。「シドニーから戻ったある日」そう一気に言ってひと息入れた。「風はなく潮も速く引いた日だった。サンディー島の砂浜に俺はいた」話すべきことはたくさんあるように考え込む彼の口から、言葉になってあらわれるのは、そのほんの一部だった。「黒んぼが俺を待ち伏せしていたんだ」

ソーンヒルは、サンディー島の砂浜に立っているブラックウッド、そして彼を待っていた黒んぼたちを想像してみた。「そんなことがあったのか」そう相槌を打ちながら、ソーンヒルは次の言葉を待った。ブラックウッドを急かしても無駄なことはわきまえていた。彼はどこまでも頑なな男だった。

辛抱強く待った甲斐があったのか、ブラックウッドは口を開いた「やつらはやって来て、俺に出ていくように言った」

「出ていくようにってか?」ソーンヒルはそう言って、また次の言葉を待った。

「あの恐ろしい槍を持ってたよ。俺はすっかりびびっちまった」ブラックウッドは分厚い手で、原住民たちがどんなふうに彼を取り囲んだかを示して見せた。「やつらは待ち構えていたんだ」

ブラックウッドは岩壁の向こうに目をやった。逆光で岩壁はよく見えなかった。「食べ物をやったんだが、やつらはまったく手をつけようとしなかった」

ソーンヒルは、このホークスベリー河の下流域で白人が危険に晒された話を掃いて捨てるほど聞いていたが、遅々として進まないブラックウッドの話にいい加減しびれを切らしていた。また沈黙が続くのではないかと不安に駆られて問い返した。

「で、やつらは何を望んでいたんだ?」

ブラックウッドは、ソーンヒルがまだそこにいたことに気づいて、驚いたかのように彼を見た。「俺の持ち物を調べようとしたさ。俺は被っていた帽子を脱いで、それをそこにいた一人にくれてやった」その情景がよみがえったのか、ブラックウッドは思い出し笑いを浮かべ、話を続けた。「やつらは、だまされなかったさ。まあ、ただの男物の帽子だからな」彼は、湯飲みに残っている紅茶を渦を巻くように回すと、放るように捨てた。紅茶は弧を描いて煌めき、地面に落下した。「そんなことがあったが、結局、やつらは俺が留まることを許してくれた。岸辺に留まる、それが条件であることははっきりしていた。最高に明瞭な英語で話してくれたと思わせるほどわかりやすかったさ」

ブラックウッドの話はこれで終わりではなかった。「丘の上から、部族の伝統の歌が聞こえてきたんだ。ほら、棒状の打楽器のやつさ。聞いたことはあるか?」一定のリズムで手拍子をしながら、ブラックウッドはその音楽が聞こえてくるかのように、頭を気持ちよさそうに動かした。「やつらに言われた通りに、手を出さないことさ」彼は手のひらをすり合わせた。「あの帽子は戻ってこずじまいさ。やつらのものになっちまった」そう言って笑った。

またしばらく沈黙が流れた。ソーンヒルは、果たしてこの話が、自分の置かれた状況を解決するのに役立つのだろうかといぶかった。「少しやって、少しもらう」帽子をやった話以外は、この法則がどのように働くのか未だにはっきりしなかった。

煙は木の上のほうにかすかに見えるだけになっていた。

ブラックウッドの話はこれで終わりのようだった。彼は、空になった金属の湯飲みを手に持って立ち上がった。ソーンヒルも立ち上がろうとした時、誰かが呼ぶ声がした。人間の声に間違いなかった。オークの木の枝で、光と影の織りなす網目ができた潟のほうから声は聞こえてきた。ソーンヒルは目を凝らした。人らしきものは見えなかったが、ブラックウッドは返事をした。早口すぎて何と言ったのかはよく聞きとれなかった。すると人影が動き、原住民の女があらわれた。女は茂みの端に立っていた。声が発せられるたびに、女の口が動くのが見えた。ソーンヒルは女の頭が傾いていることに気がついた。それはサルが怒った時の頭の傾きとそっくりだった。

女が数歩歩みを進めると、その後ろに子どもらしきものの姿が見えた。女の黒い太腿に隠れて、青白いヒトデのような手以外は、ほとんど見えなかった。女は一方の手をその子どもの肩に巻きつけ、もう一方の手でソーンヒルを指した。女の声は大きくなっていった。女の不機嫌な理由がソーンヒルにあることは明らかだった。

ブラックウッドは女に答えた。最初ソーンヒルは、てっきりブラックウッドは、いつもの調子で言葉を濁しながら、ぼそぼそと話しているのだと思った。しかし、しばらくして、彼は女の部族の言葉で話をしていることがわかった。言葉はゆっくりと話され、ぎこちない感じだったが、女は聞きとって理解しているようだった。女の後ろから顔を覗かせている子どもは、こぶしを口に当ててソーンヒルを見つめていた。淡黄色の髪と、女の黒い足と対照的な薄い紅茶色の肌がちらりと見えた。

ブラックウッドはソーンヒルのほうに向き直ると、自分を見つめている彼を見た。ソーンヒルは、じっとブラックウッドを見つめながら、この隣人が自分と視線を合わせるのを今か今かと待っていた。ソーンヒルは、ちゃんとブラックウッドの目を見たのはいつだったか思い出せなかった。日光や雨風に晒された顔に輝くその目は、はっとするほど青かった。ヒヤシンスのような青い目に長い睫。女性のような美しい目だとソーンヒルは思った。

「静かで穏やかなやつらだよ」ブラックウッドは切り出した。「隣人として申し分ない」そう言って、さらに言葉を探すように指を動かした。「あいつには、お前は今日ここで見たことを、他人に言いふらしたりするやつじゃないって言ったんだ」

ぎらぎらと輝くブラックウッドの目は、振り上げられたこぶしよりも脅威に映った。「信じていいんだよな、ウィル・ソーンヒル。もし、裏切るようなことがあったら、ただじゃおかないからな」

今日の出来事をサルに話す時、下屋のネッドとダンに聞こえないように、ソーンヒルはささやき声で話した。サルはもう寝てしまったのかと思うほど、しばらく何も言わなかった。ようやく体を動かすと、彼女はため息まじりに言った。「また役立たずね。これじゃ、ヘリングさんの助言と変わらないじゃないの。どうやら、自分たちで解決するしかなさそうね」

八歳になるディックは、もう立派な働き手だった。鶏に餌をやったり、母親のために点火用の小枝を集めるのは彼の役目だった。「気をつけるのよ」ディックが薪を探しにいく時、サルはそう呼びかけたものだった。バブは袋を持ち、「そこにちょうどいい枝があるよ」と言いながら、兄に追いつこうと必死に後ろから走ってついていった。水樽をいっぱいにするのも彼の仕事になっていた。ディックは手桶をぐいっと引っ張りながら、丘陵の側面に、明るい緑のひび割れのごとく走る小川へと向かった。バブはこの水汲みにお供することは許されていなかった。彼らは地面を掘って石を並べ、ため池を作った。ぼうふらを取るのにモスリンの布の切れ端でこす必要があったが、飲むには十分な水だった。戸口の外の水樽をいっぱいにするには六往復、暖炉の傍らに置かれている鉄なべをいっぱいにするのにもう一往復が必要だった。

　これだけの仕事を全部やり終えると、ディックは戻ってきてとすがるバブを残して、一人どこかへ行ってしまった。「お前は小さすぎるよ」ディックは弟に言い聞かせたものだった。「お前はまだ五歳なんだよ、バブ。母さんがお前を連れていっちゃだめだって」彼は開拓された土地を通り抜け、苦心して切り倒されたあと、燃やされるためにうず高く積まれている木の山を通り過ぎ、カサカサと音を立てて地面に小さな斑点のような影を落とすペーパーバーク〔オーストラリア産のフトモモ科メラレウカの木〕の木立も通り過ぎた。そして、丘陵をはるかに越えた先にある、夢のような出来事が次から次へと起こる、暑くて乾いた森林のなかへと歩いていった。彼はどこに何があるのかを全部覚えてしまうほど隅々まで探索しながら、一日中そこで過ごしたものだった。

　ディックは兄弟たちに見せようと森からお土産を持ち帰った。それは眠っている犬のようなくるっと丸まったユーカリの葉だったり、半透明の丸い石だったり、白蟻に食われて海綿状になった木片だったりした。ほかの兄弟たちは、少しの間眺めていた。バブは眠っている葉っぱに驚き、ジョニーはウィリー・がゴム銃に使うのに持っていってしまうまで小石を指でいじくっていた。けれども、その興味も長続きはしなかった。たとえ、もう一度見たいと思ったとしても、森のお土産は、何が何だかよくわからないほど木片などごちゃごちゃとした物に紛れ込んでしまっており、それを見つけ出そうとは思わなかったからだった。

ディックは河へもよく行った。ソーンヒルは岬の反対側のあたりで、何度か彼を見かけたことがあった。「黒んぼ側」と呼んでいる場所だった。ソーンヒルは、その砂地でディックが原住民の子どもたちと遊んでいるのを見たことがあった。どの子の手足も骨と皮だけのように痩せて、その肌は昆虫のように黒光りしていた。水から出たり入ったりを繰り返していた。ディックも彼らと同じように、服を脱いで丸裸になっていた。ディックの肌は白く、原住民の肌は黒いはずだったが、さんさんと輝く太陽の光が河の水に反射して、その違いは定かではなかった。ほかの子どもたちと一緒に走りまわり、大声で叫んだり笑ったりしているディックは、彼らの肌の色の違う従兄弟のようだった。

灼熱の太陽の下でソーンヒルらが、地面に身をかがめて、たったひと晩で膝丈まで伸びる勢いの雑草を刈りとる作業をしていると、斜面のほうまで甲高い声が伝わってきて、水に濡れた裸の子どもたちが、河から出たり入ったりしているのを目にすることがあった。

ソーンヒルはこのことをサルには内緒にしておいた。けれどもバブは、自分をいつも置いてきぼりにする兄をかばうような子どもではなかった。ある日、息を切らせ顔を真っ赤にして、一目散に小屋に駆け込んだバブは、自分が目撃した緊急事態を家族に伝えた。「ディックが黒んぼたちといたよ。服を着ていなかった！」

サルは一瞬凍りついたように、パン生地を作るトウモロコシ粉を混ぜる手を止めた。その手は砂のような黄色い粉で覆われていた。「行って彼を連れ戻してちょうだい、ウィル」彼女は穏やかに言った。「それはちょっと行きすぎだって、ちゃんと教えなきゃ」

ソーンヒルは、原住民の野営地へと続く小道で子どもたちの集団に出くわした。十二人ほどの子どもたちが、のっぽのボブのまわりに群がっていた。子どもたちに囲まれたのっぽのボブは、胡坐をかいて坐っていた。よく見ると、ディックがその群れのなかにいた。彼は父親の存在には気づかずに、ボブに見入っている。「ディック」ソーンヒルが呼びかけると、少年は顔を上げた。次の瞬間、その小さな顔が握りこぶしのように硬くこわばった。「こっちへおいで。半ズボンはどこだ？」

ディックは動こうとしなかった。「火の起こし方を習ってるんだよ、父さん」彼は答えた。「火打石は使わないんだ」ソーンヒルは、二本の棒切れをこすり合わせて火を起こす方法があるのを聞いたことがあった。それは原住民をめぐる噂話に過ぎないと思っていた。くだらない冗談でも、ここはひとつ楽しんでみるかとソーンヒルは近寄っていった。

のっぽのボブは、ソーンヒルが近づいてきても一瞥だにしなかった。彼は、少し乾燥したクサントロエア〔オーストラリア固有種の常緑小低木。ススキノキ科ススキノキ属〕の茎を割いて、柔らかい内側を晒すように平らにして地面に置くと、もう一対の手のように足を器用に使ってそれを掴んだ。次に、その上に別の木切れを固定すると、錐で穴を開ける要領で手のひらに挟んで回しながら、平らにした茎にねじり込ませた。ソーンヒルは、その力強い背中の筋肉と作業を根気よく続ける手を見た。ボブの傍らには、火口《ほぐち》を包んだキャベツヤシの葉が一枚置かれていた。ソーンヒルは注視していたが、火がつく気配はなく、煙すら出なかった。ディックに目くばせしてやろうと、目を合わせようとしたが、彼は二本の木切れの接点から目を離さなかった。彼の全存在がその一点に集中され、父親の存在など忘れてしまったかのようだった。

「こっちにおいで。いい子だから」ソーンヒルは息子に声をかけた。けれどもその声は、子どもたちの叫び声にかき消されてしまった。二本の木切れが接合されたところから、かすかに黒っぽい煙の柱が立ち上っていた。のっぽのボブは、その木切れをすばやく火口が入った葉のなかに入れ、一緒に軽く包んだ。彼は原住民独特の身のこなしですっと立ち上がると、腕を伸ばして、手に持った包みをぐるぐると回しはじめた。すると驚いたことに、その包みは燃えだした。彼はそれを地面に落とすと、何本か小枝を足した。立派な焚き火の完成だった。

のっぽのボブはソーンヒルを真っ直ぐに見た。何も言わなくとも、その声は聞こえてきそうだった。「どんなもんだ。やれるもんなら、お前もやってみな、白人さんよ」

ソーンヒルは仕方なく笑って言った。「なんてこった。こりゃ、ちょっとした手品だな」息子のほうに目をやると、彼の表情は緩んで見えた。「なぁ、ディック。そう思わないか？」けれどもディックは、父の言葉に同意するのをためらった。黒い男と白い男が張り合うように見つめあう緊迫した時間が流れた。

子どもたちは見守っていた。しかし、何も起こらないとわかると、彼らは火の回りに集まって座った。

ソーンヒルは手を自分の胸にあてて言った。「俺はソーンヒルだ」その大きな声は、子どもたちの甲高い声を遮って響きわたった。のっぽのボブは一瞬ソーンヒルを見たが、その声を聞かなかったように、すぐに目を逸らした。

「俺、ソーンヒル」彼はもう一度言った。「俺の名前だ。わかるか？　ソーンヒルって言うんだ」

彼の視界の片隅に、息子が見ている姿が映った。のっぽのボブはようやくソーンヒルを見て、歯を見せて笑った。木を削るのみのように丈夫そうな白い歯だった。

ロンドン中を探してもこんな歯にお目にかかることはないように思われた。

「おれ、ソーンヒル」はっきりとした声で、のっぽのボブが言った。

ソーンヒルは、緊迫状況を脱した安堵感に声を出して笑った。彼はのっぽのボブの肩を叩こうと一歩前に出た。けれども、その肩は頑強な筋肉に覆われ、細長く切り込まれたピンク色の傷があり、気軽に触れることを思いとどまらせるものがあった。

「そうだ」ソーンヒルは叫んだ。「だけど、それはお前じゃない。俺だよ、俺がソーンヒルなんだ」

ソーンヒルは踊りださんばかりにはしゃいで、自分の胸を指さした。

のっぽのボブは手でソーンヒルを払いのけるようなしぐさをした。「ソーンヒル」彼は言った。そして、手を胸にあてた。彼の口が動いて、ひと続きの音がすばやく発せられた。

ソーンヒルは最初の音だけ聞きとれた。そのほかの音は、やかんから立ち上る蒸気のように空気中に消えていった。けれども、ウィリアム・ソーンヒルと自分の名前を紙に綴れる男が、裸の野蛮人に見下されるわけにはいかなかった。「ジャック」ソーンヒルは自信たっぷりに言った。「やぁ、ジャック。ご機嫌いかがかな？」

黒い男は胸骨のあたりに人指し指を押しつけて同じことを繰り返した。最初の音は、口を前に突き出すようにして発音された。その音ははっきりと聞こえたが、あとの音はさっぱり聞きとれなかった。意味のない語だから、聞こえなくともよいと言わんばかりだった。

「わかったよ」ソーンヒルは言った。「でも、省略してジャックってことにしよう。お前さんの名前は随分長いからな」

日暮れ時の太陽に照らされて、男の窪んだ目が光った。男の顔には考え込むように皺が刻まれていたが、影でその表情はよくわからなかった。

自分の息子以外はみな原住民という状況で、ソーンヒルは肌が黒いとか白いとか思わなくなっている自分に気がついた。それは毛穴があり毛が生えていて、影が射せば同じような色に見えるただの皮膚に過ぎなかった。黒い皮膚しか見なければ、それがふつうになってしまうことにソーンヒルは驚いていた。

「お前はいいやつだな、ジャック」ソーンヒルは言った。「たとえお前の尻がやかんの底みたいに黒くってもな」ディックの声が聞こえた。うっかり笑い声を漏らしそうになるのをこらえているようだった。

「でもな、俺たちはお前たちの息の根を止めてやる」と、思うより先に口から言葉が出た。「仲間がたくさんやって来ているからよ」

突然、バトラー氏の貸間の記憶がよみがえってきた。大勢の男や女が咳をしたり罵りあったりしながら、窮屈そうにひしめいている。ロンドンの工場の機械の轟くような音が聞こえてくる。正義の車輪は罪人たちを嚙み砕き、このオーストラリアの地へと撒き散らす。次から次へとシドニーの総督府の港に船が押し寄せ、そこから罪人たちはこの地の至るところへと散ってゆく。一エーカー、また一エーカーと開拓の手を伸ばしながら。ゆっくりとではあっても、河も山も沼もその手を止めることはできない。

そんな考えが浮かんで、ソーンヒルは穏やかな気持ちになった。「何も俺たちを止めることはできない」彼は言った。「すぐにお前たち黒んぼの住むところなんてなくなっちまうさ」

のっぽのジャックが何か答えた。その言葉に子どもたちが活気づいた。大きな口を開けて笑う子どもたちのピンク色の舌と強そうな白い歯が見えた。ディックも笑っていたが、ジャックと父親を見比べながら、思いっきり笑えないでいるようだった。

これ以上可笑しいことはないとでもいうように、ソーンヒルも笑いだした。彼は、無意識に手を揉みあわせている自分に気がついた。それは、かつてクライスト教会で見た男が自分を落ち着かせるためにしていたしぐさだった。火のまわりに座っていた子どもたちは、笑いが止まらない口元を手で隠しながらソーンヒルを見上げた。

子どもたちの笑顔にソーンヒルは、メアリーがちょっかいを出されてきゃっきゃと声を上げながら、たった一本生えたばかりの歯を見せて笑うのを思い出した。違っていたのは、メアリーが自分をあざ笑っているなどとは思いもしないことだった。

その夜、サルはディックを座らせて、説明を始めた。「彼らは野蛮人なのよ、ディック。私たちは文明人なの。だから裸で走りまわったりしないのよ」サルの言い方は穏やかだったが、ソーンヒルは、息子の顔が無表情になり固くなってゆくのに気がついていた。家族のなかでも、ディックは用心深く慎重な子どもだった。サルもそのことはわきまえていたので、なるべく穏やかにことを済ませたいと考えていた。「下着を身に着けてない母さんを想像してみて、ディック。その格好で、彼らみたいに歩き回っていたとしたらどう？　父さんが半ズボンを穿かないでいたとしたら？」子どもを笑わせる言い方で、サルはディックを説得しようとしていた。これにはディックもかすかに笑みを浮かべた。

ソーンヒルは、仕事を終えたディックがたびたび姿を消してしまうことに、いい加減うんざりしていた。「お前はもう、やつらの手品に夢中になるような年でもないだろう」そう言ってからソーンヒルは、自分の声が思ったよりも荒々しいことに気がついた。サルが彼をちらりと見上げた。「そろそろ冷静になって、やつらと遊ぶのはやめろ」

けれどもディックは、自分の夢の世界にすっかり傾倒していて、それを手放すつもりはなかった。「彼らは火打石なんかいらないんだよ。父さんはいるだろ？」彼はすねて言った。「それにトウモロコシ畑の雑草を一日中抜いていたりしない」ソーンヒルは怒りが込み上げるのを感じた。彼は息子の手を掴むと、外へと引きずり出した。迫りくる夕闇のなか、ワライカワセミがけたたましく鳴く声が響いている。身に着けていた重い革のベルトを外すと、ソーンヒルはそのベルトでディックを打ちはじめた。腕は重く、気も重かったが、打つ手を止めなかった。打つたびに、驚いたように泣き叫ぶ息子の声が耳をつんざいた。

ソーンヒルはこれまで一度も子どもたちを鞭で打ったことはなかった。お仕置きと言えば、自分が父親にされたように耳のあたりを平手打ちするか、尻を叩くくらいだった。しかし、今、彼のなかで堰を切ったようにあふれてくる感情を留めておくことはできなかった。この未開地での三か月間、溜まりに溜まった不安や恐怖が、怒りとなって噴出したのである。

家のなかに戻ると、サルは押し黙って目を合わそうともしなかった。子どもたちを早々と寝かしつけると、残り火を見つめながら夫婦は暖炉の傍らに座った。まだ真っ赤に燃えている残り火を放置するのは忍ばれた。

「ディックを叩くべきじゃなかったって思ってるんだろ?」ようやくソーンヒルが話の口火を切った。沈黙が続くのは耐え難かったのだ。「ディックがやつらと過ごしてもいいと思っているのか?」彼はいつか誰かが使っていた言葉を思い出して言った。「あんな原始人たちと?」

サルは慎重に、控えめに答えた。「そうじゃないわよ、ウィル。でも、もしそんなことがあったとしても、それはあなたや私が子どものころ、そうしたのと同じことだと思うの」その夜はそれほど寒くはなかったが、サルは石炭に手をかざした。「ロザーハイズのあの場所を覚えている? ディックはロザーハイズの名前を聞いたこともなければ、そこに行ったこともないけれどもね。その代わりに、森のなかがあの子にとってのロザーハイズなのよ」

部屋の片隅のほうで、うめき声を押し殺そうとするディックの声が漏れ聞こえてきた。ソーンヒルは、サルの言うことは正しいと思った。子どもたちはソーンヒル岬以外の場所を知らないのだ。丸石で舗装された道も、ところ狭しと軒を連ねる家々も、河から立ち込める霧に濡れた煉瓦も知らないのだ。寒さで足の感覚を失ったことも、櫂を握る手が鉄のように冷たくなって麻痺したこともなければ、湿気の多い日の翌日は、空から霧雨が染み出すように降る様子も見たことはなく、骨の髄まで染み入る寒さを経験したこともないのだった。知らぬ地名を言ってみたとしても、彼らにとってそれはいっぷう変わった名に聞こえるだけだった。

良くも悪くも、子どもたちが知る世界はここだけだった。

ソーンヒルは、ベルトを握りしめて振り下ろした時の手のひらの熱が、まだ残っているように感じていた。鞭打たれたのは自分自身のようだった。「これからはディックも、俺とウィリーと一緒に船に乗せよう。食う分くらいはしっかり働かせよう」ソーンヒルはサルをぼんやりと見つめて彼女の肩に手を置いて言った。「今日のところはもうこの辺にしておかないか？」サルの手が彼の頬に触れた。剛毛がジャリジャリと音を立てた。

「いいわよ。あなたがそうしたいなら、ウィル」微笑んだ彼女の眼尻に皺ができた。彼が大好きな微笑みだった。ちょっと前まではためらっていたサルも一緒に横になった。「ディックのことだけど」サルがささやいた。「やきもきするのはやめましょう。きっと大丈夫よ」手のひらの痛みも、胸のどこかに感じた疼きも、腕のなかに妻の身体を感じ、耳元でその吐息を聞いていると、次第に和らいでいった。

ベルトでお仕置きを受けた翌日、沼地の傍らの隠れた場所で、顔を真っ赤にして小さな唇をぎゅっと結んだ懸命な表情で、ディックが一本の木切れをもう一本の上でくるくると回しているのをソーンヒルは見つけた。

父親の姿が目に入った時、ディックは木切れを放り出し、座ったまま父親を睨みつけた。ソーンヒルは小枝と火口が無惨に散らばっているのを見た。ディックの痩せた顔がソーンヒルを見上げた。その表情には恐怖がにじんでいたが、同時に反抗の構えもあった。

ソーンヒルは一瞬、怒りを覚えた。「もう一度叩れたいのか?」けれども、そう言った矢先にその怒りは遠のいていった。ソーンヒルは、息子が自分を拒絶するような表情を見て、ベルトで打った時の手のひらの熱さがよみがえった。一度打って効き目がないなら、二度目も同じに違いなかった。それはアレクサンダー号での経験から思い知っていることだった。

ディックの傍らに屈みこむと、ソーンヒルは息子の肩を優しく揺さぶった。「冗談だよ。もう叩いたりしない。一度で十分だ」

少年は疑い深そうな目つきで父親を見上げた。「ひとつ野蛮人の手品でもやってみるか」そう言ってソーンヒルは、ディックがこすり合わせていた木切れを拾い上げた。まず下になる木をしっかりと固定するのに手こずった。のっぽのボブ改め、のっぽのジャックは、足を組んで座り、木切れを足で固定していた。しかしソーンヒルには、ジャックのように足を曲げられるとは思わなかったし、手のように足を器用に使うことも無理に思われた。

「この木をしっかり押さえていてくれ」そう言われてディックは、父親が手のひらの間で木切れを回転させている間、その小さな手で下の木を押さえていた。手のひらでうまく回転させながら、同じ一点に木切れを当てるのは思いのほか大変だった。ずっとうずくまった姿勢で、その作業を続けていると頭に血が上った。「手が燃えちまいそうだ。この忌々しい棒切れめが」息を切らしながらソーンヒルは毒づいた。

ディックは膝を抱きかかえて父親の様子を見ていたが、ついに見かねたようにいった。「僕にやらせて。それを貸して」

ソーンヒルが木切れを回す手を止めずに、ディックと交替しようとした時、息子の荒れてざらざらした小さな手に触れた。新しいことに挑戦する喜びに顔を輝かせ、一心不乱に没頭する息子が、なんとも奇妙な生き物に思われた。

けれども、ディックはすぐに疲れてしまったので、またソーンヒルが交替し、これでもかと狂ったように木切れを回転し続けると、ついに変化が起きた。黒っぽい気体がうっすらと立ち上ってきたのだ。ソーンヒルは、あらかじめ火口を入れておいた葉のなかに木切れをすばやく移した。ジャックがやった通りにしたつもりだった。ソーンヒルは膝をがくがくさせながら、ぎこちなく立ち上がり、頭の上のほうでくるくると回しはじめた。

多分、速すぎたのだろう。包んだ葉が一気に開いて、石のように冷たくなった木切れと火口がこぼれ落ちた。ディックは自分が責められると思ったのか、身を縮こめて目を逸らせた。

ソーンヒルはそんな息子を見たくなかった。「こつがいるんだな、きっと」喘ぎながらそう言って、急に可笑しさがこみ上げた。いい大人が野蛮人の奇術を試してみようとしているとは！

「もう一度、教えてもらわないとな」ソーンヒルがそう言うと、ディックは、本気なのかといぶかしむように父を見上げた。唇に人差し指をあて、父は息子に言った。「母さんには内緒だぞ」

不安そうだった少年の顔に、一気に笑みが広がった。だが、父親にとって、彼は未だに理解しがたい存在には違いなかった。


ちょうど十二歳になるウィリーの記憶の片隅には、五歳まで過ごしたロンドンの情景が断片的に残っていた。バトラー氏の貸間の階段のくねりや、手すりが形づくるねじれた縄のような影を彼はいまだに具体的に説明することができた。両側に円柱がそびえ、声がこだまするがらんとした空間に怯えた記憶もあった。ソーンヒルは、それは多分、オールド・ベイリーの裁判所だろうと思った。ソーンヒルにとっても忘れられるはずがない場所だった。思い出すたびに胸が抉られる思いがした。

けれども、ほかの子どもたちに関しては、両親が「故郷《ホーム》」と呼ぶ場所は、言葉以上のものではなく、それがどんなところなのか教わる必要があった。

ソーンヒルが小屋の外に立つと、ちょうどよい具合にひび割れた壁を通して、サルが子どもらを寝かしつけるのに物語を語ってやっている声が聞こえてくることがあった。その話には聞き覚えがあった。まだ結婚したばかりのころに、彼女が語って聞かせてくれた話だった。「『ブドウ用のはさみを使うのよ』って、女中頭が言うの」ソーンヒルは、二人で大笑いした振動でベッドが揺れたのを思い出していた。

「ブドウ用のはさみを使って、枝を切るのよ」けれども、子どもたちは笑わなかった。彼らははさみを見たことがなく、ブドウがどんなものなのかも知らなかった。この話が、自分たちが知らない、母親にとっては価値があることを伝えているのだと注意深く聞いていた。

サルは子どもらに昔からあるロンドンの童謡を歌ってやることもあった。その声は、黄昏時の穏やかな大気に揺らめくひと筋の糸のようにすーっと響いた。ソーンヒルは、サルの歌声をマーメード通りで暮らしていた時以来、聞いていなかったことを思い出した。あのころは、初めての子どもの誕生を控え、艀の仕事もあり、順風満帆で幸福そのものだった。サルの歌声は、あのころと変わらず音程が外れていたが、その声を聞くだけでにわかに喜びに満たされた。

「オレンジとレモン、聖《セント》クレメントの鐘が鳴る」サルの歌声が続く。「半ペニーとファーシングの貸しを返せ、聖《セント》マーティンの鐘が鳴る」トウモロコシ畑から重そうな足どりで戻ってきたダンに、ソーンヒルは静かにするように合図した。「聖《セント》クレメントはね、イーストチープにあるのよ」サルが子どもたちに説明しているのが聞こえた。「ディック、イーストチープについて昨日、教えたこと覚えてる？」ダンは荒いとまではいかなったが、それに近い鼻息を立てて鼻をすすった。

その時、ソーンヒルの喜びは一気にしぼんでしまった。サルは楽しいから歌っているのではないとわかったからだ。その歌は、故郷を離れた空の下でも、同じように幸せになれるかもしれないという期待に充ちてはいなかった。それは、ただの教育のための歌だった。故郷に戻るための準備以外の何ものでもなかったのだ。

歌が終わると、サルは子どもたちにバーモンジー地区を通る街路名を教えた。「バトラー氏の貸間からサフェランス波止場まで行きますよ」想像のなかで通りを歩くサルの喜びにあふれる声が響いた。子どもたちは、祈祷のような母の言葉を黙って聞いていた。「バーモンジー通りを下りましょう。ホワイト氏の庭園を左手に折れて、クルーシフィックス横丁を渡って、ギボン氏の貸家に到着しました」間違いに気づいたソーンヒルは、壁のひび割れから話しかけた。「ホワイト氏の庭園を左手じゃないよ。右だよ。左に折れたら、救貧院だよ。忘れたのかい?」サルも答え返す。「左よ、ウィル。救貧院は次の通りよ」

するとダンが、救貧院はマーロー通りの突き当りで、ホワイト氏の庭園の反対側だから右も左もないと言った。

硬い玉石で舗装されたロンドンの風景は、本当に物語になってしまったように、その正確な姿は思い出せなくなっていた。

一月の終わりに向かうにつれて、暑さは小康状態になっていった。空高く密に立ち込めた雲が太陽の光を遮り、大気は冷気を帯びるようになった。真珠のように美しく輝く朝、ソーンヒルたちは煙の臭いに目を覚ました。ソーンヒルが外に出てみると、原住民の野営地のあたりから長く灰色の煙が上がっているのが見えた。

「やつらが火を点けやがったんだ、ソーンヒルさん」ネッドが言った。サルも小屋から出てきて一緒に立ち、煙を見下ろした。子どもたちも次から次へと出てきた。バブがみなの考えていたことを口にした。

「ぼくたちを襲いにくる？」誰も何も答えなかった。

火はゆっくりと丘を這うように燃え広がっていったが、それは青白く荒れ狂う野火のようではなく、原住民たちが積み上げた薪に点火したものだった。野火とはまったく異なっていて、パチパチと音を立てて燃え上がる瞬間があってもすぐに静まり、草むらから草むらへと移動してゆくだけの小さくてゆっくりとしたものだった。

原住民たちは、手に葉が青々と茂った枝を持ち、風景の一部のごとく火の縁にたたずんでいた。炎が大きくなると、その近くにいる者がゆったりとした足どりで歩み寄り、手の枝で炎が小さくなるまで叩いた。ブラック・ディックは、火起こし棒を手に持って動きまわりながら、燃えていない草があれば、白い煙が上がって火が点くまでパタパタと叩いていた。のっぽのジャックは葉の束を手に持ち屈んでいる。

ソーンヒル一家の一番近いところに立っていたのは、顎ひげのハリーだった。体をピンと真っ直ぐに張って立つハリーの頭上に煙が渦巻いていた。時々、彼はほかの者たちに向かって荒っぽく声を張り上げた。ソーンヒルは、その横顔を見ながら、目が合う機会をうかがっていた。彼が微笑みか何らかのしぐさかで応えるのを待っていた。けれども、ソーンヒルの小屋のあるニューサウスウェールズの一部は、この老人の眼中にはないようだった。

それはこれまでにも数えきれないほど行われてきた慣行であり、新参者には関係ないといった風情であった。ソーンヒル一家が様子を見守っていると、メグと呼んでいる女が炎の縁のほうへと踏み出して、地面の上の何かを棒で打ちつけると、屈みこんでつまみ上げた。よく見ると、その手にはトカゲがもがいていた。メグがゆっくりと振ると、トカゲはぐにゃりとなった。メグはそれを腰の紐に押し込むと、「こしゃくなポリー《ソーシー》」に甲高い声で呼びかけた。トカゲのほうに手をはためかせ、呼びかけに応えるように微笑むポリーの口から白い歯がこぼれた。何げないしぐささえも独特だった。原住民たちの手は流れるように動いた。指に余分な関節があり、手首は骨や腱ではなく、ロープでつながっているかのようだった。

ソーンヒルはトカゲを持ち上げ呼びかけあう彼らがこちらを向くのを待っていた。微笑みかけ、呼びかけようと思ったのである。彼の横でサルも同じことを考えていたようだった。「ポリー！」サルは叫んだ。「ねぇ、ポリー。何をしているの？」そして、彼らのほうへと少し歩み出て、手を振ろうとした。「ポリー！」その声は女たちにも届いたはずで、その証拠にわずかばかりこちらに向きを変えたが、彼らはサルを見ようとはしなかった。

サルは手を降ろして、ソーンヒルの横に戻った。「自分がポリーって呼ばれてることを知らないのよ」ソーンヒルにというよりは、自分自身に言い聞かすようにつぶやいた。その声には半信半疑な思いがにじんでいた。「私は彼女をポリーって呼んでいるんだけど、彼女は知らないのね」サルは自分を納得させるように繰り返した。「彼女はまだ知らないんだわ」

けれども、サルは目が合う機会をうかがうように、女たちから目を離さなかった。

「トカゲだぞ！」ネッドが唾を飛ばしながら叫んだ。「やつらはトカゲを食うつもりだ！」

「トカゲは美味しいんだよ！」ディックは思わずそう叫んだが、その言葉を撤回するように表情を硬くした。サルは、ディックにちらりと目を遣っただけで、何も言わなかった。

火は丘の傾斜の上方に向かって広がり、地面から岩石が出ているところまで来ると小さくなった。傾いた岩石の石盤にぶつかって火は消え、煙となった。原住民たちは仕事を終えた。と言っても、その地形が火を消し止めたのだが。彼らは前に後ろに呼びかけあいながら、連なって野営地に戻っていった。

火は幅およそ二百メートルほどの土地を焼き尽くした。硬い草の茂みは焼けて、刈り株状態になり、低木もパリパリに焼き尽くされて、幹のまわりが焼き焦げた木が散在しているだけだった。

ダンは咳払いをして唾を吐いた。「あんなトカゲのためにこれだけの場所を焼き払おうっていうのか」彼は言った。「そこにいる赤ん坊よりわけのわからんやつらだ」

小さくてゆっくりと燃える火は、少なくとも脅威にはならなかった。しかしその出来事は、その日の営みを始めようとしていたソーンヒル一家に一抹の不安を残した。それは今は脅威でなくとも、いつかは脅威となるかもしれないという脅威だった。

野焼きの数日後、空高く雲が立ち込め、雨が降った。いつもとは違う雨だった。いつもはバケツをひっくり返したように、黒というよりは緑がかった雲から雨は降り注いだが、その日の雨は心地の良い霧雨だった。頭に湿りけを感じた時、ソーンヒルはしばらくの間、ロンドンの聖《セント》キャサリン・バイ・ザ・タワーの階段のところで、荒立つ灰色の河と雨のベールにかすむバトラー波止場を眺めているような錯覚を覚えた。サルも外へ出てきて、頭に何も被らずに立ちつくし、感謝の祈りを捧げるように手のひらを掲げて空を仰いでいた。

そしてまた暑さが戻ると、焼かれた土地は一夜にして姿を変えた。刈り株畑のようになった草地の中心から、長い緑色のものが見る見る間に伸びて、スミレが大地を覆うように、むき出しの土が突如として輝く小さな葉へと変化した。午後遅くには、柔らかな草を求めて、カンガルーの親子が尾根のほうから飛び跳ねながら降りてきた。カンガルーたちは倒れた丸太や岩を軽々と飛び越えた。黄昏れゆく草原で、静止している姿は灰色の岩に見えた。

ある日の午後ソーンヒルは、ブラック・ディックが死んだ小さなカンガルーを肩から担いでゆったりと歩いているのを見た。ソーンヒルは口のなかで舌が動くのを感じた。新鮮な肉を最後に食べたのはいつだったかもう思い出せなかった。鶏肉を食べられる日はあったが、その次は鶏が繁殖するまで待たねばならなかった。小屋の戸口から出てきたサルと目が合った。サルは小屋のなかへ戻ると、ソーンヒルがなかに入ってくるまでに、杭に掛けられた銃を取っていた。「肉よ、ウィル」そう叫んだ彼女の顔は、早くも期待に輝いていた。「考えただけでも興奮するわ」

銃を持ったソーンヒルは、倒木の後ろに身を隠した。最後の光を放ちながら、太陽は傾いていく。指のような形の影が草原に広がった。六、七匹のカンガルーが草を食んでいた。大きな雄が一匹、あとは雌だろう。袋に赤ん坊がいるカンガルーもいる。赤ん坊自体は見えないのだが、長い足が片方だけ袋から突き出ていた。

近寄って見ると、カンガルーはさまざまな異なる動物の部分をつなぎ合わせた、夢のなかから出てきた生き物のようだった。犬の耳に、鹿の鼻に、大ヘビを柔毛で覆ったような尾っぽ。体の割合のバランスは、なんとも悪い。前足は子どもから取ってつけたようなのに、後ろ足は尾っぽと同じくらいの長さときている。前足と尾っぽの間で揺れるようにして草を食んでいる。巻いた尾っぽが重石になっているようだ。そうしながら、カンガルーは茂みを見つけては前へと移動していく。

カンガルーは自然の奇形そのものに思われた。けれども、その姿をずっと見ていると、自然だと思っていたヒツジさえ特異なものに思えてくるのだった。

ソーンヒルは雄のカンガルーを見た。彼の前腕ほどの太さはある、あの尾っぽだけでも鍋一杯分はありそうだった。考えただけでも口から唾があふれた。シドニーから調達してくる塩漬けの豚肉とは違って、十二分に腹を満たしてくれるであろう美味しそうなブラウンシチューが目に浮かんだ。

雄のカンガルーは、ソーンヒルが這いつくばって隠れている木の近くまで来たようだった。ソーンヒルの屈めた足はしびれが切れ、人差し指と中指の間の柔らかい肉は、凶暴な蟻に嚙まれていた。蚊が耳元で嫌な音を立てたが、彼は追い払わなかった。引き金にあてた指は硬直し、銃身に顔を添わせ狙いを定めて細めていた目には涙があふれてきた。何も見えなくなり、音も聞こえなくなり、息すらできなくなった。彼は、丸太であり、空気であり、そこに存在するすべてと同化していた。

雄のカンガルーはもうすぐそこにいた。草を食むかすかな音が聞こえてくる。カンガルーの耳と繊細なひげのあたりを、蠅がダンスをするように飛び回っている様子が、最後の陽の光に照らされて見えた。

長い睫までも見えた。近いことは確かだったが、銃で撃つのに十分近い距離かどうかは判断がつきかねた。カンガルーはソーンヒルのほうに向かって斜面を進んできた。彼が木か空気のようにそのまま動かずにいれば、撃ち損じることはないほどの距離まで来るはずだった。

ついにソーンヒルは硬直した指の引き金を引くべき時が来たことを知った。あるいは、何かが彼を突き動かしたといってもよかった。彼は物音をひとつ立てず、身動きした覚えもなかった。指の小さな筋肉を動かそうとしただけだった。しかし、カンガルーは気がついた。草むらから頭を上げ、耳をソーンヒルのほうに向けた。尾を力強く叩きつけると、雄のカンガルーは草や岩を跳び越えながら、森のなかへ去っていった。ほかのカンガルーたちもそのあとに続いた。

カンガルーが跳躍する姿は、その生き物がどうしてそのように創造されたのかを見事なまでに説明するものだった。

ソーンヒルは倒木の後ろから立ち上がり、カンガルーたちが森や岩を縫いながら、尾根のほうへと跳び去ってゆくけたたましい音を聞いていた。その手には役目を果たし損ねた銃が垂れ下がっていた。

ソーンヒルが丘を降りてゆくと、サルが小屋の戸口に立っていた。彼が銃を掛け具に戻し、火薬の袋を棚に置くのをサルはじっと見ていた。彼は何か話したいとは思わなかった。失望が石のように重く胸にのしかかっていた。

その夜、火を囲んでの食事の間、会話はまったくなかった。串に刺した少量の豚肉を炭であぶり、手で触れればボロボロに崩れるほど乾いたトウモロコシパンに、したたる肉汁を浸み込ませて食べた。しかしソーンヒルは食事が喉を通らなかった。鼻孔をくすぐる匂いが彼をますます無口にした。サルはソーンヒルの横に座り、気にも留めない様子で食べた。けれども、彼はどうしても食べられなかった。サルは彼と彼の手の食べ物に目を遣っただけで何も言わなかった。

ダンは動物のような感覚で、夜の微風に運ばれて原住民の野営地から漂ってくる匂いに、この事態の真相を嗅ぎとっていた。鮮肉を焼く臭い。ソーンヒルは、あまりの物欲しさに自分の腹が鳴るのを聞いた。

数日後、射止めたカンガルーを棒切れに縛って、のっぽのジャックとブラック・ディックが二人で野営地に運んでいるところを目撃したソーンヒルは、すばやく小屋に戻り、小麦粉が入った小さなキャラコの袋を手に、彼らの野営地へと向かった。

老女たちはいつもそうしているらしく、足を前に投げ出すようにして火の傍らに座っていた。ソーンヒルがやって来た時、老女らは彼に一瞥だにくれなかった。こしゃく《ソーシー》なポリーと呼ばれている女は、棒切れで灰のなかの物を突いていた。メグは膝に赤ん坊を乗せ、指で遊んでやっていた。ぽっちゃりとした赤ん坊は、ギャーギャーとうれしそうな声を上げている。メグはソーンヒルと彼が手に持っている袋に目を留めた。赤ん坊はメグの指を掴み、彼女に微笑んだ。

少し離れたところで、男たちは穴を掘って火を起こしていた。ソーンヒルが近づいていった時、彼らは薪を積み上げ、さらに枝をくべているところだった。のっぽのジャックも、ブラック・ディックもそこにいたが、彼らは脇目も振らずに火起こしに没頭していた。この間の経験がなければ、ソーンヒルは、彼らには自分が見えていないと思ったかもしれなかった。

穴の脇には、ぴんと真っ直ぐに伸ばされたカンガルーが横たえられていた。毛のほとんどは焦げていた。槍に射られた穴が体の側面にぱっくりと開いている。槍は側面をきれいにつんざいていた。その傍らには、血でテカテカした槍があった。人間の手で投げられた木切れに過ぎないにもかかわらず、それは毛皮も筋肉も腱も貫いたのだ。

マスケット銃の弾もこんなふうに体を突き抜けるのか、その威力をソーンヒルはまだ見たことがなかった。

顎ひげのハリーは穴の傍らに立っていた。ほかの者たちと同様に、ハリーもこの来訪者を迎える準備はできていないようだった。彼の顔はソーンヒルのほうに向けられていたが、ソーンヒルが占める空間は人間の形をした空気に過ぎなかった。

ソーンヒルは袋を差し出しながら、一歩前に進み出た。浅黒い肌と大地と森林と岩肌が迫るなかで、彼が差し出した腕の先にぶらさげられたキャラコの袋は、けちで不愉快なものに見えた。「これと交換してくれ」と、ソーンヒルは言った。微動だにしない老人に向かって伸ばされた彼の手が、間抜けに感じられた。この男から何かを買うなんていう考えは馬鹿げているだろうか？　ひと袋の小麦では足りないだろうか？

ソーンヒルには老人の口の動きは見えなかったが、言葉らしきものが聞こえ、のっぽのジャックが袋を取りに歩み寄った。彼は袋の口の結び目を解いて、その袋を顎ひげのハリーに渡した。結び目のほどき方を教えてやろうと、ソーンヒルは手を伸ばしたが、その必要はないようだった。顎ひげのハリーは腕を伸ばすと手のひらいっぱいに小麦粉を掴み、鼻のあたりまで持っていって臭いを嗅いだ。続いて手のひらで調べたあと、舌の先で味見をした。その様子はまるで、コヴェント・ガーデンの小うるさい客さながらだった。

顎ひげのハリーはほかの男たちに向かって何か話しかけながら、カンガルーのほうへ向けてすばやく手をひと振りした。ハリーの言葉はぶっきらぼうで、切れ切れに響いた。青白い爪が長く伸びた彼の人差し指の動きは、ダンスでもしているかのように表現力に富んでいた。ブラック・ディックは小さな石斧を手にカンガルーの傍らに屈みこむと、何か作業をしていたが、やがて獲物の足の部分を持って立ち上がった。彼がそれを老人に渡すと、老人はソーンヒルに手渡した。老人は微笑みもせずに、横柄な態度で何か言った。取引という概念は理解されたようだった。

小麦粉ひと袋と引き換えに、ソーンヒルが手に入れたカンガルーの肉片は、彼が選んだ部位ではなく、そのほとんどは蹄のついた足の部分だった。肉が少なく筋の多い第一関節のあたりで、まだ焼けてはおらず、全体的にかなりの量の毛に覆われていた。もし言葉が通じたら、彼は文句のひとつも言いたかった。けれども、老人はさっさと去ってしまった。苦情を呈することはこの取引の過程に含まれていないかのようだった。

カンガルーの足を手に持って立っているだけの男には、もはや何の関心も払われなかった。顎ひげのハリーが荒々しく言葉を発し、男たちは棒切れで穴からまだ赤々とした炭を掻き出し、脇へと積み上げはじめた。ブラック・ディックがカンガルーを持ち上げその穴に投げ入れたあと、そこにいた男たちは取り出した炭をゆっくりと上から被せていった。カンガルーの屍は燻る石炭と土や砂の層にすっぽりと埋まってしまった。

「では、みなさん、幸運をお祈りしていますよ」そう言いながらソーンヒルは、この野蛮人たちは灰と一緒に獲物を埋めるよりましな方法も知らないのかという嘲笑の思いを面に出さないようなんとかこらえた。のっぽのジャックがソーンヒルをちらりと見た。何か言いたげに口元を動かしたが、何も言わなかった。ソーンヒルが気づいた時には、かすかに煙が立ち上る穴の傍らにはジャックしかいなかった。ほかの男たちはどこかに消え去って、あとは痩せた犬が黄色い目でこちらを見ているだけだった。

サルは怪しいものでも見るようにカンガルーの脛を見ただけだったが、ウィリーはナイフを持ってきて、皮を剥ぐために細かい切れ目を入れようとした。けれども、木を切るのと同じような要領でナイフを扱ったためか、毛皮に切れ目が入っただけで、なかなか皮を剥ぐことはできなかった。見かねた父は息子からナイフを取り上げ、必死の態《てい》で皮を剥ごうとした。これが羊の皮なら、靴下を脱ぐようにするりと剥げるはずだった。しかし、この木材のような肉の皮は腱と密着していた。切れない肉との格闘に、ソーンヒルは逆上して血が頭に上るのを感じた。湧き上がってくる怒りが息を詰まらせた。炭の上にカンガルーの屍を投げた黒んぼたちの姿を思い出した。脳裏によみがえる光景は、さらに彼の怒りに油を注いだ。

最後は、肉を地面に直に据えて、斧で切り刻むよりほかなかった。サルの鍋にソーンヒルが入れた塊には、もう毛と骨と筋しかついていなかった。

この時すでに、ソーンヒルが応じた物々交換は予想以上に不公平なものに見えていた。

布で毛をこし、スープらしいものができあがった。液体に浮かぶ骨と筋の塊は、ブーツを履く時に引っ張り上げるつまみ革のようになっていた。ウィリーでさえも、この肉片を嚙み砕けなかった。結局、彼らが腹に入れることができたのは、牛の尾の肉から取ったような濃厚な黒い汁だったが、この汁は粉っぽくなった古いトウモロコシパンに風味を与えたので、口に入れるたびに、なんて美味しいスープなのかとうんざりするほど言い続けた。けれども、彼らが食べたくて仕方がなかったのは、ちゃんとした肉だったことは言うまでもない。

「バーモンジーじゃ、誰も信じないわね」顎についた汁を拭いながらサルが言った。「私たちがカンガルーを食べたなんて！」文句がないわけではなかっただろうが、この食事はサルを朗らかにした。ソーンヒルも彼女の気分に便乗して言った。「カンガルーを飲んだ、ってほうが正しいけどな」

その晩寝床に入ると、サルは、温かい食事を腹いっぱい食べられた満足感にため息をつきながら寝返りを打ち、ソーンヒルに背を向けた。瞬く間に眠りに落ちたサルは、穏やかな寝息を立てている。ソーンヒルの目は覚めていた。サルがノミに嚙まれたところを掻く音を聞きながら、隣人たちのことを考えた。ソーンヒル一家にいつもよりよい夕食を与えてくれたことへの感謝の思いが湧いた。

黒んぼたちは、畑や柵を作らなければ、家と呼べるようなものも建てなかったし、明日のことなど考えなしにあてどもなく歩きまわっていた。彼らには裸を覆うという考えを持たず、犬のように地面にむき出しの尻で座った。そういう彼らの有様は野蛮というよりほかなかった。

他方で、彼らはほとんど労働をしなくていいように見えた。毎日腹一杯食べ、獲物を捕ってはベルトから吊り下げてはいた。けれども、それ以外は火の傍らに座って話をしたり、笑ったり、赤ん坊のぷくぷくとした足を撫でたりして過ごす時間は、たっぷりとあるように思われた。

それに比べてソーンヒル一家は、太陽とともに起床し、トウモロコシのまわりの雑草を刈ったり、苦労して水を運んだり、あたりの森林を切り開く作業にいそしんだ。太陽が山の背に落ちてゆくころになって、ようやく体を休めるのだが、そのころには、もう誰も楽しく娯楽に興じる気力は残っていなかった。赤ん坊を笑わせるような余力のある者など誰一人としていなかった。

眠りにつく時、ある考えがソーンヒルの脳裏に浮かんだ。それは黒んぼたちも白人同様に農民なのだということだった。彼らは動物が逃げないように柵を作ったりはしない。その代わりに、獲物をおびき寄せるような場所を作るのだ。どちらも鮮肉の正餐にありつけるやり方だった。

何よりも、彼らはジェントリーのよう思えた。毎日、必要最小限の仕事をして、あとは楽しんで過ごす。違いといえば、原住民の世界には階級の差などなく、ジェントリーたちが演劇や愛人のところへ行く途中に誰かと無駄話をしている間、階級の違う者が太腿まで河の水に浸かったままで待っている必要はないことだった。

裸の野蛮人の世界では、みながジェントリーのようだった。

船の仕事で岬を離れる際、ソーンヒルの心配は以前より和らいだ。カンガルーと小麦粉のちょっとした取引は、原住民にもふつうの社会的形態があるのだという確信を彼に与えたからだった。船の仕事も軌道に乗ってきていた。この河へ移住しておよそ六か月がたったが、ホープ号は一度も積荷がないということはなく、今では信頼できないないほかの船よりはホープ号に仕事を頼みたいという農家を定期的に回るようになっていた。

スマッシャー・サリバンもそんな常連客の一人だった。石灰はシドニーでは高値で売れた。石や煉瓦の建物が急速に建設されているシドニーでは、漆喰の原料が不足していたからだ。シドニーまで石灰を運べば、小樽が五シリングで売れるので、良い商売になった。

けれども、スマッシャーの入り江に行くと、ソーンヒルはいつも落ち着かない気持ちになった。入り江は荒涼とした高地に向かってくねくねと続く、木がこんもりと茂った高い尾根の間の傾斜地にあった。そこでは太陽は冷たく輝き、水は黒い鏡のようだった。北東からの強風が主流を波立たせても、この入り江のガラスのような水面は波立つことはなく、尾根の間に立ち上る煙の染みが吹き消されることもなかった。

張り合うようにそびえる二つ山の斜面の間に、割り込むようにしてできた三角洲をスマッシャーは自分の土地にしていた。スマッシャーは独自のやり方でここを開拓していた。切株が多いでこぼこした土地と、トウモロコシがぼうぼうのもつれ髪を振り乱しながら、砂っぽい土に必死に食い入るように立っている畑。トウモロコシ畑の横には、スマッシャーの小屋があった。けれども、小屋は斜面の上のほうに建てられていたので、全体的に下り斜面のほうに傾いて歪んでおり、今にも倒れそうだった。開拓地と傾いた小屋の向こうには、密林が迫っていた。

三角洲は三面とも水に囲まれており、岸辺は土が露わになっていた。スマッシャーが燃料にするためにマングローブをめった切りにしたからだった。岸のむき出しになった場所には、石灰を作るのに、原住民が残した貝殻の堆積が全部なくなるまでかき集めた痕跡があった。貝殻から石灰を作るための火は一日中燃えていた。ずっと燃やし続けているので、木も草の茂みもなくなってしまっていた。

ソーンヒルはいつもスマッシャーのところでは長居しなかった。荷をすばやく積み込み、一時間以内に仕事を終わらせ、引き潮に乗って帰路を急いだ。それがソーンヒルの好むやり方だった。

ホープ号が引き潮に乗って滑るように進んでいく時、開拓地の向こうの密林は息を殺しているようだった。片時もスマッシャーの傍らを離れないミッシー以外、彼の自慢の獰猛な犬たちは、小屋の外につながれていた。犬はソーンヒルに気がつくと、唸り、吠え、鎖に抗して飛びかかろうとした。

ソーンヒルは突堤が近づいてくると船尾に立った。彼は、かつて黒い大袋のようなものが吊るされ、ぐるぐる回転していたあたりを見た。今は、そこには木も死体も何もなかった。

スマッシャーは小枝がこんもりと盛られた水辺まで降りてきた。彼は船上のソーンヒルに向かって「やあ」と呼びかけながら手を振った。ソーンヒルは手を振り返しただけで何も言わなかった。この場所を静かに覆っている、張りつめた空気感を自分の発した声で乱したくないと思ったのだ。

近寄ると、スマッシャーは死んだ牡蠣と腐った歯の悪臭がした。手に持った火掻き棒で、彼は積み上げられた小枝のまわりに盛られた枯葉に火を点けた。そして、残しておいた隙間に火掻き棒を突っ込んだ。小枝のなかに押し込んだのは貝だった。死んだものではなく、小枝の間で青白く光る新鮮でまるまるとした牡蠣だった。パチパチと危なげな音が小枝の山の奥のほうでしはじめ、煙がもくもくと立ち上った。

「ソーンヒル」スマッシャーは呼びかけた。彼の少年のように甲高い声に、ソーンヒルはいつも面食らった。「煙草を持っていないか？　我慢できねぇんだ」そう言うスマッシャーに、ソーンヒルはしぶしぶ自分の煙草入れを渡し、彼が噛み煙草をちぎって口に入れるのを見ていた。

盛られた小枝の上のほうにある牡蠣を炎がさっとひと舐めした。貝は固く閉じられたままだったが、しばらくして粒状の汁がこぼれ出し、ジュージューという音がしたかと思うとはじけるように開いた。

スマッシャーはソーンヒルを見て言った。「もう、なくなっちまったんだ。黒んぼが残していった貝の山は全部なくなっちまった」牡蠣が開き、羽毛のような湯気が小枝の山の通気孔から押し出されるたびに、パチパチという小さな音が聞こえた。黒い煙が貝の身の燃える匂いを運んできた。

ソーンヒルは子どものころ、テムズ河の牡蠣を食べたことがあった。その牡蠣は、大きくみずみずしくなる前に、岩からはぎ取られてしまったので、固くて胡桃ほどの大きさしかなかった。ホークスベリーの牡蠣は、男の手ほどの大きさで、よく肥えて平べったい形をしていた。初めてこの地で牡蠣を見たときは、もうこんな機会はないとばかりに貪り食って、気分が悪くなったこともあった。けれども、本当はがつがつ食う必要などなかったのだ。そこには、どんなに飢えても食べ尽くせないほどの牡蠣があった。

しかし今、スマッシャーの土地のあたりの岩を見るかぎり、貝はすべて取られてしまっているようだった。

「唯一ありがたかったのは、やつらもいなくなってくれたってことさ。ここにはもう食う物はないからな」スマッシャーは笑い、咳き込んで唾を吐いて言った。「こうでもしなきゃやつらは消えちゃあくれないからな」彼の笑い声は河の向こう側まで響いた。

最後の石灰の小樽を小屋から船に向かって転がしていた時、犬がけたたましく吠えた。ソーンヒルはあたりを見まわした。黒んぼがどこからともなくあらわれる時は、いつも同じような衝撃を受けた。この黒んぼも、大きな茶色の葉のように揺れるカヌーに乗って、この岸辺までやって来たに違いなかった。男は立ってソーンヒルらが気づくのを待っていた。槍の代わりに、水がしたたる丸々とした牡蠣を手に持っていた。

彼らが男に視線を注ぐと、男は親指の爪をひねるようにして、やすやすと牡蠣を開けて見せた。その様子は、シラミを押しつぶすかのようにたやすく見えた。男は頭を後ろに傾けて中身を飲み込んだ。飲み込む瞬間、男の力強い首の筋肉が浮き立つのが見えた。同じようにして、二つ目を親指一本でこじ開けると、男はスマッシャーとソーンヒルに差し出した。牡蠣を指さしながら、何か話しはじめた。この食べ方がいかにうまいかを馬鹿者に教えるように大きな声ではっきりと話した。

スマッシャーは黒んぼからありがたく教えを受けるような男ではなかった。「俺の食い物を無断で取りやがって。お前にくれてやるものなんてひとつもないぞ」スマッシャーが叫んだ。男はスマッシャーを無視し、油を含んだ煙が立ち上る小山に近づいていった。黒くなった牡蠣が転がり出て、土の上で湯気を出している。男は、小山と潮が引いて露わになった燃えている牡蠣が育っていた岩のほうを執拗に指さした。

男は叫び、怒りにあふれていた。

けれども、スマッシャーも黙ってはいなかった。ベルトを鞭代わりにし、パーンという銃の発射音のような音をさせながら、男の傍らに叩きつけた。「消え失せろ！　縁起でもねぇ。失せろ」男はひるみはしたが逃げなかった。スマッシャーがもう一度鞭を振り降ろした時、鞭は男の胸に命中し、その黒い肌に長く赤い傷痕がついた。スマッシャーは一歩下がり、スマッシャーを睨みつけた。男の窪んだ目は光を湛え、口は一文字に固く結ばれていた。スマッシャーがさらに打とうと腕を振り上げた時、目にも止まらぬ速さで、男が鞭の先を掴んだ。鞭によってつながれた男とスマッシャーは長い間睨みあっていた。

しばらくして、原住民の男は手を放し、向きを変えた。そして、カヌーに戻ると滑るように河へと入った。スマッシャーは小屋に駆け込み、壁に立てかけてあった火打石銃を引っ掴むと、弾が入っている袋をまさぐりながら戻ってきた。けれどもそのころには、男はカヌーに乗って流れに棹をさし、岩の間を縫ってどんどん進んでいた。鎖に引っ張られて首を締めつけられた犬たちの唸り声に混じって、スマッシャーの叫び声が入り江に響いた。

犬がけたたましく吠えるなか、スマッシャーはソーンヒルのほうに急に向き直った。「貴様」スマッシャーは声を張り上げた。「知ってるんだぞ。貴様がやつらと懇意にしているのは、みんな知ってるんだぞ」彼の口角には薄墨色の泡が溜まっていた。嫌悪感をたぎらせた目を細め、スマッシャーは言った。「貴様とあのトム・ブラックウッドの糞野郎だよ。俺はお前たち二人が一緒にいるのを見たんだぜ」

スマッシャーの顔が間近に迫り、大きな声が耳元で響いた。ソーンヒルは後退りした。「黙れ、何を見たって言うんだ」ソーンヒルが叫んだ。彼は狼狽していた。どこか思ってもみなかった場所へと連れ去る大きな車輪に、足を取られてしまったような気がしていた。ブラックウッドのことは、誰も知らないはずであったし、ソーンヒルはほかの誰にも口外したことなどなかった。それなのに、そのことをみな知っているというのだ。けれども彼は、その事実が何を意味するのか、これからどうなるのか考えたくはなかった。

煙は河の向こう側からまだ立ち上っていた。スマッシャーは頭を背けて地面に長く伸びる褐色の唾を吐いた。「いつか殺されるぞ」そう言うことで彼の怒りは鎮まっていくようだった。「そんなことはないと思ってるんなら、貴様は想像以上の馬鹿野郎だな」

ソーンヒルはもうこれ以上ここにはいたくなかった。「おい、見ろよ、スマッシャー。潮流を逃しちまったら、お前を殺っちまうからな」黙ったまま、二人は突堤に沿って最後の小樽を転がし、ホープ号に積み込んだ。河へと漕ぎ出す時ソーンヒルは、背後でスマッシャーが叫ぶのを聞いた。「ウィリアム・ソーンヒルよ、はらわたを槍で射抜かれても、俺は知らないからな」

# 第五章　縄張り争い

事態が変化しはじめたのは、ソーンヒルがシドニーでの商いから戻ったころだった。

原住民がぞくぞくと岬に集まってきていることに、ソーンヒルはしばらく気がつかなかった。彼らは尾根を越えて、二人、三人とやって来た。男たちはいつもの悠々とした歩き方で、二、三本の槍だけ担いでいた。そのあとから、腰に赤ん坊を抱きかかえ、長い袋を額から背中に垂らすように下げた女たちが続く。カヌーで潮に乗って河を上ってくる者もいた。細長い樹皮でできたカヌーに、ひと組の男女に挟まれるようにして、子どもが一人乗っている。船べりを越えて水が入ってこないことが奇跡のように思われた。

集まった原住民たちは、一向に去る気配がなかった。かつて、羽毛のようなかすかな煙が一本立ち上っていた岬の空のあたりは、今では、もくもくと立ち上る煙でくすぶって見えた。ソーンヒルは、時折、子どもの叫び声や泣き声を聞いた。誰かの声がひっきりなしに聞こえ、何かが叩き切られるドサッという鈍い音や、女たちの呼び声が風に乗って聞こえてきた。カンガルーは以前より増え、毎日のように、棒切れに吊り下げた獲物を、ぶらぶらさせながら運ぶ原住民たちを目にするようになった。

小屋の雰囲気はいつになく沈んでいた。誰も目を合わせなかった。子どもたちでさえ押し黙って何かに怯えていた。サルは彼らを腕のなかに引き寄せて離そうとしなかった。ソーンヒルはいつも通り仕事にいそしんだ。小屋の近くの木を切り倒し、ネッドとダンが薪にする木を叩き割るのを見張りながら、開拓地まで聞こえてくる物音に時折仕事の手を止めた。

サルの記録によれば、時は一八一四年の二月になっていた。蒸し暑い夏で、トウモロコシの穂軸は目に見えてぐんぐん育っていた。毎朝、太陽が昇るころには気温は上がって、谷間には息もできないほど熱気が立ち込め、夜になっても一向に涼しくならなかった。ソーンヒル一家は、原住民との因縁を断ち切れない蟻地獄にはまってしまったかのようだった。エビニーザに住むスウィフトやオゴーマンが、ジャガイモの集荷に来るホープ号を待っているのを承知で、ソーンヒルは、一日、また一日と船を出すのを先延ばしにしていた。

ある日の午後、ソーンヒルは、ネッドとダンに河辺まで道を広げる仕事を命じ、自分はこっそりとその場を離れた。彼が小屋の後ろから岩場を登っていくのを見た者はなかった。彼は魚や船が彫られた岩を過ぎ、岬のほうまでまわって、原住民の野営地の真上のあたりまで来た。

木々の隙間から見下ろした時、ソーンヒルは衝撃を覚えた。いつもなら大人が六人と子どもが五人ほどの野営地に、これまで見たこともないほどの数の原住民がいた。小屋がいくつも隣りあって立ち並ぶ集落ができており、至るところに焚き火が見えた。蟻のように数えきれないほどのたくさんの原住民が、陰に消えてはまた姿をあらわした。

一度数えたときは四十人ほどだった。それだけでも多すぎて、もうそれ以上数えたいとは思わなかった。

ソーンヒルは、家族たちが木蔭で涼を取っている庭に戻った。「ちょっとした集まりがあるようだ」軽快を装って彼は言った。「俺たちみたいにな」

ソーンヒルのことをすべてお見通しのサルは、その声音に何かを感じとっていたが、取り立てて何も言わなかった。彼女はフランネルの布でメアリーの顔を拭いてやりながら、ひとつたりとも汚れを逃すまいと神経を集中させた。「ウィル、今日の午後、あなたにお願いしたい仕事があるんだけど」ソーンヒルを見上げたサルが言った。「トウモロコシ畑には戻らないで」彼女の声は明るかったが、布でせっせと顔を拭いてやりながら、指は横を向こうとするメアリーの顎をしっかりと押さえていた。

「母ちゃん、あの野蛮人たちは僕たちを襲いにくるの？」バブが遠慮なしに聞いた。「そんな馬鹿なことがあるわけないでしょ」サルは叫んだ。「誰も襲ってなんてくるもんですか」そして今度は、バブの顔をフランネルで拭きはじめたので、彼はもうそれ以上何も言えなくなった。

ソーンヒルは小屋のなかに入っていた。樹皮の屋根から放射される熱を感じながら、掛け釘から銃を取った。上から下まで点検し、火薬が湿っていないかを確認して、弾を取り出しやすいように袋に詰めた。そして、円い銃口の奥の、死をもたらす漆黒の闇を覗き込んだ。サルの足音が戸口のほうで聞こえたので、彼はすばやく壁のもとあった場所へと銃を戻した。けれども、サルは気づいていた。彼女は、手ぶらで立っているソーンヒルを見ると、掛け釘の銃に視線を移した。サルが何か言おうとすると、彼はそれを遮った。「銃身に蜘蛛の巣が張っていたんだ」

家族は早い夕食を取った。備えの必要な予感があった。

けれども、一体何に対する備えなのか、ソーンヒルは自分自身に問うことはなかった。

サルは、まだ夜にならないうちから、子どもたちを寝かしつけるのに子守唄を歌ってやっていた。「いつ返してくれんだよ、とオールド・ベイリーの鐘が鳴る。お金持ちになったらね、とショアディッチの鐘が鳴る。それいつなのさ、とステプニィの鐘が鳴る。さあ知らねえよ、とボウのおっきな鐘が鳴る」

そのかすれたような声の、震えるような声音に、ソーンヒルは優しさを感じた。

いや、もしかすると、それは恐れだったのかもしれなかった。

夫婦は夜遅くまで、黙って隙間風が残り火を明滅させるのを見ながら、暖炉の傍らに座っていた。部屋の隅のほうで、子どもたちが鼻をすすったり、ため息をつくのが聞こえる。ディックが体を激しく動かし、寝ぼけたような声で何か叫んだ。下屋からは、のこぎりで木を切るようなネッドのいびきが聞こえてきた。しばらくしてネッドが咳き込んだ。大方、ダンが彼を押し遣りでもしたのだろう。静寂が戻ると、原住民の野営地から何か聞こえるような気がした。

最初、心臓の鼓動のようにドクンドクンと急きたてるような激しい手拍子の音が聞こえた。サルがソーンヒルのほうへと顔を向けた。ランプの火のなか、目には影が淀んでいたが、口元は固く結ばれているのがはっきりと見えた。この音は一体何なのだろうと思っていると、次に歌が始まった。力強く高らかに響く男の嘆き悲しむような声に、唸るような別の声が重なってゆく。音程はなく、「オレンジとレモン」の歌のような陽気さもない、教会で聞く詠唱に近い歌声だった。音は肌に浸み込んでゆくように感じられた。

ソーンヒルは声を張り上げようとした。「ちょっと歌っているだけさ」けれども口のなかはカラカラに乾いていた。もう一度、声に出して言ってみた。「あのあばた顔のビルのようにさ。ビルのことを覚えてるだろ?」もちろん、サルはあばた顔のビルのことを覚えていた。けれども、二人とも気がついていた。この本格的な合唱が、酒をひと口もらった礼にビルが歌う歌とは違っていることに。

「やつらもすぐ飽きるよ」小声になりそうなのをソーンヒルは、あえて声を張り上げた。

壁の割れ目から見える夜の闇は、耳のなかを覗き込むように黒かった。外部の不穏な空気はソーンヒルの不安を煽った。彼は、黒んぼたちが、トカゲのように音も立てずに小屋に忍び寄ってくる様子を想像した。今、この瞬間にも小屋のなかを覗き込んでいる気がした。音はだんだん大きくなっていった。大群が押し寄せてくるような音だった。

語られない言葉が、閉じ込められた生き物のようにソーンヒルとサルの間にうごめいていた。

ついにネッドとダンも起き出して、小屋に入ってきた。ネッドは光に庇護を求めるかのように、ランプのそばに歩み寄って言った。「ソーンヒルさん、やつらが襲ってくるよ」

「笑い声が聞こえる。やつらが迫ってくる」ダンも言った。

確かに、笑い声が聞こえた。黒んぼたちが槍の狙いを定めている様子を想像しながら、鋭い槍はひと思いに白人を殺してしまうだろうと思うと、恐怖が悪寒のように体を走り抜けた。

狼狽したネッドが鬼気迫る声で言った。「槍で俺たちの腹を突き刺しにくるぞ」バブは声を震わせて叫んだ。「父ちゃん、刺されたくないよ!」それを聞いて怖くなったジョニーが泣きだし、その泣き声に怯えたメアリーまで泣きだした。サルは子どもたちに歩み寄り、腕で包み込むように抱きしめた。「もし、槍で射られるんだったら、とっくの昔にそうなっていたさ。心配するな」そう言ってみたものの、説得力に欠けることをソーンヒルは百も承知だった。そんなソーンヒルの言葉など誰も信じはしなかった。

見かねたようにウィリーが話しだした。「やつらはここに居座るよ。ずっとこんな状態が続くんだよ、父さん。やつらに思い知らせてやらなきゃ」誰かが言っていたことを真似たようなその口調に、ソーンヒルはうんざりした。おそらくスマッシャーかサギティー・バートルズあたりの請け売りに違いなかった。

ソーンヒルは息子をしみじみと見つめた。痩せて強情な感じのウィリーの骨が突き出た首や、コウモリのような耳や一文字に結んだ口元は、なかなか迫力があった。ウィリーは、裸足の長いすねの裏側を掻きながら、父親を睨みつけて言った。「銃があるじゃないか。銃をなぜ使わないの?」

すると、ディックは椅子から立ち上がって、兄に面と向かって言った。「ウィリー、銃なんていらないよ。父さんが言ったように、彼らはただ集まっているだけなんだから」ウィリーはディックの肩を掴んで揺すった。「この嘘つきめが! そんなの嘘にきまってら。銃で撃たなきゃだめだ」ウィリーが叫んだ。

「二人とも黙れ!」ソーンヒルは、自分の声が小屋中に響きわたるのを聞いた。息子たちは押し黙った。今度は、火の近くの暗がりからダンが言った。「ここにナイフがある。やつらが近くまで来やがったら、黒い腹をひと突きしてやるぜ」その声は恐怖でうわずっていた。

ダンの言葉のあと、小屋の周囲では憤慨したような歌声と拍子木の響きがいっそう高まったように思えた。小屋は恐怖を押し込めた箱になっていた。

半分開いた戸口の傍らに立ち、ソーンヒルはニューゲートでの夜のことを思い出していた。自分の胸の鼓動を聞いていたあの夜。ドクン、ドクン、ドクンと鼓動が聞こえるたびに、あと何回その音を聞くことができるだろうと恐怖に怯えた夜。彼は小屋のなかにいるのを息苦しく感じた。この閉塞感に耐えられなかった。まるで土深く埋められた棺桶のなかにいるかのようだった。

ついに口を開いたソーンヒルは、どもって呟き込みながら言った。「ちょっと行ってくる。やつらが悪さをしでかしていないか見てくるよ」その声は自分の耳にも弱々しく響いた。

大気の芳しい夜で、外に出ると安らぎを覚えた。満月の浮かぶ空に、星がほの暗い光を放ち、灰色の影に沈む森を照らし出している。岬から聞こえる音楽を通底音に、土地はカチカチ、ヒューヒューと密やかな音を奏でていた。積まれた薪の近くに置かれた乾いた樹皮のなかで何かがカラカラと音を立て、空から舞い降りる鳥の黒いシルエットが、開墾された土地にふわりと落ちた。

月の光を頼りに、ソーンヒルは原住民の野営地を臨む崖の平らな岩に登っていった。見つからないようにと思ったが、彼が着ているシャツの色は、薄汚れてはいても木立のなかでは目立ってしまいそうだった。逃れようもない外被である肌は、白く浮き立ちさらに危険だった。音を立てないように動こうとしたが、見慣れたこの地も、月明かりの下ではどこか違う場所のように見えた。思いがけないところで岩にぶつかり、そこにあると思っていた木がなかったりした。あっちこっちでつまづきながら、ソーンヒルは、ペーパーバークの粉っぽい幹の脇までなんとかたどり着いた。そこから原住民の野営地が見下ろせた。けれども、振り向いたり指さしたりする者はいなかった。そこに白人がいるとわかっていても、黒んぼたちは気にも留めないのだった。

野営地の真ん中に大きな赤々とした火が燃えていた。下から炎に照らし出された木の幹は明滅し、光のトンネルを作り出した。前を人影が通り過ぎるたび、炎はちらつく。

輪になった男たちが、火を囲んで足を踏み鳴らし飛び跳ねていた。一人の男が足を組み、顔をかしげるようにして座り、歌を歌っていた。急きたてるような歌声だった。男たちの顔は白い縦縞で覆われていて、仮面を被っているように目だけがぎょろりと動くのが印象的だった。炎の光のせいか、彼らは現実のものとは思われなかった。光の織りなす踊りを見ているかのようだった。

女と子どもは、男たちを取り囲むように座り、拍子木を鳴らしながら、歌の基調となるかん高い音を奏でた。女たちの長く垂れ下がった乳房は、白の塗料でなぞるように輪郭が描かれていた。上胸の首飾りは、サルの外套の襟のようでいかにも滑稽だった。男らの顔と同様に、女らの顔にも、白い縞模様が描かれていた。小さな子どもらもみな残らず、同じように化粧を施していた。それは白色粘土の化粧に過ぎなかったが、土から作られた人間の様相を彼らに与えていた。

出陣の化粧だとソーンヒルは思った。彼らは忌まわしい出陣の踊りを踊っているのだ。そう思ったとき、妙に落ち着いている自分にソーンヒルは驚いた。この瞬間を待っていた気さえしたのである。

彼らの踊りは、かつてあばた顔のビルが踊っていたものと同種のものだとは思われた。しかし、ソーンヒルの歪んだ帽子が羽飾りのついた総督の三角帽子と違うほどに、両者の踊りは似ていなかった。あばた顔のビルは、ほとんど目を閉じて心ここにあらずという様子で踊っていた。一方、この男たちは、炎を見据えて、体の白い縞模様が生き物に見えるほど躍動感あふれる動きで踊った。

しばらくして、ソーンヒルはのっぽのジャックを見つけた。ジャックは手に槍を持ち、ほかの男たちと一緒に身を屈めていた。そして力強く跳躍し、着地すると土埃を巻き上げて地面を踏み鳴らした。ジャックは、もはやただの人間には見えなかった。カンガルーが憑依した人間だった。

木の陰からこっそり様子をうかがっているソーンヒルにとって、聞こえてくる歌は、虫の羽音とさして変わらず、どこが初めで終わりなのかの見当さえつかなかった。拍子木が止むと同時に、歌い切った歌い手たちは静まりかえった。ソーンヒルは、その歌が教会の賛美歌に似ていると思った。どこで賛美歌が終わるのか誰もが心得ていて、一斉に歌い終わるあの様子にそっくりだった。ペーパーバークの木蔭から覗いているソーンヒルだけが、この歌の終わりを知らないのだった。

今度は、違うリズムの音楽が始まった。老人が一人、炎に照らされて地面を踏み鳴らし、土埃を巻き上げながら踊っている。顎ひげのハリーだった。硬そうな筋肉に覆われたハリーの身体が、せせらぎから飛び跳ねる魚のように空を舞った。地面を踏み鳴らす音は大地の鼓動のように響いた。彼は歌いはじめた。彼の口から放たれる歌の長くくねる音は、大地の血管を血液がめぐる音のようだった。

ソーンヒルは、この男が「顎ひげのハリー」と名付けられた男と同一人物なのかと目を疑った。白化粧を施し、神秘的な歌に包まれて踊るこの男は、まったくの別人のようだった。

拍子木を打ちながら、ほかの者たちもハリーの踊りを見ていた。けれども彼らは、チェリー・ガーデンで座ってジグ舞曲の舞いを鑑賞する人々のように、ハリーの踊りを見ているわけではなかった。人々の表情には感情があふれていた。それは、踊りという言語を通して語られるよく知られた物語でもあったのだ。ちょうど、聖《セント》メアリー・マグダレン教会のクリスマスの催しで、毎年同じように、みながキリスト降誕の物語を喜びにあふれて語るのに似ていた。

この老人は一冊の本なのだ、とソーンヒルは思った。彼らはこの老人を読んでいるのだ。ソーンヒルは、厳めしい顔つきをした人物の肖像画と、金の文字が刻まれた光沢のある本が並ぶ総督の書斎のことを思い出していた。本は、その読み方を知る者にのみ、そこに込められた真義を教えてくれるのだ。

土を踏みつけるたびに、力が漲る老人の太ももを見ながら、ソーンヒルはこの男を平手打ちにし、子どもを叱りつけるように怒鳴りつけたことを思い出していた。自分が間違いを犯したことを知り、今さらながらそのことに怯えた。顎ひげのハリーは、船頭会館の前でオートミール粥の器をよろよろと差し出す物乞いのように、弱々しく痩せ細った脛をした無精ひげの老人ではなかった。彼は総督のような長老的存在だったのだ。煌めく剣を傍らに携えている総督を押したり叩いたりできないように、彼に対してもそのような無礼な行為を働いてはならないのだった。

規則正しい拍子木の音と、上がり下がりする嘆き悲しむような声は、岩壁に反響し、岩に砕ける河の波音と混じりあって広がってゆく。木蔭に立ち尽くしたソーンヒルは、自分の心臓の鼓動のような拍子木の音に呑み込まれていくように感じた。

ソーンヒルが小屋に帰りつくと、ダンが彼をなかに引き入れて言った。「頼むから、その戸を閉めてくれ」泣くような声だった。「ぐずぐずしないで速く」

小屋のなかは息が詰まるようだった。ランプの光が、ソーンヒルに向けられた家族の顔をゆらゆらと照らし出した。「何人いたんだ?」ダンが聞く。「百か? 二百か?」返答を恐れるように、その声はか細くなっていった。「十二人もいなかったよ」ソーンヒルは言った。「もっと少ないかもしれない」けれども、その嘘はブリキのやかんを叩く音のように虚ろに響いた。

サルは子どもたちを起こし、服に着替えさせていた。すすけた光を放つ簡易ランプに照らされて、家の者たちがテーブルのまわりにぎゅうぎゅう詰めになって座っている。ネッドとダン、子どもたちの顔色はランプの光に青ざめて見えた。ディックだけが、ほかの者たちと一緒にランプを囲んでいなかった。彼はマットに横になって、天井の垂木を見つめていた。

サルはテーブルの上に自分たちの持ち物すべてを並べていた。かぼちゃ、紅茶茶碗、先が欠けたナイフ、きちんと畳まれた彼女のスカート。ウィリーのポケットナイフと縫い終わったばかりのボンネット帽もあった。小麦粉の袋と、それよりは少し小さめの砂糖の袋に、トウモロコシを挽く臼もある。これらの品々は、店のカウンターに並べられたように、テーブルの上に広げられていた。

「これを全部あげたら、きっと危害を加えてこないはずよ。好きなだけ与えるの。ヘリング夫人もそうしたことがあるって言ってたわ」原住民と何度も取引をしたことがあるかのように、淡々とした調子でサルが言った。「そうすればきっと私たちに危害を加えないと思うの」

暗がりのあたりから、信じられないとでも言うように、「ふん」と嘲笑の声を漏らした者があった。ソーンヒルは、ウィリーに違いないと思って彼のほうを見た。少年は無表情で父親を見つめ返した。

ネッドが声を上げた。「俺たち、あいつらに一発お見舞いしてやるんだよな?」それがいいことなのかどうなのか、判断がつきかねるといった様子だった。そこへダンの女のように甲高い声が割って入った。「やつらは俺たちの畑や小屋を焼き払いにやって来るにちがいねぇ。オポッサムみたいに狩り出されるのが落ちさ」

ダンのこの発言が、恐怖を行動へと昇華する契機となった。ソーンヒルは、部屋を横切ってダンのほうへと歩いてゆくと、彼の頭部の片側をベルトで打った。「黙れ、ダン!」ソーンヒルは叫んでいた。そして、気持ちを落ち着かせるように言った。「やつらに好きなものをくれてやる、それしかない」ソーンヒルは銃を取った。ウィリーはすばやく父親のそばに駆け寄り、弾や火薬を詰めた袋と弾込め棒を手渡した。

みなの視線を感じながら、ソーンヒルは弾丸を銃に込めた。ひょっとすると、誰も見ていないかもしれなかった。いずれにせよ、その作業がいかに無意味なものであるかを、彼はよく知っていた。装塡の煩雑な作業をひと通り終え、銃身と発砲口を点検した。けれども、何のためにこんなことをしているのだろう? ソーンヒルは、再び装塡する際のパニックにも似た慌ただしさを想像した。弾丸と銃弾押さえの詰め綿をしっかりと詰め込み、火皿に火薬を注ぎ入れ、打ち金を起こし発砲する。

この作業を全部やり終えるころには、原住民らは大量に槍を準備して、針山のようになっているかもしれなかった。

ソーンヒルは笑いがこみ上げてくるのを感じたが、それを押し殺した。最悪の状況を想像しても、手の震えもなく火薬を注いでいる自分にある種の驚きを覚えた。

それから彼は雨戸へと向かいそれを押し開けると、銃身を手探りで夜の闇に向けて突き出した。「貴様の喉に突っ込んで、ぶっ放してやる」ソーンヒルは叫んだ。銃のはね返りの部分が肩に当たって、彼はよろめいた。閃光でしばらく目が見えなかった。爆音が鼓膜をつんざいた。

ソーンヒルは銃口を降ろして、果てしなく続く銃声が反響しながら岩壁のほうへと消えてゆき、やがて聞こえなくなるまでじっと耳を傾けていた。「これでやつらもいなくなるだろう」そう言って彼は、重大な仕事をやり終えたかのように雨戸を閉めた。

けれども岬のほうでは、拍子木の音と歌は止む様子はなかった。原住民らが銃声を聞き、険しい表情で踊りを再開する様子をソーンヒルは想像した。そして、それ自体がひとつの風景のようなのっぽのジャックの顔が、小屋のほうを向き銃声に耳を澄ませている姿を思い浮かべた。

その週、原住民らは毎晩のように歌って踊っていた。ひと晩も欠かすことなく、拍子木の音は岩壁に響きわたり小屋まで届いた。ソーンヒルたちは、横になってその音を聞いていた。持ち物を小屋の外に並べておいたが、朝になって見てみると、それらは手もつけられないまま、朝露に濡れていた。槍で突き刺されることも、頭皮を剥がれることもなく、夜明けを迎えたあとは、恐怖はそれほどでもなくなった。これはどうやら、この小屋の者たちにかかわることではなく、原住民らが是が非でもなさなければならないことのようだった。

その証拠に、しばらくすると黒んぼたちは、潮が引くようにどこかに行ってしまった。のんびりとした様子で野営地を出たり入ったりするいつもの顔ぶれだけが残った。

ソーンヒル一家は、その後も日々の営みを続けるしかなかったが、これまでと同じというわけにはいかなかった。この小屋には、一人前の男は二人しかいなかった。あとはまぬけ男に、少年と女、そして四人の幼子ときていた。壁には銃がかかっていたが、音と熱気を出す装置に過ぎなかった。そんなことは随分前からわかっていたことだったが、今はそのことがソーンヒルの頭から片時も離れなかった。

サルもそのことに気づいていた。彼女のなかの何かが変わったように、サルはもう鼻歌を歌うこともなくなり、眉間に皺を寄せて宙を見つめていることが多くなった。森へ入ってゆく原住民の女が小屋の前を通っても、サルはもう手を振ったり微笑んだりせずに、遠くから見ているだけだった。彼らのなかへと入っていって、皿や穴掘りの棒を手に入れようともしなくなったので、彼女のコレクションに新しい物が加わることもなくなった。

たった一丁の銃しかなく、その撃ち方を知る者が一人しかいないという状況は、あまりに無防備で危険に思えてきた。ソーンヒルは、リッチモンドのジョン・ホーンからもう三丁銃を買った。壁にそれらを掛けておく留め具を打ちつけ、上から下へと四つ並べるように掛けた。それから一日かけて、ダンとネッド、ウィリーに銃の撃ち方を教えた。

驚いたことに、ネッドには銃を扱う才能があった。何をやらしても不器用な男だったが、弾丸を銃身に込め軽く叩きながら詰める作業をネッドは器用にこなした。狙いをほとんど定めなくても弾は命中し、的にしている木片がフェンスポストから転げ落ちた。ネッドはついに得意なことを見つけたのだった。

ダンのほうは、弾込め棒を落としたり、火薬をこぼしたりと、銃の扱いは下手だった。銃の台尻に頬を押し当て、肩に固定するこつを掴めないようだった。彼が撃った弾で、木片が飛ばされることはなかった。ダンは、自分の手で直接振り下ろせる棍棒のほうがよいと考えたらしい。ある日、彼は午前中のうちに森に行き、先が固く膨らんだ木切れを携えて戻ってきた。それから幾晩かかけて、その木切れが自分の気に入る重さと鋭さになるまで削り続けた。

自分が銃を撃つ番になると、ウィリーは青ざめ、半ズボンで手を拭った。ソーンヒルは、火皿に火薬を注ぐウィリーの手が震えているのを見かねて言った。「お前はまだ子どもだ。こんなことしなくてもいいんだぞ」けれども、ウィリーはやめようとはしなかった。初めて銃を撃った時、彼は肩に台尻をしっかりと固定しないまま引き金を引いたために、後ろに吹き飛ばされてしまった。けれどもウィリーはあきらめずに、厳めしい表情でもう一度やってみようとした。

銃が四丁あって、それを使える者が三人いたとしても、黒んぼが襲ってきた時の十分な備えにはならないことをソーンヒルはわかっていた。それでも、そのことが黒んぼにとっての何らかの脅威になればよかった。銃そのものの威力を期待したのでなく、それが与える脅威に期待していたのである。

ソーンヒルは、出陣の踊りを見た夜に、壁のような密林がいかに近くまで迫っているかを感じ、そのことが頭から離れなかった。原住民が放つ槍は、木々の間を滑らかに飛び、それを放った手を明かすことなく相手を射抜くだろうと思われた。

ソーンヒルは小屋のまわりの開拓を進めることにした。けれども、どれくらい広い壕であれば十分なのかはわからなかった。グラスツリー〔オーストラリア固有種の常緑小低木。ススキノキ科ススキノキ属〕の幹を切り出しただけの即席の槍を手にして立つ自分を、ソーンヒルは何だか馬鹿らしく思った。その様子を周囲の者たちはじっと見守っていた。サルは、ソーンヒルが読めない表情を浮かべて戸口に立っていた。

「立派な野蛮人に見えるかい?」ソーンヒルが冗談めかして言うと、ネッドさえもそれを解して笑った。ソーンヒルは横を向くと、原住民がするのを真似て、胸と肩の筋肉を寄せた。槍が手から離れた瞬間、彼は、原住民が投げたように、空を滑らかな弧を描いて飛んでいく槍の様子を思い描いた。しかし、彼が投げた槍はよろよろと飛び、地面を二、三ヤード横滑りしただけだった。

彼は見ている者たちのほうを向き、笑って言った。「ほら見ろ。大騒ぎすることはないさ」小屋のほうではサルが見ていた。ソーンヒルは肩を痛めたことは言わないでおいた。

ディックは父親が投げた槍を拾いにいき、その小さな手で持ち上げた。彼は慣れた手つきで槍を放った。槍はビューという音を立て優に五十ヤードは飛び、密林の木々の間の地面に突き刺さった。

　ディックが槍を投げるのが初めてではないことは、見ればすぐにわかった。すでに二十一回目、百一回目かもしれなかった。ディックは、この行為で秘密がばれてしまったことに気づいたようだったが、今は彼をとがめている場合ではなかった。まだ八歳にもならない痩せた少年が投げた槍でも、こんなに遠くまで飛ぶのだということのほうを重く受けとめる必要があった。笑っている場合ではなかった。

　ソーンヒルは、槍の飛んだ距離を歩測し、ダンとネッドに、あと二、三ヤードほど森林を切り開かせることにした。サルが日にちを記している一本を除いて、木という木は斧で切り倒された。灌木は掘り返され、岩もできるかぎり取り除かれた土地は柵で囲われた。見わたすかぎりでこぼこした土地が広がっていたが、小屋のまわりの囲われた土地は、平らにならされていた。人間が隠れることができる場所など、もうどこにもなかった。

「これでやつらも俺たちには手も足も出せやしない」ソーンヒルが言った。偉そうな口をたたく自分に向けられたサルの視線を感じたが、彼は目を合わせることができなかった。

　ソーンヒルはこの地に変化をもたらした。木を切り倒し、灌木を取り除き、蛇が隠れていそうな茂みは刈りとった。日がたつごとに、変化が目に見えてわかった。一本、もう一本と木は切り倒され、一ヤード、もう一ヤードと茂みは刈りとられ、柵は少しずつ張りめぐらされていった。

　ソーンヒルは柵がこの土地にもたらす変化が好きだった。柵に囲われ整えられた土地は、その外と比べて明らかに違って見えた。柵は人間が到達した地点を示し、柵の先に広がる土地は、次に向かうべき場所を教えていた。

けれども、人間がこの土地にどれだけ変化を加えても、果てしなく広がる密林を取り除くことなどできないのだった。せいぜい後退させる程度だった。ソーンヒルが誇ってやまない小さな土地の向こう側では、河辺のオークやユーカリの木がいつものように騒がしく音を立てていた。岩壁の上のほうには、暑さに漂白されたような明るい午後の空を揃って飛ぶ鳥の群れが、風に舞うスカーフのように見えた。

スマッシャーのように獰猛な犬を飼うことに、ソーンヒルの心は傾きはじめていた。スマッシャーのほくそ笑む顔など見たくもなかったが、三月のある穏やかな日曜日、彼はプライドを押し殺し、下流へ向けて小舟を漕ぎ出した。

スマッシャーの小屋が見えてくるより先に、犬が吠えるのが聞こえてきた。その鳴き声は谷中に響いて耳障りだった。歩いて小屋まで行こうとすると、鎖をピンと引き攣らせた犬たちは、彼に襲いかかろうとした。ソーンヒルは、スマッシャーが灌木を刈りとって新たに開墾した二、三ヤードの土地に沿って、犬たちからはなるべく距離を置いて歩いた。

スマッシャーはソーンヒルを見るとすぐに駆け寄ってきた。帽子のつばの下に見えたスマッシャーの顔には、野菜が不足している者にありがちな血色の悪さが見てとれた。

ソーンヒルは無駄話に時間を費やしたくなかったので、「犬を数匹売ってくれないか」と単刀直入に切り出した。けれども、スマッシャーは長々と話しはじめた。「野蛮人のやつらが来たんだってな」と、隙間の空いた歯をみせて笑った。「やつらが居座ってるんだろ？　なぁ、そうなんだろ？」けれども、ソーンヒルは彼の問いに答えずに言った。「雌二匹と雄を一匹。五ポンドでどうだ？」スマッシャーは、顎の無精ひげをガリガリかきながら、少し考えるふりをした。「俺の犬を欲しいっていう声は結構あってね」そう言うスマッシャーの細い顔は、勝ち誇ったように溌剌としていた。「ウィル、格安でも、十ポンドは下らねぇ」

しかし、ソーンヒルはスマッシャーに丸め込まれたりはしなかった。「ギニーだ、スマッシャー。五ギニーならどうだ。それ以上は出さない」そう言い放って後ろを向き、小舟に引き返そうとした。すると案の定、スマッシャーは譲歩した。「まぁ、お互い助けあおうじゃないか」そう彼が呼びかけてきたので、ソーンヒルは振り返った。

歪んだ土地に歪んで立つスマッシャーの痩せた姿は憐れに見えた。ズボンの足首のあたりからは、ぼろ布がぶらさがり、裸足の足には土がこびりついている、顔からは汗がしたたり落ちていた。「なら、五ギニーでいいよ」彼は叫んだ。「仲間だからな」

犬を選ぶために小屋へと向かう途中のことだった。犬たちがけたたましく吠えるなか、スマッシャーは叫んだ。「見せたいものがあるんだ」悪巧みと興奮を秘めたその声に、ソーンヒルはためらいを覚えたが、スマッシャーは彼を戸口のほうへと向かわせた。

陽光の眩しさのせいで、小屋のなかはよく見えなかった。樹皮の壁の隙間から差し込む光の帯を引き裂くように影が射していた。隅のほうで何かが動く気配がして、動物か何かが腐敗したような強烈な臭いがした。だんだん目が慣れてくると、何かあるのがわかった。マットレスだった。細く、くっきりとしたひと筋の光で、その傍らに黒いものが見えた。鎖の音が響き、スマッシャーのものでも、彼のものでもない呼吸が聞こえた。犬だろうと思ったその瞬間、ジグザグに走る光の線に照らされて見えたのは、うずくまった人間だった。それは原住民の女だった。女は壁に寄りかかり、縮こまって喘いでいた。苦しそうに歪んだ口から、歯がかすかに煌めいて見える。鎖が食い込んで擦り剝けたところは、黒い肌に輝く赤い宝石のようだった。

　スマッシャーはソーンヒルを押しのけ、女を怒鳴りつけた。「のらくらしやがって」女がよろよろと立ち上がろうとすると、スマッシャーが、その小さな背中を目がけて鞭をふるう姿が目に飛び込んできた。日差しに照らされて、女の肌は薄墨色をした剝片のように見えた。足首に取りつけられた鎖を引きずり上げながら、女は立ち上がった。

　小屋から外へ出ると、降り注ぐ白熱の陽光に目が慣れず、物が黒っぽく見えた。鞭を片手に構えたスマッシャーは、弱々しく小さく見えた。彼は感傷的な笑みを浮かべて言った。「黒いビロード〔性的対象としての先住民の女性を表す言葉〕さ」舌なめずりをし、言葉を続ける。「このあたりじゃ、こんな女《ビロード》しか手に入らねぇ。ヘリングのばあさんのでもいいって言うなら別だけどな。俺はまっぴらごめんだが」ヘリング夫人を引き合いに出したことがよほど可笑しかったらしく、スマッシャーは大笑いした。そして、ソーンヒルのほうに近づくと、ささやくように言った。「こいつは俺とサギティーとやったんだ。前と後ろで一対のスプーンみたいになってね」

強烈で抑えがたい衝動が沸き起こり、ソーンヒルは、自分がその女と性交をしているところを想像していた。自分の指が女の肌に触れ、女の長い足がそれに抗して力む。それは、ほんの一瞬の激しい衝動であり、彼のなかの獣《けだもの》が顔を出した瞬間だった。「やりたいのか、ソーンヒル？」スマッシャーは尋ねた。「気をつけろとだけ言っておくよ。こいつは、いまいましい猫みたいに爪をたてやがるから」ソーンヒルは、何と答えてよいものか言葉が見つからず、やっとの思いで首を振り顔を背けた。

待っていたかのように、スマッシャーはけしかけてきた。「ちょっとくらい楽しんだって何が悪いって言うんだ？」彼はそう叫んで、口の横側から唾を吐いた。唾は輝きながら、弧を描いて飛び、地面へと落下していった。「お前さんの大好きなトマス・ブラックウッドだって、黒んぼの女がいるんだぜ」

ソーンヒルは、この息が詰まるような場所から逃げだしたくてたまらなかった。そうしなければ、今にでも窒息死してしまいそうだった。「いい加減にしろよ、スマッシャー。犬のことは忘れてくれ」にべもなくそう言い放った。スマッシャーの顔から、引き攣ったような笑みが消えた。「五ポンドにしとくよ」彼はそう言ったが、ソーンヒルは、いくら安くても犬を欲しいとはもう思わなかった。犬たちは唾液で歯を光らせ、長い喉からだらりとした分厚い舌を出したり入れたりしながら、呻っては吠えている。この犬たちを見ているだけで、ソーンヒルは逆上した。

怒りを吐き出すように彼は叫んだ。「いらないと言ってるだろ！」叫ぶことで怒りがおさまる気がした。尾根にぶつかった自分の声がこだまするのが聞こえる。この場所が、木が、斜面に寄りかかる岩が、その叫びを聞いているようだった。

けれども、スマッシャーは納得しなかった。「こういうやつがいるんだよ」少し間があったあと、彼は続けた。「犬をうまく手なずけることもできないやつが」打ち解けた調子で彼は言葉を結んだ。「たぶん、お前さんはそういう男なんだろうな、ウィル・ソーンヒル」

ソーンヒルは、小舟に乗り込むと櫂を持ち上げて、スマッシャーから顔を背けたまま舟を漕ぎ出した。脂っぽい煙が河の水面上を漂っていた。

自分が見たものをサルに伝える瞬間を想像し、その言葉の一部始終を考えながら、ソーンヒルは羞恥心に打ちひしがれていた。あの光景を記憶に留めておくことすらも悪いことのように思われた。そのことを考えたり、言葉にして言ってみるだけで、自分がスマッシャーと同等の人間になってしまったような気がした。小屋であの女を見て、誘惑の衝動に一瞬かられた時、まるでスマッシャーの本性が彼の心に入り込んでしまったかのようだった。ソーンヒルは女を助けようとはしなかった。それは、悪の一部に加担したも同然だった。

河辺の住人たちが収穫を始めるころの時期をうまく捉えれば、鎌を積んだ商船は、ホークスベリーでは利益をあげることができた。ソーンヒルは、二月の初旬に十ダース購入したが、温暖で雨も多くなる三月の初旬までには、取っ手の部分が壊れたものまで、そのほとんどは売れてしまった。月明かりに照らされながら、ソーンヒルは潮の流れに乗って滑るように進んでいた。ホープ号は波に持ち上げられ、勢いよく水面を跳ねた。

喧嘩をしたくなかったので、サルが故郷《ホーム》を懐かしがる時はいつも、ソーンヒルは彼女に合わせることにしていた。ここは光が強すぎる、日中は暑すぎるし、夜は寒すぎるとサルが言えば、彼は「そうだね」と頷いた。蛇や人間を刺す生き物も多すぎる。ここはまさに地の果てだ、なにしろ一番近い隣人のところまで舟で一時間もかかるから、という彼女の言葉にも同意した。蚊や灼熱の太陽にもかかわらず、このホークスベリーの下流にも、心の安らぎはあることを、ソーンヒルは一度もサルに話そうとしたことはなかった。

月明かりに照らされた河は、銀色と黒色をしていた。絶壁を見上げると、蝋のような月が、樹木が創り出すぎざぎざの地平線上に浮かび、その光で星を青白く染めていた。

河の夜は心地よかった。この心地よさに彼はすっかりなじんでいた。金属のような水に縁どられたソーンヒル岬の丸い出っぱりが見えてくると、徐々に第一支流《ファースト・ブランチ》の谷へと向かって迫り上がってゆく山の背が姿を現した。それらは、かつてウィッピング・スティアズやスワン波止場がそうだったように、ソーンヒルにとってはなじみ深いものとなっていた。

意志ある人間のように舵の柄を押し返してくる河の存在を感じながら、彼は穏やかな気持ちになり、歓びにあふれて、ホープ号の船尾に腰かけていた。ここへ来た時、ソーンヒルは死んだも同然だったが、イエス・キリストでなくとも人は死からよみがえることができることがわかりはじめていた。

この心地のよい夜をもうしばらく味わっていたくて、ソーンヒルは時間をかけてゆっくりとホープ号を陸に着けた。丘の途中で彼は足を止め、月明かりに照らされて、トウモロコシ畑の傍らに立つと、聞こえてくるかすかな音に耳を澄ませた。ほかの畑と同じく、彼の畑も収穫の時期を迎えていた。黄金色の柔らかい房をつけたトウモロコシの実は、夏の日差しを浴びてすくすくと育ち、一本に五つから六つの実をたわわに実らせている。トウモロコシは紙がカサカサいうような音を立てひしめきあって立っていた。

あと数日で収穫に取りかかる予定だった。一ブッシェル〔穀物の軽量に用いられる単位。トウモロコシの場合、一ブッシェルは約二十五・四キロ〕十シリングほどで売れるので、二、三ポンドは稼げるだろう。種を土に植えてあとは待つだけの実に楽な商売だった。

夜の闇に小屋が見えてきた。樹皮の壁の隙間から黄色い光を漏らしてたたずむ小屋は、土の上に置かれた硬くかっちりとした箱というよりは、光を入れた器のようにぼんやりと浮き上がっていた。光は戸口からも地面に漏れていて、そのせいで青ざめた月は暗く見えた。

煙突に向かって燃え上がる炎とテーブルの上のランプに照らされた小屋の居心地の良さを、ソーンヒルはよく知っていた。そこは安全で外部とは遮断された空間だった。けれども、外から見ると、小屋は貧弱で隙間だらけだった。尾根の隆起が小屋を小さく見せ、風は熱く黄色い泡のごとき小屋のなかにいる人間が立てる音をかき消した。

ソーンヒルはこの小屋に訪問者があることを知っていた。陸に上がるとき、何艘かの舟があったからだった。小屋に近づくと、なかから轟くような男たちの声が聞こえてきた。

ソーンヒルは、スマッシャーの小屋であの女を見た二週間前のあの日から、彼とは口をきいていなかった。スマッシャーの入り江を船で通る時も、立ち寄るのを避けていた。スマッシャーの石灰の取引は、モレットのアンドルーズに任せていた。ソーンヒルは、あの女の姿も、その肌に凝結した宝石のような血も、二度と思い出さないように記憶から葬り去ろうとしていた。

木の葉の匂いが立ち込める、澄み切った夜の外気のなかを戻ってきたソーンヒルは、小屋に入るなり、男とラム酒のむせ返るような臭いに息が詰まり、ランプの濁った光に目が眩んだ。そこには、ミッシーを足もとに侍らせたスマッシャーがいた。サギティーは隣人のジョージ・ツイストを連れていた。ツイストは、骨軟化症で足が曲がり、ずんぐりとした体型の怒りっぽい男だった。いつも朝晩を問わず、目が隠れるほど深々と帽子を被っていた。間の抜けたような長身のラブディが、テーブルに覆いかぶさるように座り、その反対側には、へリング夫人がしかめ面をして座っていた。煙突の傍らの隅には、ブラックウッドが肩肘をもう片方の手で支え、手のひらで顔の半分を覆うようにしてしゃがみ込んでいた。

戸が開く音がして、驚いた表情を浮かべたサルが振り返った。すっかりできあがったラブディも、ぎこちない動きでおおげさに振り返って見せた。「おや、一家の稼ぎ手のお帰りですよ、ご夫人」スマッシャーはラブディの言葉に間髪入れずに大声で言った。「小銭稼ぎに過ぎないけどな」このひと声で大騒ぎが始まった。サギティーは余程それが可笑しかったと見えて、テーブルを手で叩いて、むせび泣きしているのかと思わせる奇妙な甲高い声で笑った。こんなふうにスマッシャーに媚びへつらうサギティーをソーンヒルは見たことがなかった。まさに二人は一対のスプーンのようだった。

サルは夫に酒をついで渡した。「スパイダーがやられたらしいの、ウィル！」彼女は言った。「スマッシャー、話してあげて」スマッシャーは、頼まれなくても何度でもその話をしただろう。百発百中《ネヴァー・フェイルズ》と呼ばれる哀しき文明のかけらのような地で、ウェッブの妻は、子どもたちと夫の留守を守っていた。その前の週に原住民に鎌を盗まれてしまい、スパイダーは誰かに鎌を借りようと舟で出かけていた。

普段、スパイダーは自分の土地に原住民を寄せつけなかった。時には銃を持ち出して、追い払うことさえあった。だが、夫が留守の時、妻のソフィア・ウェッブは、小屋のそばまで原住民を招き入れたので、この善良で優しすぎた愚かな女は、彼らに騙されてしまった。原住民の一人が戸口のところでソフィアに話しかけ、冗談を言ったりふざけたりして彼女を楽しませると、彼女は紅茶とお茶うけに茹で団子を振る舞った。その隙にほかの原住民たちは、畑に忍び込んで盗みを働こうとしていた。そしてソフィア・ウェッブが、この新しい友人に茹で団子をもうひとつどうかと勧めている間に、原住民たちはひとつ残らずトウモロコシをもいでしまったのだった。

この話をもう一度しながら、スマッシャーの顔は憤りで真っ赤になっていった。「こんなことなら、なんでウェッブ夫人は黒んぼに寝室で横になるように勧めなかったんだろうな？　そんでもって、夫のパイプを吸わせてやって、ついでにラム酒でもてなせばよかったのさ」そう冗談めかして言うとスマッシャーは、まわりの者が彼のわずかに残っている歯を数えることができるほど、大口を開けて笑った。けれども、彼が心から笑っていないことにソーンヒルは気づいていた。スマッシャーの笑いは、憤りを抑えるもうひとつの方法なのだった。

寡婦のヘリング夫人が、パイプをくわえたまま、くっくっと笑いながら、火の傍らから話しだした。「お気の毒にねぇ。ソフィアは、帽子横丁のバーンズじいさんのように、掠めとられちまったんだねぇ。そういえば、トバイアス兄さんが入口のところでバーンズさんに話しかけている間に、私がこっそり後ろから忍び込んで、リボンをひと巻、店の売り台から拝借したことがあったよ。それで、あとでそれを売って半クラウン手に入れたのさ」ヘリング夫人は笑いながらパイプをくゆらせた。「その必要があるときは、あの人たちも友好的に振る舞うんだね」

「俺はリボンひと巻なんてもんじゃないぜ、ヘリングさんよ」サギティーが言った。その声に怒りは露わだった。「小麦の袋を四つ、それも詰めたばかりのものを、あのいまいましい黒んぼどもに盗まれたんだ」ジョージ・ツイストも、ヘリング夫人の悠長さに業を煮やしたようだった。「まったく困ったやつらだよ、そうだよな」そう言って、誰か異論はあるかと言わんばかりに、顎を突き出して部屋を見わたした。

ツイストは楽しい酒の飲めない男だった。彼は豚を飼っていて、ソーンヒルの得意先でもあった。塩や小樽をしょっちゅう運んでやっていたし、豚肉の出荷もホープ号を使ってくれていた。それでもソーンヒルは、ツイストに対して心を許すことができないでいた。サルには言わなかったが、ツイストは、飼っている豚に一番下の赤ん坊を殺されたことで有名だった。その子を埋葬せずに、死体を食べはじめた豚に、残りも全部食べさせたという噂もあった。

スパイダーの話には続きがあった。彼が鎌を手に入れて戻った時、そこにはまだ原住民たちがいた。

彼は銃を持ってきて一発ぶっ放したが、弾を詰め直している最中に、原住民に取り押さえられてしまった。一人が槍を突きつけて彼を見張っている間に、ほかの者たちは、雌鶏が産んだ卵をソフィアに料理させ、台所にあった豚肉を貪り、備蓄の貴重な砂糖を袋から手でわし掴みにして食べた。

ソフィアが歯のない痩せた女だったからか、原住民は彼女に乱暴はしなかった。スマッシャーもそのことには言及しなかった。けれども、彼らはウェッブ夫妻の衣服に関心を示した。ソフィアのピンクのリボンのついた上質のボンネット帽に、彼女の母親の形見のショール、そしてスパイダーの替えのシャツ。豚肉の脂で顔や手をてかてか光らせた原住民たちは、夫妻の衣服を身に着けておどけて見せ、ピンクのリボンのついたボンネット帽ほど愉快なものもほかにないというように、ぺちゃくちゃとしゃべりながら去っていった。結局、彼らは持ち去れるものはすべて持ち去った。斧、鋤、紅茶の箱、小鍋、誰かが気に入ったらしい女の子用の擦り切れた人形に至るまで、すべて持ち去ってしまったのだった。

ウェッブの年長の息子で、無愛想なそばかすだらけの少年は、「こいつらを止めてよ、父さん」と言い続けていた。けれども肝心の父親は、そこに立ちすくんで、成り行きを見守るしかできなかった。少年は怒りに駆られ、むせび泣いた。

最後の一人となった原住民の男は、去り際に振り向いて肩ごしに呼びかけた。それを聞いたほかの原住民は笑った。するとその男は、すっからかんになった小屋の戸口に立つウェッブの家族たちに向かって、黒い尻をくねらせた。あざけるように尻をくねらせ、ぴしゃりと打ったのである。ここまでの話を喜々として語ったスマッシャーは、その様子を自分の尻と手を使って実演して見せた。ネッドは口を開けてぽかんとした表情で見ていた。

　黒んぼの襲来がこれで最後になるとは思えなかった。こんな仕打ちは、二度と受けたくないと思ったスパイダーは、この百発百中の地からそそくさと逃げ出した。彼はウィンザーに新天地を求めた。その地域なら原住民はやって来ないと思ったからである。飲み屋《パブ》を開店し、ブラックウッドの酒を売った。自分の土地は誰かに譲り、原住民にもかかわるまいとした。

　ラブディは泥酔して身動きだにしなくなった。瞬きもせず、片手で金属製のコップを握りしめたまま、肖像画のモデルのようにもう片方の手はテーブルの上で固く握りしめていた。しかし突如として、部屋に響きわたる大声で話しだしたので、誰もがぎょっとしてあたりを見まわした。「我々が知る限り、この世界で彼らほど、労働と創造から切り離された人々はほかにあるまい！」ネッドは、この威厳に満ちた言葉にふさわしい厳粛な面持ちで頷いた。「彼らが生活の糧を得ることに執着心を示さないのは、生来、怠惰だからである」

　話の中心はスマッシャーだったはずが、ここに至って、このぼろを着た紳士の演説に、彼は一本取られた格好になってしまった。「早い話、やつらは怠け者の泥棒野郎ってことじゃないか」スマッシャーが話の腰を折ろうとしたが、ラブディは今度ばかりは譲らなかった。彼はげっぷをし、テーブルを手のひらで叩いて注目を促すと、押し寄せる潮流のごとく話し続けた。「我々の黒い仲間、すなわち、君が正しくも怠け者の野蛮人と呼ぶ者たちは、あまりにも怠惰であるからして、耕作にいそしむことはできず、秘密裏に、時に公然と暴力を行使して、作物を収奪していくのである」目の焦点は定まっていなかったが、言葉は見事なまでにその口から紡ぎ出された。

ラブディの饒舌に、ソーンヒルは言葉もなく、手に持ったラム酒を見つめていた。スマッシャーは急に向きを変えると、肩に銃を構える真似をした。「やつらはこいつの意味はよく理解しているぜ、司祭さんよ」そう叫んだ。サギティーは自分のコップを掲げ、乾杯しようとしたが、口まで運んでいく途中で、思い立ったように手を止めて言った。「このジンはあとに取っておいてもいいかい？」

ヘリング夫人がふんと鼻を鳴らし、厳しい調子で言った。「言葉に気をつけな、スマッシャー・サリバン。お前の言うことにはうんざりだね」

ヘリング夫人の一喝でテーブルは急に静まった。スマッシャーがソーンヒルににやりと笑いかけた。ソーンヒルは唇を舐め、視線を逸らせた。この部屋にいる男たちは、鎖でつながれ、壁に沿って這っていたあの女と関係を持つように誘われたのだろうか、と彼は考えていた。サギティーがにやにやしながら口のまわりのひげを撫でていた。

「年寄りのばあさんの話なんて誰も聞きやしないのかもしれないけれど」ヘリング夫人は言った。「でもね、はっきり言っておくよ、スマッシャー。今やっているようなことを続けていれば、必ずその報いを受ける日が来る。それから、サギティー・バートルズ、お前もだよ。私が何も知らないとでも思っているのかい？」そう言い終えると、夫人はそれ以上の言葉が飛び出さないようコルク栓代わりにパイプをしっかりと口に戻した。

部屋の反対側から、ブラックウッドがこちらを見つめているのをソーンヒルは感じていた。その視線は執拗で、挑戦的だった。彼は感情を顔に出さないようにし、視線を逸らせ目をこすった。この部屋は、ほとんど何も見えないほど煙がくすぶっていた。

ラブディが指を掲げて再び注目を求め、熱弁を振るいはじめた。「原住民たちに、所有という言葉がないことは明らかな事実である」彼はさらに続けようとしたが、スマッシャーが明るくめかしこんだ声でそれを遮り、自分のコップに酒を注いだ。「先週、ダーキー・クリークに向かう途中の黒んぼ二人をやってやったぜ」そう言って、彼はサルが焼いた小ぶりのロールパンを頬張り、言葉を続けた。「大地主がライチョウを仕留めるみたいに撃ってやったさ」彼は部屋を見わたしたが、誰も何も言わなかった。スマッシャーは口にパン屑をつけたまま話し続けた。「やつらが役に立つのは、死体になって土の肥やしになる時くらいさ」彼の唇についた小麦粉は、鱗状になって何かの病気のように見えた。スマッシャーは繰り返した。「いい肥やしになるよ、トウモロコシがすくすく育つ」

ソーンヒルはブラックウッドのほうをちらりと見た。もし、彼を怒らせることがスマッシャーの目的だったとすれば、それは成功したと言えた。ブラックウッドは立ち上がった。小さな部屋で、大男のブラックウッドは、怒りでさらに大きく見えた。「おい、スマッシャー」彼は叫び、そしてすぐ黙ってしまった。太く頑強な腕を組み、顔は石のように硬直している。

ソーンヒルは、いつものようにブラックウッドが黙り込んでしまうことを恐れた。そんなことになれば、スマッシャーがすぐに彼をからかうのが落ちだった。けれども、ブラックウッドは感情に打ち震える声で続けた。「ちきしょう。黒んぼはな、お前のようなちびの能なしよりも十倍も役に立つんだ」部屋は静まりかえり、みな一気に酔いが醒め、笑い声を喉で押し殺した。これまで誰もブラックウッドが罵るのを聞いたことがなかったし、彼のこんなに冷酷な声も聞いたことがなかった。

ブラックウッドは厳めしい顔つきで、スマッシャーのほうへと近づいていった。今にも殴りかからん勢いだったが、憎悪に満ちた声をもらすと、踵を返し戸口のほうへ向かった。そして、誰も何が起こったのかわからないうちに、夜の闇へと消えた。

「くそったれ、自分の言ったことを後悔することになるぞ」スマッシャーの声に込められた憤怒は、貝殻を燃やす火のようにくすぶったまま取り残された。

ソーンヒルは、夜の闇へと続く黒い長方形の戸口を見つめていた。出ていったブラックウッドを想像のなかでたどった。道を下り、平底の小舟に乗り込み、第一支流《ファースト・ブランチ》へと漕いでゆくブラックウッド。ソーンヒルは、彼が船尾に座り、月明かりに照らされた尾根と絶壁に閉ざされた場所へと縫うように小舟を進めるのを想像してみた。そこでは、原住民が彼の帰りを待ち受けているのだ。彼は小屋へ入り、火に息を吹きかけて大きくし、やかんの下で赤々と燃える炎を見ながら座っている。

たぶん、あの女も彼とそこに座っているだろう。子どもも一緒かもしれない。ちらっと見ただけだったが、あの子は女の子だったに違いない、ソーンヒルはそう思った。

ウェッブ家への奇襲は、一八一四年の三月に起こった原住民による数多くの無法行為と略奪のひとつであった。原住民の奇襲は、河の上流下流を問わず至るところで起きていた。作物の収穫を控えた者なら、誰にでも起こりうることだった。畑を焼かれたり、小屋に放火されたり、鎌を持った男たちに槍が飛んでくるという事件が多発していた。農夫には、また一から種をまいて、冬が来るまでに作物を収穫できることに期待をかける者もいたが、すべてを投げ出し、その土地を捨ててシドニーに戻る者もいた。

そういうわけで、ウィリアム・ソーンヒルの商売は滞っていた。シドニーに運ぶ物は何もなかったので、ホープ号への用命も当然のことながらなかった。キャラコやブーツを買う余裕がある者もなかった。ソーンヒルは船を岸につないで、次の好機をうかがうことにした。彼は恰好の口実ができたことを内心喜んでいた。自分の土地に腰を据えて、問題と真剣に取り組む時が来ていたからだだった。しかし表面的には、問題などないかのように平静を装っていた。初めての刈り入れ作業は、ちょっとしたお祭り騒ぎだった。二、三食分にはなるほどのトウモロコシを収穫できた。バケツに水を汲んで何往復もしたディックやバブに、これでその働きの分を食べさせることができそうだった。けれども、ソーンヒルのこの幸福感の底には常に不安が横たわっていた。

ロンドンの国王、ここシドニーでは、その権威は総督府長官に委ねられていたわけだが、遠く離れた奥地ホークスベリーの土手を開墾している元囚人のことなど、国王は気にかけてはいなかった。けれども、白人が辱めを受ければ、それは白人全体の沽券《こけん》にかかわることだったので、その面目にかけて原住民に対する強力な法的措置が取られることとなった。総督府長官は令状を公布した。これまで我慢強く寛容であった国王が、ついに重い腰を上げ、原住民の奇襲への対処を余儀なくされたのである。

国王の今回の任務を果たすのは、シュールズベリー出身のマッカラム大尉であった。大尉は、ウィンザーの駐屯部隊から部下を引き連れ、総督府最強の船に乗ってやって来て、ホープ号の隣に船を着けた。ソーンヒル岬は、大尉が企てた軍事作戦にとって、都合の良い起点だった。

ソーンヒル一家が小屋で大尉を待っていると、彼の接近を知らせる単調すぎて嫌悪感をもよおすような太鼓の音が聞こえてきた。大尉は、こんなところでも、自分の権威を知らしめることに余念がないのだった。

大尉は小屋に押し入ってくると、テーブルの上に地図を広げ、兵士たちにその計画を説明しはじめた。赤い外套の胸に黒いバンドを十字につけ、羽飾りのついた帽子を被った兵士たちはカブトムシさながらだった。顎紐で固定された顔からは、汗がしたたり落ちていたが、大尉に対してどんな思いを抱いているのか、その表情からは読みとれなかった。

ソーンヒルは戸口にサルと並んで立ち、子どもたちは床にしゃがみ込んでいた。ソーンヒルには、「原住民問題」への解決策を総督府がもたらしてくれるとは到底思えなかった。このホークスベリーで起こっていることは、金の装飾を施した赤いコートを着た男にも、そして国王にも、果ては神にも、無関係のことに思われた。

けれども、マッカラム大尉は、ダーキー・クリークの下流に原住民を追い込む巧妙な戦略を練っていた。大尉がこの場所の名前に言及すると、その場所は何か滑稽で人を喜ばせるような場所であるかのように聞こえた。けれども、ダーキー・クリークには楽しむべきところなど何ひとつなかった。そこはサギティーの所有地からほど近かったが、険しい尾根にはさまれた狭い入り江で、正午にしか日が照らない陰気な裂溝だったので、白人にとって快適な場所とは言い難かった。計画によると、農場を追われた原住民はここへ逃げ込むはずだった。ソーンヒルは、この支流が本流へと流れ込むところで、よくカヌーを見かけた。また、その尾根のあたりから野営地の焚き火の煙が上がっているのを見たこともあった。彼が知る限りでは、ダーキー・クリークは、原住民たちにとっては、閉じられた扉の向こうに身を隠すにちょうどよい戸棚のような地形だった。

けれどもマッカラム大尉にとって、この狭い裂溝は別の可能性をもった場所であった。大尉は、彼が好んで人間の鎖と呼ぶ挟撃作戦を企てていた。裂溝を全部、腕を組んだ部隊で覆いつくし、原住民を追い立てるという作戦である。

「羊を追い立てるように」大尉は説明した。

マッカラム大尉は紳士で、紳士特有の、まるで誰かに喉のまわりを絞めつけられているような、声のがくぐもる話し方をした。ソーンヒルには、大尉が言っていることはよく聞きとれなかったが、大尉は彼に一瞥もくれなかったので、格別それで困ることはなかった。大尉にとって、ソーンヒルは所詮、免囚に過ぎなかったのだ。大尉は、サルが勧める紅茶に口もつけず、この暑さにもかかわらず水さえほとんど飲まなかった。

岩壁が切り立つ谷底にいかにして原住民を追いやるか、大尉は地図を使って説明して見せた。そこで国王の正義が執行されるはずだった。

そして彼はテーブルの下に手をやり、手品師のようなすばやさで、キャンバス地の袋を取り出した。「総督閣下が、直々にこの六つの袋を私に託された」そう言って、彼は軽く咳払いをした。「閣下は私におっしゃった。我々がこの袋をいっぱいにして持ち帰ることを固く信じておられると」もし大尉が、どよめき声、いや、ささやき声でもいいから、自分の言葉への支持の表明を期待していたなら、彼はがっかりしたに違いない。赤い外套に身を包んだ部下たちからは、もぞもぞと身動きする音や、かすかな息遣いは聞こえてきたが、何か発言する者はいなかった。大尉は無表情の部下たちを一瞥した。そして、もっとはっきりと言う必要があることを悟ったのだろう。「この六つの袋は、六つの頭を入れるためのものだ」そう言い切った。

部屋はしんと静まりかえっていた。みな押し黙って、袋を持ち上げた大尉が、どれくらいきつく引き紐を引けばよいのかを説明するのを聞いていた。ソーンヒルの目には、信じられないという様子で、口を開けたまま首を伸ばしてそれを見ているディックの姿が映っていた。

地図上のマッカラム大尉の戦略は、幼稚なほど単純だった。地図上でなら、人間の鎖も一連の進行も、正義の執行も、やすやすと想像できた。地図は正確だった。ソーンヒル岬を鉤状にまわり込む河、その一マイルほど先のディロン・クリーク、四角い形をしたサギティーの土地。そのちょっと手前の歪んだ線がダーキー・クリークだった。地図上のダーキー・クリークの行き止まりの谷には印がしてあった。地図は確かに正しかった。大尉の論理にも、挟撃作戦と人間の鎖の秀逸さにも、議論の余地はなかった。

けれども、その地に足を踏み入れたことのあるソーンヒルは、この地図が概略においてだけ正しいことを見抜いていた。マッカラム大尉が人間の鎖作戦を実施しようとしている支流は、実際は、閉口するほど樹木が茂り、低木や巨礫が至るところにあることを、ソーンヒルは知っていた。山腹には岩盤が乱立し、渓谷には、人間を飲み込んでしまいそうなぬかるみにマングローブやアシの木が覆い茂っていた。もつれた蔓やあちこちに広がる木の根や鞭のような低木は、騎兵隊はおろか、人が一人通るのもやっとだった。蚊には容赦なく刺されるし、ブーツの紐をどんなに固く結んでいても蛭は滑り込み、髪にはマダニが落ちてきて、皮膚にへばりついた。部隊は何度も迂回をせざるを得なくなり、その結果、裂溝へと至る道のりは、地図で見る距離の十倍から二十倍にもなるかもしれなかった。

故郷を離れてまだそれほどたってはおらず、バラ色の頬にはこの植民地の太陽のせいで水ぶくれができてしまったマッカラム大尉は、そんなことは予想だにしていなかった。彼は、軍隊というものは陣を取り、そこからお互いに立ち向かっていくものだと教えられていた。しかし、ここでの問題は、相手が軍隊ではないということだった。相手は、あらわれたと思ったら消えてしまう得体の知れない原住民だった。総督やマッカラム大尉がまだ気がついていないこと、すなわち、重い足どりで進む軍隊は、テーブルの上をよたよたと這いずり回るカブトムシのごとく無防備で、危険に晒されるということを原住民らはよく知っていた。だから、隊を組んで攻撃されやすい状況を招くような愚かな真似はしなかった。この地での戦いを制するのは、突如として雨のような槍をどこからともなく降らせ、銃で撃とうにも相手がどこにいるかわからない、そんな姿を見せない連中なのだった。

戸口の傍らにいたソーンヒルは、自分の状況判断を大尉に伝えるべきだと思った。「私の考えでは、あのあたりはかなり険しい場所だと思われます」彼を激励するように、傍らでサルが肩をいからせ背筋を伸ばした。

マッカラム大尉は、しばらくの間、無表情のままソーンヒルを見つめていた。そして、サルを一瞥すると、二人から目を離した。「ご警告、ありがとう、ソーンヒル」頭上の壁に向かって大尉は言った。そして、快活な声で続けた。「よく訓練された兵士の一団がどんなものか、君は知らないだろうが」そう言う彼の視線からは、重罪人の分際で何がわかるのだという思いが感じとれた。「ソーンヒルよ、我々は訓練を重ねた戦う組織だ。お前が言うような険しい場所にも慣れておる」

サルが憤りのあまり硬直するのがソーンヒルにはわかったが、彼は彼女が何も言わないことを願った。そして、警告を与えるようにサルの手をぎゅっと握りしめた。ふんと不満を込めて鼻をならすようなかすかな鼻息を漏らしたが、サルは何も言わなかった。そのあとマッカラム大尉は、前もって準備していた演説を始めた。「諸君、この植民地は、危険な局面に晒されている。油断のならない敵から前線を守れるかどうか、それは我々の働きにかかっているのだ」

ここでマッカラム大尉は、準備していた言葉を忘れてしまったかのように見えた。長い間があって、彼が再び話しはじめた。「私は、ここにいる諸君一人一人が、国王とその王国のために責務を果たしてくれると確信している」そう演説した大尉は、「ははぁ、承知しました」という声を期待しているようだったが、部屋いっぱいに詰め込まれた者たちは、ただぼんやりと大尉を見つめているだけだった。ソーンヒルにとってみれば、国王もその王国も何ひとつとして彼に恩恵を与えてくれたことはなかった。ソーンヒルが咳払いすると、マッカラム大尉は射るような目つきで彼を見た。

一週間後、マッカラム大尉は持ってきた袋と同じようにぺちゃんこになって帰還した。赤い上着の襟は半分破れて、彼の首の横でぱたぱたとたなびいていた。片方の袖は肩まで裂け、両膝には泥の丸い跡ができていた。頭には帽子はなく、髪が充血した目に覆いかぶさり、顔は蚊に刺されて赤くなっていた。

大尉はソーンヒルには何も言わず、気丈に振る舞っていたが、目を合わそうとはしなかった。のちに奥地から戻った大尉の部下が、サルのジョニーケーキを頬張りながら、自分から進んで遠征の様子を話しだした。彼らは人間の鎖を作り進んでいった。そして、ダーキー・クリークの谷で挟撃作戦を開始した。腰まである泥沼を進み、いくつもの尾根や峡谷を越え、蛇や蜘蛛や蛭や蚊にも耐え、岩壁にたどり着くと、そこに追い詰められて行き場を失っているはずの原住民を捕らえようとした。しかし、そこには原住民どころか犬一匹いなかった。代わりに密林から大量の矢が飛んできて、彼らが原住民を捕らえるつもりが、逆に彼らが捕らえられることになった。

彼らは茂みに向かって闇雲に鉄砲の弾を放ったが、原住民を撃退するまでに、三人の兵が死亡し四人が負傷した。

このマッカラム大尉の遠征の失敗は、総督府の原住民討伐に歯どめをかけたわけではなく、すぐに次なる方策が打ち出された。英国兵による挟撃作戦が失敗に終わると、総督は現地の開拓移民が討伐を行う許可を出した。布告は新聞《ガゼット》に出され、ソーンヒルのところにみなが集まった時、ラブディがそれを読み上げた。

小屋は満員になった。スマッシャー、ジョージ・ツイスト、サギティー、ヘリング夫人がやって来た。ブラックウッドまでもが、総督府が何を考えているのか知りたくてやって来た。ダンとネッドは、戸口の傍らにしゃがみ込んでいた。子どもたちは、邪魔にならないところに置かれたマットレスにぎゅうぎゅう詰めになって座り、目を大きく見開いて様子をうかがっていた。

その新聞の頁は、人の手から手へと渡ってきたため、布のようにふにゃふにゃになり、公布の頁の文字が消えかけていた。ラブディは総督になりきって、低く深みのある声で布告を朗読しはじめた。「一八一四年、三月二十二日、植民地の黒い原住民は、英国人住民に対する憎しみと敵意を込めたはなはだしい残忍さを見せつけた」

サギティーは、ソーンヒルの小屋にやって来る前に一杯やっていて、すでにできあがった状態だった。彼は大声で叫んだ。「早い話が、やつらは隙がありゃいつでも槍を突き刺しにくるってことだろ」けれどもブラックウッドは、サギティーの発言を無視するかのように言った。「そのつまらない記事の続きを読んでくれないか？」彼は戸口の傍らに立ち、ラム酒も腰かけに座ることさえも断った。彼は自分では総督府の布告を読めないので、仕方なくここに来たのだった。

ラブディが柔らかく澄んだ声で続けた。「武装した原住民が来た場合、もしくは、武器は持っておらずとも、敵意に満ちた態度であったり、六人を超える集団が英国臣民が所有する農場へやって来た場合、そのような原住民には、直ちに上述の農場から退散する礼儀に適った作法を要望する」

ほろ酔い状態のラブディは、小屋に詰めかけた大勢の者たちが、自分の朗読に聞き入っていることにすっかり上機嫌だった。けれども、彼に独擅場を与えたくないスマッシャーは横槍を入れた。「俺の銃で礼儀正しい作法ってやつを教えてやるよ」赤く染まった彼の顔の小さな目は、危険な光を湛えていた。スマッシャーの横槍などお構いなしに、ラブディはますます高揚し、朗読をやめようとはしなかった。彼は片手を掲げ、声を張り上げた。「もし彼らがその態度を改めないなら、開拓移民は自らその駆逐を行ってもよい」ラブディはここで読むのをやめ、そこにいる者たちを見まわした。「つまるところ、そういう状況になれば、我々はいつでも野蛮人を銃で撃っていいわけです」彼はそう言ってコップの酒を一気に飲み干した。

「ちょっと見せておくれ」ヘリング夫人が声を上げた。「それをこっちにまわしておくれ」ソーンヒルには、彼女はラブディが読み上げたことを信じていないことがわかった。ラブディは、新聞をヘリング夫人に渡し、彼女はサルに助けてくれるように合図した。二人は屈みこんで記事の文字に顔を近づけ、印刷された文字を一文字ずつ指でたどりながら、ささやくような声で読み上げていった。最後まで読み上げて二人は顔を見あわせた。ヘリング夫人は、この時ばかりはパイプを吸うのをやめて、口をへの字に曲げた。

酒に酔って赤い顔をしたサギティーが叫んだ。「一気にやってしまえばいい。やつらにあの緑色の毒薬を大量にお見舞いしてやればいいのさ」すると、今度はスマッシャーが立ち上がって、小屋中に響く声で言った。「これでこれからは総督の許可書なしでいいってことだよな?」彼は、半ズボンのポケットから何か取り出して、それをテーブルのランプの傍らに置いた。それは革紐で結ばれた二枚の葉っぱのようであった。「自分のものを守るのに、これからは御上の許可はいらないってわけだ」

スマッシャーの近くに座っていたサルは、それに触ろうと手を伸ばした。サルの反対側にいたソーンヒルからは、ランプの明かりに照らされた彼女の熱心な表情が見てとれた。

テーブルに置かれたそれが何であるにせよ、木の葉のように無害なものではないことに、彼は始めから気がついていたが、部屋の反対側からはよく見えなかった。顔をゆがめて、嚙みつかれでもしたかのように、サルはその物体を払いのけた。あきれたように彼女は叫んだ。「スマッシャー、しまってちょうだい! 早く! 子どもたちが見ないうちに!」

それは切断された一対の人間の耳だった。こげ茶色をしていたが、血が乾いて凝り固まったところは紫色になり、長く放置された肉のような状態になっていた。

スマッシャーは笑って、床からその耳を拾い上げた。「大丈夫でさぁ、奥さん。そんなに騒がなくても」

子どもたちが首を伸ばして見ようとすると、サルがその前に立ちはだかって視界を遮ろうとした。

スマッシャーはあざけるようにソーンヒルを見ると話しはじめた。「シドニーから来た男に頭を売ったんだ。測定かなんかをするんだって言ってた」彼はその耳をつまんで手のひらに乗せると転がした。

「さっと茹でて、きれいさっぱりさ」

その場にいた者たちはみな、茹であがった人間の頭を想像した。ソーンヒルの表情は硬くなった。スマッシャーという男の言うことはいつも、嘘なのか本当なのか、その見分けがつかないのだった。どちらにせよ、この場を去ってほしいと、ソーンヒルは願わずにはいられなかった。

サルの顔が四分の三ほど見えた。その唇はこわばっていた。ソーンヒルは、これまでスマッシャーについてほとんどサルには話さなかったが、この瞬間、この男がどういう男なのか、すべては露見したも同然だった。

サギティーがわざとらしく長いげっぷをした。それに触発されたようにラブディが叫んだ。「塩漬け」けれども、その言葉ははっきり発話されなかったので、彼はもう一度、大声で言った。「塩漬けだ」彼は自分を凝視する者たちを見返し、続けた。「いいか、スマッシャー。茹でるより、そっちがいいんだ」そして、彼は「科学的な」と言ったあと、話の接ぎ穂を見失い、もう一度言い直した。「科学的な殿方のためにはね」空中で手を休めるようにしてバランスを取りながら、頭を振り向かせるだけでは十分ではないといった様子で、ラブディは体ごとスマッシャーのほうに向き直って言った。「塩漬けは、資料を良い状態に保っておくことができるんだ」やけにはっきりと演技じみた感じで言うと、突然ひどく酔いが回ってきたらしく、ラブディはぱたりと意識を失ってしまった。

一方、スマッシャーは、ベルトに革紐で耳を吊り下げるところを見せながら、みなの注目を集めようとして言った「幸運のお守りさ」この男は、他人の感嘆の的になりたくて仕方がないのだとソーンヒルは思った。いつものことではあるが、そんなスマッシャーに、彼は憐みすら覚えた。

ブラックウッドがスマッシャーに向かって突進していったとき、スマッシャーは、まだベルトに吊るされた耳をいじくっていた。どんなときも、トム・ブラックウッドは、スマッシャーより力で勝っていた。ブラックウッドは、スマッシャーの首根っこを掴み、頭をテーブルの上にねじ伏せた。そして、歯を食いしばりこわばった口元から、絞り出すように声を発した。「このカス野郎!」ブラックウッドが、スマッシャーの首を掴んだまま持ち上げ、部屋の隅の角に彼を押し遣ると、その衝撃で小屋中が揺れた。スマッシャーは、半ば失神状態で足をバタバタさせたが、ブラックウッドの腕は、彼を持ち上げたまま放そうとはしない。「お前はこうされて当然なんだ、スマッシャー」そう言いながらブラックウッドは、スマッシャーの顔を目がけて思いっきり殴りかかった。

殴られたスマッシャーの頭は横に振れたが、見開かれた目はブラックウッドを睨みつけていた。何か言おうとしたスマッシャーの顔に、ブラックウッドはもう一発くれてやった。部屋にいる者たちは、ガリッという音を聞いた。ブラックウッドはスマッシャーを放し、彼から離れた。スマッシャーは、ふらふらと立ち上がり、鼻や口から流れる血を手で拭いながら、言葉もなく赤ん坊のように泣いた。

サギティーとツイスト、ソーンヒルまでもが、ブラックウッドが再び殴りかからないように彼の腕を押さえた。シャツの下のブラックウッドの腕の筋肉は硬かった。ブラックウッドは彼らを振り払うと、大股で小屋から出ていった。小道を歩いてゆく大きな足音が小屋まで響いてきた。

ブラックウッドが去ったあと、口から血を流しながらスマッシャーがささやいた。「一杯くれないか?殺されるかと思ったぜ」サギティーが床の上に酒をこぼしながらコップを渡すと、彼は水を飲むようにそれを飲んだ。彼の唇は数か所が切れ、残っていた数本の前歯も折れてしまっていた。しゃがれた甲高い声でスマッシャーは言った。「あの野郎、自分がしたことを後悔するぜ」ひと言ひと言を話すたびに、開いたり閉じたりする彼の口から血が流れているのが見えた。彼は震える手の甲で口を拭い、もうひと口酒を口に含んで言った。「やつらは必ず後悔することになるさ」

みなが去ったあと、ソーンヒル一家は床に就いたが、なかなか眠りは訪れなかった。ソーンヒルが思った通り、サルが口火を切った。「ここから離れたほうがいいんじゃないかしら、ウィル」静かな口調だった。

ソーンヒルはささやき返した。「離れるって、どこへ行くんだ？　どこか行くあてでもあるのかい？」サルは信じられないとでも言うように、「ふん」と鼻を鳴らして言った。「故郷《ホーム》に決まってるじゃない。ほかにどこかあるって言うの？　ここを売って帰るのよ」

「五年たっていないじゃないか。まだ、たったの半年だ！」思わずそう答えたものの、彼自身、これは約束を守るとか守らないの話ではないことを承知していた。サルは壁に身をもたせかけて、彼の顔を見つめている。「いまったくないに等しい！」そう畳みかけた。サルは壁に身をもたせかけて、彼の顔を見つめている。「いくらあればいいの、ウィル？　いくら貯まれば、十分だっていうの？」サルが問い返した。

けれども、彼は具体的な数を答えず、「艀の生活に戻りたくないんだ」とだけ言った。憤りがこみ上げてくるのを感じたが、それを抑え込み、天気について話すような調子でサルに語りかけた。「バトラーの貸間のこと思い出してみろよ」もちろん、彼女がそれを忘れるはずもないことを知りながら彼はそう言った。寝床はかびたぼろ布を積み上げて作ったもので、ノミがうじゃうじゃいて、ひと晩中嚙まれたあの場所。バトラーの貸間の匂いすら、サルは今でもはっきりと覚えていた。

「覚えているわ、ウィル」そう答えたサルは、先回りして考え、ソーンヒルが何を言おうとするかわかっているようだった。「だったら、こうしましょう。ウイルバーフォースに行くの。あそこなら原住民もやって来ないわ。商売もここと変わらずうまくいくはずよ」

ソーンヒルは、サルが慎重に物事を考えていることに驚いて声も出なかった。まるでうまく値切るかのように高値から始めて、自分が支払うつもりの金額まで引き下げていくという巧妙な芸当だった。振り返ってソーンヒルを見るサルの顔は、薄暗がりでぼんやりとしか見えなかった。「シドニーでやっていたピクル・ヘリングのような飲み屋を、もう一度やってみたいわ。すぐに儲けも出るだろうし、生活も安定すると思うの」

サルが自分たちの今後の選択肢について熟考し、より確実性の高い選択肢を準備していたことは、ソーンヒルにとって驚き以外の何ものでもなかった。「考えてもみろよ、サル」そう言う自分の声に脅しめいた調子があるのに気がついて、ソーンヒルは冷静になろうと努めた。彼が話していることは、まったく取るに足らないことだった。「もし、やつらが俺たちに危害を加えようって言うんなら、とっくの昔にそうなってたと思うんだ」ソーンヒルは、火明かりが優しく照らし出す彼女の耳に触れた。「五年の約束だろ？　最悪の事態は過ぎたと思うんだ」サルは足をソーンヒルのほうに伸ばしただけで、何も言わなかった。ソーンヒルは話し続けた。「やつらにはやつらの場所がある。俺たちは俺たちの場所がある。だから、俺たちはやつらを怒らせるようなことは何もしてないし、何より、万一の時は、俺たちには銃があるさ」

サルは毛布にくるまって横になった。しばらくして、彼女は長いため息をついて言った。「スマッシャーとはもう会いたくないわ。あの男は、私たちに何かとんでもない災いを持ち込む気がするのよ」

彼女の声には言い知れぬ不安がにじんでいた。自分が正しいと思うことがあっても妥協するしかない、そんな思いすら感じとれた。

ソーンヒルは、サルが納得してくれたのか、甚だ不安で仕方がなかった。このような状況になれば、泣いたり、叫んだり、果てはウイルバーフォースへ移住するといって聞かない女もいるだろう。彼は、サルがそういう類の女ではないことに感謝していたが、同時に彼女が言うことが正しいということもわかっていた。災禍は迫っていた。

けれども、ソーンヒルはこの土地に背を向けることはできなかったのだ。この地を船で通り過ぎる時、誰かほかの男がそこにいたとしたら？　そんなことは耐えられなかった。それは、子どもを捨てるのに近い感覚だった。

ソーンヒルは、サルが眠りに落ちるのを待っていた。しかし、彼女は眠らずに、彼のほうを向いて横になっていた。彼には触れず、自分の世界に閉じこもって何か考え込んでいるようだった。

# 第六章　闇の河

ウェッブ家が奇襲に遭った日から一週間後の、青い空に銀色の薄雲がかかる朝、ホープ号はダーキー・クリークを通り過ぎようとしていた。何かがいつもとは違うとソーンヒルは感じた。マッカラム大尉の兵隊が敗走した谷から、いつもは見える煙が上がっていなかった。鳥が飛び立ち旋回して、樹木へと向けて下降してゆくだけだった。

そのまま通り過ぎることもできたが、ある衝動に憑き動かされるように、ソーンヒルは船の舵を切った。上げ潮に乗って、船は支流をすいすいと進む。マングローブの茂みに入ると、風がぴたりと止んだ。両船べりをマングローブの葉がこすった。船は水面から陸へと続く土手に乗り上げようとしていた。

水際に降り立った時、静けさがいっそう深まったような気がした。この薄気味悪い静寂を逃れて船に戻り、また支流へと漕ぎ出したい思いに駆られた。人間の立てる音を聞きたくて、ソーンヒルは「あー！」と大声を出してみた。その声をかき消すように、また静寂が戻ってきた。蚊までもがこの地を見捨ててしまったかのようだった。岸に上がると安堵感がこみ上げた。早く確かめるべきことを確かめて、一刻も早くここを去ろうと思った。消えた焚き火のまわりに原住民の掘っ立て小屋がいくつかあるのが目に入った。小屋のまわりの草木は焼かれ、土地はきれいに整えられている。地面には白い小麦粉の袋が落ちていた。ダンパーを混ぜあわすのに使ったと思われる黒っぽい皿と、乾いて黄色くなった食べ残しもあった。

ソーンヒルは立ち止まって様子をうかがったが、動くものは何もなかった。頭上で鳥が羽ばたき、枝を移動した。彼は身を屈めて近くの掘っ立て小屋を覗き込んだ。最初は影しか見えなかった。しばらくして彼は、その影が人間の男と女であることに気がついた。二人とも死んでいた。死体には無数の黒光りした蠅が群がり、ブンブンと羽音を立てている。男は仰向けに倒れていたが、弓のように反った状態で死んでいた。口は半開きで、顎には嘔吐物が凝固していた。見開かれた目は虚ろだった。女は空気を掴むように手を上げたまま死んでいた。黄色い手のひらの皺が見えた。あたりには排泄物の耐え難い臭いが漂っていた。

ソーンヒルは覗き込んだ小屋から顔を上げた。小屋の向こうにはさらに死体が転がっていた。男と、腕に子どもを抱いたまま死んでいる女だった。腕に抱かれた子どもも死んでいた。子どもの口のまわりには、薄い粘々したものがついており、蠅がたかっていた。

すべては不自然なほど鮮明だった。地面に落ちた小枝の一本一本は、陽光に照らされてできた影を伴って、本物よりもさらに本物めいて見えた。

何か呻き声のようなものが聞こえた時、ソーンヒルはそれを自分の声だと思った。もう一度聞こえた時、鳥の鳴き声か枝がこすれあう音だろうと思った。けれども、三回目が聞こえた時、それは間違いなく、近くにいるほかの生きた人間の声であることを認めざるを得なかった。自分の意志に反して、ソーンヒルの足は音がする悪夢のほうへと進んでいった。

そこには男の子がいた。腕は細く胸も痩せた、ディックよりも年下かと思われる男の子が、膝を腹のあたりで曲げるようにして地面に屈みこんでいた。口からは嘔吐物の一部が垂れ下がり、その嘔吐物で頭も汚れている。下半身は排泄物でテカテカになっている。

男の子はひきつけをおこし、体を弓のように曲げて呻き声を上げた。頭をぐいっと引いて、彼は吐こうとした。蝿が嘔吐物でてかる顔や胸を這っていた。

ソーンヒルはどうしてよいのかわからないまま、太陽が背中や肩に穴を開けるようにじわじわと照りつけるのを感じていた。それで慰めが得られるわけではないと知りながらも、男の子からあたりの密林へと目を逸らせた。谷間の上には、どこまでも真っ青な空が広がり、二匹の鴨が翼を並べるようにして飛んでいた。

ソーンヒルは呪縛を解くようにささやいた。「坊や、どうしてやることもできないんだ」あとでここを通りかかるかもしれない誰かに任せて、この場を立ち去りたい気持ちだった。

けれども、どうしてもそうすることはできなかった。男の子に水を与えることくらいはできたし、少なくとも、そのそぶりくらいは見せられるはずだった。ソーンヒルはその場を離れた。

見慣れたホープ号を目にした途端、心は和んだ。船首に小樽を積んでいた。側面の蛇口は、正しい方向に回さないと取れてしまうので、気をつけなければならなかった。水音が金属製のコップの底に当たって響いた。彼が知るいつもの世界だった。

掘っ立て小屋のほうまで歩いて戻りながら、ソーンヒルは、そこにはもう何もないはずだと自分自身に言い聞かせた。ひどい腹痛に苦しみ息絶えた者も、うずくまって死にゆく男の子も消えていることを願った。

しかし、戻ってみると死体はそこにあり、男の子もまだそこにいて瞬きをしながら彼を見ていた。男の子は彼に背を向け、立て膝をして座っていた。ソーンヒルが近づくと、彼は顔をしかめて、頭を左右にふった。コップを見ると唇を舐め、何か呟きながら手を伸ばした。

ソーンヒルは彼の横にひざまづいた。男の子の黒髪の柔らかさに驚いた。その下の頭蓋骨の形に触れながら、自分のものと変わらないと思った。

コップをそっと唇に当ててやると、男の子は水を飲みはじめた。飲んでいる最中に体をびくっと動かし、緑色の粘々とした糸のようなものと一緒に水を吐き出した。

「お願いだから」ソーンヒルは怯えるように叫んだ。意図せずして、この祈りにも似た言葉が口を突いて出た。

男の子は動かなくなった。水は何の助けにもならなかったようだった。しかし、彼は目を閉じてはいなかった。膝を胸のあたりまでかすかに動かし、ソーンヒルを見つめた。どんよりと濁った瞳だった。ソーンヒルが、男の子はもう息絶えたのだろうかと思った瞬間、彼は再び呻り声を上げ、粘液の糸が顎を伝った。ソーンヒルは自分が体を動かすまいとしていることに気がついた。もし少しでも動いたり、息をしようものなら、体を毒にやられてしまうのではないかと感じた。

船まで歩いて戻るよりほかに、もうするべきことは何もなかった。彼は岸から離れ、マングローブに覆われた支流に棹をさしながら進んでいった。本流へと入った時、ソーンヒルは、閉まっていた蓋が開いたような気持ちがした。酸欠状態の彼は船首に立って、新鮮でひんやりとした空気を肺いっぱいに吸い込んだ。そして、鳥たちが円を描くように飛ぶダーキー・クリークのほうを振り返って見ようとはしなかった。

彼は自分が見たことを誰にも言うまいと思った。すでに知っている者はいるかもしれなかった。サギティーはその一人だろう。緑色の毒薬の話をしていたのは彼だった。

ソーンヒルはサルにあの男の子のことを言ってはいけないと思った。ソーンヒルにとって、それは心の奥底の錠付き部屋に秘めたままにしておくべきもうひとつの忌まわしい出来事だった。そこなら、男の子の断末魔がこの世に存在さえしなかったようにできるはずだった。

次の朝、ディックが一目散に小屋まで走ってきた。泥のはねを上げながら必死に駆けてきて、原住民がトウモロコシ畑にいることを父親に伝えようとした。「畑にいるだけじゃないんだ」息を切らして彼は言った。「取ってるんだ！　籠《ディリーバック》に入れて持っていっちゃうよ！」

ディックの言葉を聞き終えるより前に、ソーンヒルは、自分がこの瞬間を待っていたことをはっきりと自覚していた。これまでの穏やかな日々は、この瞬間を書き込むための空白だったのだ。怒りは湧き起こったが、穏やかでさえあり、手なずけるのは容易だった。海面が寄り集まって波がざわめき立つような清々しい気持ちだった。

ソーンヒルは掛け具から銃を取った。銃身に弾丸を詰め、火皿を整える作業をする手は震えていた。

銃を腕に添わせるように持ち、小道を急いだ。太陽はすでに熱く照りつけていた。

原住民がトウモロコシ畑にいるのが見えた。彼らは、逃げようとも隠れようともしなかった。ソーンヒルを一瞥しただけだった。原住民は畑中に散らばって、太いトウモロコシの穂軸を掴み、茎からもぎ取っていた。ソーンヒルの近くには、のっぽのジャックやブラック・ディックがいた。畑の隅のほうでは、女たちがけたたましく呼びかけあっていた。トウモロコシをもぎ取るたびに長い乳房が揺れた。

ソーンヒルがさらに近づくと、彼らは静まった。けれども、穂軸を茎からもぎ取る手を止めず、意図的に手を高く掲げて、取ったトウモロコシを見せびらかすそぶりを見せた。彼らはこの畑の主人がそこにいることを知りながら、それを無視しようとしていた。

ソーンヒルは女の一人の髪を掴んだ。「この野郎、やめろ。出ていけ」彼は叫んだ。女は強かった。しかし、ソーンヒルのほうが力では勝っていた。彼は女を放さなかった。別の女がソーンヒルに飛びかかり、彼の腕に掴みかかった。興奮して彼を引っ掻く女からは、香ばしく刺激的な臭いがした。女が手に持った棒切れを振り上げるのが見え、それが自分の頭目がけて真っ直ぐに振り下ろされるのがわかった。打たれた衝撃に呻る自分自身の声が聞こえ、手から銃が落ちた。その瞬間すべてがぼやけて見えた。

「やめろ、この黒んぼのあばずれ泥棒め！」ソーンヒルは叫んだ。頭の痛みで意識がはっきりし、最初の女がこちらを振り向いた瞬間を狙って蹴飛ばした。蹴飛ばされた女は、体を反らせ倒れそうになったが、彼は髪を掴んで引き上げた。

今度は年のいった女が、恐ろしい金切り声を上げてソーンヒルにかかってきた。後ろからは、少女が彼の喉を絞めにかかった。けれどもソーンヒルは、あのバーモンジーの路地で百戦錬磨を潜り抜けて育った男だった。少女を荒々しく肘で突いた時、彼は、少女の成長しはじめたばかりの乳房だと思われる柔らかいものを肘に感じた。少女ははっと息を呑み、首を絞めていた手を放した。自由になったソーンヒルは、年のいった女の膝を蹴り上げた。女は片足で跳びながら後退りした。次に、最初の女の腕を掴むと同時に、二番目の女にも思いっきり逆手打ちを食らわした。しかし、この女はそれでも彼に飛びかかってきたので、ソーンヒルは彼女の顔を正面から握りこぶしで殴りつけた。女は顔を覆った。光沢のある真っ赤な血があたりに飛び散り、指の間から血がしたたり落ちた。

俺の血と同じだ、ソーンヒルは、そんなことを考えている自分自身に驚いた。血の色に違いはまったくなかった。

ダンが手に棍棒を持って走ってきた。トウモロコシの葉をガサガサと言わせながら、ネッドも銃を持ってその後ろをついてくる。

女の腕の骨は折れたかもしれなかった。放されると、女の腕は体の横でだらんと垂れた。ソーンヒルは銃を拾い上げた。それを見た女はたじろいだ。

のっぽのジャックとブラック・ディックがソーンヒルに近づいてきたので、彼は銃を二人のほうに向けた。ソーンヒルはこれまで人間に対して銃を向けたことがなかった。そこには不思議と親密な何かがあった。彼らの間にあるのは銃なのだが、その銃と弾が通る弾道は、彼らを結びつけていた。

「俺たちの食べ物《タッカー》を取るな！」ソーンヒルは声を張り上げた。銃を構えた彼の発する声には凄みがあった。主張するように土を踏みつけると、ソーンヒルの足元のトウモロコシの穂軸が転がった。「ここは俺様の畑だ、とっとと消え失せろ」そう言うと、彼は脅すように彼らに向かって一歩踏み出した。

原住民たちは逃げだした。ジャックは足を引きずる年老いた女を担いで走り、腕を脱臼した女は肋骨にしっかりと腕を添わせて走った。ウィリーが朝の静けさをつんざくような少年独特の甲高い声を上げた。「早く撃って、父さん」サルはメアリーを腕に抱き、彼の横に立っている。サルは手をかざして、あたりに散らばった折れたトウモロコシの茎を見た。「やつらが僕たちのトウモロコシを盗もうとしたんだよ、母さん」ウィリーは母親がそれを知らないとでもいうように叫んだ。

原住民たちは森の縁まで走って逃げ、そのままそのなかへ消えていった。のっぽのジャックだけが振り返ってソーンヒルを真っ直ぐ見た。

「失せろ!」ソーンヒルは自分自身のわめき声を聞いた。「失せろ!」しかし、ジャックは去ろうとしなかった。その眼差しは、手に銃を持って彼を睨むソーンヒルを記憶に留めようとしているかのようであり、撃てるもんなら撃ってみろと挑発するようでもあった。

ソーンヒルは銃を肩に押し当て狙いを定めた。指が引き金を引く最後の瞬間、彼は目を閉じた。爆発音が耳をつんざき、撃った勢いで後ろへ押し戻された。むせ返るような煙があたりを包んだ。

ソーンヒルが目を開けると、木の傍らには誰もいなかった。彼を見つめるジャックもいなければ、彼の死体もなかった。静かにたたずむ森の木の影が、別の木の影に抗して揺れているだけだった。青い煙がふわっと空気中に浮かんでいた。反響していた銃の轟音は消え去り、静けさが戻った。

それは申し分のない音だった。熱をもった銃身は手に心地よかった。けれども、空しさも残った。ソーンヒルはもう一度撃ちたい衝動を感じていた。

頭がふらふらし、彼の口は思うように動かなかった。あの少女に絞められた首は痛かったし、爪で激しく引っ掻かれた顔の傷はひりひりした。

ソーンヒルは銃を地面に立てて、手の震えを止めようとした。そして甲高い声で言った。「これでやつらもよくわかっただろう」

「もう盗んだりするなよ。わかったか、黒んぼ野郎」ウィリーが森に向かって叫んだが、声は十分に出なかった。

サルがウィリーを叱った。「やめなさい、ウィリー」その声には彼を従わせる強さがあった。

ダンが畑の向こうでわめく声がした。彼は十二歳にもならないような少年を捕まえていた。少年は、バッタのように痩せていて、足はひょろひょろで節くれだち、片目は肉が腫れ上がってひどい状態だった。ダンは血がべっとりとこびりついた棍棒を手に持っていた。彼は少年の手首を捕らえて背中にねじり上げ、少年はその痛みで前のめりになっていた。少年が前へ屈みこもうとすればするほど、ダンは彼の手首を後ろへ引き上げたので、二人はダンスでもするかのように抱きあう格好になった。少年の肉のない足には、鮮やかな赤色をした擦り剥けた皮膚がぶらさがっていた。

ネッドがたまりかねた様子で聞いた。「ソーンヒルさん、殺ったのか?」原住民が射止められたのかどうか、知りたさに憑き動かされるように、ネッドのピンク色の唇が動いた。「俺はまだ死んだ人間を見たことがないんだ」

ディックはその少年を見つめていた。両腕を体の側面に添わせたまま、筋肉が硬直したように突っ立っている。その表情は打ちひしがれていた。口を開けて何か言おうとしても、言葉が出てこないのだった。

ダンは少年の顎を掴んで自分のほうを向かせると怒鳴りつけた。「態度に気をつけろよ、ソーンヒルご夫妻のお出ましだ」その声には、ほかの誰かを怒鳴りつけることのできる喜びがありありとあらわれていた。少年は震えて顔を下げようとした。すると、ダンは少年の頭を持って顔を正面に向け、少年にソーンヒルらを直視させた。犬のように激しい動悸で、少年の肋骨が皮膚の下で上下に動くのが見えた。少年は盛り上がった唇の傷口を舌で舐めた。

「こいつを捕まえましたぜ」ダンが言うと、少年は体をよじって逃げようとしたので、彼は少年の腕をさらに締め上げた。ディックが手を突き出して、それを止めようとした。

「こいつをおとりにすればいい。やつらが助けにきたところを撃つんだ」ダンが興奮してまくし立てた。彼はソーンヒルに同意を求めた。ソーンヒルは少年を見やった。鳥のように自由に飛んでゆくことを望むかのように、地に着けた少年の足に力が漲っているのがわかった。「スマッシャーはその手を使ったってさ。大成功だったそうだ」ダンが言った。ネッドはいつものように、出し抜けに笑って言った。

「きっと効き目があるぜ」銃をぶっ放した時、その勢いに押し戻される感覚を思い出しながら、彼は興奮に顔を輝かせた。

ソーンヒルは、この少年はダーキー・クリークのあの男の子の兄弟かもしれないと思っていた。この少年は、あの子と同じように狭い肩をしていた。浮き出た骨が動くのが見えるところや、黒い髪もよく似ていた。

「ネッド、いい加減にしないか」ソーンヒルはそう言いながら、ダンとネッドが視線を交わすのを見た。ソーンヒルは少年の目線で話せるようにひざまづいた。涙が少年の黒い頬をかすかに濡らしていた。「貴様らみんな出ていきやがれ」ほとんど懇願するように、ソーンヒルは少年に向かって言った。ソーンヒルはダンとネッドの視線を感じて言った。「さっさと出ていくんだ」

ダンの腕にしなだれるようにもたれかかり、少年はすっかり衰弱していた。

「その子を放してあげて、ウィル」サルがすがるように言った。「こんなことしたってどうにもならないわ」サルが少年を放してやろうと近づくと、少年は恐怖に怯えてすくんだ。「ダン、お願いだから、その子を放してあげて！」

ダンはソーンヒルを見た。「放してやれ」ソーンヒルのこの言葉に、ダンの目つきは何か言いたげだった。しかし、ソーンヒルは一歩踏み出して言った。「さもなきゃ、お前とネッドを鞭で打つぞ」ようやく少年を放してやったダンは、咳払いをすると痰を地面に吐いた。ソーンヒルのブーツには届かなかったが、その近くを狙ったかのようだった。

拘束を解かれて、少年はかろうじて立っていた。海綿のような目の傷は体液が出てじくじくしており、顔にも垂れてきていた。肌に生気はなかった。少年は、自分が解放されたことが信じられないようだった。そして、ソーンヒルらに押し出されるようにその場を去った。「早く行って」ディックが張りつめた声でささやくように言った。「早く」

少年はトウモロコシにつまづいて均衡を失い倒れそうになりながらも、千鳥足でよろよろと畑を歩いていった。木立までたどり着くと、彼はあっという間に森のなかへと消えて見えなくなった。少年が通って踏みならされた跡だけが、ちょっと前まで彼がこの畑にいたことを伝えていた。

トウモロコシがカサカサと音を立てた。河から突風が吹きつけ、樹木が揺れた。ソーンヒルが森を見上げると、あちらこちらで木立の葉が、彼に手を振っているように見えた。コッカトゥー〔オーストラリア固有種のオウム〕が甲高い声で鳴きながら、仲間の呼び声に応えていた。蝉が羽を震わせて大合唱を始めた。

サルのスカートにしがみついていたバブが聞いた。「父ちゃん、あの人たち、行っちゃったの?」ソーンヒルははっとして彼を見た。心配そうな小さな顔がそこにはあった。ソーンヒルは答えた。「そうだよ。もういない」バブはまだ温かい銃身に手で触れた。「でも、どこへ行ったの?　もうここには来ない?」ソーンヒルは、尾根を覆う密林のほうを指さして言った。「やつらはあっちのほうへ行ったんだ。もう騒いだりしないよ」

ソーンヒルの足はおののき、膝の筋肉も震えていた。脳からの指令も、それを止めることはできないようだった。膝がこんな状態でも強がりを言えることに、彼は驚いていた。

バブはそれでも納得していないようだったので、ディックが割って入った。「パンとか何か食べ物を彼らにあげればいいんだ。そうでしょ、父さん」ディックは迫るように言った。けれども、ウィリーはそれを聞いてむっつりした。というのも、彼はいつも腹が空いていて、腹いっぱいで満たされた気持ちになったことがないからだった。それなのに、弟はその食べ物を他人に与えようというのだからたまったものではなかった。

「心配しなくていい」ソーンヒルは言った。「やつらはもう戻ってこない。ずっとな」何の根拠もなく語られた言葉を、吹き抜ける風がかき消していった。

その午後、一家はできるだけトウモロコシを収穫することにした。バブでさえ、トウモロコシの皮をむいて籠に入れる仕事を手伝った。ジョニーも一緒に座って、その房が輝いて揺れる様子を夢中になって眺めていた。サルはめったに赤ん坊を地面に降ろすことはなかったが、この時ばかりはそうせざるを得なかった。赤ん坊は空をめがけて蹴り上げながら、キャッキャッと声を上げて喜んだ。

刈り入れの作業は遅々として進まなかった。穂軸は切れにくい太い幹から生えた茎に実っており、トウモロコシは人間が作業をする空間もないほど密生していたからだった。握った穂軸と次に握ろうとする穂軸に交互に目をやりながら、サルは機械のように身体を動かした。ソーンヒルはサルの傍らで作業をするようにしていたが、彼女はいつも二、三本は間隔を空けるようにしているようだった。

ソーンヒルは、トウモロコシを刈りとる作業をするサルの横顔を見た。誰かと会話中であるかのように彼に見向きもしないのは、腹を立てているというよりは、先ほどの出来事のことを考えたくないからなのだろうと思われた。

「全部取られるところだったよ。六か月分の仕事をね」そう言うソーンヒルの言葉を、サルは聞いているのかいないのか反応はなかった。ひと息入れ、彼がもう一度言うと、サルはその言葉を遮った。「聞こえたわ、ウィル」それだけ言うと、頬を揺らして懸命に茎から穂軸をもぎ取る作業を続けた。

太陽が空高く昇っている間、彼らは何も起こらなかったようなふりをしていた。ソーンヒルは、ダンが仕事中に口笛を吹いているのを初めて聞いた。太陽が沈みはじめると、彼は寡黙になっていった。誰が言うでもなく、みな今日収穫したトウモロコシを入れた籠を抱えはじめた。尾根から伸びる影が小屋を飲み込み、さらに河へと伸び、対岸の岩壁まで到達した。影に隠れて、すべてのものが息を潜めて待っていた。黄昏時の薄暗い空に、煙突から煙が真っ直ぐに上がっているのが見えた。河は器のなかの水のごとく静かだった。

尾根に沈みゆく陽の名残りをたよりに、サルは子どもたちを小屋へと追い立てた。再び外に出ていこうとするジョニーの耳をサルがひっぱたくと、彼は戸口のかまちにつまづいて大声で泣きはじめた。サルがジョニーを掴んで家のなかに押し込むまで、その声は谷中に響いていた。

ソーンヒルは、サルが大きな音を立てて火に薪をくべるのを見ていた。子どもたちも立ったまま心配そうに見ている。ソーンヒルはサルの状況を理解できた。それは彼にもあてはまることだった。気づかないうちに、恐れが怒りにすり替わってしまうのだ。恐れと怒りはまるで同じものであるかのように思われた。

朝、ソーンヒルが眠りから覚めると、煙の臭いがした。小屋の戸口を開けると、河に霞がかかった谷間が一望できた。あたりは灰の臭いが立ち込めている。木の柵の横棒に止まった鳥がソーンヒルを見上げた。何ごともなかったかのように、河からはさまざまな鳴き声の鳥の大合唱が聞こえてきた。

トウモロコシ畑に行ってみると、黒くなった茎がもつれあって倒れており、その上を深い煙霧が覆っていた。息を吸い込むと焦げたような匂いがし涙が出た。トウモロコシが燃えたあとの悪臭が漂っていた。

トウモロコシ畑は、半年前ここに移住したソーンヒルが初めて作ったものだった。土を掘り返し、種を植え、柔らかい筒状の葉が芽吹くのを見守ってきた。照りつける太陽のなか、何度も何度も雑草を刈った。夕闇のなか畑に立ち、添え木をしたトウモロコシがちゃんと成長しているかを確認することも怠らなかった。滑らかでひんやりとした葉や鞘のなかの穂軸の実りを優しく撫でた。

それがすべて無駄になってしまったのだ。

ソーンヒルは、自分の百エーカーと船と使用人だけは何があっても大丈夫だと思っていた。缶に入った紅茶も硬貨の入った金庫も、あって当然のものになっていた。だが、それはなんと盲目的な思い込みであったことだろう。彼のトウモロコシはだめになってしまった。そして、それはトウモロコシだけでなく、未来への確約を失うことでもあった。人生は満を持して彼を待っていてくれた。もう一度、信頼して歩めと。それなのにまた、急に襲いかかってきたのだ。彼が汗水たらして作り上げたものを、火の点いた棒切れ一本で奪い去ってゆく原住民に成り代わって。

飛んできた鳥が枝からこちらを眺めていた。瞬きをしない黄色い目をしたあの大きな鳥だ。けれども、もうここには鳥の興味を引くようなものさえ残されてはいなかった。土はまだ熱をもっていた。熱はむき出しの焼け焦げた大地から放射され続けていた。

原住民の野営地から煙は上がっていなかった。いつもは聞こえてくる音も聞こえなかった。子どもが笑う声もしなければ、犬の鳴き声もしなかったし、石斧で木を切り倒す音もしなかった。ソーンヒルは聞き慣れたこれらの音を聞きたいという思いにとらわれた。

サルは小屋の戸口に立って様子を見ていた。子豚を抱くように腕にメアリーを抱いている。彼女は木になってしまったように微動だにせず、燃やされてめちゃくちゃになったトウモロコシを見つめていた。ソーンヒルは坂道を戻りサルの傍らに立った。懸命に言葉を探したが、彼女の沈黙に与うべき言葉は見つからなかった。

ロンドンで経験したあの最悪の日々、そう、ソーンヒルは死んだも同然で、サルは娼婦として身を立てるしかないような状況に追い込まれたあの日々でさえ、サルはこんなふうに自分を閉ざしたりはしなかった。ソーンヒルに一瞥もくれず、サルはこの小屋に通じている原住民の女たちが作った小道へと歩きだした。庭先を出たところで、サルは立ち止まって振り返った。ソーンヒルはこれまで、サルがそんなところまで出ていったのを見たことがないと思った。彼女は、一度もそんなに離れたところから小屋を眺めたことはなかったし、もちろん原住民の野営地に足を踏み入れたことなどなかった。

ソーンヒルはサルのすぐあとをついていった。けれども、サルはソーンヒルを見ようともせずに、顔を背けるようにして小道をどんどん進んでいった。「サル」彼女の背中にソーンヒルは呼びかけた。

「なぁ、聞いてくれよ。行かないでくれ」けれども、彼女は肩で彼を払いのけるようにして言った。「彼らはいないわよ、ウィル」ソーンヒルはサルの手を掴み、自分のほうに引き寄せた。「なら、やつらはどこに行ったって言うんだ？」彼が大声を張り上げると、平手打ちをするようにサルは言い返した。「あの人たちが私たちのところに来たなら、今度は私があの人たちのところへ行く番よ」そう叫ぶと、ソーンヒルが止める間もなく小道を突き進んでいった。

野営地には、いつもと変わらない原住民たちの生活の佇まいがあった。まず、大きいものと小さいもの、二つの掘っ立て小屋が目に入った。葉っぱがたくさんついた大枝が丁寧に折り重ねられて屋根が作られていることに、ソーンヒルはこれまで気がついたことはなかった。広いほうの小屋のなかには、木製の大皿と土を掘るための棒、樹皮から作られた紐が丁寧に巻かれたものが置かれていた。輪っかのように石に囲まれた火を焚く炉があり、なかはねずみ色をした細かい灰で埋まっていた。灰はまだ温かかった。その横には石の挽き臼が置いてあり、繰り返しすられてできた溝にすり石がはまっていた。あたりを見わたすと、サルの庭のように、地面がきれいに整えられていた。大きな小屋に立てかけてあった埃まみれの大枝が、箒の役割を果たしていたのであろう。

野営地は罠でも仕掛けられているかのごとくひっそりとしていた。「戻ろう」ソーンヒルがささやいた。「早く、サル。戻ったほうがいい」しかし、サルは彼を無視して野営地を歩きまわり、原住民の生活の場を作り出していた物ひとつひとつをつぶさに見ようとした。火炉のまわりに並べられた石には、食べ物を置けるように平らな箇所があった。隅のほうには、骨や貝がきちんと集められ積まれていた。箒を見つけた時、サルはそれを手に取り、一度掃いてみてから地面に放った。

「やつらはみんな行っちまった、ソーンヒル夫人！」おめでたい声が聞こえたと思ったら、ネッドだった。ウィリーとディックがその後ろにいた。ほかの子どもたちもみな、小道をたどって野営地にやって来た。「もう心配しなくていい！」と、ネッドが言った。ディックは箒を拾い上げると小屋の脇に立てかけた。

「あの人たちは、ここにいた」サルが言った。この場所を見たことで、その事実がこれまでにない現実感をもって感じられたのだった。ソーンヒルのほうに向き直って彼女は言った。「ロンドンにいた時のあなたと私のように。ちょうどそんなふうにここにいたのよ」

サルはメアリーを片方の腰からもう片方の腰へと持ち替えた。メアリーが降ろしてほしいと足をばたつかせたので、サルは屈みこんだ。そして、まるで荷物でも置くかのように、ほとんどうわの空でメアリーを地面に降ろした。「一度も言ってくれなかったわね。あなたは何も教えてくれなかった」サルはささやくように言った。

暗に非難されて、ソーンヒルはかっとなった。「残りの土地は全部やつらのもんだ。ジプシーのような放浪生活をこの土地でやっているんだ。まわりをよく見てみろよ、サル。まだまだ土地はある」

「彼らはここにいたの」サルがもう一度言った。「彼らのおばあさんも、そのまたおばあさんも、みんな。ずっとここにいたのよ」彼女はソーンヒルに向き直り、顔を真っ直ぐに見つめて言った。「掃除をするために箒だってあるじゃない、ウィル。私が箒を使うのと同じことなのよ」

サルの声には、ソーンヒルがこれまで一度も感じたことのないような強いものがあった。「じゃあ、なぜ、今、ここにいないんだ。もし、ここがやつらの場所なんだとしたら」きっぱりと、ソーンヒルは言った。サルは青々としたマングローブがびっしりと覆い茂る河辺を見下ろした。そして頭を上げて、四方を囲む尾根を見た。ソーンヒルは、こんなふうにあたりの様子に見入っているサルを見たことがなかった。

「あの山のどこかに、今、彼らはいるのよ。私たちを見ながら、様子をうかがっているの」そう言うサルの声はまるで天気について話しているかのように軽やかだった。「彼らはどこにも行かないわ」サルは話し続けた。「どこにも行かないのよ。よく聞いて、ウィル。私たちがここに留まっていれば、いつか彼らに殺られてしまうわ」

「野蛮人のためにここを出ていく必要などないさ」ソーンヒルが答えた。彼はサルのようになるべく穏やかに話すように心がけた。「どうなったとしてもだ、もしやつらが戻ってきたとしても、こちらにも心積もりはある」

けれどもソーンヒルの言葉は、サルの感情を逆なでしたようだった。「戻ってくるかもしれないなんて、そんな問題じゃないのよ」サルは叫ぶように言った。「そんなことを考えているなんて、あなたって本当に馬鹿よ。これはもしもの問題じゃない。彼らは必ず戻ってくるわ」

ソーンヒルはサルに触れようとしたが、彼女はそれを無視して言った。「ここから出ていきましょう、ウィル」彼女は悪い知らせを伝えるように、配慮を込めて話した。「場所はどこでもいいわ。子どもたちを船に乗せて逃げましょう」サルは、ウィリーとディックが立っているほうをちらりと見た。ディックは頭を振ったが、それは単に蠅を追い払おうとしただけかもしれなかった。「まだ今のうちなら間に合うわ、ウィル。今日のうちなら」

ソーンヒルは、しばらくの間、自分が何か月も汗水を垂らして開拓した土地を手放すことについて思いをめぐらした。数枚の紙切れと引き換えに、その土地がほかの誰かの手に渡り、その誰かがこの土地を歩きまわりながら、その場所に秘められた将来性にほくそ笑む姿が頭に浮かんだ。

ソーンヒルはこの土地のことを知り尽くしていた。雨が降る時、風が吹く時、照りつける太陽の下で、月明かりの下で、この土地がどのような様子を見せるのかを彼はよく知っていた。彼は、この河の緑に彩られた水域と、金色と鉛色の岩壁、河辺のオークが風に鳴る音、あの空を心に思い描いた。

この地で初めて迎えた夜、感じた未知への恐怖をソーンヒルは思い出していた。冷淡な輝きを放つように見えた星は、今では旧友のようになっていた。十字星は北極星と同じに航行の際の助けになったし、指極星やひしゃくの形をした星はオリオン座に等しく、見え方が逆さまであるに過ぎなかった。かつてテムズ河の蛇行を体で覚えていたように、このホークスベリー河の蛇行も体が覚えていた。

ソーンヒルは自分が時々心に思い描くロンドンの情景を想像してみようとした。コヴェント・ガーデンの小綺麗でこぢんまりした家や、朝、そぞろ歩きながら、徒弟たちがちゃんと仕事をしているか、盗みをしていないかを点検する自分を思い浮かべた。けれども、イギリスの空気の感じや雨の感触はもう思い出せなかったし、ホワイト氏の庭園やクルーシフィックス横丁のよく通った道すら、もううろ覚えになっていた。彼とサルがよく話をし、共有しているロンドンの風景は、決して忘れられるようなものではなかったが、彼にはもう関係のない場所のようにも思われた。

ソーンヒルは、スワン通りの小さな家や船を所有することだけが望みの人間ではもはやなくなっていた。彼はまったく違う人間になってしまったようだった。この土地の食べ物を食べ、水を飲み、空気を吸うことで、ソーンヒルは、少しずつ作り変えられたのだ。この空も、あの岩壁も、あの河も、もはやほかの場所へと戻るための手段ではなくなっていた。ここが彼の居場所なのだった。体だけではなく魂もこの土地にあると思えた。

人間の心というものは、深いポケットのようだ。裏返して見て、なかに入っている物に驚かされる。

太陽はとさかのように隆起した岸壁の樹木をかする高さまで昇っていた。目が覚めるような緑色のこんもりとした木の膨らみが影に抗うように照り輝いている。止まっていた木から一斉に白いオウムが飛び立ち、撒き散らされた砂のように空に広がっていった。白い翼が太陽の光を浴びて明るく見えた。

ソーンヒルの返答を待っている家族たちの向こうには、河に覆い被さるような岩壁が見えた。早朝の陰で色彩を欠いた岩壁は、神秘的ですらあった。この時間帯のそれは、岩の層を横糸に、上へと伸びようとする樹木を縦糸に織られたごわごわとした布のようだった。不揃いの樹木のてっぺんの上には、青々とした気持ちのよい空が広がっている。河面を吹き抜ける一陣の風が水面を波立たせると、光の点が煌めく。朝のそよ風に吹かれて、森の樹木が揺れた。

「一時間あれば荷物をまとめられるわ」サルが言った。「夕食までに遠くまで行けるはずよ」サルはジョニーに手を差し出しつなごうとした。しかし、彼女のわざとらしい穏やかな口ぶりが、ソーンヒルの怒りに火を点けた。「やつらは自分の手を使って働かないじゃないか」そう言いながら、彼は自分のなかで憤りが膨らんでいくのを感じていた。「やつらにはこの土地に立ち入る権利はない。スズメにその権利がないのと同じだ」彼は自分の言葉にスマッシャーの言葉遣いと似たものを感じた。それらの言葉は、すらすらと口を突いて出て、もっともらしく響いた。

「そうかもしれないけど」サルは淡々として言った。「私が言えることはね、背中を槍で突かれるかもしれない恐怖に怯えて残りの人生をびくびくしながら生きるよりは、あのいまいましいバトラーの貸間のほうがずっとましだっていうことよ」小さいジョニーは、片方の手で鼻をほじり、もう片方の手で蚊に刺されたところをかいた。バブとディックとウィリーは、土埃にまみれた素足で立っている。子どもたちは誰一人して父親を見ていなかった。

ソーンヒルは、まだジョニーに手を差し出しているサルの腕をぐいっと掴んで叫んだ。「俺たちはどこへも行く必要なんかない。やつらか俺たちか、どちらかが出ていくんだとすれば、サル、それは俺たちじゃない！」ソーンヒルがサルの腕を掴んだ時、サルはよろめいたが、彼には目もくれなかった。ソーンヒルはサルの肩を掴んだ。その肩はあまりに頼りなく、彼は絶望感に襲われた。そこに立っているサルは、泡のようにはかなげであった。しかし、同時に石のように強くもあった。「あの黒んぼ野郎に、俺の邪魔はさせない！」ソーンヒルは、顔が隣りあうほどの距離まで力任せにサルを引き寄せた。そして彼女の顔に向かって声を張り上げた。「お前にもだ、サル！」

「私たちはここから出ていく、何があってもよ！」サルも怒鳴り返した。彼女は嵐のなかで叫んでいるようだった。ソーンヒルは一歩前に踏み出し、彼女の前に立ちはだかった。長身の彼をサルは見上げた。「ちくしょう。どこへも行くもんか」彼女に殴りかかるかのように、無意識のうちに彼の腕は上がり、手のひらが開いた。

サルはソーンヒルと振り上げられた彼の手を驚きの表情で見上げた。ソーンヒルは他人を見るように自分を見つめるサルを見た。サルにとって、彼女を引っ張り怒鳴りつけるこの暴力的な男は、夫の姿形をした見知らぬ他人だった。

けれども、見知らぬ他人なら彼女を怖がらせたりするはずはなかった。「殴れるものなら、殴ってみなさいよ、ウィル」サルが叫んだ。「でも、何も変わらないわよ」

サルを見た時、ソーンヒルは色っぽい表情を浮かべた彼女を思い出した。それは閉じられた扉が開いたように、はっきりと脳裏によみがえった。そしてすぐに消えていった。はっと我に返ったソーンヒルは、自分が妻に手を上げていることに気がついた。

ソーンヒルは腕を下ろした。怒りの感情は、それが起こった時と同様にすぐに消えていった。愛するサルに怒りをぶつけるとは、彼の人生はとんでもなく呪われてしまったのだろうか？　もう一度過去に戻って、最初からすべてをやり直したい思いにソーンヒルは駆られた。でも、もう遅すぎた。すべては過ぎ去ったことなのだ。彼の人生は潮に流されてゆく櫂のない小舟のようだった。彼が家族をこの場所へと連れ出し、逃げ場のないところまで追い詰めたのだ。

「いいかい、サル」ソーンヒルが話しかけたちょうどその時、赤い顔をしたダンが息を切らしてやって来た。何か知らせがあるようだった。ダンが屈みこみ、体を波打たせて息を整えているのをみな見守った。「やつらがサギティーのところに火を点けた」ダンは喘ぎながら言った。「岬から煙が上がっているのが見えたんだ」

ソーンヒルは、サルが自分のほうを見てくれるのを待っていたが、彼女はそうしようとはしなかった。「ウィリー」サルは呼んだ。「荷物をまとめてちょうだい。そして河まで運んで。それから、ディック、お前は道具類を集めてちょうだい」

サルはメアリーを抱き直し、ジョニーの手をさっと取ると小屋へ向けて歩きだした。ソーンヒルは、彼女を引き止めるのに仕方なく腕を掴んだ。「いいかい、サル」もう一度話しかけた時、彼女はソーンヒルの言葉を遮って言った。「サギティーを助けにいって。あなたが戻ってきたら、すぐに出発するわ」ようやく、サルは彼と目を合わせた。そして言葉を続けた。「あなたが来ても来なくてもよ。ウィル、好きにしていいのよ」

ソーンヒルがダンとネッドを引き連れてホープ号で河へと繰り出すと、サギティーの土地のほうから煙が上がっているのが見えた。ディロンズ・クリークの河口に船をじりじりと近づけ、ソーンヒルは船首から身を乗り出して、目を細めて前方を見た。小屋は見えず、河の土手には小舟もなかった。引き返したい衝動に駆られて、船の梁の向こうに見える岩壁と、水面を吹き抜ける風が巻き上げる水しぶきを見た。

だが、ネッドは船首から首を伸ばして様子をうかがいながら言った。「何かありますぜ、ソーンヒルさん」ソーンヒルはしぶしぶながら櫂を漕いで船を進めた。

サギティーも犬も餌をついばむ鶏も、生きて動いているものは何ひとつ見えなかった。

しばらくして、小舟があるのに気がついた。叩き割るのは至難の業だろうと思われる舟底が粉々にされ、竜骨の両側の厚板はぼろぼろになって穴が開けられていた。櫂も割かれてしまっている。ソーンヒルの畑のように、トウモロコシ畑は焼かれてしまっていた。その向こうのサギティーの小屋があったはずの場所には、二、三本の黒焦げの材木が、煙でくすぶる燃え滓の小山から突き出ているだけだった。

ダンは恐れからか、いらいらしたような声で叫んだ。「黒んぼがサギティーを殺っちまったんだ！」

この谷間に動くものは何ひとつなかった。煙がゆっくりと上がっているだけだった。ソーンヒルは船首から銃を取り出し、時間をかけて弾を込めた。四つ目の銃はウィリーに持たせていた。ウィリーが自慢げにそれを持って歩き回っている姿が思い浮かんだ。息子が馬鹿なことをしないようにと祈るような思いだった。ダンはナイフを取り出し、船の引き寄せ用の鉤の部分で刃を研いだ。

けれども、どんなに時間をかけて支度をしたところで、サギティーの場所で起きたことが変わるわけではなかった。

銃を手に持ったソーンヒルが先に立って歩いた。銃床を握る手が汗で滑った。ブーツの下でバリッという音がした。見てみると、割れた皿だった。木の茂みにはシャツの切れ端が垂れ下がっていた。よほどの力で地面に叩きつけられたのであろう、ブリキのカップが押しつぶされていた。

小屋の残骸の近くに、サギティーの犬が喉を引き裂かれ、鎖につながれたまま息絶えていた。

唯一燃えていないものといえば、水を入れた樽だけだった。ソーンヒルらはその後ろでサギティーを見つけた。腹を槍で射抜かれたサギティーが、仰向けで空を仰ぐようにして横たわっていた。

サギティーを見た瞬間、ソーンヒルは彼が死んでいることを願った。死んでいてくれ、彼は心のなかでつぶやいた。その命のともしびは消えかけていたとしても、サギティーは死んではいなかった。彼の顔はどす黒く、目は奥深く窪んでいた。ほとんど黒色に近い血がシャツを通して傷口からあふれ出ていた。槍のせいでシャツは肉に食い込んでいた。蠅があたりを飛び回っている。口は開かれたままだったが、言葉は発せられなかった。けれども、目は訴えていた。置き去りにしないでほしいと。

槍の先は彼がかすかに呼吸をするたびに揺れた。

本能的欲求のように、ソーンヒルは今この瞬間が昨日であればよいのにと願わずにはいられなかった。一時間後でもよかった。この瞬間から解放されたいと願った。

ネッドは驚きとも嫌悪とも区別のつかぬ声で「あいつら殺っちまったのか」とポロリと漏らした。そして、前に出て槍に触れようとすると、サギティーはひどくせっぱ詰まった泣き声を上げた。そうすればサギティーには聞こえないとでも思ったのか、ひそひそ話をするように口を手で覆いながらダンが言った。「これじゃ、もうだめだよな、ソーンヒルさん?」サギティーは瞬きをして、櫂でも握るように片方の手をゆっくりと閉じた。

「死ね。頼むから、死んでくれ」ソーンヒルは願った。

けれどもサギティーに息絶えるような気配はなく、ソーンヒルらを見続けていた。瞬きをし、こちらをまた見る。この開拓地は蒸し暑く、風通しが悪かった。壁のような密林に囲まれた場所だった。ソーンヒルは思いがけない出来事に巻き込まれてしまったと感じていた。「船に乗せてウィンザーの病院に行くんだ」そう言った自分の声を、ソーンヒルは誰か別の人間が話しているかのように聞いた。

ソーンヒルらは、船に戻って、帆と一対の櫂をつなげて担架を作ることにした。帆やロープ、それに櫂、これらの物に触れていると心が安らいだ。いつもと変わらぬ手触りだった。五十歩ほど行った先に、槍に射抜かれて致命傷を負った男が横たわっていることを別にすれば、担架を作ること自体はごく日常的なことに思われた。

サギティーが横たわっている場所に戻ると、彼はまだ生きていた。ソーンヒルらが持ち上げて担架に乗せようとした時、サギティーは首を締めつけられたような呻き声を上げた。彼ほどの体重を運搬するには三人がかりだったので、槍を真っ直ぐに持つ者がいなかった。サギティーはその槍が動かないように自分の両手で握りしめ、一歩進むたびに悲痛な声を上げた。あまりに強く握りしめていたので、指の関節は白くなっていた。ソーンヒルは走りながら汗をかいていた。ようやく船にたどり着き、サギティーを下ろした。「兄弟《メイティ》、しっかりしろ。もうすぐだからな」ソーンヒルは話しかけた。

ダンがラム酒の瓶をサギティーの唇に当てて傾けた。液体は顎を伝って流れ落ち、血とラム酒が混ざりあった。なんで死なないんだ、サギティーを見下ろしながら、ソーンヒルは思った。彼がまだ生きていることが疎ましかった。ソーンヒルは、ハンカチを取り出し、この隣人の目や鼻に蠅がたからないように顔にかけた。

それは、彼に注がれるサギティーの視線を遮るためでもあった。


潮に乗れたので、ウィンザーには二、三時間で到着しそうだった。道中、ソーンヒルは、はねを上げて濁水が行ったり来たりしている甲板に横たわったサギティーを見ないようにしていた。船が揺れるたびに、彼の体の中心から突き出している長く黒ずんだ木が揺れるのを見るのは耐え難かった。

この出来事をサルに知らせないで隠し通すことはできないだろうと思われた。事の詳細を彼女が見なくて済むのがせめてもの救いだった。内臓まで槍で射抜かれた男の口から洩れるかすかな呻き声を聞かなくて済むのだ。たとえこの地に留まるようにサルを説得するつもりだったとしても、その望みは、あの水桶の傍らでサギティーが発見された瞬間に消え失せていたのだ。

サルはどうするつもりなのか、それはすべて彼女の言葉から明らかだった。ソーンヒルがウィンザーから戻るころには、食糧や衣服は袋に詰められ、洗濯物を干すのに庭に張っていたロープも取り外され巻かれて、小屋はほとんど空の状態になっているだろう。持っていく物はそれほどなかった。原住民のために毎晩のように並べていた品を、二、三個の袋に入るだけ詰めたもの。火にかけてあるやかんと鍋は持っていくだろう。それから旧ロンドン橋の版画と青いショール。ほかには何があるだろう？　あの木の皿と穴掘り棒、樹皮の紐。そしてピクル・ヘリング・スティアズで拾った屋根瓦の破片。

サルは後ろを振り返ることもなくあの地をあとにするだろう。

彼らが去ったあと、ソーンヒル岬が溶けるようにして森へと帰すのに、それほど時間はかからないだろうと思われた。庭には草が生え、小屋の樹皮は剥がれてしまうだろう。一番最初にだめになるのは戸かもしれない。ヘビやトカゲやネズミが戻ってくるだろう。トウモロコシ畑には若草が芽吹き、柵の横木をなぎ倒して、カンガルーがそれを食みにやって来るに違いない。そして、すぐにソーンヒル一家がそこに住んでいたような形跡はなくなるのだ。

彼らはウィンザーかシドニーに住居を構えるだろう。今は月ほども遠く思われるロンドンにいつかは戻るのかもしれない。ソーンヒルが今のように稼ぎ続けることができれば、家族は幸せに暮らしてゆけるはずだった。

けれども、自分の指の形をした岬を失うことになれば、彼はそんな生活にも慰めを得ることはできないだろうと思われた。朝の木漏れ陽。夕陽に照り輝く岩壁。ひたすら澄みきった青い空。自分の土地を闊歩する充足感。そして何よりも、ここでずっと君主であるがゆえに味わえる一国一城の主の実感。これらに代わる慰めなどありえなかった。

•

町に着くと、別の男たちがサギティーを船から降ろし、病院まで運んでくれた。サギティーはソーンヒルらの視界からは消えたものの、ウィンザーは二本の埃っぽい道とひとつの波止場から成る小さな町で、槍を腹から引き抜かれる悲鳴が届かない場所はどこにもなかった。メイド・オブ・リバーと呼ばれる酒場にいたソーンヒルにもそれは聞こえた。その悲鳴はとても人間のものとは思えなかった。
ソーンヒルにとって、サギティーが死んだかどうかはどうでもよかった。槍が肉を突き刺した瞬間に、彼は死んだも同然だった。船の底で数時間横たわっていたのは、何の治癒にもならず、ただ死を引き延ばしたに過ぎなかった。

悲鳴が止んだあと、町は静寂で覆われた。メイド・オブ・リバーでは、スパイダーが気前よく、みなに酒を振る舞っていた。しかし、誰も目を合わせなかった。男たちはそれぞれに、もし、槍が自分のはらわた深くまで達すれば、どんな感じがするのだろうと思いめぐらしていたからだった。

話はあっという間に広がった。午後、時間がたつにつれ、この酒場はサギティーのことを聞きにきた男たちでいっぱいになった。ソーンヒルはこの話を知り合いのラブディとツイストに話した。「やつらの槍がはらわたを突き抜けたんだ」ソーンヒルがそう言うと、サックビルやサウス・クリークから来ているほとんど知らない男たちも話に入ってきて、詳細を聞きたがった。

スマッシャーが到着してからは、彼がソーンヒルに代わって話をした。誰しもがスマッシャーは現場に居合わせたのだと思っただろう。まだこの話を知らない男が店にやって来るたびに、彼は尾ひれがついた話を何度もした。黒んぼたちは全部で五十人はいた。彼らはサギティーに自分の犬の首を切るように迫った。そして彼の頭皮を剥いだ。そんな具合だった。

しかし、スマッシャーがでっち上げたことはどれひとつとして、実際に起こったことには及ばなかった。

男たちは幾度となくスマッシャーに酒をおごった。スマッシャーの顔は真っ赤に火照って、挙句の果てには涙も流さん勢いだった。その憤りは見せかけではなく、声はうわずっていった。ソーンヒルは一人静かに飲みながら黙って聞いていた。この時、彼はもう何年も忘れていたニューゲートの庭の囚人のことを思い出していた。物事の本質だけを取り出した作り話を繰り返し練習していたあの男たちのことを。

スパイダーのラム酒に欠点があるとすれば、それは酔えないことだとソーンヒルは思った。水桶の後ろに横たわっていたサギティーの姿は、彼の脳裏に焼きついて離れなかった。茎の先の花のようにたおやかに揺れる槍、サギティーのあの懇願するような目が、何度も記憶によみがえった。闇のような体の奥深くまでしっかりと突き刺さったあの長い木の槍。

戸口の上には彼の名前が記され、外には看板が揺れている酒場のカウンターの後ろに立ったスパイダーは、以前より立派に見えた。カウンターにもたれかかるように立ち、説教を始める牧師さながらに、その上に手を広げている。「あいつらをなんとかしなくては」そう言った彼の声だけは以前と変わらず、張り上げても頼りなく響いた。「殺られる前に殺るしかない」

この先もずっと、槍を持って森に潜み、攻撃のチャンスを待ち構えている原住民の姿が、ソーンヒルには手に取るように想像できた。勢いよく飛んできた槍は、彼の分厚い革のベルトのすぐ上の腹を突き抜けるだろう。そしてサギティーのように、ぼうっとして焦点が合わない世界を見つめ続けることになるのだろう。想像すらしたくないが、さらに悪いことには地面に倒れたまま哀願するような目で彼を見つめるサルの姿を見るはめになるかもしれなかった。

そうなるのは時間の問題だった。

スマッシャーは男たちが体を乗り出さなければ聞こえないような低い声で話した。「やつらはダーキー・クリークにはもういない。サギティーが殺っちまったからな。やつらの野営地のほとんどは、今はブラックウッドの土地にある」何かまずいものでも口にしたように、スマッシャーは吐き出すようにブラックウッドの名を言った。

ソーンヒルは自分のなかで何かが減速してゆくのを感じた。

「今夜そこを襲撃しよう」スマッシャーが言った。「朝飯前にやつらを片づけるのさ」男たちはスマッシャーのほうに向き直り、その言葉を紡ぐ彼の口を見つめていた。彼の声音には、男たちを聞き入らせ従わせる何かがあった。ネッドが高笑いして叫んだ。「俺はやつらの指が欲しいよ。パイプの栓にするんだ」スマッシャーはその言葉に頷き、そのまま話を続けた。「俺たちはかたをつけなきゃなんねぇ」そう言って残りの酒を飲み干し、スパイダーがもう一杯注いでくれるように、大きな音を立ててグラスをカウンターに置いた。

スマッシャーを囲んだ男たちは、喉を鳴らして同意を伝えた。その声は誰か特定の個人のものと言うよりは、顔のない強力な集団の声だった。

ソーンヒルは黙っていた。グラスの酒を覗き込み、かき回すたびに液体が脂っぽくなっていくのを見ていた。

「やつらを根絶やしにするんだ」スマッシャーが言った。「誰もはっきりとは言わないが、それしかないだろう？」

ソーンヒルが顔を上げると、スマッシャーは彼を見ていた。ほかの者たちはスマッシャーの視線の先に目をやった。スマッシャーはその瞬間を楽しんでいた。そして、それはあたかも大したことではないように言った。「ここまで来たからには、ホープ号で敵陣に送り届けてもらわなきゃ」

ソーンヒルはネッドの口から荒い息が漏れるのを聞いた。ネッド、ダン、ラブディ、いつもの帽子を目深に被ったジョージ・ツイスト、そして暮らし向きの良さを頬にたたえたスパイダー、なじみの顔がこちらを凝視しているのを感じた。くすぶるランプの光のせいか、黒っぽい粒と皺が目立つそれらの顔は、見知らぬものに思えた。

部屋の雰囲気は悪意に満ちていった。ソーンヒルはその雰囲気に呑まれてゆくのを感じていた。それは酒をコップからひと口すると、胸のあたりがじんわり温かくなるのに似ていた。額に鈍い痛みがあり、この場を去りたいと思ったが、ダンとネッドを船に乗せる必要があったのでそうすることもできないでいた。

身振り手振りをつけ、抑揚のある声で、ラブディが熱弁を振るいはじめた。「我々は、どんなに痛みを伴うものであろうとも、このイラクサをしっかりと握らねばならない。さもなければ、あの危険な野蛮人に土地を明け渡し、また以前の生活に戻ることになってしまうだろう」

沈黙が流れ、誰もが自分たちの以前の生活を思い出していた。

ラム酒で赤らんだ頬を光らせたダンは、ソーンヒルの傍らにいた。彼はソーンヒルに寄りかかって、話しかけた。歯の隙間から空気が漏れる音が聞こえた。「黒んぼを殺っちまえば、彼女は残るぜ、ウィル」そうささやくと身を引いて、いたずらっぽくソーンヒルを見た。「ほかに彼女を引き止める方法はない」

そんなことはソーンヒルも承知だった。ダンがわざわざ言葉にしたことが疎ましかった。もし原住民のことが解決しなければ、サルはソーンヒル岬を出ていくだろう。それははっきりしていた。妻と土地をどうして天秤にかけられよう？　彼女を留まらせる方法があるなら、どんなことでもするつもりだった。

スマッシャーはすべてを見越したような微笑みを浮かべてソーンヒルらを見ていた。「極秘のうちにやるさ。かみさんにだって知らせない。知っているのは俺たちだけで、俺たちは口外しない」

ソーンヒルはグラスの残りの酒を飲み干し、何も考えずに早口で言った。「じゃあ、今夜だ、朝飯までにはすべてを終える」その声は別の男のもののように響いた。いつもの声よりも自信に満ちていた。

「いいか、お前ら。誰にも言うなよ」ソーンヒルは言った。「もし口外することがあったら、そのおしゃべりな舌をちょん切ってやるからな」

酒のせいで半狂乱ではあったが、スマッシャーの計画はマッカラム大尉のそれよりはよく練られていた。意外にもスマッシャーには綿密にものを考える力があるのを知って、もっと違う人生を送っていたなら、その才能を発揮できたかもしれないのに、とソーンヒルは思った。

夜になって潮が引けば、男たちをいっぱいに乗せた船は、第一支流《ファースト・ブランチ》が本流へと注ぎ込むソーンヒル岬のあたりまでしか行けないことを、スマッシャーは知っていた。そこで錨を下ろして、潮が満ちはじめる真夜中まで待つ必要があった。月が昇るころになれば、船は潮に乗って第一支流《ファースト・ブランチ》を速やかに進んでいくことができるはずだった。ブラックウッドの土地の手前に、彼の犬に臭いを嗅ぎつけられないようすばやく船を着け、夜明けの光を待てばよかった。

その後のことは、誰も口にしなかった。

ウィンザー波止場で、ダンとネッドはホープ号を河へと押し遣った。十人近く男が乗った船は沈みそうになりながらも、引き潮に乗ってどんどんと進んでいった。スマッシャーの説明では、いくつかの新開地に立ち寄ってサギティーの話をし、もう何人か乗せるということだった。ウィルバロー・フラットからは、痩せこけた老人のマシュー・ライアンが、ポートランド・ヘッドからは、ジョン・ラベンダーとその弟が、フリーマンズ・リーチからはデヴィーンが乗り込んだ。

ハーフ・ムーン・ベンド、キャットアイ・クリーク、ミルクメイド・リーチを過ぎ、一行は潮に押し流されるように進んだ。シルエットさえも特徴的なソーンヒルの土地に連なる尾根が見えてきたころには、乗船者は十七人になっていた。支流に入る手前に来たところで、彼らは石の錨を下ろし潮が満ちるのを待つことにした。

ソーンヒルは船尾のデッキに腰かけ、端から端まで船を見わたした。男たちは互い違いになりながら、手足を無造作に伸ばして座り、転寝《うたたね》をしている。ここにいる者たちはみな、彼の知り合いだった。一緒に酒を飲んで笑いあったり、小麦やカボチャを値切ったりしたこともあった。概してどの男も悪人とは思えなかった。

にもかかわらず、ソーンヒルの人生と同様に彼らの人生は、運命の悪戯に突き動かされ、潮目の変わった波に押されて、極悪人のみ為せる悪事を為そうとしていたのである。

半マイルもない河の向こうでは、サルが下の子どもたちを寝かしつけているだろう。「ロンドン橋が落ちた、落ちた、落ちた」その歌声が聞こえてくるようだった。次の日のためにサルはダンパーをたくさんこしらえ、ソーンヒルが戻ってくればすぐにそこを出られるように、戸の傍らに包みを準備しているだろう。彼は首を伸ばして、小屋の明かりを見ようとしたが、岬の隆起に隠れて見えなかった。ウィリーは火のまわりに土手を作って、ひと晩中火を絶やさないようにし、明朝の出発前に、サルはその火で最後の朝食を用意するのだろう。ウィリーは戸にかんぬきをかけ、銃を装填しているだろう。布に包まれたメアリーの傍らにようやく横になっても、サルは今夜一睡もできないに違いない。

サギティーの開拓地で起きた大体のことは、サルにも推測がついているはずだった。そのために夫がさらに上流へと向かったことも。けれども、彼女は今この瞬間、立ち上がって呼びかければ、その声が届きそうなくらい近くに夫がいることなど想像すらできないだろうと思われた。

どうして彼の人生は、ここまで選択肢がなくなるほど行き詰まってしまったのか？　彼は以前、ニューゲートの死刑囚の独房という袋小路に陥ったことがあった。しかし、その時の彼にとって、すべては自分の力を超えたところにあり選択の余地はなかった。何も知らずに無垢な状態で、死刑執行人が来るのを待っていただけだった。

　今の状況がその時と違うのは、それが彼の自由意志による選択だということだった。絞首刑は彼の人生に終焉をもたらしただろうが、彼がこれからしようとしていることも、同様にある種の終わりを意味していた。どちらを選んだところで、彼の人生はそれまでと同じように続いていくわけではなかった。今朝目覚めたウィリアム・ソーンヒルは、明日の夜眠る時のウィリアム・ソーンヒルと同じではないのだ。

　そのことが執拗に彼を捕らえて離さなかった。

　サルはこの地に留まりたくないが、ソーンヒルはそうしたい。この先もずっと、彼らはこの選択と決断をめぐって言い争うことになるだろう。

　それは古い縄のもつれのようで、握りこぶしのように固く、もうほどけないのだとソーンヒルは思った。それを無理に解こうとしても意味はないのだ。必要なのはよく切れる鋭利な刃物だった。ソーンヒルは岩壁のほうを見やった。大きな壁のような塊が空に向かって突き出ている。この岩壁が落ちてきて自分を押しつぶしてしまうのではないかと、ソーンヒルは思うことがあった。岩壁の上方を見ると、雲間に月が見え隠れしている。月はほの暗い星が光る夜空におぼろげに浮かぶ皿のようだった。

　竜骨の下で潮目が変わり、船は震えるように揺れ動いた。

　彼らは話を準備しておく必要があるだろう。そう、彼らは黒んぼらと交渉するための話し合いに出かけたのだと。もちろん、彼らは銃をちらつかせた。そして、頭上に一発ぶっ放しもした。黒んぼだって馬鹿じゃない。彼らはそれで理解した。そしてどこかへ消えていった。もしこの話を疑う者があったとしても、原住民の不在そのものが話の正当性を証明してくれるに違いなかった。

良い縄を切ってしまうのはいつも心が痛むものだが、切れてしまえば、人は文句は言わないものだ。

ソーンヒルが石の錨をぐいっと引き上げると、水滴が落ちて月明かりに煌めいた。押し寄せる潮流と河の奔流が混じりあい、泡立ちながら渦を巻いていた。ソーンヒルは体重をかけて舵を取った。潮流はゆっくりと勢いを増し、支流の入り口までホープ号を押し遣った。

本流が見えなくなる最初の湾曲部まで来ると、空気は緊密度を増した。月明かりで、両岸のマングローブの葉はその一枚一枚までよく見えた。水面は黒く輝いていた。

ソーンヒルは記憶に収められたあの日の場面の数々を思い出そうとした。そよ風に波立つ潟の青い水。小屋の前に立っているブラックウッド。炊事の火から立ち上るひと筋の煙。サルがするように頭をかしげながら、こちらへと歩いてくる女。その女の横にいた肌の色が薄い子ども。あの子は、あの潟以外の世界など見たこともないであろう。

サギティーのことは、思い出そうとしなくても脳裏によみがえってきた。上着についた血の匂いも、男たちがメイド・オブ・リバーでグラスを口へと運ぼうとした瞬間、ウィンザーに響きわたったあの悲鳴も、すべてが鮮明だった。

ソーンヒルはもう一度、サギティーのことを考えていた。サギティーを持ち上げた時、彼の口から洩れたあの呻き声。槍を握りしめるあの白い指の関節。彼がハンカチで覆うまで、じっとこちらを見ていた懇願するようなあの目。

あと数時間睡眠を取るために、船をブラックウッドの土地のちょうど手前のマングローブのところに着けた。ラブディの古いハンター時計が午前二時を告げていた。奇跡的に犬たちは彼らに気がついていないようだった。

夜明けが近づくと、ネッドが半甲板にもたれかかるようにしてうずくまっているのが見えた。胸に顎をうずめて眠りこけるネッドの聞き慣れたいびきが聞こえていた。スマッシャーは機敏に男たちの間を動き回り何かささやいていた。最後に彼はソーンヒルのところに来て言った。「男を先に殺れ」怒りのこもった声だった。「それから女を片づける」

朝の薄明かりのなか、ホープ号の舷側から降りて、水のなかを歩いて岸まで渡った。河岸に揺れるオークの茂みの向こうに潟が見えた。あそこに原住民らの野営地があるのだ。

ソーンヒルは銃を握りしめて土手に立った。どんなに物音を立てないように最善を尽くしたとしても、原住民たちは随分前から河辺に彼らの気配を感じていたかもしれなかった。槍を想像して、背中に戦慄が走った。

一行が野営地に近づいても、何も動く気配はなかった。

どちらを向いても木が絡まりあった森しかなかった。硬いレース細工のような茂みに影が揺れたような気がした。そこには百人くらいの戦士たちがいて、肩に槍を担いでいるのかもしれなかった。その槍を自分の体に感じるまでは知る由もなかった。

絡まりあった木の茂みに誰かいるのではないかと一度思うと、そのことが頭から離れなくなった。後ろを振り返ったが、そこには同じような森があるだけだった。どちらを向こうが、さしたる差はなかった。それは槍が肩甲骨の間に刺さっても、肋骨の間に刺さっても大して変わらないのと似ていた。

突然、大きな銃声がした。心臓が締めつけられる思いがして、ソーンヒルは向きを変えた。黒んぼがいる！　あの茂みに！　彼は発砲した。その反動で体が後方へぐいと押し戻された。彼はよろめいたが、すぐに均衡を取り戻して前を見た。そこにはさっきと変わらずに、腕を上げたような人影があるだけだった。銃弾を受けて黒くなった木が枝を震わせながら立っていた。

誰もが銃を撃ちはじめた。狙いは茂みではなく、原住民の小屋だった。スマッシャーが小屋のひとつに走っていって、身を屈めてなかを覗き込んでいるのが見えた。スマッシャーは入口から発砲し、後方へ飛び退いた。葉っぱを引き裂くかのように、小屋から男が勢いよく出てきた。男は一、二歩ほど歩いて地面に倒れた。側頭からは大量の赤い血が流れていた。その男の背後にいる女と子どもは、オポッサムの毛皮を放り出し、女は子どもを抱きかかえた。森へ向かって一歩踏み出した女を、刀を持ったジョージ・ツイストが抑え込んだ。ソーンヒルが見た時、女の背中と肩には、長く赤い切り裂かれた傷が口を開けていた。女は子どもを落としたが、振り返ってその子を拾い上げようとした。しかし、そこにはジョン・ラベンダーが待ち構えていて、子どもの首を力任せにぶった切った。自分の足元に転がり落ちてきたその頭を、ラベンダーは蹴飛ばした。

犬がデヴィーンに向かって呻り声を上げて嚙みつこうとしたので、彼はその犬の威嚇するような顎を目がけて一発打ち込んだ。犬は後ろ足が萎えたようになり、口が押しつぶされた頭を前へと突き出して体を震わせた。

ラベンダーの弟とスパイダーとマシュー・ライアンは、もうひとつの小屋を取り囲み、銃の取っ手で戸を開けた。ブラック・ディックが、先のほうが曲がった棍棒を持って飛び出してきたかと思うと、棍棒を振り上げ、ライアンに向かって振り下ろした。ライアンは体をよじりながら地面に倒れ込んだ。ブラック・ディックはスパイダーのほうへ向き直り、もう一度腕を振り上げた。そこへダンが走ってきて、棍棒で背中を強く殴りつけると、ブラック・ディックは屈みこんだ。次の瞬間、両手で拳銃を持って立ちはだかっていたラベンダーが、ブラック・ディックの胸を目がけて弾を撃ち込んだ。

肩に槍を担いだ原住民が、火薬袋を持って再び弾丸を込めようとしているスマッシャーを目がけて走ってくると、その反対側にいたラブディは、おぼつかない足どりで一歩前進したものの、ぶかぶかのブーツのせいでよろめいた。彼は爆音を恐れるあまり、後ろを向いて顔をしかめたまま発砲したが、弾は原住民の男の膝に命中したようで、男は血を流しながら膝から倒れた。

剝がれ落ちた樹皮の陰に隠れようとしている女がいるのを見つけたツイストは、その壊れかけた小屋に向かって、ソーンヒルの目の前を突っ走っていった。女が赤ん坊の手足をオポッサムの敷物のしたに押し込もうとしているのが見えた。ツイストはその女の髪を掴んで、頭部を後ろのほうに引っ張ると、豚を薄切りにでもするかのように女の喉を掻き切った。女は腕で赤ん坊を守るように抱きかかえて立ち上がり、血がどくどくと流れ出す首を手で押さえてゆっくりと数歩歩いたが、地面に折り重なるかのように座り込み、そのままよろよろと横に倒れた。

ネッドは足を大きく開いて立ち、口を開けたまま目を細めて銃身を構えると、赤ん坊を腕に抱えて必死で逃げる女に向けて発砲した。女は背中を強く殴られたかのように、弾丸の勢いで前方に飛ばされた。その勢いで赤ん坊も前のほうへと飛んでいきそうになったが、女の足はそれについていけず、頭が後方にポキンと折れる格好になった。その瞬間も女は、赤ん坊を放すまいと胸にしっかりと抱いたまま倒れないように踏ん張ったので、その姿はほとんど踊りでも踊っているかのようだった。女は後ろを振り返り、何が起こったのかを見ようとした。振り返った女の目は驚異で大きく見開かれ、口は何かを問いかけるように開かれていた。女は向きを変えると膝から崩れ落ちた。

肩に槍を担ぎ小屋の前に立った一人の原住民の男が、体を丸めて今にも槍を放とうとしていた。しかし誰かの銃弾を受けて、男はくしゃみをするように喘いた。男はその場に崩れ落ちながら槍を手から放ったが、槍は飛ばずに地面に落ちた。

悲鳴や呻き声や子どもが半狂乱に泣き叫ぶ声が響くなか、男たちは銃を撃ち、また弾を込め、刀を振り上げ振り下ろし、血だらけになって戦っていた。あの最初の銃声のあと、ソーンヒルの周囲では、すべてが驚くような速さで展開した。彼は銃を原住民に向けるのだが、すぐに逃げられてしまい、いつも撃つタイミングを失った。それでもソーンヒルは、銃を構えてあたりを見わたしながら、狙いを定めようとしていた。

誰かが叫ぶ声が聞こえた。肌着と靴下だけを身に着け、肩に銃を担いだトム・ブラックウッドが、スマッシャーに向かって怒鳴りつけていた。「やめろ、スマッシャー」そう言いながら彼の元へと向かっていった。スマッシャーは鞭を持っており、下からブラックウッド目がけて一発、二発と不意打ちを食らわせた。ブラックウッドはよろめいて後退り、地面に銃を落とした。彼は両手で目を押さえていた。空気を両腕でかき回すようにしながらよろめき、彼は丸太につまづいて、後ろ向けに倒れた。ドサッとその巨体が倒れたので、地響きがしたように感じられた。

ソーンヒルはブラックウッドに呼びかけた。ブラックウッドは立ち上がったが、手で両目を覆っていたので、死体につまづいてまた転倒し、起き上がるのに四苦八苦していた。ソーンヒルは、彼が何度も同じ言葉を呻くのを聞いた。「やめろ、やめろ、やめろ、やめろ、やめろ」

その時、ソーンヒルは銃を握っている手に強打の一撃を受け、銃を落とした。ダンが茂みのほうを指さして怒鳴っているのが聞こえた。ソーンヒルが振り返ると、今度は側頭部に一撃を感じ、その後は目の前が真っ暗になった。銃を拾おうと屈みこむと、腰に石が当たった。しばらくの間、彼は無力なカブトムシのように、土に顔をつけて腹ばいの状態で身悶えていた。ネッドの少女のように甲高い声が聞こえた。「金玉をやられた！　絶対殺してやるからな」

ソーンヒルは立ち上がって、森から次々に石が飛んでくるのを見ながら、銃を肩に押し当てて構えた。この場所そのものが、その一部を吐き出すかのように石は飛んでくる。ぬるっとするものが目に入るのを感じたソーンヒルは、手で顔に触れた。濃紅色の血が手についた。ネッドは顔を歪めて叫びながら、猛烈な勢いで弾丸を込めていた。ソーンヒルには、彼が何を言っているのかは聞きとれなかったが、その狂乱した腕の動きは見てとれた。髪を目のあたりまで垂らしながら、ラブディも装填するのに必死で指を動かしていた。きょろきょろと周囲を見回しながら、彼は震える手で弾を込めようとしていた。

潟と尾根の間に押し込められたようなこの地は罠のようだった。

シューという気息音がして、ひと筋の影が光を切り裂き、ソーンヒルが履いていたブーツのすぐ傍らの大地を突き刺した。影と見えたのは槍で、地面とぶつかった衝撃でまだ震えていた。それを見た時、ソーンヒルは驚きで体が動かなくなった。槍が話しだすのを彼が待ちかまえているかのような一瞬だった。

樹木の間からもう一本槍が飛んできて、デヴィーンの肩に突き刺さった。彼は女のように叫んで、両手で槍を掴むと狂ったようにそれをねじり取ろうとした。槍が飛んできたほうを見ると、野営地の端で両手に重そうな槍を持った少年がいた。少年が全身を使って槍を投げる時、その小さな顔の目は見開かれ、口からは恐れとも怒りとも区別のつかぬ叫び声が漏れた。次第に槍にやられる者が出はじめた。膝ががっくりと抜けたように、ツイストが座り込んだ。彼の側頭部には、帽子のつばから耳までを貫いた槍が突き刺さり揺れていた。

ソーンヒルは肩に銃を押し当てて構えたが、それはまたもや遅すぎた。少年の姿は消え、ただ木だけが彼を見返していた。

木々の間からゆっくりと顎ひげのハリーがあらわれた。彼は屈強にも脆弱にも見えた。ソーンヒルは、ハリーが腕を震わせながら投槍器に槍を取りつけ、肩まで持ち上げるのを見た。ハリーは顔を歪めて力を込め、体を後ろに反らせ槍を投げようとしていた。

　銃を構えたソーンヒルは引き金に指を当てたが、この夢のなかから出てきたような男に対して、引き金を引くことはできなかった。そうするようにと脳から指令が送られていることがわかっていながら、ソーンヒルはどうすることもできないでいた。

　ソーンヒルはこの黒い男の手から槍が離れるのを見た。その向こう側では、スマッシャーが槍を受け止めるように前に一歩踏み出した。彼が立ち止まった瞬間、槍は彼の胸に刺さって揺れていた。スマッシャーは混乱のなかに立ちつくし、胸の槍に手を触れた。何かとんでもない間違いのように、槍は彼の胸から突き出ていた。

　ソーンヒルには、スマッシャーの口が動くのが見えたが、何を言っているのかは聞こえなかった。彼は地面に槍がつかないように両手で握りしめて、ソーンヒルのほうに向かって歩いてきた。スマッシャーは槍の先がソーンヒルの腕に触れるくらいの距離まで近づいたが、目の前にいるのが一体誰なのかもわからない様子で突っ立ったまま彼を見つめていた。「ああ、何てことだ《ロード・ジーザス》。何てことなんだ《ホーリー・マザー・オブ・ゴッド》」スマッシャーは言った。槍の刺さったシャツの胸に血がにじみ出していた。

　すべて元通りになるのではと、その槍を引き抜きたくなる衝動はあるものだ。けれども、ソーンヒルは槍を引き抜けばどうなるのかを知っていた。ソーンヒルは抜け殻になったような状態で、銃を構えたまま立ち尽くした。

　スマッシャーは槍のせいで声が十分出ないのか、しゃがれ声で言った。「こんちきしょう、ああ、《ジーザス・クライスト・オールマイティ》

神様どうかお助けください《ジーザス・クライスト・オールマイティ》」

前を見ると、そこにはスマッシャーの胸の槍を見つめている老人がいた。彼は次の槍を投げようとするわけでも、隠れようとするわけでもなく、厳めしい顔つきでただそこに立っていた。

青っぽい煙を出しながら銃が暴発した。爆音はそれほどしなかった。顎ひげのハリーは、何も起こらなかったように、同じ表情でそこに立っていたので、弾は当たらなかったのだとソーンヒルは思った。

しかし、老人は腹を抱えながらゆっくりと前方へと屈みこみ、ひざまづいた。岩や木のようになることで、自分のなかに侵入したものを吐き出せるかのように、老人はずっとその姿勢を変えなかった。

ソーンヒルは顔のまわりを飛びまわる蠅を払い除けた。そして目を閉じた。このひざまづいたままの老人のように、彼も人間以外のものになったような気がした。この蒸し暑い野営地で起こった、もう取り返しはつかない出来事には関係のない何かに。

老人は静かに自分の腹を抱きかかえるようにして倒れ込んだ。そして地面に横になった。唾がしたたるように、口から血が流れた。真っ赤な血だった。彼は土の上にひざまづき、口から血を流しながら地面に口づけした。

老人が仰向けに横になった時、その傷口が見えた。唇のように何かが動いていた。小さくて邪悪な動物のように傷口がひくひくと脈打っている。

肉からこんなものが飛び出した人間が生きていられるとは到底思えなかった。

ソーンヒルには、自分の荒い呼吸の音だけがはっきりと聞こえていた。ようやく彼は銃を下ろして、気をつけながら地面に置いた。蠅がブンブンという羽音を立てて耳のそばを飛んでいった。一日の最初の太陽の光が森林に射し込み、草に色違いの縞模様ができた。ソーンヒルは原住民らが走って逃げてゆくのを聞いた。しかし、草むらで鳴く虫たちは静まりかえっていた。

木という木が、葉という葉が、岩という岩が、見ているような気がした。

荒廃した小屋の残骸の間に、原住民の黒い体が折り重なって倒れていた。弾丸で胸の肉が裂けたブラック・ディックの巨体が目に入った。そのすぐ傍らには、かつてはのっぽのボブと呼ばれたのっぽのジャックの体が横たわっていた。彼は側頭部を銃弾に打ち抜かれているようだった。陽だまりには、赤ん坊と一緒に眠っているように見える女が横たわっていた。よく見るとその女の頭部はねじれていて、引きちぎられた肉の細い筋で、かろうじて体に繋ぎ止められているのだった。赤ん坊の後頭部は押しつぶされ紫色をしていた。

顎ひげのハリーは崩れ落ちた場所にそのまま静かに体を横たえていた。折り重なった死体の下のほうから聞こえる赤ん坊の泣き声があたりに響きわたった。棍棒を手に持ったダンが声のするほうへと向かっていった。ダンはランプの光の下で馬具の修理をする男のように無表情だった。彼が、一回、二回と赤ん坊を殴りつけると泣き声は止んだ。

ブラックウッドは小屋の残骸に大の字になって横になっていた。手はまだ目を覆っている。手の覆いの下には血が流れた跡があり、口元は恐ろしく角ばって見えた。

誰かがスマッシャーの肘を持って、日蔭のほうへと彼を連れていった。彼は槍を抜き去ろうとはしなかった。歩くたびに槍の先はたゆみ、グロテスクな飾りのように見えた。槍は体を突き抜けていた。シャツを引き裂くと、槍の穂先が背中から突き出ているのがわかった。スマッシャーはあまりの衝撃に泣くことさえできないでいた。日蔭で彼はずっと揺れながら立っていた。彼は座るのを拒んだ。そして、横になるように説得しようとしたスパイダーを押しのけた。

ジョージ・ツイストが槍を支えてやろうと近づいてくると、スマッシャーは彼を手で追い払った。彼は何も見ていなかった。槍を真っ直ぐに保つことに集中しながら、彼の世界は木の槍を握る手の感覚に収斂されていった。口の片隅から赤い色をした血がわずかに流れ出た。同時に、蝶番が動くように膝が動いて、不恰好な感じでスマッシャーは地面に屈みこんだ。血は鼻からも流れ出てきた。痰がからまったような咳をしたあと、口から血があふれ出た。蝿が体を引き裂かれた男の傷口に止まっていた。片方の手は何か言いたげに動いたが、彼はそのまま前方へと倒れた。槍が地面につかえるところまで倒れて、彼はそこで息絶えた。

太陽があたりを照らし出した。居留地は惨憺たる状況だった。死体が木材のように散らばり、土は踏み荒らされ、黒っぽい滲みができていた。

ぞっとするほどの沈黙がすべてを覆っていた。

# ソーンヒルの場所

雨が降り、季節は廻り、太陽はこの世界のはじまりの時からそうであったように、尾根から昇った。潮の満ち引きや洪水とともに、河の水嵩《みずかさ》は増減を繰り返した。樹木は育ち、枯れ、命の源である土へと還っていった。十年という月日は、複雑に込み入った尾根の間を流れる河の形を変えはしなかった。けれども、平地には変化をもたらした。その変化のほとんどは土地の名前だった。

スマッシャーの土地だった場所には、今はミリキンと呼ばれる男が住んでいたので、そこはミリキン入江と呼ばれていた。ウェッブ夫人が笑いながら立っている隙に、原住民が畑からトウモロコシを盗んでいった土地は、ベンジャミン・ジェイムソンが小川に水車をこしらえたので、ジェイムソンの水車場と呼ばれた。数少ない古くからの隣人であるヘリング夫人は、相変わらずキャット・アイ・クリークに住んでいたが、今では隠遁者のようになってしまっていた。ウィリアム・ソーンヒルは、サギティーの土地に加えて、ダーキー・クリークの上流からその支流全域を含む百エーカーを購入した。そこはもうダーキー・クリークではなく、ソーンヒル・クリークと呼ばれていた。

原住民の問題がなくなったことで、新しい開拓民がやって来た。河の湾曲に沿って定住し、そこを所有地にするようになった。ソーンヒルに関して言えば、すべてが順調だった。作物は豊かに実り、家族たちは健やかだった。船の商売もうまくいっていた。ソーンヒルは、キング氏に百十五ポンドとその利子を返済し、交易の商売用の船を買うのに、さらに三百ポンドほど借金をした。ホープ号とサラと名付けられた新しい船にはいつも仕事があった。河の交易がなくなる冬場、ホープ号はステェフェン港に新設された刑務所に石炭を運び、ウィリーが船長を務めるサラ号は、遠く離れた場所まで、開拓者たちが赤い金と呼んだヒマラヤスギを仕入れに出かけた。今では三百エーカーまで拡げられ、穀物だけでなく豚や牛を育てるようになったソーンヒル岬からは、この地域に道を建設する工事に従事している政府の囚人《チェーン・ギャング》らの食糧が調達された。さらには三隻目の船を購入することも検討していた。ニュージーランドまで行ってオットセイの毛皮の交易を始めることを考えていたからだった。オットセイの毛皮は一枚二十ポンドの高値で売れた。

新たにこの地にやって来た者たちにとって、ソーンヒルは王のような存在だった。河の仕事をしない時、ソーンヒルはベランダに座って、望遠鏡で河の周辺の様子を眺めていた。彼の妻は女王のようだった。人々は、提灯から弦楽団まで完璧に準備された盛りだくさんの彼女のクリスマスパーティに感嘆の声をもらした。

アイルランド人のディバインが、ソーンヒルのために見事な石の家を建てた。いや、それは正確には邸宅《ヴィラ》と呼ぶにふさわしいものだった。自分ではうまく発音できないのだが、その語が放つ響きをソーンヒルは好んだ。屋敷はコバム・ホールと呼ばれた。この命名はサルの発案によるもので、夫婦は二人でこの名にまつわる冗談を言いあって楽しんだ。

ソーンヒルは魚の図が彫られた岩場に立って、邸宅を立てようと予定している場所を指さした。計算高いディバインは彼を褒めそやした。「さすがお目が高いですね、ソーンヒル様。私もこの高台がいいと思いますよ」

彼は「ソーンヒル様」と呼ばれることに飽きることはなかった。そう呼ばれるといつも心は喜びで高鳴った。だが、ただの「丘《ヒル》」に対して「高台《エミネンス》」という言葉をディバインが使ったことに対しては、あまり快く思わなかった。

ディバインはこの場所を要塞にする計画を語った。高台であることが、まずその第一条件を満たしていた。「野蛮人が百人がかりでやって来ても攻め落とすことはできませんよ、ソーンヒル様」彼は確信をもって言った。壁は石造りで半ヤードの厚さにする。しっかりと安定した低めの戸口以外は、後ろも横も屋根までこの分厚い壁で覆う。「戸口には護衛の者を置くのです」ディバインは言った。「悪党を蠅のごとく追い払ってくれるでしょう」吊り上げ橋のように跳ね上がり、ちょうど銃が入るくらいの隙間がある巧妙な仕掛けの階段を彼は考案した。屋敷の裏手の丘陵の茂みはすべて刈りとる。そうすれば、誰かがそこに潜伏するような心配がなくなるというわけだった。

完成した屋敷はソーンヒルが思い描いていたものと完全に一致するわけではなかった。全体の調和に欠けていた。何かが大きすぎたり、小さすぎたりした。表玄関は建具職人による質の高いものだったが、高さに対して幅が広すぎ、その上のアーチ形の明り窓には、欠けた前歯のような細長いかなめ石がついていた。半円形のベランダまで続く石の階段はソーンヒルが紙に描いた通りにできあがった。この階段は、随分昔にバーモンジーの聖《セント》メアリー・マグダレン教会にあったものを、彼が思い出しながら紙に描き出したものを基に作られた。しかし、紙に描いたものを実際の石にしてみると、思いのほか縮こまって不恰好になっていた。コオロギがその後ろに棲みついてひと晩中鳴いていた。

ソーンヒルはクライスト教会にあったような牙を剥いてそびえている獅子を門柱に据えたいと思っていた。現在のソーンヒルは、かつて獅子に手いっぱいの泥を投げつけたウィリアム・ソーンヒルとはすっかり別人だった。彼は一対の獅子をロンドンから百ギニーで取り寄せた。やって来た獅子は、想像していたより飼い馴らされた動物に見えた。招かれざる客に対して呻るというよりは、臀部をつけて座り手足を広げている姿が、暖炉の前の猫さながらだった。けれども、ソーンヒルは自分ががっかりしているのをネッドには見せなかった。ネッドはあれからもずっとソーンヒルの元で働いていたが、詮索好きなところは少しも変わってはおらず、トウモロコシを刈る仕事の最中にも彼の様子をうかがっていた。「これが欲しかったんだ」ソーンヒルは大声で言った。その様子を一瞥しただけで、サルはすべてを、すなわち、夫の失望とプライドを見抜いていた。彼女はソーンヒルに向かって微笑み、その場を立ち去った。彼女の笑みに気づいた者はなかった。

ソーンヒルはよく見えないように門柱を高くして、その上に獅子を据えた。獅子は彼の期待に沿うものではなかったが、発する警告に変わりはなかった。「行儀よくしろ。ここは俺様の場所だ」

コバム・ホールは紳士の邸宅だった。ならば、その邸宅の主であるソーンヒルは、紳士ということなのだろうか？　これはすべて精巧な夢に違いないとソーンヒルは感じる時があった。不法侵入者としてでもないかぎり、このウィリアム・ソーンヒルが家と呼べるものと縁があるなんて考えたことすらなかった。しかし、金さえ十分にあれば、人は自分の望む世界を作り出せるのだ。もう随分昔、船に乗せた男たちが明朗な雰囲気を持っていた理由も納得できた。船頭が櫂で漕いでいる間も、彼らはのんびりとあたりの景色を眺めていた。ソーンヒルはその感覚が今にしてようやくわかった気がした。何でも欲しいものを手に入れられるという感覚。

ソーンヒルの大邸宅の下の岩には、いまだに魚が泳いでいた。床板の下は暗く、魚はもう二度と太陽を感じることできなかった。森のなかにある原住民の壁画は色あせてゆくのに対して、この魚は色あせることも、原住民によってさらに描き足されるということもないだろう。それは床板に釘が打たれた日から、同じ鮮やかさを保ち続けながらも、樹木やかつて泳いだ陽の光から切り離されて、もはや生きているとは言えなかった。

居間の赤いベルベットの肘掛け椅子に腰かけて、時折ソーンヒルは、彼の下にある石の魚の鮮やかな姿を思い浮かべた。彼はそれがそこにあることを知っているし、彼の子どもたちもそのことを覚えているかもしれない。しかし、彼の子どもの子どもは床を歩きまわりながら、その足の下にあるものを知ることはないのだ。

サルは木に日付を記録するのを随分前にやめていた。彼女が書き込んだ線は、幹の繊維に覆われて見えなくなってしまった。サルは未だに「いつか故郷《ホーム》に戻れば」と口にすることがあったし、裁縫箱のなかに古びた屋根瓦の欠片をしまっていた。けれども、それが「いつ」なのかははっきりとは言わなかった。「故郷」は思い出せば心地よいだけの現実味のないものになっていた。サルが故郷という言葉を口にする時、ソーンヒルは、メアリーにと思って目をつけている美しいポニーのことや、ウィリーに譲与した第二支流《セカンド・ブランチ》の土地のことなどを話して、話題を逸らすように仕向けることはあったが、その言葉を使うこと自体をやめさせようとはしなかった。

ソーンヒルは、故郷にはもう二度と戻らないという二人の暗黙の了解をあえて口にはしなかった。あまりにも多くの人生の出来事は、この地で起きていた。何よりも子どもたちのことがあった。子どもらにとっては、両親の故郷は物語以上の何ものでもなかった。たとえ訪れることがあったとしても、日に焼けた肌の、植民地の習慣を身に着けた彼らは、よそ者と見なされるだろう。彼らはサルが話してやったロンドン橋を見るかもしれないし、ボウの鐘を聞くかもしれない。もしかすると、コバム・ホールとその屋敷のブドウ棚を見ることもあるかもしれない。けれども、それらは期待外れで、所詮は物語のなかの場所に過ぎないと思うだろう。

ソーンヒルがクルーシフィックス横丁の曲がりくねった通りを身体で覚えていたように、子どもたちはこの地を体で覚えていたのだった。眠れない夜に、眠けが訪れるまでたどる河の湾曲は、テムズ河という外国の河のものではなく、慣れ親しんだホークスベリー河のものであろう。そして土地が醸す独特の刺激に充ちた臭いと、崖や森林が描く鋭利な輪郭のある空を欲して止まないだろう。彼らにとっては、歩けば人に当たるごみごみしたバラでの生活は想像すらできないことであり、聖《セント》メアリー・マグダレン教会の墓地の湿気が多くて汚染された土に埋められるのは、恐怖以外の何ものでもないに違いなかった。サルはそのことをはっきりとは言わなかったが、この土地生まれの子どもたちを残して故郷に戻ろうとはしなかった。

だからこそサルは、子どもたちを連れて故郷《ホーム》に戻る代わりに、この地に故郷《ホーム》と呼べる場所を築いたのだった。そしてソーンヒルも歩調を合わせてきた。サルが故郷のような憩いの場を作れるように、彼は援助を惜しまなかった。居間にはスプリング付きの肘掛け椅子を二脚と揃いのソファを置き、料理や掃除をしてくれる女中に加えて、洗濯をしてくれる女中も雇った。インド製のペイズリー織りでクジャクの模様があるショールも贈った。それはテムズ河で働いていたころのソーンヒルの一年分の稼ぎに相当する高価なものだった。

緑の絹の履き物も贈ったことがあった。この履き物はソーンヒル自身の欲求と記憶を密かに体現したものだった。彼から履き物を渡されたサルは笑って言った。「まぁ、絹の履き物なんて。こんなもの使うかしら、ウィル？」けれども、その夜、ソーンヒルが彼女の足にそれを履かせてやると、彼女は黙って受け入れた。履き物を履いたままの妻の足を耳元に感じる喜びに浸りながら、彼はサルと交わった。だが、この行為が与えてくれる複雑な満足感については彼女には話そうと思わなかった。

この屋敷をコバム・ホールと呼ぶことと同様に、庭全体を高い石塀で囲むこともサルの発案だった。ソーンヒルはコバム・ホールにそんな塀があったのかどうかは尋ねずに、ディバインに指示を出した。もしコバム・ホールに塀がなかったとすれば、それを望んだ彼女の思いとは何だったのか、ソーンヒルは気になっていた。しかし、その問いは発せられることなく、また答えられることもなかった。

一般的な男の背より高く、門がたったひとつしかないこの壁は、招かれざる者はすべて閉め出した。それはサルを喜ばせたし、自身もそれを望んだソーンヒルは、金の出し惜しみはしなかった。彼はこれまで、このような壁の外側に置かれた存在だったからである。

塀の内側では、サルの庭園を作るために土地がならされていた。英国式の簡素な長方形をした庭が作られることになっていたのだ。水仙や薔薇が植えられた。紐で印がつけられた小道には、砂利の代わりに砂岩を砕いたものが敷かれた。陽の光に岩石の小道はぎらぎらと輝いた。サルはこの小道を作ることで、いくつかの正方形を組み合わせた庭にしたいと思っていた。庭と邸宅の間には芝生を敷き詰める予定であったが、ディバインの勧めでアイルランドから取り寄せた高価な種類のものを植えることになった。その芝生は蛇さえも寄せつけないことで有名なので、サルは庭で安心して過ごせるだろうと、ディバインは自信たっぷりに語った。彼は長い指の青白い手を自分の胸に当てて誓いを立てた。彼のアイルランド人の誇りとやらは信頼できるのだろうかという思いがソーンヒルの心をよぎったが、彼にこの仕事を任せることにした。

何よりもサルは木を植えることを切望していた。秋になれば落葉する正真正銘の木を植えたいのだと彼女は言い張った。そしてソーンヒルにその場所を示して見せ、河からこの家までの道なりに二列にわたって木を植えたいのだと言った。彼は傾斜を見下ろしながら、サルが心に思い描いている景色を想像してみた。それは地面にまだらな影を落としながらざわめく緑のトンネル、そう、コバム・ホールの車道ではなかっただろうか。ソーンヒルはサルを笑ったりしなかった。この広い新世界では、人は自分の夢を思い描く権利があるはずだった。

シドニーのジェローム・グリフィンは、進取の気性に富んだ男で、故郷を恋しがる婦人らにポプラを提供する商売で名を上げていた。この大陸でポプラを扱っているのはこの男しかいなかったので、ソーンヒルは彼の在庫をすべて買い上げた。金を使って木を植えることは喜びであり、こんなふうに金を使うことに飽きることはないだろうと思われた。

朝と夕方の一日に二回、サルがネッドや下男たちを水やりに駆り立てているのを、ソーンヒルは目にすることがあった。今では三人の女中を入れて七人の使用人がいた。ネッドと下男らは、手押し車に水を入れて何度も往復させられ、新しく植えた植物にバケツで水をやらされた。サルの日々は、土から水分を奪う太陽と葉を乾燥させる熱風との戦いになっていった。

彼女の熱心な世話にもかかわらず、庭の植物は育たなかった。薔薇はまったく根づかず、かろうじて茎はあったが花は咲かなかった。水仙も植えられたが、芽は出ずじまいだった。芝生は黄色くなって萎び、最後には藁状になって飛んでいった。

唯一咲き誇っていたのは、ヘリング夫人から分けてもらった血のように赤いゼラニウムだった。ゼラニウムの花は、かびのような匂いがしたが、少なくとも庭に色彩は与えてくれた。

彼らが植えた二十四本のポプラのほとんどは、数週間たったあとも小枝以上には育たなかった。けれどもサルには、それらを引き抜いてしまうことなどできなかった。ある日、強風が吹きつけて、残骸のようなポプラが吹き上げられて抜けてしまったのは、滑稽というほかなかった。

サルにとっては、育たなかったものよりは生き残ったもののほうが大事だった。彼女は夕暮れ時になると出かけていって、三角形を描くように立っている残りの三本の若木の間にたたずんでいたものだった。その艶やかな緑の葉は、長い幹の上でそよそよと揺れ動いた。ソーンヒルは時々、その木の間に立っているサルを見かけることがあった。サルは葉をつまみ、ひんやりとして滑らかなその感触を楽しみ、葉脈を陽の光に透かして見たりしていた。子どもの頬に触れるように、柔らかい新芽にそっと触れるサルを見ながら、ソーンヒルは思ったものだ。黄昏を背にハートの形をした葉を指で触りながら、彼女は葉と会話をしているのだと。「私が死んだらここに埋めてね」彼女はソーンヒルに言った。「落葉に触れられるように」

近ごろ、体の動きはだんだんと鈍くなってきたとはいえ、サルは満たされていた。サルはもう一人女の子を産んでいた。その子はサラと命名された。かわいらしい顔と美しい巻き毛の女の子だったので、いつもは「お人形《ドリー》さん」と呼ばれていた。この子を出産したあと、裕福な生活もあってか、サルは肉づきがよくなった。微笑みを浮かべて庭の砂利道を歩くサルを見ながら、あのお転婆で若かった妻がこんなに落ち着いて恰幅のよい婦人になるなんて、とソーンヒルは感慨に浸った。

ソーンヒルものんびりとした人間になっていた。肩の筋肉は落ち、死ぬまでおさらばできないと思っていた手のたこはいつのまにか消えて、厚ぼったい皮膚の一部になっていた。

現在の彼がどんな人間なのかを思い出させてくれる居間には、「ソーンヒル岬のウィリアム・ソーンヒル」と題した肖像画が掛けられていた。肖像画はほかにもあった。けれども、それは階段の下にしまい込まれていた。

最初の肖像画にまつわる経験は、みじめなものだった。画家はオーストラリアに来たばかりの男だった。袖口のところは少しくたびれた感はあったが、上等の千鳥格子の上着を着ており、滑らかな髪が際立って美しかった。それにケンブリッジ大学を優等で卒業したということだった。ソーンヒルには、ケンブリッジ大学卒の優等生なるものが、どんな意味を持つのかわからなかったが、その男は紳士に見えたのでもうそれ以上は尋ねなかった。それがなんであろうと、最高価格を支払って最高の肖像画を描いてもらえば、人は彼を金持ちだと思うに違いなかった。

その画家はソーンヒルを居間の小さなテーブルの脇に立たせて、角度を探りながら指示を出した。「もう少し横を向いてください。はい、もう少し。暖炉の飾り棚の隅を見てください、旦那様《サー》」ソーンヒルは、自分はいわゆる前科者で、よく言っても昔気質の植民者だということはわきまえていたが、ケンブリッジを優等で卒業した紳士に「旦那様《サー》」と呼ばれることには喜びを感じた。

千鳥格子の上着の画家は、じっと見つめては筆を走らせながら、客の来歴について遠慮がちに質問をし、その質問にソーンヒルは答えた。

質問に答えながら、ウィリアム・ソーンヒルは薄汚れたバーモンジーではなく、白亜の崖にほど近い空気のきれいなケントで生まれたということにした。そして、スリー・クレーンズ波止場でマティアス・

プライム・ルーカスの材木を運ぶ仕事をしていて、あの陰惨な逮捕劇の末に捕らえられたのではなく、積荷のフレンチブランディを掠めて、小石の多い浜で司務官に捕らえられたということにしておいた。往きの船旅では、イギリス人のスパイをフランスまで運ぶという国王からの任務を遂行したこともあり、絞首刑を逃れたという落ちもつけた。

これはなかなかよくできた話だった。話は細部までよく練られていた。この話はもともとはラブディから聞いたもので、彼自身の物語でもあった。けれども、ラブディの話を盗んだところで、どうということはなかった。到着したまさにその日から、誰もが新たな人生を始めることになるこの地では、物語は浜辺に落ちている無数の貝のようなものだった。ヤドカリは大きくなるにつれて宿を変える。成長すれば急いでほかの貝を探して居を移す。ラブディも新しい物話を見つけたのだった。その話はこうだった。彼の若い恋人の父親は血も涙もない人間で、彼はその濡れ衣を着せられた。この新しい話があったので、彼はもう古い話を返せとは言わなかった。

サルはケンブリッジ出身の紳士に話をする夫を横で見ていた。ポーズをしている手前、彼は口をほとんど開かずに話していた。妻の視線を感じながら、ソーンヒルは商売のうまくいっている船主の娘と駆け落ちした話も付け加えてみたが、彼女は何も言わなかった。

それにしても、このケンブリッジ出身の紳士の絵はお粗末というほかなかった。追加料金欲しさに、六人の子どもや妻の肖像画も描かせてもらえるように取り入ろうとし、彼は自分が理想とする男性像の典型を描こうとした。その結果、彼は自分自身をモデルに描いてしまった。そのために、体格のよいソーンヒルが、ふつうではありえないほど膝の骨が飛び出し、髪が耳のまわりでカールした感傷的な顔つきの繊細な男として描かれていた。

片手には半開きの本を持っていた。ソーンヒルは本を持った自分の肖像画を望んだ。しかし、頁に置かれた客の指を位置を調整しながら、このケンブリッジ出の男の顔には嫌悪の表情が浮かんでいた。この卑劣な画家は、内心ソーンヒルをあざ笑っていたのだ。なんと本は上下逆さまに描かれていた。家族の者たちは、ちょっとした手抜かりだろうというふりをしたが、ソーンヒルはその絵を直視することはできなかった。紳士然として、不平も言わずに支払いは済ませたが、子どもと妻の肖像画を頼むことはなかった。

ラブディがソーンヒルのような「昔気質の植民者」を描いてくれる別の絵描きを紹介してくれた。

アップトンという絵描きの肖像画にソーンヒルは驚かされた。

ソーンヒルはモーニングコートに身を包んでテーブルの傍らに座っていた。アップトンは、これまでに望遠鏡を持たなかった者は一人もいなかったとでもいうように、ソーンヒルに望遠鏡を持たせた。きちんと手首まで添わせるように持たされて、もっと別の脚色を頼まなかったことを彼は悔いていた。本音を言えば、肖像画に望遠鏡というのはどうかと思っていた。あの上下が逆の本のように馬鹿にされるようなことにでもなるのではと心配した。

アップトンが捉えて描いたのは、奇妙にも困惑した表情だった。それはソーンヒルの人生の集大成のような絵だった。力強さがあったが、それだけではなかった。困惑が感じとれた。それはどう転ぶかわからない人生に困惑している男の絵だった。

新聞《ガゼット》がブラックウッドの開拓地での事件を報じた。サルはゆっくりと声に出して、何の感情も込めずに、ただそこに書かれていることをソーンヒルに読んで聞かせた。原住民は強奪と暴力という罪を犯した。騒動が起き、開拓民たちは原住民を追い払った。新聞にはそう書かれていた。

それはあながち間違いではなかった。けれども、ソーンヒルの記憶とは異なっていた。新聞《ガゼット》は彼が忘れることができないあの女のことは伝えていなかった。薄闇のなかで歯をむき出しにしていた女。肌には赤々とした血がにじんでいた。それから、サギティーのダンパーにおびき寄せられて、魚のようにのけ反って死んでいったあの少年。もちろん、あの少年についても書かれていなかった。

薪を積み上げ一日かけて死体を燃やし、夜になってようやくソーンヒルが小屋に戻ると、サルはランプを持って待っていた。黒い帯のような後ろの壁がランプの光に照らされていた。準備はすべて整えられていた。荷作りは終わり、塩漬けの豚をあるだけ使って作ったシチューも用意されていた。

ソーンヒルはサルに準備していた話をして聞かせた。原住民に交渉にいき、銃をつきつけると、霧散したというあの話だ。彼女は黙って聞いていた。「もう大丈夫だよ、サル。神に誓ってもいい」ソーンヒルは最後にそう言った。真意を探るような目でサルに顔を見られて、ソーンヒルは上着を脱ぐのに手間どっているふりをして目を逸らせた。「やつらはもう戻ってこないよ。この先もずっとね」できるだけ打ち解けた感じで彼は言った。「俺たちはもうどこにも逃げる必要はないんだ」

サルはランプをテーブルの上に置いて、ソーンヒルに背を向けて立ったまま、その炎を見つめていた。「何もしていないならいいのだけど」彼女はようやく口を開いた。「私があなたを責めたから」そう言いながら、何を話せばいいのか戸惑っている様子だった。ソーンヒルは元気づけるように言った。「何のことだい、サル?」けれども、サルは何も言わずに火にかけていたやかんを取りにいった。何を言っても、どんなに元気づけようとしても、サルは聞いていなかった。やかんを持って振り返ったサルは、たらいに湯を張った。「さぁ、ウィル。手を洗って」そう言った彼女の声はいつもと変わらなかった。けれども、彼の顔を見ようとはしなかった。

ソーンヒルは第一支流《ファースト・ブランチ》で手と顔を洗い、小屋に戻る前にも近くの河でもう一度洗った。服についた血も全部落とした。シャツの襟についた血はどうしても落ちなかったので、襟だけ破って捨てた。それでも彼はサルの前で、石鹸をつけた滑る手を何度もこすりあわせて洗い、両手を湯に突っ込んだ。あたかもそれが自分の手であるかのように、サルが彼の手を見つめているのをソーンヒルは感じていた。しかし、手拭いを渡す時も、シチューの入った皿を渡す時も、サルは彼の顔を見ようとはしなかった。

ソーンヒルはサルに何か話してほしいと願ったが、彼女はひと言も話さなかった。それはその時に限ったことではなく、その後も変わらなかった。彼は非難されてもいいとさえ思った。非難されれば、反論することもできるはずだった。その準備もあった。しかし、彼女はそうしなかった。彼女は荷物を解いて、原住民から手に入れた骨董品を垂木の上に戻した。旧ロンドン橋の版画を元の位置に掛け、地面に敷物を広げた。洗濯物干し用の綱も張り直し、いろんなロンドンの歌を子どもたちに歌ってやった。こうして、サルはそれまでと同じ生活に戻っていった。

サルは木に日付を記す日課も続けていたが、故郷へ戻るという考えは次第に薄れていった。一番下の娘のサラが熱を出し、昼夜の看病に追われた時は、日付を記すどころではなくなった。子どもが元気になって、また走りまわるようになったころには、サルはもうあの木の下へは行かなくなっていた。季節は過ぎ、木の樹皮は剥がれて、日付の線はだんだん見えなくなっていった。

ソーンヒルはそのことに気づいていたが何も言わなかった。彼が第一支流《ファースト・ブランチ》から戻ったあの夜、二人の間に生じた変化はほかにもあった。それは夫婦間に横たわる沈黙という隙間だった。言葉を与えられずにいる何かが、夫婦の間に小さな影を落としていた。

サルが何を知っているのかは定かではなかった。ヘリング夫人は本当のことを知っているかもしれなかった。この河の流域で起こったことで彼女が知らないことはほとんどなかった。けれども、ヘリング夫人はぴたりとやって来なくなった。そしてサルも夫人のことはほとんど話さなくなっていった。

サルが何を知っていようと、何を推測していようと、それは二人の間にとどまり、動こうとしなかった。ソーンヒルは、語られない言葉が、河の水のように二人の間に流れ込んでくるとは考えもしなかった。

二人は今でも愛しあっていた。サルはあの愛らしい唇でソーンヒルに微笑みかけた。ソーンヒルがサルの手を取って、その小ささを自分の手のひらで感じるように握りしめると、彼女は抵抗しなかった。二人を覆う影がどんなものであるとしても、それはソーンヒルだけのものではなくサルのものでもあった。二人ともこの影のなかに生きていた。けれども、彼らは沈黙の隙間を言葉で埋めることはできなかった。リバー・フィッグの木が岩のまわりにも根を張るように、二人の人生はこの沈黙の隙間を囲むように築かれていった。

新聞《ガゼット》には、トーマス・ブラックウッドについての言及もなかった。ブラックウッドは今でも第一支流《ファースト・ブランチ》のあの小屋に住んでいた。彼は寡黙になり、あの大男が見る影もなく腰を丸めて肩を落とし、足元もおぼつかなくなっていた。一方の目は窪んで開かなくなり、もう一方は痛みでやぶ睨みのようになって影しか見えなくなっていた。

よき市民かつ気前のよい隣人としてソーンヒルは、時々この支流まで出かけていって、ブラックウッドがかつて使っていた突堤に船を着け、小麦粉や庭でとれたオレンジ、煙草などが入った袋を担いで彼の小屋を訪れた。自分で物を運ぶよりは使用人にやらせて、それを見ていることが多くなった身には、肩に担いだ袋は重く、筋肉に痛みを感じた。そして何よりも、ここに来るといつも、その際立った静けさが身に染みた。

ソーンヒルは、潟のすぐ傍らにあるオークの木に取り囲まれたむき出しになった黄色い土の一区画に目をやったものだった。そこはあの日、死体を焼く火が夜まで燃えていた場所だった。土に何か異変でも起きたように、それ以来その場所には草がほとんど生えてこなかった。無論、地面には何も記されてはいなかった。そして、あの出来事を留めた記録も一頁としてなかった。しかしその空白こそが、それを見抜く目をもつ者に語りかけているのかもしれなかった。

ブラックウッドはソーンヒルに話しかけることはなく、ただうつむいて座っていた。ソーンヒルに雨のように言葉を浴びせかけられながら、ブラックウッドはひたすら話が終わるのを待っていた。屋根板に太陽が射るように降り注ぐ小屋は、いつも静まりかえっていた。この小屋を訪れるたびに、ソーンヒルはほかに誰かいないか耳を澄ました。ガウンのように裸を身にまとったあの女や麦色の髪のあの子はいないのかと耳をそばだてた。何も聞こえなかったが、ブラックウッドにはそのことについて何も尋ねないことにしていた。

この小屋でブラックウッドと一緒に暮らしていたのはディックだった。自分の息子をあの気の毒なトム・ブラックウッドの助け手として遣るなんて、ウィリアム・ソーンヒルとその妻はなんていい人なんだろうと人々は感心して言った。それがお世辞であることをソーンヒルは見抜いていた。金持ちのソーンヒルを敵に回したくない人々は、良いことしか言わなかった。

ソーンヒルはディックのことに関して人々には本当のことを言わなかった。本当のところは、ディックは家を出る時、両親に相談しなかった。あの乱闘があったあとのしばらくたったある日、彼は自分で出ていった。まだ子どもだったが、丸太を漕いで河を渡り、支流を伝ってブラックウッドのところまで歩いていったのである。ソーンヒルが彼を探しにいった時、彼は自分はブラックウッドさんのところにしばらくいるつもりだとだけ言った。

視力を失ったブラックウッドは、ソーンヒルと目を合わすことができないのに対して、ディックは見えるのに父親と目を合わせようとはしなかった。

ディックはブラックウッドの畑を耕し、蒸留酒製造所を続けられるくらいのサトウキビを育てていた。十八歳になったディックは、ブラックウッドの古い平底の小舟でラム酒を配達できるようにもなっていた。時々ソーンヒル岬に舟を止めては母親に会いにいったが、それはいつも父親が留守の時に限った。潮に流されながら、船尾に立って櫂で舵を取るディックをソーンヒルは時々見かけることがあった。彼はよい船頭になっていた。ソーンヒルは息子を見つめながら目が合うのを辛抱強く待ったが、息子のほうは父親を一瞥だにしなかった。ソーンヒルは古い帽子を被った息子の後ろ姿を見送るだけだった。ディックの肩は筋肉がついてたくましくなっていた。実の父親の助けなしに、彼は大人の男になろうとしていた。息子を乗せた小舟が河を上り視界から消えてゆくのを見て、ソーンヒルは胸が疼くのを感じていた。失って初めて価値がわかるものを彼は失ってしまったのだった。

この地に新しく移住してきた者たちは、ディックがウィリアム・ソーンヒルの息子であることを知らなかった。息子がディック・ブラックウッドと言われているのを知った時、ソーンヒルは剃刀で切られたような衝撃を受けた。切られた瞬間はひんやりとした感覚しかないが、実際の痛みはあとからやって来る。その痛みをソーンヒルは感じていた。

のっぽのジャックはこの河辺に残った唯一の原住民だった。ほかの原住民は、植民地政府がサックビルに設けた居留地に退去して、政府の保護を受けていることになったのかもしれなかった。原住民は消えゆく民だと思われていた。人々は彼らには生き残るだけの力はないと考えていたのである。死ななかった者は、下層階級の白人と結婚するものとされ、学識者らは原住民は数世代で絶滅すると主張した。

この学識者たちは、サックビルの居留地にまで足を運ばなかっただろうが、もしそうしていたなら、自分たちが間違っていることを認めざるを得なかったであろう。そこではたくさんの子どもたちが走りまわり大声を上げていた。肌の色が薄い子もいたが、その子たちも間違いなく部族の一員だった。彼らが死に絶えるなどとは決して思えなかった。

スマッシャーの銃弾はジャックを死には至らしめなかった。側頭に骨や皮膚が吹き飛ばされた銃弾の跡が残ってでこぼこしていたが、傷口はなんとかふさがっていた。ただ後遺症はほかにもあった。歩く時は片足を引きずるように歩いた。横に足をねじるように動かすと、ジャックの体は全体が歪んで、その姿は痛々しかった。顔はいつも無表情だった。銃弾は彼の精神までも破壊してしまったのか、彼は歓びも痛みも感じていないように見えた。

ジャックは岬で焚き火をし、その傍らに座っていた。そこはいつしか彼とソーンヒルが名前を教えあった場所だった。サルはジャックをなんとかしてやろうといろいろと世話を焼いた。ソーンヒルには、罪滅ぼしとでもいうべき感情が芽生えていた。夫の古い半ズボンや、まだ十分暖かく着られそうな上着など、サルはジャックに衣類を与えた。長靴下や毛糸の帽子も編んでやった。サルに急きたてられたソーンヒルは、フェンスをきちんと張りめぐらした彼の場所を作ってやり、道具や種などを与えた。さらには下男たちにこぎれいな小屋まで作らせた。サルは鍋ややかんを届けてやり、基本的な料理の仕方や、ダンパーの作り方まで教えようとした。

けれども、ジャックはもらった半ズボンや上着を身に着けたことはなかった。寒い季節でも、古いオポッサムの皮のマントに包まっていた。放置された衣類は雨風に晒され、朽ちて土になった。サラが編んでやった長靴下は茂みに飛ばされ、風にはためいていた。彼は道具を手に取ることがなかったばかりか、小屋の敷居を跨ぐことすらなかった。お手本にとサルが作ったダンパーは地面に残されたまま、ネズミやオポッサムの餌になった。彼はいつも自分の掘っ立て小屋のすぐ傍らで地面に座って火にあたっていた。ソーンヒルの領地を出たり入ったりして、ソーンヒルがいなければ食べ物をせがみに裏口にあらわれることもあった。何週間にもわたって姿を消すこともあった。そんな時、ジャックはサックビルの仲間のところに行ったのだろうと、ソーンヒル夫婦は話しあった。

急に寒くなったある日の朝、ソーンヒルはジャックに毛布と寝床用の粗布の袋を持っていってやった。彼をちらりと見たジャックの目は虚ろそのもので、目の前のものではなくどこか遠くのものを見ているような姿はまるで盲人のようだった。ジャックはがりがりに痩せていた。地面に集められた小枝のように細かった。ソーンヒルはこんなに痩せたジャックを見たことがなかった。げっそり痩せた胸にはあばら骨が浮き立ち、肩甲骨ばかりが目立っていた。

ソーンヒルは飢えるという感覚を今でもよく覚えていた。一度飢えを経験した者は、それを忘れることはないのだと彼は思った。毛布と粗布の袋をジャックの傍らに置いて、ソーンヒルは言った。「さあ、ジャック。その黒い尻を温めろ」けれども、この優しい声にさえジャックが驚いた様子はなかった。

ソーンヒルは言った。「食べ物《タッカー》をやるよ。取りにこい」思わず大声を出した。手で口に食べ物を入れる身振りをして見せたが、ジャックはそれを見ようともしない。ソーンヒルはもう一度大声で言った。「食べ物をやるって言ってるんだ。裏口に来い」台所がある裏までぐるっと建物をまわる身振りを交えて伝えようとしたが、ジャックはソーンヒルを無視し続けた。焚き火の煙が風に煽られて二人の頭を覆い消えていった。

石のように座っているジャックにソーンヒルは苛立ちを覚えた。彼が空腹だった時には、誰もくれなかったような食べ物に、この骨と皮だけの男はありつけるのだ。家の畑で取れた小麦を使って作った焼きたてのパン、家で育てた豚の肉で作った豚の塩漬け、卵にサクサクしたキャベツ、砂糖をたっぷり入れた紅茶もあった。「大丈夫だ、安心して」穏やかに話しかけた。親切心あふれる声だった。「たくさんうまいものを食わせてやるから」ソーンヒルは屈みこみ、ジャックの手を取って立たせようとした。

「さぁ、一緒においで」

触れられて、ジャックは生き返ったように言った。「厭だ《ノー》」

ソーンヒルはジャックが英語で話すのを初めて聞いた。

ジャックは自分の手を地面に強く叩きつけた。土埃が舞い上がり、あたりにふわりと広がった。「これ、わたし。わたしの場所」そう言って、すうっと手のひらで土を撫でた。地面に彼の頭の傷のようなへこみができた。「ここに座る」それだけ言うと黙り込み、炎を見つめた。頭上の木の葉が風に揺れて、止まった。湿った薪がパチパチとかすかに歌うような音を立てて燃えていた。

ソーンヒルは心の痛みを感じていた。彼は誰よりも懸命に働いてきた。そして、その働きは報われた。

千ポンドの現金に、三百エーカーの土地とそれが彼の所有物であることを示す証文、門柱に石の獅子が据えられた豪邸はすべて彼のものだった。子どもたちはブーツを履き、館には常に最上級のダージリンティーの大箱が常備してあった。人が望むものはすべて手にしていると言っても過言ではなかった。

しかし、ジャックの手が土を撫でるのを見た時、彼は虚しさを感じた。ジャックは彼にはないものを持っていた。それは、肉であり魂であるといえるような場所だった。ジャックのように、いつでも自分が戻ってこれる、生かされていると感じる場所を、ソーンヒルは持っていなかった。

ジャックにとっては、土そのものが慰めなのだった。

怒りの感情が湧き起こり、ソーンヒルは叫んでいた。「いい加減にしろ、ジャック。貴様なんて飢え死にしてしまえばいいんだ。いい気味だぜ！」振り返ることなく、ソーンヒルは重い足どりで来た道を戻っていった。彼はジャックに必要以上のことをしてやった。ほかの者たちがするように、撃ち殺すことも、鞭打ちにすることも、犬に襲わせることもできたのにである。もう彼の知ったことではなかった。たとえ原住民が腹を空かせていようが、ウィリアム・ソーンヒルには関係のないことだった。

その後も岬のほうから煙が上がっているのが見えることがあったが、ソーンヒルが出かけていくことはもうなかった。

毎日、日が暮れるころになるとソーンヒルは、双眼鏡を手にベランダのお気に入りの場所に腰かけて、岩壁が夕日で赤色と黄金色に染まってゆくのを見たものだった。彼はベンチを作らせた。長時間座っていると尻が痛くなるのであまり快適とは言えなかったが、彼にはちょうどよかった。デヴリンに銀製のトレーに乗せたマデイラ産ワインと葉巻を持ってこさせた。午後の風に吹かれるポプラの木や、夕方の光で昼間より活き活きして見える薔薇やライラックの花を眺めた。あの塀があり、庭にはアーミティッジから取り寄せた二十二ギニーもするシルクのガウンを身に着けて小道を散歩する妻の姿も見えた。搾乳を待つ牛の鳴き声や、牛を追い立てる使用人たちの叫ぶ声が聞こえる。屋敷の裏の馬小屋からは馬の臭いも漂ってきた。ソーンヒル自身は馬に乗らなかったが、子どもたちにはジェントリーのように乗馬の心得を身につけさせていた。

上から自分の地所を見下ろすと、そこだけがまるでイギリスのようだった。漆喰が上塗りされた壁は太陽の光に反射し、目が痛くなるほどの眩しさだった。どっしりとした正方形の地所は、壮麗な文明の音色が荒野に響きわたるような雰囲気を醸し出していた。このために、彼はこれまで働いてきたのだった。夜寝床に入ってからも頭のなかで計画を練り、懸命に働いてきたからこそ、マデイラ産ワインのごとき最上の生活を手に入れることができたのだ。

けれども、この銀製のトレーと壁の向こう側には別世界が広がっていた。岩壁が立ちはだかり、こちらを見ていた。薔薇の植えられた庭の向こうには、森がどこまでも続いていた。河辺のオークの茂みを吹き抜ける風のざわめき。フトイやアシの堅い茎、そして突き抜けるように青い空。それらはすべて、壁に囲まれたニューサウスウェールズの点のごときウィリアム・ソーンヒルの地所には、何の影響も受けてはいなかった。

今では彼女の頭の位置を越えるくらいまで成長したポプラの木を、いつものように見に出かけたサルが、庭を通ってソーンヒルのいるバルコニーのほうへ近づいてくるのが見えた。彼女は振り向いて、絶壁に繰り広げられている光と影のドラマを感心して眺めた。ソーンヒルの姿を見つけた時、サルの表情が緩んだ。照りつける太陽のせいで、彼女のきめ細やかで美しかった肌は、いつしかやつれて乾燥し、皺も刻まれていたが、その笑顔はテムズ河の傍らに暮らしたころと少しも変わらなかった。

「まだ、見ていたの？」そう言いながら、サルはソーンヒルの隣に腰かけた。足が触れあい、温かな厚みを感じて心地よかった。二人は静けさのなかに座っていた。言葉では話せないこともあるのに、体同士は会話をしているように感じられることがあった。しばらくしてサルが話しはじめた。「ウィル、そんなふうに毎日見ていたら、その望遠鏡もそのうち使い物にならなくなるわよ」彼は答えなかった。彼が何を見ているのかを彼女は知っていて、そのことについて聞きたがっているのだろうと、ソーンヒルは考えていた。

「ねぇ、ウィル、私、子どものころ、あなたってすごいって思っていたわ」と、出し抜けにサルが言った。

彼女がひと言ひと言を発するたび、ソーンヒルはその息を顔に感じた。思い出し笑いをするサルを見ながらソーンヒルは尋ねた。「どうして、すごいんだい？」

サルは声を立てて笑った。「だって、あなたって、あんなに遠くまで唾を飛ばせたんですもの！」そしてはしゃぐように続けた。「私、父さんに言ったの。『ウィル・ソーンヒルは、ものすごく遠くまで唾を飛ばせるのよ！』って」

全世界を探しても、そんなことを覚えているのはサルぐらいだろうと思われた。ソーンヒルの驚いたような笑い声がベランダに響いた。「まだ、その技術は衰えていないよ」彼は言った。「ここでやらないだけさ。こんなに乾燥した土地じゃ、唾の水分さえ貴重だからね」

しばらくして彼女は立ち上がった。彼の肩にそっと手を置き、家のなかへ入っていった。居間の暖炉に火がともる音がした。もう少ししたら彼もなかに入って、部屋を照らす光が夜の帳を閉め出す様子を楽しみながら、自分の肘掛け椅子でくつろぐつもりだった。

夕日に映える岩壁を見るのは海を見るのと似ていた。随分長くこの岩壁を見ながら過ごしてきたが、それは見るたびに形を変え、全貌は決して知り得なかった。金色と灰色が特定の模様を作り出す箇所を望遠鏡で観察した。観察するうちに、妻の顔をよく知っているように、岩と影の配合などもわかるようになった。しかし一旦その地点から目を離すと、もう一度その箇所を見つけようとしても、光の見え方が異なり、見つけることはできなかった。岸壁は海のように一度たりとも同じ表情は見せなかった。

距離や大きさを判断するのも難しかった。切り立った両岸の岩は、ちょっとした階段くらいの大きさなのか、百フィートくらいあるのか見当がつかなかった。木はほんの幼樹のように見え、灰色と金色の岩壁に殴り書きをしたようにちらばって生えていた。人間を配してみなければ、実際の距離や大きさはわからなかった。

双眼鏡から見た木は、薄片になって剥げ落ち、ところどころ裂け目があった。岩は生きているように見え、海の底に太古の昔から眠っていた荘厳な趣を備えていた。灰色の岩肌は白く苔むし、皺のような跡が刻まれうね状になっていた。双眼鏡で見ると、そのひとつひとつをよく観察することができた。岩壁の裾に転がっている岩はかつて、密林がテーブルの先のように突然終わる岩壁の先端の一部であったのだろう。ひとつひとつ、ぽきりと折れては転げ落ちたのだろうと思われた。

崖が崩れるのを見てみたいと、息を止めて双眼鏡に見入るのだが、ソーンヒルは未だにその瞬間を見たことはなかった。それは、切り立つ崖面から木が崖もろともじわじわと斜めに傾いて、ずり下がってくるように緩慢なのだろうか？　それとも、木々に止まっている鳥たちを驚かせるような速さで、一気に転げ落ちるのだろうか？　そんなことを考えながら、ソーンヒルは椅子の背もたれに肘をかけ、双眼鏡を目に押し当てたまま、景色が移ろうのを眺めていた。しかし、一度たりとも崖が崩れ落ちる瞬間を目にすることはなかった。

ソーンヒルの丘と呼んでもいい後ろの丘の黒い影がゆっくりと庭へ迫り、あたり一面を薄暗闇のなかに閉じ込めようとする時刻は、いつもドラマティックだった。影はほんの少しの間、河のあたりでその動きを止めるように見えた。岩壁の裾のほうに一本の線ができた。そのあとは、影が光り輝く光の流れを飲み込んでしまうまで数分とかからなかった。

切りとられたかのように密林が終わる岩壁の先端は、誰もいない舞台のように見えることがあった。もしあの崖が舞台ならば、ソーンヒルは観客だった。彼は舞台が森林へと姿を変えるあたりをくまなく双眼鏡で見た。まだ何人かはあのあたりに住んでいるかもしれなかった。ありえないことではなかった。樹皮を剥ぎ、木の根を掘り、オポッサムやトカゲを捕って、独自の生活を営んでいるのだろう。夜には焚き火をするのだろうか。白人の手には負えないあの入り組んだ風景に紛れているのかもしれない。待つことを厭わずに。

白人の目に留まりたければ、彼らは姿をあらわすことをソーンヒルは知っていた。

ソーンヒルは時折、崖の頂からこちらを見下ろしている男がいるような気がした。彼は立ち上がって急いでベランダの端まで行き、身を乗り出して望遠鏡を覗き込むと、木や岩が混在する景色のなかに男がいないかと目を細めた。そして、この家にいる彼を見下ろしている人間に違いないと思ったものから目を離さなかった。

彼らは風景のなかにたたずみ、ただじっとしていることができるのをソーンヒルは知っていた。見つめ返しながら、彼らはなんと忍耐強いのだろう、まるで森の一部のようだと考えていた。そして自分自身に言ってみた。あれは男だ。頂の舞台に立ち、彼が座って見つめ返すこの場所を見ている、燃えたユーカリの木の幹のように黒い肌の男なのだと。眼球の乾きを覚えるまで、ソーンヒルは目を細めて必死で望遠鏡を覗き続けた。

随分たってから、ようやく彼は、それが人間ではなく、人間の大きさと形をした木であることを受け入れた。

そこに人がいたためしはなかった。

自分で選んだものには違いなかったが、このベンチに座るたびにソーンヒルは、罰を受けているような気持ちになった。徒弟になれるかどうかと不安な思いで座っていた、あの船頭会館の通路にあった狭いベンチのことを彼は忘れたことはなかった。あのベンチは、少年だったソーンヒルにとって生き残るための苦行のひとつだった。今、くつろぎながら自分の富を見わたせるこのベンチは、それを耐え抜いた褒美なのだと思えた。

それなのに、なぜ成功の喜びを感じられないのか、彼にはわからなかった。

遅い時刻になると風は止み、鏡のごとく波は静まった。岩壁が水面からそそり立ち、その影が水面に映っていた。微風が吹き河面が波立つと、岩壁とその影の間に光の細い帯ができた。光の帯は、岩壁と影を切り離しているようにも結びつけているようにも見えた。二つの岩壁は互いを補いながらひとつとなって、平和で完全なるものを形づくっていた。

「もう遅い。遅すぎる」そう言いながらソーンヒルは、空しい気持ちで望遠鏡を置いた。彼は毎日ここに座って夕暮れを待ち、木や静謐な岩を観察しながら、闇が谷間に降り積もってゆく様子を眺めた。そして、闇が完全にあたりを覆ってしまうまでは、望遠鏡を置いて立ち去ることはなかった。

ソーンヒルは、なぜ自分がここに座り続けているのか、その理由を説明できなかった。ひとつ言えることは、こうして望遠鏡を覗くことが、彼に安らぎを与えてくれるということだった。日没で黄金色に染まった岩壁は、黄昏を過ぎても密かに光を放った。それはあたかも岩のなかから残光が出ているかのようだった。そのころになっても、彼は座って暗闇を見続けていた。

# 謝辞

この小説を書くために行った調査においては、予期せぬほどたくさんの人々のご協力を賜った。誰もが惜しげもなく時間を割き、知識を提供してくださった。忙しいにもかかわらず、草稿を読んでくださった方々もいた。心からの感謝を申し上げる。みなさんの寛大さがなければ、この本は生まれなかった。

私の先祖の一人がウィリアム・ソーンヒルの若いころのモデルになっている。ほかの登場人物には、実在の人物からヒントを得ている者もある。しかしながら、この小説の人物はすべて、作者の創作であることをお断りしておく。

調査の過程では、未出版のものも含めて無数の文書の調査を行ったが、本書ではそれらを想像上の世界を創りだすために脚色して用いている。例えば、ロンドン中央刑事裁判所の一八〇六年の複写や総督府の公文書をご覧になったことがある方には、見覚えのある文章があるかもしれない。このような文書を書き残してくれた先達の業績と、その資料を小説家にも利用できるようにしてくださった方々のご尽力にも感謝申し上げる。

シドニー大学の英語・美術史・映画・メディア学科には、『闇の河』の執筆過程において多くのご支援いただいた。厚くお礼を申し上げる。

この作品は、オーストラリア・カウンシルの文学理事会の力添えにも多くを負っている。ここに記して深く感謝の意を表したい。

# 訳者あとがき

本書は、オーストラリアを代表する現代作家ケイト・グレンヴィル（Kate Grenville 1950–）の *The Secret River*（2005）の全訳である。

オーストラリア史における先住民の不在を初めて指摘した人類学者Ｗ・Ｈ・スタナーは、「オーストラリアの歴史には密やか《シークレット》な血の河が流れている」と述べ、語られてこなかった暴力的な入植の歴史を「オーストラリアの大いなる沈黙」と呼んだ。[1] グレンヴィルの『闇の河』は、このスタナーの言葉からタイトルと作品のインスピレーションを得た小説である。十九世紀初頭のニューサウスウェールズ植民地を舞台に、入植者と先住民の接触と対立、入植者による先住民の虐殺という歴史の暗部を炙り出した本作は、先住民族アボリジニとの和解が、社会的文化的文脈で重要な課題となってきたオーストラリアにおいてベストセラーとなり、グレンヴィルの国民的作家としての地位を確固たるものにした。本作は、二〇〇五年のマン・ブッカー賞候補にもなり、イギリス連邦作家賞をはじめ多数の賞を受賞し、イタリア語、オランダ語、フランス語、スペイン語、ドイツ語、ポーランド語などの言語に翻訳されている。二〇一三年には、アンドリュー・ボーベルによって演劇として翻案され、今年になってＡＢＣ（オーストラリア放送協会）でテレビドラマ化もされた。

さて、『闇の河』のほかにも、グレンヴィルの作品には、オーストラリアの歴史を題材に取ったものが多く、建国神話と結びついた歴史的言説によって構築される個人または国家のアイデンティティの問題が主題となっている。例えば、グレンヴィルの出世作となった『リリアンの物語』（*Lilian's Story*, 1985）、オーストラリア入植二百年祭に合わせて出版された『歴史を創るジョアン』（*Joan Makes History*, 1988）、オレンジ賞を受賞した『完全なる理想』（*The Idea of Perfection*, 1999）らにおいては、伝統的な「ブッシュ」神話をはじめ、国家の言説から排除され周辺化されてきた存在、特に女性の視点からの歴史の語り直しが試みられている。『闇の河』に続く『大尉』（*Lieutenant*, 2008）は、『闇の河』で描かれた時代をさらに遡る植民地初期におけるイギリス海軍大尉と先住民の少女の邂逅の物語であり、『サラ・ソーンヒル』（*Sarah Thornhill*, 2010）は、『闇の河』の主人公たちの次世代の物語となっており、グレンヴィルの「植民地三部作」を成す。近代小説が国民国家形成のための神話とナショナル・アイデンティティの創造に関与してきたことは指摘されて久しいが、グレンヴィルはその事実を意識的に受け止め、自らの小説を通してそれらの再検証と解体を試みている作家の一人であるといえる。

このようなグレンヴィル作品を通底する主題があるなかで、『闇の河』は、オーストラリア人にとってお馴染みのテラ・ヌリウス（住民のいない無主の土地）への平和的な入植という国家の創設神話を解体し、開拓者と先住民の間の衝突という負の植民史を浮かび上がらせることで、歴史の闇に光を与えようとした試みであるといえよう。本作は、グレンヴィルから五代遡る作家自身の祖先であるソロモン・ワイズマンをモデルとした主人公ウィリアム・ソーンヒルの視点から描かれる。十八世紀末のロンドンの貧民街に生まれ育ち、テムズ河の船頭となったソーンヒルは、貧しさから盗みを犯し、当時の流刑植民地であったオーストラリアへの流罪に処せられるも、シドニー北西部を流れるホークスベリー河沿いに土地を手に入れて成功してゆく。しかし、ソーンヒル岬と名付け、無人の未開地だと信じて疑わなかったその土地は、先住民の伝統の地であり、彼らの生活が営まれていた。近隣の開拓者と先住民の間の緊張関係が高まる中、ついにソーンヒルは開拓者たちによる先住民の虐殺に加担する。この虐殺の事実は、妻のサルや子どもたちにも語られることはないが、ソーンヒルの成功の軌跡に暗い影を落し続ける。一九世紀初頭の開拓史における負の歴史を描きながら、現代オーストラリアにおいて、加害の過去との対峙に揺れ動く「白人」オーストラリア人の複雑な主体性を暴く本作は、過去を探ることを通して現代を照射する作品となっている。

**『闇の河』執筆の背景**

ここで『闇の河』が書かれた背景として、当時のオーストラリア社会における先住民問題をめぐる状況を見ておこう。ポール・キーティング労働党政権下の一九九〇年代前半、先住民との「和解」が提唱され、先住民の伝統的土地の支配を承認した「先住権原法」が成立した。さらに、人権機会平等委員会によって、国家の同化政策の一環として、家族から引き離された「盗まれた世代」と呼ばれるアボリジニの人々への被害の調査が行われた。その調査報告書『故郷への帰還』(*Bringing Them Home*, 1997)は、先住民の血を引く子どもたち、特に混血の子どもたちが、家族から強制的に引き離されていたことを明らかにし、アボリジニの人々が受けた精神的損傷についての公共的な認識がようやく生まれることとなった。この報告書は、歴代政府の責任を追及し、被害者たちへの公式謝罪と補償を勧告するものであったが、一九九六年に発足したジョン・ハワード保守党政権は、その勧告を受け入れなかった。ハワード政権の対応をめぐって、オーストラリア国内で広範囲な論争が巻き起こり、二〇〇〇年には、何十万人もの人々が先住民と非先住民系オーストラリア人の和解を求めてデモに参加した。

グレンヴィルは、本作の執筆の軌跡を綴った回想録『「闇の河」を探して』(*Searching for the Secret River*, 2006)[2]に、二〇〇〇年五月二十八日の「豪州謝罪の日《ナショナル・ソーリー・デイ》」に行われたシドニー・ハーバー・ブリッジでの和解のための行進に参加し、『闇の河』の構想を得たことを記している。イベントに参加していた先住民女性の一人と偶然に目が合い微笑みを交わした時、グレンヴィルはふと、この女性の先祖と自分の先祖のワイズマンが二百年前に出会っていたかもしれないと想像する。そして、先住民と共に橋を渡るという象徴的行為だけでは十分ではなく、和解へ向けての歩みを進めるために「渡らねばならないのは、さらに困難な歴史という深い河なのだ」(3)という思いに至ったことを回想している。

この出来事を機に、グレンヴィルはワイズマンをめぐる作品を書くにあたって、家族史をはじめ、ニューサウスウェールズに流刑された囚人の記録や当時の入植地の様子についても詳細に調査している。「ワイズマンが見事な石造りの邸宅を構えたその地でアボリジニの人々と出会った時、一体何があったのか?」(4)その真相を探るべくアーカイヴ調査を行い、ワイズマンが居住した地を訪れながら、「歴史という深い河」を渡ったグレンヴィルは、その真相をめぐる物語を『闇の河』として結実させた。

以下では、本作の特徴をいくつか取り上げてみたい。

### オーストラリア建国神話の解体

『闇の河』のプロットには、オーストラリア人にはお馴染みの三つの神話が見受けられる。第一の神話として、「微罪で流刑に処せられた受刑者」という初期の入植者を理想化する懐旧的神話である。(5)『闇の河』の第一章は、ロンドンのバーモンジーでのソーンヒルの貧しい幼少期を描いている。早くに父母や兄を亡くしたソーンヒルは、幼くして家長となり、残された姉妹や弟を支えるべくテムズ河の船頭ミドルトン氏の徒弟となる。奉公期間を終え、船頭となったソーンヒルは、ミドルトン氏の娘で初恋の幼馴染サルと家庭を築くも、長期に及ぶ天候不順や、後ろ盾であったミドルトン夫妻の病死など相次ぐ不幸に見舞われる。またもや極貧生活に陥り、借金の支払いのために持ち舟を手放したソーンヒルは、日雇いの艀船頭として働くが、その稼ぎだけでは家族を養うことができずに盗みを繰り返す。当時、貧しい船頭の窃盗は暗黙の了解でもあったのが、材木を盗もうとした折、ソーンヒルは運悪く捕えられ、絞首刑の宣告を受ける。しかし、サルの機転によって死罪を免れ、家族ともどもオーストラリアへ流罪に処せられることになる。ここには、富める者に搾取され、貧困がもたらす悪循環から罪を犯した受刑者が、イギリスの階級制度の犠牲者であったという神話が踏襲されている。

第二の神話は、「立派な開拓者となってゆく受刑者たち」、さらには「危険な未開の土地で懸命に働く勇敢な叩き上げの男たち」という英雄としての開拓者神話である。流刑地オーストラリアでの刑役を終えたソーンヒルは、未開拓の土地を見つけて移り住み、シドニー湾からホークスベリー河を行きする船頭となって生計を立てる。やがて土地と大邸宅を手に入れ、富と地位を確立してゆくソーンヒルに、「叩き上げの人物」としての姿を見ることができる。

続いて第三の神話は、「開拓者と先住民の接触」である。(6) ヨーロッパ人の入植と先住民との邂逅の物語は、セア・アステェリー、トーマス・キニーリー、デイヴィッド・マルーフなどオーストラリアを代表する作家たちによっても繰り返し描かれてきた。近年では、キム・スコットなどの先住民作家によっても取り上げられている主題であるが、「開拓者と先住民の邂逅・接触」にまつわる神話は、先述の二つの神話とは異なり、国民を統合する求心的物語として機能せず、何度も語り直しが行われてきた。

グレンヴィルの『闇の河』は、これら三つの神話を取り込みながらも、国家神話として機能しない第三の神話である「開拓者と先住民の邂逅・接触」を前景化していく。『闇の河』は、新来者としてオーストラリアの地に降り立ったソーンヒルが、先住民と接触する場面からはじまる。彼は初めて目にする「黒い男」と、その男の手から真っ直ぐに伸びる槍に恐怖を覚える。その槍が我が身を貫く瞬間を想像し慄きながら、「失せろ!」

と叫ぶソーンヒルと、暗闇で彼を見つめながらその言葉をまねる「黒い男」。異文化との邂逅とそれに伴う恐怖、緊迫感、交渉そして対立がこの作品を通底するテーマとなっている。作品のなかでソーンヒルは、対立が昂じて先住民の虐殺に加わる征服者としてのみ描かれているわけではない。本作には、先住民と接触を重ねる度にその文化への理解を深めてゆくソーンヒルの異文化への感受性の芽生えも描かれる。たとえば、ソーンヒルが「あばた顔のビル」と呼ばれるアボリジニの男性の胸に刻まれた通過儀礼の傷を目にし、受刑者の仲間であるダニエル・エリソンの背に刻まれた傷と比較する場面を見てみよう。

受刑者の背中の傷痕は苦痛を与えるためのもので、その屈辱を死ぬまで刻印する傷だった。けれども、あばた顔のビルの胸の傷は、それとは違っていた。それは痛みを与えるためにつけられたものではないように思われた。ダニエル・エリソンの背中の十字のみみずばれになった網状の傷とは違って、その傷は精緻に刻まれていた。ひとつひとつは隣りあってきちんと並んでおり、皮膚に書かれた文字のようだった。それは、サルがいつの日か見せてくれた白い紙の表面に描かれた太字の文字とどこか似ていた。(二一七頁)

文盲であるソーンヒルは、教育を受ける機会がなかったことに引け目すら感じているが、先住民の男の胸に刻まれた傷を、受刑者に刻まれた「罰としての傷の痕」でなく、「皮膚に描かれた文字」と受け止め、その文化への深い理解を示すのである。さらには、先住民の生活を知るにつけ、彼らのなかにはイギリスの階級のようなヒエラルキーはなく、みなが「ジェントリー」のようだと感じる場面もある。

ソーンヒルの近隣の移住者たちには、先住民との共存を説くトーマス・ブラックウッドや、先住民を制圧し迫害しようとするスマッシャー・サリバンなど様々な立場の者がいる。ソーンヒルは開拓地に時折現れては密林に消えてゆく「原住民」に対して、言い知れぬ脅威を感じながらも、可能な限り共存を望む穏健派としての立場を貫こうとする。しかし、「原住民」にトウモロコシを盗まれ、畑を焼かれたソーンヒルは、サギティーが槍で殺害される事件をきっかけに、近隣の開拓民による先住民の討伐に加わることを決意する。ロンドンでの貧困に窮する生活の中で罪人へと転じ、オーストラリアで受刑囚としての懲役を終えたソーンヒルは、生まれて初めて自分の土地を手にし、その土地への強固な執着が、彼を先住民討伐へと向かわせるのである。

このように、開拓者と先住民の邂逅と接触が進むなかで、模範囚であり勤勉で穏健な開拓者であるソーンヒルが、先住民の虐殺に加わってゆく過程は、かつて貧しさに喘ぎ、イギリスの階級制度の犠牲者であったソーンヒルが、新天地で先住民を迫害する加害者へと変貌を遂げる過程でもある。『闇の河』は、「国家の基礎を築いた英雄」か「侵略者」か、という二者択一を回避し、重層的な人間存在とその複雑性を提示する物語となっている。『闇の河』では、オーストラリアお馴染みの三つの神話が踏襲されているが、「開拓者と先住民の邂逅・接触」をめぐる第三の神話が前景化されることで、入植者を理想化する第一の神話や第二の神話は、国家の正統性を担保する建国神話として機能しなくなる。こうして『闇の河』は建国の神話を解体しつつ、国家の自画像の再考を迫るのである。

**「沈黙」を書く**

さらに『闇の河』で注目したい点は、作品のテーマでもある「秘密」、すなわち「沈黙」の描かれ方であろう。執筆にあたって、アーカイヴ調査を行ったグレンヴィルは、ブッシュを切り開いた広大な敷地が描かれたワイズマンの邸宅の絵画をアーカイヴで目にし、丹念に描かれたその風景画のなかの「アボリジニの不在」に不自然さを覚えている。「この風景画を描き直さねばならない。この風景にアボリジニの人々を描き入れよう」(7)そうした決意のもとに作品の執筆に向かうグレンヴィルは、移住者と先住民の関係性を探った初期の開拓史研究を繙いてゆく。その過程でグレンヴィルは、先住民と移住者の間には文化の相違による不理解と緊迫した状況が常にあり、両者の間で闘争が繰り広げられたこと、開拓民たちが銃や毒で先住民を虐殺したり、先住民女性に性的暴行を加える事件も多発していたことを知ることとなる。なかでも、一八三八年にニュー・サウスウェールズのウォータールー・クリークとマイオール・クリークで起こった大規模な虐殺事件に関する記述は、グレンヴィルに衝撃を与えたようだ。ナチスによるユダヤ人の虐殺について初めて学んだ時の戦慄が蘇ったというグレンヴィルは、その時の思いを次のように記している。

> それらの事件が自分の身近で起きていたということに何よりも耐え難い衝撃を覚えた。それは世界の反対側で起こったわけではなかった。ウォータールー・クリークとマイオール・クリークでの虐殺は、私の母が生まれた所から一〇〇キロ以内の場所で起こっていた。しかも、人種主義者として忌まれるクー・クラックス・クランやボーア人によってではない。自分の同郷人によってなされたことなのだ。虐殺を行った者たちは、私からは隔たった時代と文化に属していることは否めない。ソロモン・ワイズマンやその隣人たちは、今私が生きている世界よりも残酷な世界に生きていた。そして、既に誰かが居住する土地に新たにやって来た者たちに起こりうる当然の成り行きに至ったのである。すなわち、その土地を手に入れたいと望むようになったのだ。諍いが起きないわけはなかったのである。(8)

『闇の河』では、本作の表題がそのまま章のタイトルにもなっている第六章において、先住民虐殺の場面が展開される。開拓者と先住民の衝突がエスカレートし、近隣の開拓者たちによる先住民討伐が企てられる時、首謀者であるスマッシャーは、その企てが内密に行われ、決して口外されないことを力説する。『闇の河』は、虐殺の事実を再記述するだけでなく、史実がいかに隠蔽されてきたか、その構造そのものを前景化しようとしているように思われる。自らが先住民討伐に加わる以前、ソーンヒルが開拓者による先住民の集団毒殺の現場を目撃する場面は、殊にその構造を描き出している。彼は目撃した凄惨な虐殺について、サルには何があっても話さないと心に決め、さらには、自身も目撃者であることを拒否し、起こらなかったこととして記憶の奥底に沈めようとする。記憶することを回避しようとする心理は、サルにも見受けられる。サルはソーンヒルが先住民虐殺に加わったことにうすうす気が付いている。しかし、討伐から戻ったソーンヒルに彼女は何も訊かない。夫の顔すら見ずに、出来事の真実を知ることを拒むのである。こうして、この夫婦の関係は、言葉を与えられない「沈黙の隙間」を囲むように築かれていくのである。

さらには、個人のレベルに加えて、公共のレベルでも開拓の過程における暴挙が隠蔽されてきた事実を前景化するエピソードも挿入される。『闇の河』には、オーストラリアで最初に発行された新聞である『シドニー新聞《ガゼット》』に開拓者による先住民の虐殺がどのように報じられたのか、サルがソーンヒルに読んで聞かせる場面がある。新聞記事は、嘘が書かれているわけではなかったが、ソーンヒルの記憶とは異なり、彼が決して忘れることができない虐殺の壮絶な現場の様子が伝えられることはない。このように、『闇の河』は、個人のレベルでも公共のレベルでも開拓史における暴力と不正を語ることと知ることへの抵抗が働いてきた構造を浮き彫りにし、国家的忘却のメカニズムを描き出そうとしている。

本作において、国家的に忘却されてきた先住民の虐殺は、ソーンヒルの視点を通して描き出されるが、馴染みの「原住民」や女性や子どもがみさかいなく虐殺された現場にあって、他に知られるはずのないこの出来事を、木や葉や岩などの自然は目撃したのだと彼が感じている場面は興味深い。この場面は、小説の終盤、虐殺された先住民の死体を焼いた場所をソーンヒルが見つめる場面と呼応してゆく。

土に何か異変でも起きたように、それ以来その場所には草がほとんど生えてこなかった。無論、地面には何も記されてはいなかった。そして、あの出来事を留めた記録も一頁としてなかった。しかし、その空白こそが、それを見抜く目をもつ者に語りかけているのかもしれなかった。(四二五頁)

ここでは、大地における空白そして歴史における空白が、開拓民たちの残虐行為の無言の証人として描かれる。大地が虐殺の「痕跡」を留め、歴史の頁の空白が、「痕跡」として内奥に隠蔽された真実を伝える媒体となることが示唆されるこの場面は、読者の目を空白へと向けさせ、過去の出来事における隠蔽と忘却の回路を断ち切ることを促すのである。

### 先住民の声と風景の言語

『闇の河』における先住民の描かれ方に施された工夫も、注目したい特徴のひとつだ。執筆の過程で、グレンヴィルにとっての最大の葛藤は、先住民の描き方であったという。他者の文化として先住民の人々の伝統的な営みを描くことや、彼らの意識に入っていくことはするべきではないと考えていたグレンヴィルは、先住民の登場人物による発話を極力制限し、その空白自体が「それを説明するために用いるいかなる言葉よりも雄弁な異空間を作りだす」(9)という逆説的な手法を用い、風景描写を通して先住民の人々の声を表象する方法を取っている。ワイズマンの土地を再訪した際の回想録からは、グレンヴィルが風景や場所自体がもつ力を感じ取り、土地を言葉を発する生きている存在として捉えていることがわかる。この経験から、大地を擬人化して描くことが先住民の人々と彼らの土地との深い結びつきを示し、その声を表現する一つの方法となり得たのであろう。確かに、『闇の河』にはソーンヒルがオーストラリアへ到着する冒頭から、大陸そのものが息遣いの聞こえてきそうな「巨大で静かな生きもの」として描かれ、「辺りの暗闇と同じくらい黒い男」である先住民は、その大陸の風景や自然の一部であるかのように表現されている。

先住民の人々と土地の結びつきがもっとも端的に表現された印象的な場面のひとつに、頭部に深い傷を負いながらも、開拓者たちによる虐殺を生き延び、ソーンヒルのものとなった土地の河べりにひとり住まう先住民の「のっぽのジャック」が登場する場面があげられるだろう。ジャックは食べ物を与えようとするソーンヒルの申し出を拒み、大地に掌を這わせ「これ、わたし。わたしの場所」とつぶやく。そのジャックを見つめながら、彼のように肉であり魂であるといえるような場所をもたないソーンヒルは空虚さに襲われるのだが、この場面では「勝者」であるはずのソーンヒルが、決して「勝者」たり得ず、分裂して定まらない所属意識に憑りつかれている様が描かれる。それに対して、独りになってもその地に留まり続け、大地と一体化したようなジャックの孤高で威厳に満ちた姿は、土地を剥奪された痛みと同時に、奪われてもなおその地の守護者であり続ける先住民の声を伝えている。

**歴史戦争——小説と歴史**

グレンヴィルのこの野心作は、先住民系批評家を含む多くの読者に高く評価された一方で、歴史の描き方を巡って一部の歴史家たちの批判に晒されることとなった。『闇の河』は、「歴史戦争」と呼ばれるオーストラリアの植民地主義の過去をめぐる解釈と、歴史はどのように語られるべきなのかという問題に関して論壇で交わされた議論に大きな影響を与えた。オーストラリアの植民地化の過程で起こった先住民の受難の歴史に目を向けようとした歴史家たちの試みは、一九九〇年代後半以降、ジョン・ハワード首相の後押しを受けた多くの右派歴史家たちによって、「黒い喪章」史観と位置づけられ攻撃された。かつてはマルクス主義社会学者であり、修正主義歴史学者に転向したキース・ウィンドシャルは、先住民の虐殺に関する物語は誇張されたものであり、先住民は「文明化」によって、苦難を被ったというよりは、むしろ恩恵を受けたと主張した。(11) こうしたオーストラリアの植民の過去の解釈をめぐる「歴史戦争」に、グレンヴィルの『闇の河』は巻き込まれることとなった。

グレンヴィルは、可能な限りの調査を行い、「歴史的な真実」に忠実でありたいとしながらも、『闇の河』は歴史ではなく、あくまで小説であると述べ、自分は小説家であって、歴史家ではなく、歴史を書いているつもりもないことを一貫して主張している。(12) しかし、グレンヴィルが献辞において、『闇の河』をアボリジニの人々に捧げることを明記し、植民地化における暴力的な過去を描いたことは、先住民への謝罪問題がきわめて政治的問題であった当時、ひとつの謝罪の形と見做され、揺れる歴史認識をめぐる議論に油を注ぐこととなった。一部の歴史家たちは、グレンヴィルの歴史叙述の方法論に疑問を呈した。ジョン・ハーストは、『闇の河』の主人公ソーンヒルは、「十八世紀の船頭ではない。グレンヴィル自身である」と述べ、グレンヴィルが、過去と現在の相違を理解していないと苛立ちを露わにした。インガ・クレンディネンも同様に、「人間というものは、時代によって全く異なった考え方をするものであり、我々は自分自身を過去に置いてみることなどできない」と述べ、グレンヴィルは「想像」し「感情移入」することで歴史を構築しており、歴史記述にとってそれらは禁物であると批判した。(13) マーク・マッケナは、『闇の河』のような歴史小説は、過去の守人としての歴史家の「権威」と「正当性」を脅かすものと捉えており、文学と歴史学は異なる学問分野であり、小説と歴史は混同されるべきではないとして、小説が歴史を扱うことへの不快感と不信感を述べた。(14) このように、一部の歴史家たちは、現在とは考え方も道徳観も異なる入植期の開拓者の行為への責任に言及する「黒い喪章」史観は歓迎されるべきではないと主張した。そして、グレンヴィルの歴史叙述の仕方を批判し、文学が描く歴史の真実に懐疑的な態度を示したのである。

**文化的記憶としての『闇の河』**

こうした批判がありながらも、『闇の河』がオーストラリア社会において担った役割を考えるうえで、ドイツの文化学における記憶研究に大きな影響を与えたアライダ・アスマンとヤン・アスマンの「文化的記憶」という概念が役に立つかもしれない。現在では歴史学、文学、社会学、政治学、芸術学など学問の分野を超えて広く受容されている「文化的記憶」という概念を提唱することで、アスマンは、認識主体の視座を捨象した過去の客観的な再現としての「歴史」と、想起の主体のアイデンティティに関わる「記憶」を対立概念として捉える実証主義的な歴史学を超えて、歴史を想起の文化の一形態として位置づけようとした。彼らは、社会が自らの過去と関係を取り結び、意味を産出しようとする形式は、「避けがたくパースペクティヴ化」され、「アイデンティティに関連づけられている」とし、歴史と記憶の分断を乗り越えようとした。(15) さらに、アライダ・アスマンは、記憶が政治的に利用され、国家の自画像を脚色する道具として用いられるとき、歴史解釈の一元化と偏狭化へ抵抗する現代芸術による批判的な介入を通した「文化的記憶」の創造に意義を見出した。

この「文化的記憶」をめぐる議論の文脈に『闇の河』位置づけることで、本作が「和解」へと歩み出したオーストラリア社会において担った役割は明確になるだろう。(16) グレンヴィルが『闇の河』を執筆しはじめた当時、オーストラリアでは、先住民との和解への道を開いたポール・キーティングからジョン・ハワードへと政権が交代し、和解への流れが中断された時期であったことは先に述べた。そのような社会的情勢にあって、『闇の河』は、歴史解釈の一元化に抗い、想起し始めた過去を再び忘れることを強いる言説への抵抗言説となった。現在においても国内中のブッククラブで読まれ、ヴィクトリア州や西オーストラリア州の中等教育、そしてシドニー大学をはじめとする高等教育のカリキュラムにも採用されている『闇の河』は、和解へ向けた「文化的記憶」としての役割を果たしているのである。本作の翻訳中に何度かオーストラリアを訪れたが、現地で出会った人々にグレンヴィルの『闇の河』を翻訳していることを伝えると、話は弾み、食事やお茶をご馳走になることもあった。オーストラリアの人々に愛されるこの記念碑的作品の翻訳に携わることができたことは、オーストラリア文学を研究のフィールドとしてきた者として、このうえなく幸せなことだと思う。

国家のレベルでも個人のレベルでも、負の歴史に目を向けるのはいつも痛みが伴うものだ。それは日本に生きる私たちとて同じことである。本書の翻訳に没頭した夏、日本では戦後七〇年談話が注目をあつめ、侵略や植民地支配に対する歴史認識をめぐって論争が繰り広げられていた。翻訳を進めながら、私はこの『闇の河』が、どこか遠い外国の昔の話ではないことを思った。過去へのまなざしは、現在そして未来の私たちの在り方を形成する。すぐれて現代的課題としての「他者」への応答責任という倫理の地平を切り開き、未来を拓くための過去との対話の方法を模索した、グレンヴィルのこの勇気ある一冊を日本の読者にお届けできる意義は大きいと感じている。

**タイトルについて**

最後に、本書のタイトルについて述べておきたい。タイトルをどうするかについては、随分と悩んだ。『秘密の河』とする案も、原題のまま『シークレット・リヴァー』とする案もあった。けれども、Secret をあえて「闇」と訳したのは、「闇」は本作において「秘密」のメタファーとして機能し、重要な意味を担うからだ。主人公ソーンヒルが罪を犯す背景となるロンドンのテムズ河とニューサウスウェールズのホークスベリー河の「闇」、その罪を背負った主人公の心の「闇」、そして語られない歴史の「闇」と、「闇」は実に重層的に描かれている。さらには、本作とアフリカにおける西洋の植民地主義的略奪を描いたジョゼフ・コンラッドの名作『闇の奥』の類似性を意識したこともある。テムズ河とコンゴ河を舞台とする『闇の奥』のように、『闇の河』もテムズ河とホークスベリー河を舞台に物語が展開し、両作品には設定やモチーフの類似性が見られる。そして、コンゴの密林に君臨し、アフリカと言う他者の前に内面を崩壊させるクルツと、先住民虐殺ののちソーンヒル郷に王として君臨するも、言い知れぬ空虚さや恐怖を抱えたソーンヒル（もしくは、先住民虐殺の首謀者スマッシャー）が重なり、本作に描かれた「闇」が、コンラッドの「闇の奥」へとつながって見えるのは訳者だけではないだろう。

＊　＊　＊

翻訳の過程では、たくさんの方々にお世話になった。まず、このオーストラリア現代文学傑作選のシリーズを中心になって進めてくださり、本作の翻訳をやってみないかとお声掛けくださった同志社大学名誉教授の有満保江先生に心からお礼申し上げる。有満先生は、訳稿にも丁寧に目を通してくださり、貴重なご助言や激励とともに、足元のおぼつかない訳者を最後まで力強く支えてくださった。オーストラリア文学研究の同志である、湊圭史・同志社女子大学表象文化学部准教授と佐藤渉・立命館大学法学部教授も、ご多忙のなか大事な夏休みを割いて拙訳に目を通してくださった。数々の有益なアドバイスをくださったお二人のご厚情に深く感謝申し上げる。長かった翻訳作業の道程をなんとか最後まで走り切ることができたのは、各章ができあがる度に、読者第一号として伴走してくださった西南学院大学文学部の久屋孝夫先生の温かくユーモアに満ちた励ましと、惜しみない力添えがあったからにほかならない。久屋先生からは、言語学者としての鋭い言語感覚に裏打ちされた、たくさんの示唆に富むご助言を賜り、紙面に書き尽くせないほどお世話になった。また、遅々として進まぬ翻訳作業を根気強く見守り、惚れ惚れする迅速さと的確さで校閲作業を進めて下さった現代企画室の小倉裕介氏の存在なくして、本書の完成にはいたらなかったであろう。篤くお礼申し上げる。原文の解釈で困った時は、マーク・ジャスティン・レイニーに幾度となく助けられた。グレンヴィルの作品世界を共有し、長年の親友かつ夫として、寄り添い支え続けてくれたことにも改めて感謝の念を捧げたい。

二〇一五年十一月　一谷智子

1 W. E. H. Stanner, *After the Dreaming* (Sydney: Australian Broadcasting Commission,1969), p. 18.
2 Kate Grenville, *Searching for the Secret River* (Edinburgh: Canongate Books, 2007). 初版は二〇〇六年にメルボルンの Text Publishing から出版されている。
3 Grenville, *Searching for the Secret River*, p. 13.
4 Grenville, *Searching for the Secret River*, p. 95.
5 Eleanor Collins, "Poison in the Flour: Kate Grenville's The Secret River," in *Lighting Dark Places: Essays on Kate Grenville*, ed. Sue Kossew (Amsterdam: Rodopi, 2010), p. 168.
6 Collins, "Poison in the Flour: Kate Grenville's The Secret River," p. 169.
7 Grenville, *Searching for the Secret River*, p. 97
8 Grenville, *Searching for the Secret River*, pp. 124-125
9 Grenville, *Searching for the Secret River*, p. 199.
10 Grenville, *Searching for the Secret River*, p. 278.
11 Keith Windschuttle, *The Fabrication of Aboriginal History Vol I: Van Dieman's Land 1803-1845* (Sydney: Macleay Press, 2002).
12 Kate Grenville, "The Question of History: Response," *Quarterly Essay* 25 (2007): p. 66.
13 Inga Clendinnen, "The History Question: Who Owns the Past?" *Quarterly Essay* 23 (2006): p. 20.
14 Mark McKenna, "Writing the Past," *Australian Financial Review* (2005): p. 1.
15 アライダ・アスマン『想起の空間』安川晴基訳、水声社、二〇〇七年、五五七頁。
16 芸術の批判的で反省的な文化的記憶役割については、前述の『想起の空間』の第三部において詳しく論じられている。

【著者紹介】

**ケイト・グレンヴィル**（Kate Grenville）

1950年、シドニーに生まれる。現代オーストラリアを代表する作家の一人。シドニー大学で芸術学を学び、映画制作会社に勤務。その後、イギリスとヨーロッパで数年間を過ごし、執筆活動をはじめる。1980年に米国に渡り、コロラド大学でクリエイティブ・ライティングの修士号を取得。1983年にオーストラリアに戻った後、テレビ局に勤務しながら最初の短編集 *Bearded Ladies*（1984）を出版する。以後、これまでに9冊の小説作品と3冊の創作論（うち1冊は共著）、『闇の河』（*The Secret River*）執筆の経緯をまとめた回顧録、自らの母を通じて20世紀における女性の生き方を綴ったノンフィクション作品を発表している。
『闇の河』（2005）は、マン・ブッカー賞、マイルズ・フランクリン賞にノミネートされたほか、英連邦作家賞、クリスティナ・ステッド賞など数多くの文学賞を受賞。世界各国語に翻訳されベストセラーとなる。これまで数回にわたり演劇作品に翻案され、2015年にはABC（オーストラリア放送協会）でTVドラマ化された。
*The Idea of Perfection*（2000）でオレンジ賞、*Lilian's Story*（1985）でヴォーゲル・オーストラリア文学賞、*Dark Places*（1995）でヴィクトリア州文学賞を受賞。シドニー工科大学、ニューサウスウェールズ大学、シドニー大学、マッカリー大学のそれぞれから名誉博士号を授与されている。

【訳者紹介】

**一谷智子**（いちたに・ともこ）

1974年、京都に生まれる。筑波大学大学院教育研究科修了。博士（文学）。現在、西南学院大学文学部英文学科教授。専門はオーストラリアを中心とした英語圏文学・文化。主な著書に *Postcolonial Issues in Australian Literature*（共著、Cambria Press, 2010）、論文に「核とオーストラリア文学 ── B・ワンガーの写真集と連作小説を巡って」（『オーストラリア研究』第27号、オーストラリア学会、2014）、「核批評再考 ── アラキ・ヤスサダの Doubled Flowering」（『英文学研究』第89号、日本英文学会、2012）、「オーストラリア先住民文学におけるアボリジナリティとその概念の変容 ── アイデンティティ・ポリテックスからポストナショナル・パラダイムへ」（『南半球評論』第25号、オーストラリア・ニュージーランド文学会、2010）などがある。

*The Secret River* by Kate Grenville
Masterpieces of Contemporary Australian Literature, vol. 4

**闇の河**

発　行　2015年12月31日初版第1刷
定　価　2500円＋税
著　者　ケイト・グレンヴィル
訳　者　一谷智子
装　丁　塩澤文男　久保頼三郎（cutcloud）
写　真　塩澤文男
発行者　北川フラム
発行所　現代企画室
東京都渋谷区桜丘町15-8-204
Tel. 03-3461-5082　Fax 03-3461-5083
e-mail: gendai@jca.apc.org
http://www.jca.apc.org/gendai/
印刷所　中央精版印刷株式会社

ISBN978-4-7738-1519-1 C0097 Y2500E

# 現代企画室の海外文学作品

＊価格はすべて税抜表示です。

## 異境

デイヴィッド・マルーフ＝著／武舎るみ＝訳

「オーストラリア現代文学傑作選」第一巻　ときは十九世紀なかば、クイーンズランド開拓の最前線の辺鄙な村に、アボリジニに育てられた白人の男、ジェミーが現れた。彼の存在は、平穏だった村にやがて大きな亀裂を生みだしていく——異質なふたつの世界の接触と変容を描く、オーストラリア文学を代表する傑作。

二四〇〇円

## ブレス

ティム・ウィントン＝著／佐和田敬司＝訳

「オーストラリア現代文学傑作選」第二巻　初めて広い世界に出会ったころの、傷だらけだけど宝物のような記憶が甦る。オーストラリアで最も愛されている作家が自らの体験に重ねあわせて綴った、サーフィンを通じて自然と他者、自らの限界にぶつかっていく少年たちの息づまる青春の物語。

二四〇〇円

## スラップ

クリストス・チョルカス＝著／湊圭史＝訳

「オーストラリア現代文学傑作選」第三巻　メルボルン郊外のとある昼下がりに、子どもの頬をはたく平手打ち《スラップ》の音が突如なり響く。一見して平和な都市郊外の生活に潜む屈折した人間関係、現代人の心に巣くう闇や不安を赤裸々に描き出し、賛否両論の渦を巻きおこしたオーストラリア随一の人気作家の問題作。

二五〇〇円

## ダイヤモンド・ドッグ

《多文化を映す》現代オーストラリア短編小説集

ケイト・ダリアン＝スミス、有満保江＝編

世界に先がけて「多文化」を選んだオーストラリア社会は、どこへ向かっているのか。さまざまなルーツが織りかさなり多彩な表情を見せるオーストラリアの現在を読みとく、ニコラス・ジョーズ、エヴァ・サリス、デイヴィッド・マルーフ、ティム・ウィントン、サリー・モーガン、キム・スコットら、新世代を代表する作家十六人による短編小説集。

二四〇〇円

【ラテンアメリカ文学・注目の話題作】

## 怒りの玩具

ロベルト・アルルト＝著／寺尾隆吉＝訳

稀代の大悪党に憧れ、発明を愛する誇り高き少年が、貧困に打ちのめされた果てに選びとった道とは？　都市生活の葛藤、下層労働者の暮らしを鮮烈なリアリズムで描き出す「現代アルゼンチン小説の開祖」の代表作。

二八〇〇円

D E N
M B E R L A N D
RICHMOND
GREEN HILL
PHILLIP
NELSON
UPPER NELSON
BATHURST
CASTLEREAGH
CASTLE HILL
Castle Hill
OXLEY
MEYRICK
Shoal Water
Shoal Water
Broken Bay
Port Jackson